俞樾詩文集

六

俞　樾　著
張燕嬰　編輯校點

人民文學出版社

佚文

佚文

序

咸豐之初，休寧孫蓮叔爲我刻古文四卷，曰《好學爲福齋文鈔》。俄而徽亂，原版焚燬，所印本亦無存者。偶於女壻王康侯處見之，如對故人，其中有如干篇爲《賓萌集》所無，蓋久失其稿矣。湖樓多暇，錄爲一卷，喜其久佚而復存也，命之曰《佚文》。

百里奚論〔一〕

孟子曰：『百里奚，智者也。其智足以知虞公之不足諫也。』嗚呼，虞公之不可諫，宫之奇亦知之矣，知而猶諫，奇之忠也；諫不從而去，以免於禍，奇之智也。且夫赤子匍匐將入井，則塗之人號嘑而救之矣。百里奚於父母之國，其曾不如塗之人乎？故其始當諫而不諫，其忠不若宫之奇也；其後當去而不去，以至虜於晉而媵於秦，其智不若宫之奇也。秦穆之霸，以用孟明，豈以百里奚哉？且使穆公果以百里奚霸，而穆之功未及乎齊桓，則奚之功不大乎管仲，孟子不爲管仲，而何取乎奚也？孔子於管仲，大其功而小其器；孟子於奚，則亟稱其賢焉，故論舜、禹、伊尹、孔子而終之以奚，是何異於漢之學者儕仲尼於墨翟、匹伊尹於管仲哉？蓋奚爲戰國所重，商君相秦，視堯、舜、禹、湯、文、武無足法者，而曰：『吾孰與五羖大夫賢？』此可見當時之重奚也。孟子其未免乎戰國之見也。

【校記】

〔一〕《好文》（《好學爲福齋文鈔》簡稱，下同）此題爲卷一第六篇。

寺人披論〔一〕

嗚呼，刀鋸之餘，固無忠良。寺人披者，其小人反覆之尤者歟？當惠公之世，則求殺重耳以爲功；及文公入國，則又因呂、郤之事以自解。且夫呂、郤將焚公宫而弑晉侯，此何如事？其謀必密，通國之人，未有知者，而獨洩於披，何哉？披亦惠公之舊臣，呂、郤之所不疑也，吾安知披始不亦與於呂、郤之謀哉？後知事之不集，而卽以此自結於新君，其自爲謀，狡矣。文公之出也，里鳬須竊其糧，文公餒，不能行。及反國，國人未附，里鳬須見曰：『臣之爲賊，天下莫不聞，罪至十族，未足塞責。然君誠赦之，使驂乘而游於國中，百姓知君之不念舊惡也，人自安矣。』公從之。是兩人者，皆能因禍以爲福者也。嗚呼，郤芮不足道，以呂甥之智而不能自全，自來褻御之流，其智固出士大夫上哉！

【校記】

〔一〕《好文》此題爲卷一第七篇。

閔子騫論〔一〕

閔子騫，功名不著於後世，疑若德有餘、才不足，而不知其所養者深則所爭者大，冉有、子貢之徒皆不及焉。夫以孔子之聖，而爲季氏之吏，豈閔子而以仕季氏爲恥哉？其辭費宰也，必季氏逐昭公之時也，故曰：『如有復我者，吾必在汶上。』汶上，自魯至齊之道，是時昭公在齊，示將從故君於齊也。長府之事，不見於《春秋》。夫財貨之府，非觀游之地，如其未壞，必不改作，壞而改作，則無可議。吾讀《左氏傳》而知長府者，昭公所居以攻季氏者也。昔趙簡子使尹鐸爲晉陽，而使墮荀寅、士吉射所築之壘，曰：『吾見壘培，是見寅與吉射也。』然則長府之役，其亦季氏之意，如趙簡子毁晉陽之壘乎？閔子曰：『仍舊貫，如之何？何必改作？』子曰：『夫人不言，言必有中。』蓋長府不毁，季氏不安。魯一國之衆過之而皆太息流涕，痛吾君之不復，非季氏子孫安理也。故吾以爲汶上之言、長府之議，皆於季氏專國之日，而示不忘故君之意。當是時，外無諸侯之討，内無守節死義之臣，季氏所憚者，閔子之徒也。《論語》稱『子路行行』，『冉有、子貢侃侃』，『閔子誾誾』，信乎其誾誾歟！

【校記】

〔一〕《好文》此題爲卷一第十一篇。

東野畢善御論〔一〕

魯定公問於顔子曰：『子亦聞東野畢之善御乎？』對曰：『東野畢之御也，歷險致遠，馬力盡矣，而猶求馬不已。臣聞鳥窮則啄，獸窮則攫，人窮則詐，馬窮則佚。自古及今，未有窮其下而能無危者也。』至哉，顔子之論御乎！日中則昃，月盈則食，天地之力而猶有所不能繼也，況於人乎？夏商之治天下，其禮樂不如後世之美，其制度不如後世之詳，夫非二代之聖人，其材智皆出周公下也，乃爲天下留其有餘，而使後世之可以加也。至乎周人，兼二代之所有，而增二代之所無，禮樂制度，於是大備。雖孔子之聖，不知所以加之矣；而其末也，舉先王之法盡廢之而後已。嗚呼，周人之治天下，其猶東野畢之御馬歟？治不極，亂不生；治之極，亂之端也。竭澤而漁，明年無魚；焚山而田，他日無獸。木之將枯也必茂，火之將熄也必明，知其意者，其可以治天下乎？古之聖人，變穴居野處爲宫室，易茹毛飲血以烹飪，固有不得已也；苟天下之人，穴居野處而猶足爲安，茹毛飲血而猶足爲養，則亦聽之矣。夫自生民以至於伏羲、神農，不知幾千萬年也，而制度未立，禮樂未興，生則不識不知，死則不封不樹。自伏羲、神農至堯、舜未遠也，自堯、舜至周文、武未遠也，而養生送死之具已窮而無可復加，此其所以大亂歟？秦漢以降，蓋又有甚矣，而人於無可復加之中猶力求其備，吾安知所終極哉？嗚呼，此東野畢御馬之道也。

【校記】

〔一〕《好文》此題爲卷一第十二篇。

滕文公論〔一〕

嗚呼，滕文公豈能用孟子哉？其用孟子也，無聊之思而已矣。滕與齊、梁異，齊、梁之國大而其勢强，欲其一旦舉國而委之匹夫，如湯之於伊尹、文王之於太公望，豈可得哉？滕則不然，東逼齊，南逼楚，勢且不支，蘇秦、張儀之徒所不至，而孟子獨來。文公自度，吾國固待亡之國也，是故授孟子以國而不疑。今夫滕文公者，好善而未聞道者也。其始知馳馬試劍而已，其後知父兄百官之不我足，而欲得天下賢者以自强，是以過宋而見孟子。然而非知其賢也，高其名也。夫果高其名也，則亦與馳馬試劍同爲戰國公子常態而已矣。彼許行者，自楚之滕，尚有數十人與之俱，其在楚可知也。文公過宋，既見孟子，其至楚也，必見許行。孟子言堯舜，而許行言神農，則且以爲賢於孟子矣。孟子曰：『世子疑吾言乎？夫道一而已矣。』此有爲而言之，非虚言也。嗚呼，吾安知許行之來，非文公召之歟？不然，楚、滕相去千里，許行捆屨織席足以自給，彼何慕乎區區七十里之滕而來爲之氓哉？孟氏之徒，不能知其事之本末，故於文公來見，書其將之楚，又書其自楚反，而他日許行之來，亦自楚而之滕，此欲使後之學者有以得其故也。或乃以滕之無成爲孟子病，吾故備論之，以見文公非能用孟子。使文公而爲齊、梁大國之君，則亦齊宣、梁惠也。

【校記】

〔一〕此篇已見於《賓萌集》卷一，非『佚文』也。

李適之論〔一〕

李林甫謂李適之曰：『華山有金壙〔二〕，採之可以益國，上未之知〔三〕也。』適之因言於玄宗。玄宗以問林甫，林甫曰：『臣久知之，但華山，陛下本命，王氣所鍾，鑿之非宜。』帝以林甫爲愛己而疎適之。夫林甫之譖適之，卽申侯之譖轅濤塗也。然而非適之之愚，則亦不能成林甫之智。今夫牧人之牛羊，而不知其肥瘠，尚得謂之牧人歟？方開元、天寶之際，州縣殷富，倉廩積粟帛以萬計，天下所不足者，非財也。適之卽不知林甫之詐，獨不思當日之天下則何待於採壙乎？夫採壙非盛世事也。傳曰：伊尹請於湯，發莊山之金，鑄幣以救旱。其事有無不可知，卽有之，亦不得已耳。今以無事之時，而爲不得已之事，雖使林甫自建此議，爲宰相者尚宜力爭；雖使明皇自爲此謀，爲宰相者猶當力諫。大臣乘朝車、議國事，而皆如適之之無識，天下豈不殆哉？且吾聞，大臣事君以道，未聞事君以利也。然而適之豈不知此，惟急於迎合其君，故陷林甫之術中而不悟也。然則，君子亦何憂爲小人之所陷也哉？

【校記】

〔一〕《好文》此題爲卷一第二十三篇。

〔二〕壙，《好文》作『穬』。

〔三〕 之知，《好文》互乙。

《春秋》論一〔一〕

《春秋》何以作也？憂君臣也。夫君臣之義，至春秋之世而幾於絶矣。孔子生春秋之季，憂君臣之義之遂廢也，而作《春秋》。是以朝聘之失禮，軍旅之不武，《春秋》皆有恕辭；而一犯君臣之義，則雖賁育之勇、儀秦之智，而《春秋》不復以爲人。故凡弑君之賊，不再見於經，所以不再見經者，示不復同之於人也。今夫人莫不愛其身、顧其妻子，而有人焉，事其君則死其君之難，白刃交乎前，其志不變，此天下之至難，而《春秋》之所貴也。故有書曰：弑其君及其大夫者，孔父、仇牧、荀息是也。然而宋太宰督之死，則豈與仇牧異哉？《春秋》不書，何也？且仇牧之死，宋人既以告於諸侯，亦必及督。聖人作《春秋》，示萬世，雖使宋人不告，魯史不書，亦必追録之以爲天下勸，而豈遺之哉？彼督，弑君之賊也，督弑殤而萬弑閔，督亦一萬也，以萬殺萬，又何書焉？人之罪，固有可贖，若弑君之罪，雖功存〔二〕一時，澤及萬世，不以贖其毫末也；而豈以一死之故復同於人而著之經哉？《春秋》成而亂臣賊子懼，固也。夫以身死其君而不足贖其弑君之罪，則夫亂臣賊子又何望於世也哉？晉之荀息，宋之孔父，皆不可謂〔三〕無罪。而既以身死，《春秋》亦無責焉。然則，謂《春秋》責賢者備，非也。《春秋》於亂臣賊子嚴，而於賢者寬也。

【校記】

〔一〕《好文》此題爲卷二第四篇。

〔二〕存，《好文》作『在』。

〔三〕謂，《好文》作『爲』。

《春秋》論二〔一〕

嗚呼，《春秋》於君臣之義，何其秩然不紊，使人忘其爲亂世之君臣，而以爲唐虞三代治世之君臣也。今夫王者，無敵於天下，天子之師，有征無戰。至於春秋之世，不惟有戰，且有敗矣。而《春秋》則以自敗爲文，曰『王師敗績于某』。噫，王夷師熸，傳笑四方，聖人猶以爲天下莫敢校也。王者之於天下，如天地日月，莫不敬畏。春秋之世，王室亂而天王出奔，此何如事也！而《春秋》不以爲奔，曰『天王出居于某』。噫，君臣犇竄，越在草莽，聖人猶以爲天王來游來歌也。故其於諸侯亦然。凡諸侯犇亡，不保其社稷者，皆見逐於其臣也。《春秋》據事而書，宜曰『某人逐其君某』；今也不然，書其出而不書其所以出，使後人徒求之經而不見其傳，則莫知其釁起於何人，變成於何事。且夫衛孫、寧之亂，諸侯之策皆曰：『衛孫林父、寧殖出其君。』魯之舊史，何獨不然？孔子修《春秋》而改之，何歟？蓋諸侯於一國之中，皆其臣也，臣之於君，則豈得而出之，故以自出爲辭，猶之乎『王師敗績』、『天王出居』之義也。嗚呼，聖人於君臣之義，愛而全之，固如此哉！鄭伯髡頑、楚子麇、齊侯陽生，皆以弑死，而以卒訃，《春秋》遂從而書之曰卒。蓋弒君之事，聖人所不忍書，有可以不書，則姑隱焉，以全君臣之義。然則董狐何以得爲良史？曰：彼史臣之體也。

【校記】

〔一〕《好文》此題爲卷二第五篇。

《春秋》論三〔一〕

夫君臣之間，不可以有挾也。臧武仲以防求後，則孔子罪之，爲人臣者而敢以要其君以簒以弒，何所不可？春秋之世，王室之亂三，皆賴諸侯之力而後定。夫王者號令不行於天下，而諸侯猶知同卹王室，此非《春秋》所宜有取哉？然而子頹之亂，不見於經；叔帶之亂，書天王之出，而不書其所以入；惟王子朝之亂，一書晉師圍郊而已。且夫《春秋》之法，不告不書，蓋尋常盟會、侵伐之事，其不告者固多矣。若夫勤王大義也，晉文公之納王，方假以號召天下，有不遣一介以告於諸侯者乎？然則魯之舊史未有不書。孔子脩《春秋》而削之，何也？曰：人臣而自謂有功於其君者，亂之源也。當時諸侯方挾一時之功，要天子而簒其權，故《春秋》削其功而不書，所以奪其所挾也。鄭厲公既受虎牢之地而又求器，晉文公既得南陽之田而又請隧，其意豈有饜哉？《春秋》則曰：此事之常，不足書也。嗚呼，此聖人所以防患於未萌，絶姦於未形也。吾觀魏晉以下，人臣一有非常之功，卽不能安於人臣之位。然則聖人於君臣之際，蓋慮之也深而戒之也嚴。

【校記】

〔一〕《好文》此題爲卷二第六篇。

廣刑賞忠厚之至論〔一〕

夫所謂『刑賞，忠厚之至』者，何也？古者刑不以斧鉞，賞不以爵禄，其所以爲刑賞者，榮辱而已矣。今夫人情莫不欲生，而其求榮也甚於生；人情莫不惡死，而其畏辱也甚於死。故榮辱者，聖人之大權也。雖然，人情則何所謂榮耶？亦其上之人以爲榮，斯榮之耳。人情則何所謂辱耶？亦其上之人以爲辱，斯辱之耳。吾觀古者歲時聚民讀法，其或不敬，在後世祖而撻之耳；而古者不然，使閭胥觥之。聚一鄉之士而試之以射，使在後世，勝有賞、敗有罰已耳；而古者不勝則飲之以酒。夫酒，豈所以爲罰哉？天子耕藉，勞公卿大夫以酒；諸侯無事，燕其臣以酒。夫酒，豈所以爲罰哉？然而閭胥之觥，無異乎滌狼之鞭；飲之於豐，無異乎撻之於市。此則用之者之異，而人情亦因之異也。故方其以爲養也，人孰不以得酒爲榮？而至其以爲罰也，又孰不以得酒爲辱？然則天下無所爲榮辱，榮辱者，上之人實爲之。夫有榮辱，而聖人之權固已行乎其中矣。有一善，則爲詩歌以勸之，又爲表其宅里，以樹之風聲。有一不善，則殊其井疆以愧之，又使鄉之人不與之齒，且加以玄冠縞武之服。夫如此者，於其人非有損益也，然而天下之人則且以爲上之人賞我而罰我。吾故曰：聖人所以爲賞罰，榮辱而已矣。嗚呼，此不亦忠厚之至哉？至於後世，必爵禄而後爲賞，必刀鋸而後爲罰，何其薄也！孔子作《春秋》，名字氏族之間而賞罰存焉，是亦忠厚之至也。

【校記】

〔一〕《好文》此題爲卷二第九篇。

君子論一〔一〕

非所居而居者多憂，非所得而得者多悔。夫士當窮窘危迫之際，不能不歸命於人，然而一日受其恩，終身爲之役。是故君子之道，可以死其難者可以受其恩。非吾君也，非吾父也，有急不赴也，有難不死也，奈何受其恩也哉？受其恩不死其難，天下將以吾爲非人；而受其恩死其難，則塗之人皆可以爲君父。今夫以勢合者，勢敗則去；以利聚者，利盡則散。而一日之恩，則賢者終身之感也。士有不爲威惕、不爲利疚者矣，若夫受人恩而輒忘之，豈理也哉？嗚呼，世之奸人所以犇走天下之士，世之君子所以聚於小人之門，其皆以此歟？是故古之君子，若季次、原憲之徒，終其身於窮巷之中，不受人一介之與，誠憂夫今日受之而異日無以處之也。雖然，以孔子之聖也，猶曰：自季孫賜我粟而交益親，自敬叔乘我車而道加行。後之君子，其道不及孔子固已遠矣，而能無求於人哉？且夫小人有求，濟其欲也；君子有求，濟其道也。是故不病乎有求，而病乎求之也過急，求之過急，則將不擇乎其人。昔叔向得罪於晉，欒王鮒求免之而弗應，以爲必祁大夫。夫以鮒之嬖而一言，豈不勝於祁大夫哉？叔向特不欲因鮒之言而免耳。祁奚免叔向而弗見，叔向亦不告免而朝。苟以施之欒王鮒，鮒必不能堪，此叔向所以隱忍幽囚而必待祁大夫者也。嗚呼，死生之際，得人一言則生，不得人一言則死，當此之時，苟有人能爲一言，則褰裳就之，何恤其他？然而古之君子猶必有所擇，況乎其未至於死生之際也。

【校記】

〔一〕《好文》此題爲卷二第十篇。

君子論二〔一〕

天下之大，可以聲動也；天下之衆，可以氣使也。古之君子欲有爲於天下，必先以非常之行震動天下之耳目，使天下之人愕眙相顧，莫測其意，以爲必將有異於人，故異日雖有異於人之事，宜爲天下之所怪，而天下固安之。夫天下既安之矣，然後可以有爲，不然者，事未行而先奪之矣。今夫崇山峻嶺，洪河巨川，其中猛獸怪物，不可名狀，甚者出雲降雨，若有神焉，而人不以爲怪者，以素有所不可測也。若夫尋丈之高，數仞之深，樵牧之所及，舟楫之所通，而或有一物之異，則人且涸其流以求其迹，焚其山以窮其變，何者？人素易之也。君子以一身居天下之中，苟爲人所素易，則毫釐之損益，而亦將與之爭；苟素有所不可測，則天下之大，惟其所爲而莫敢不服。是故古之君子必先以非常之行震動天下之耳目者，欲使其身如深山大澤之不可測也。且夫非常之事，非常之言，發自常人，天下動色。而自君子發之，則無有異辭者，其尊君子而信君子有素也。君子之於天下也，如神明，如雷霆，發大難而天下不驚，受大名而天下不疑，未試以事而天下知其才，無所成、有所敗而天下不以爲罪。嗚呼，君子不先有非常之行，何以震動天下，而天下亦何以尊而信之如此哉？後之君子欲爲非常之功而先無非常之行，則天下將以尋常人遇我而束我以規矩繩墨之中。夫規矩繩墨之中，則未足以有爲矣。

【校記】

〔一〕《好文》此題爲卷二第十一篇。

君子論三〔一〕

以衆勝天下者，終爲天下勝。君子所以無敵於天下者，非以衆也。今夫理不足以勝人，然後以衆。君子之直，小人之曲，君子之公，小人之私，則豈不足以勝之，而何事於衆？故曰：君子所以無敵於天下者，非以衆也。《易》云：『三人行則損一人，一人行則得其友。』夫三人之行，未爲衆也，然已不能無生得失。而後世所謂君子者，其黨常至於千百爲輩，則將安往而不敗？故曰：以衆勝天下者，其終未有不爲天下所勝者也。孤立於朝者，人主所不疑；孤行於世者，天下所不忌。蓋人所相疑相忌者衆，而人所相安相忘者孤。夫人既相安於我、相忘於我，則天下之事，無不可爲。士或事垂成而輒敗，謀未行而先泄，此無他，疑之忌之者衆也。聚數人而譁於一室，則一室之人駭矣；聚數十人而譁於一鄉，則一鄉之人駭矣。然則聚數百人而譁於天下，天下不大駭乎？夫君子則何樂乎盡天下之人而疑我、而忌我、而駭我也？古之君子，不藉一人之助而氣蓋乎天下，布衣麻鞋，敝車羸馬，叩王公之門則四座爲空，立天子之陛而左右以目，彼惟自行自止於天下，故其心無所撓也。後之君子，懼一人不足以勝天下，而厚集其援，援者益衆而益不足恃，一人敗則懼，一人畔則疑。既望天下之與我，又望天下與我之固，是君子自相取也；既咎天下之不與，又咎天下與我之不固，是君子自相攻也。嗟夫，自相攻取之不暇，而又何暇及於他乎？

【校記】

〔一〕《好文》此題爲卷二第十三篇，題作『君子論四』。

四书文

四書文

序

余自幼所作四書文，不下千餘首，成輒爲人持去，今搜篋中，止存十餘篇耳，格律卑下，意義淺薄[一]無足觀，姑錄爲一編，不足言文也。

【校記】

〔一〕薄，原作『簿』，據《校勘記》改。

不患莫己知求爲可知也

知不知，無預於己，爲己求其可而已。夫人莫之知，己何預焉？但求在己者有可知耳，又何至誤用其患也哉？今使人而不欲自見乎，矯矣；又使人而必欲自見乎，淺矣。雖然，勿謂其矯也、淺也。君子以不欲自見之心忘乎人，以必欲自見之心勵乎己。不然，而人之不足以見我也，我且病之矣；不然，而我之無可以見人也，我且安之矣。然而，天下乃有不計己之可不可而惟計人之知不知者，蓋深黯夫人世之聲華，而欲以無具之身相市。我不貺人以實也，而謂人且贈我以名也，則不勝欣欣自喜之意，而冀望殊深，乃願附名流之宏獎，而徒以淡漠之見相還。人或正以藏我短也，而我以爲没我長也，則抱此鬱鬱誰語之懷，而初衷殊拂，此患之所由起也。而不知吾精神所注之區，非卽人耳目所注之區，何必索其解於形骸之外。異日人所共賞之處，卽在此日吾所獨賞之處，正宜致其功於闃寂之中。且夫事之在人者，知與不知是也。人而知我，特其相賞之有真，而於己何與？人不知我，特其相觀之未審，而在己何傷？不必患，不暇患也。且夫事之在我者，可與不可是也。我有可知，卽人不知我，而自有見真之地；我無可知，卽人欲知我，而先無問世之資。欲勿求，敢勿求也。流俗之品評而不足據也，賢豪之矜賞而亦何足憑也，我惟求爲有可告人者耳。夫知與不知，驗之大廷猶後焉，而惟清夜爲最先。士有磊落一二端可以質之當世，則雖文章見輕於流輩，姓氏不出於里門，而要於素所挾持者何損乎？不求千載之名，遑問一時之譽，但使後之人攬其餘徽而深以士不易知者致無窮之感慕，所以慰藉我者，不已多歟？翕然附和而不足爲榮也，闇然無稱而亦何足爲辱也，我惟求爲有可對我者耳。夫知與不知，寄之他人皆泛焉，而惟當躬爲最切。士苟辛苦數十年，有可愜諸寤寐，則雖九重來特達之褒，千里動聞風之慕，而豈如自爲賞識者尤真乎？立名不必在人先，砥行不敢居人後，正使世之人極其窺測而終以知己，則未者留不盡之高深，所以位置我者，不更尊歟？人亦求己之可知而已，人之不知，又何患哉？

『無意不搜，無語不雋。』此先大夫評語也。余自十五歲從先大夫讀書，所點定文字不下數百篇，今惟存此及下二篇矣。

子曰過而不改是謂過矣

過成於不改，聖人勉人以改過焉。夫能改則復於無過，而奈何不改乎？是謂之過。爲不改者深惕之。夫子曰：今將謂一節之愆，終身之累也。則宜世之自棄於過者多矣。士不必無忝於初衷，而但觀晚節，人果能自全於末路，而猶是完人，途不終迷則復，殊未遠。夫固爲人留其餘地也，而何人之自杜其轉機也。今天下孰是能粹然無過乎？然而有未可遽謂之過者。古人之過，其名可定；今人之過，其名未可定。夫過而隨人俱往，補救之路誠窮，一息尚存，則猶可挽回也，所宜退而觀其歸焉。在我之過，可以我斷之；在人之過，不可以我斷之。夫過苟緣已而滋，懲創之情宜急，他人有心，則豈能懸度也，所宜徐而俟其悟焉。雖有過也，安知其不能改哉？夫使其過能改也，則微論細故可捐也。即使啓大難之端，事關家國，乏曲全之術，憾在倫常，而人之見其過者，要共諒其苦衷也，則欲謂之過而不安矣。夫使其果能改也，則不特前愆可滌也，且覺姑與周旋，正鋤奸之妙用；曲爲將順，正悟主之深心。而人之議其過者，并相驚以不測也，則欲謂之過而不得矣，而奈之何竟不改乎？是怠而不知修也，是昏而不知檢也，是以過爲無傷，而愆尤從此積也；是以過爲可飾，而掩著自此工也，而欲不謂之過，過將焉匿乎？夫一端偶失，朝廷尚有寬典之邀，而畢世蒙愆，子孫難爲尊親之諱，是一吝其改之力，而過之微者已從而實之，過之暫者已引而長之也。縱匿其瑕疵者尚欲加之文飾，而迹已燎原之莫遏，則名亦欲蓋而彌彰矣。斯亦本衷所不及料矣，而欲不謂之過，過不益深乎？夫其始偶違乎常度，或是非之界未明，而其終甘蹈於匪彝，并羞惡之良亦泯。是一推其不改之心，而過尚可原，此意不可原；過猶可問，此情何可問也？縱意存忠厚者，或亦代爲湔除，而心難託於先迷，則事已窮於晚蓋矣。斯又旁觀所無如何矣，是謂過矣。有過者，其急於自改，而無使過之遂成也哉！

『横厲無前，仍復細意熨貼，非浪使才情者比。』亦先大夫評語也。

世子自楚反復見孟子

記儲君之復見，異乎未之楚之時矣。夫世子而自楚反，則既見楚之人，聞楚之言矣，其復見也，與過宋而見，得無異耶？且夫人景仰高賢，而一再至焉，以致其求教之誠，此正吾黨所深喜者也。然而其所閲者，已非一時，其所至者，亦非一國，吾安知聞所聞而去者，不又見所見而來耶？如滕世子過宋而見孟子，斯時世子猶未之楚也，而孟子與之言性善、言堯舜，則世子固奉孟子之教以至楚矣。驅車而望荆山，可以觀性體焉；方舟而浮漢水，可以驗性天焉。入其國，而鬻熊、蚡冒之治尚存焉，皆堯舜之餘風也；觀其府，而典墳丘索之書具在焉，皆堯舜之緒綸也。然則世子在楚，固無日不與孟子周旋矣，雖終身不復見孟子，亦何不可之有？乃無何而孟子之門復有滕世子之跡焉，問其所以來，曰：自楚反也。噫，世子居深宮之中，長阿保之手，大抵見宦官宮妾之日多，而接賢士大夫之日少，一旦奉尺書，使異國，攬山川之鉅麗，睹人物之瑰奇，此日之世子，殆非復昔日之世子乎？雖然，楚之爲國，僻陋在夷，當堯舜之隆而苗民逆命，意其性固與人殊焉。矧孟子時，楚益不競，沅有芷而澧有蘭，屈子鳴其幽怨；魚有鯤而鳥有鳳，莊生肆其寓言。彼其人，類皆悠謬其辭，荒唐其説，以自詭於吾徒之教，視中原文獻之地，風教固殊矣。世子而自楚反，則既見楚之人，聞楚之言，此日之世子與昔日之世子同不同未可知也。夫孟子之告戴不勝也，曰：『一齊人傅之，衆楚人咻之。』吾不知世子至楚，固爲楚人所咻否，然而世子奉孟子之教以至楚，則固無日不與孟子周旋，雖終身不復請見可也，而何以孟氏之門復有滕世子之跡也。噫，世子殆見楚之人聞楚之言矣，吾黨於其始見也，書其將之楚；而其復見也，書其自楚反。他日許行之徒亦自楚而之滕，然則世子於孟子，所以不能無疑者，殆爲許行之言所惑乎？

萬藕舲前輩視學吾浙時出此題，并有擬作。或寄以示余，余因作此。孟子於滕世子來見，先書其將之楚，又書其自楚反，此自有意。余幼時曾作《滕文公論》一篇，今存集中。

我非愛其財而易之以羊也宜乎百姓之謂我愛也

非愛而似愛，無以自解於百姓矣。夫齊王誠非愛其財也，而既已易之以羊矣，百姓之言，不轉覺其宜哉？今使人挾人之意以來，而我挾我之意以往，則人與我兩相距於其間，而我轉得以自解，萬不料相距者適以相迎，而人不能如我之意，而我乃適如人之意。夫至適如人之意，而又安禁蚩蚩者不各以其意而意我也？如我今者不自識其何心矣，乃如百姓之言，則直以爲愛其財耳，當師旅之方興，非不丹漆以供軍中之用，然而在滌猶多矣，以萬乘而愛一牛，猶九牛而愛一毛也。治體誠所未諳，斷不至降乘輿而問道塗之喘；方土膏之初動，又代耰鋤而爲隴上之耕，然而干阿不少矣。彼庖人之目無牛，豈寡人之心有牛也？敝邑雖云不腆，尚不至命祠官而減宗廟之牲，非愛其財，寡人可以自决也。而事有難言者矣，藉令當日者聽哀鳴之可慘，而悉囿中之異獸珍禽付大官，以貸須臾之命，則雖衆議沸騰何難？須尺一之書，懸國門以清輿論，無如其易以羊也。夫牛之瘠，猶且勝於豚，何爲乎降以相求而充選者惟兹羳首也？而迹有可異者矣，藉令當日者憫一物之不辜，而如昔人之侵肌斷爪，借朕躬以伸請代之誠，則雖浮言蜂起何難？命稷下之士，著正論以破羣疑，無如其易以羊也。夫牛之後，或宜繼以馬，何爲乎細之已甚而越俎者竟此柔毛也？則宜乎百姓之卑無高論也。民間鬭雞走狗，珍惜素深，乃挾此意以窺測朝廷，轉覺宵旰數十年，祇是持籌而握算也。今使以牛與羊而命諧價於有司，則一牛可兼數羊之值矣。草茅豈足與深言，而百物之低昂頗悉，則雖載筆之臣，微窺風旨，不能不留爲史策之疑辭也，而寡人又何從置喙哉？則宜乎百姓之嘖有煩言也。國中驅牡從狼，豪華自喜，倘恣其口以菲薄朝廷，竊恐臨淄七萬户，末由家喻而户曉也。今使以牛與羊而供饔牽於賓客，則數羊不若一牛之用矣。軍國豈爭此細故，而一時之形迹難明，但使輿人之論，流及雲仍，或其附會爲祖宗之儉德也，而寡人又何必深論哉？特未知夫子能爲一雪此言否耳。

將『非愛其財』句讀斷，以『而』字作轉筆，則『宜乎』二字如土委地矣。此與下篇，並客授新安時作以示及門諸子者。

所識窮乏者得我與

終示豪舉，受之者意更侈矣。夫所識貧乏者而果能得我，亦豪舉也，受萬鍾者，不又意在斯乎？且欲富者大〔一〕抵皆爲己也，乃有時爲己之見，轉出於爲人之見；而爲人之見，又本於爲己之見。人知其爲己也，而不知其亦爲人，人知其爲人也，而不知其卽爲己。我試由宮室之美、妻妾之奉而例推之。扇巍巍、顯翼翼，輪奐極其壯觀矣，顧因此日之高門，而念昔時之陋巷，豈無人焉？風瀟雨晦，共此淒涼也。飄輕裾、曳長袖，佳麗充其下陳矣，顧入則已備專房之寵，出則猶虛長夜之筵，必有人焉，墜履遺簪，同其眷戀也。夫所識者，何窮乏者之多乎？今而後庶幾得我矣。雖然，竊觀於末世之人情，而於所識者不能無慨也。其始也，所識者不知何自而來，方其落寞窮途，曾不得其挽推之力；而一致青雲，則爭盟白水，不以爲十年總角之交，卽以爲千里班荊之友，甚至并微時之一話一言記憶焉，以爲此日談心之助，不識而以爲相識，何世態之工也！其繼也，所識者不知何自而往，方其身居要路，誰不託爲車笠之盟；而金盡牀頭，卽屨空户外，游其墓者，不識爲誰氏之松楸，遇諸塗者，安知爲故人之弟子。甚至卽平日之所聞所見，挾持焉以爲他年下石之資，相識而竟如不識，何世情之幻也！然則所識窮乏者之得我，徒豪舉耳，而推受萬鍾之心，則必出於此。蓋快意之途，以相形而倍見，苟徒與貴顯者游，無以鳴其家溫而身寵也。故必所識而爲貧乏者，仰下風而望餘光，其語言皆獻媚之資，其面目亦取憐之具，斯真狎客矣。夫沉酣醉夢之中，豈必雅抱庇寒之願；而士之風塵奔走者，偏自託於感恩知已，冀稍分其鶵鶩〔二〕之餘糧，此亦情之極可憫者也，我乃挾以自豪與？且炎涼之味，乃夙昔所親嘗，苟非有周旋之素，無以表其前沈而後揚也，故必窮乏而爲所識者，因今情而追昔款，其於我有德者，固報之以厚施，其於我寡恩者，亦愧之以大度，乃真快事矣。夫翻覆雨雲之後，豈必尚存念舊之心；而向之里巷過從者，或夤緣其親戚交游，冀自附於馬牛之下走，此亦態之大可憐者也，我乃因以自侈與？夫亦失其本心而已。

【校記】

〔一〕大，原作『皆』，據《校勘記》改。

〔二〕鶩，原作『鶖』，據《校勘記》改。

君子賢其賢而親其親

驗止善於後之君子，賢、親，其明效矣。夫賢其賢焉，必其有可賢；親其親焉，必其有可親，觀於君子，不已見其止善之效哉？且善作者不必善成，成於前之君子而敗於後之君子者，夫豈少哉？然此非獨後君子之咎也。道不足以示後人之法，其法不尊；德不足以留後人之思，其思不永。識者不病乎祖述之多疏，而病乎孫謀之未裕矣。然則欲觀前王，請觀君子。今夫君子者，非承其流即蒙其業者也，賢也，親也，宜無足難者，乃吾以驗之君子矣。人主膺圖受籙，乃聖乃神，乃文乃武，坐收臣子之揄揚，即彼草茅著述，亦不敢以非堯舜、薄湯武之辭，顯寓乎匡居之簡牘。夫孰不賢其賢也，所難者在前王耳。且夫後之君子，豈必有意以揜其賢哉？天子虛懷若谷，有言神武似先朝者，輒不勝謙讓未遑之意，乃登名山而眺望。紀功德者不知何代之殘碑，薦馨香者不識何王之廢址，而鏤金鐫玉，動有後來居上之思。其甚者，以五德之傳而閏位列之也，以一統之主而僞史目之也，縱山川之呵護有靈，其如當王者貴何？又不幸而後生小儒欲歸美於本朝，必追咎夫先代，往往鋪張盛美，以顯昔之人君臣苟簡之非，尚得謂賢其賢哉？而要亦其制度之本未優耳。《詩》詠前王，則異是矣。高曾有規矩之貽，孫子無紛更之治，卽令世有奇材，而異論高談，不能易舊章於故府，況乎朝無異説、家無殊學也哉？人主端冕垂旒，自南自北，自東自西，均屬天家之臣妾，卽彼窮荒絕域，亦或且以奉冠帶、祠春秋之例，願比乎中國之屏藩。夫誰不親其親也，所難者在前王耳。且夫後之君子，豈必無故而廢其親哉？國家典制詳明，卽以旁支承大統者，亦未忘身爲人後之文，乃入太室而周覽。藏弓劍者遠或千年，游衣冠者近將十世，而秋霜春露，漸以遺官攝事爲常。其甚者，謂廟可從祧，命祠官裁以古制也，謂謚宜核實，命有司削其繁稱也，縱陵寢之神靈猶赫，其如功成者退何？又不幸而闇主驕君不知開國之難，反笑傳家之陋，往往手澤所存，徒供後之人宮掖傳觀之具，尚得謂親其親哉？而要亦其精神之本不厚耳。《詩》詠前王，又異是矣。陵谷有可遷之日，烝嘗無或替之時，卽使中更《板》、《蕩》，而神孫聖子，仍能還舊物於前人，況乎俎豆不移、鐘虡未改也哉？

此丁未會試題。余時客新安，興到作此，與時下花樣了不合也。

子曰苟志於仁矣無惡也

仁與惡，不並立，聖人以人心維世道也。夫但曰『志於仁』，未必其卽爲仁者也，而『無惡』則可必矣。人心之有裨世道如此。今將從生人之始而觀，天下無惡人也，自夫人失其本有之善，而流入於惡，遂使天下後世妄有性惡之疑，而人心愈以漓，而世道亦愈以壞。夫子曰：欲維世道，先正人心。夫亦仍恃此本有之善而已矣。萬古一有情之宇宙，而放曠者出焉，君臣父子，視爲相遇之適然，而刻薄將伊於何底？此道德之窮所以遂流爲名法也。六經皆憂患之文章，而材智者出焉，異論高談，止取當前之快意，而朘削己中於天和。此《詩》、《書》之禍所以更酷於兵刑也。其有惡也，由其不知有仁也。且夫世道之日非也，吾不敢謂世之必有仁者也；然而人心之不泯也，吾不敢謂世之竟無志於仁者也。苟其懸仁以爲的，而不奪於他端，則其志之也專；苟其望仁以爲歸，而不衰於末路，則其志之也固。此其人而竟謂之克盡夫仁乎？不可也。克伐怨欲，難絶者萌芽；視聽言動，易乘者罅隙。日月之至，未足恃也。此其人而尚慮其未免於惡乎？不必也。得罪千古者，千古之忍人；稱善一鄉者，一鄉之良士。言行之間，大可見也。無惡也，吾於是而歎人心之可以維世道也。患氣之所乘，莫先於性情心術，而民物其後焉者也。夫正其本者，自不至枉其末；厚其源者，自不至薄其流。存此一線之天良，而民物之保全不少矣。苟使孩提之真性未絶於懷來，則趙盾可以爲忠臣，許止可以爲孝子，撥亂反正，吾是以有《春秋》之作也。人其知我乎？亂萌之所伏，莫大於飲食男女，而兵戎其小焉者也。夫不敢汩其性，自不敢戕物性；不忍縱其情，自不忍拂人情。卽此崇朝之感觸，而兵戎之消弭已多矣。苟使天地之祥和長留於方寸，則麟何必游於郊？鳳何必集於囿？親親長長，天下其復睹昇平之象乎？予日望之矣。

仁之功甚深，其效甚大。此章但曰『志於仁』，但曰『無惡』，聖人原只是粗淺説，孟子欲塞邪説，距詖行，放淫辭，而先之以正人心，亦是此意。推之，則人人親其親、長其長而天下平矣。比來草竊姦宄，所在多有，豈天生蒸民，盡化爲豺虎乎？推先聖之微意，則正人心爲急務矣。浙闈題目至蘇，靜山中丞飛騎傳示，適有感觸，燈下走筆成此，但取達意，不足言文也。

太宰

書官而不繫於國，知其爲王臣也。夫太宰者何？周太宰也。於何知之？於其不書國知之。嘗考《春秋》書列國之大夫，或以名，或以字，或以人，而要必以其國冠之，獨劉卷、王子虎，皆周之卿士也，而不繫之以周，蓋王室之重臣，不容儕于列國。而《魯論》之書法，亦竊比乎《春秋》，如所書『太宰』是。夫《魯論》所書，如『陳司敗』則繫之陳，如『魯太師』則繫之魯，未有書其官而不書其國者，何爲乎獨以『太宰』書哉？吾於是知其爲周太宰也。周太宰者何？冢宰也，實司邦典而爲六官之長，諸侯之國不得立焉。魯自羽父請爲太宰而卒不果，魯秉周禮，其在斯乎？維時吳、楚諸僭國皆有太宰之官，楚則太宰伯州犁，見於鄢之戰；吳則太宰嚭，見於繒之會。以陪臣而冒王官之號，猶晉之有太師、太傅也。

而宋亦有太宰華督、太宰向帶，區區之宋，未必敢顯紊王章，或先代之後，固得備王朝官制耶？且也吳亡而嚭入越，復以太宰嚭稱，未知仍其故稱耶？抑自東侯畢賀以來越亦駸駸乎帝制自爲耶？傳者又謂：吳伐陳，陳使太宰嚭如吳師，後之作史者，論次古今之人，有吳太宰嚭，復有陳太宰喜，豈曩爾陳亦有太宰之官耶？要之，魯之太宰雖不果立，陳之太宰或屬傳訛，而太宰一官，楚有之，吳有之，宋有之，卽越亦宜有之，則固不獨周有之也。且夫冠遵章甫，於宋猶留先世之廬；曲譜迷陽，于楚亦駐周流之轍。而況良矛有賜，束錦請行，吾黨之風流，更藉藉吳越間也。《魯論》所書，何以知其爲周太宰？曰：以其不繫以國也。不繫以國，則非宋也，非楚也，非吳與越也，周也。周之太宰何以不言周？王者無外之辭，《春秋》尊王之義也。當日者，一車兩馬，自魯適周，問禮則有老子，論樂則有萇宏，太宰其亦于斯時仰下風而望餘光乎？且也觀圖像于明堂，讀金銘于太廟，太宰所震而驚之者，有自來矣，故曰周太宰也。

此下七篇皆辛丑歲與壬甫兄在家讀書時作，多游戲之筆。

今之從政者殆而

孔亟且殆，爲從政者正告也。夫今之從政者孰敢以爲殆乎？一言以蔽之，天將以接輿爲木鐸，若謂我見世之享大名、擁高位者，非不巍巍乎可畏，赫赫乎可慕也；乃曾幾何時而問其官曰奪矣、問其族曰微矣、問其子孫曰皂隸矣。大者僇耶？小者辱耶？將富貴難保耶？抑豐悴有時耶？皆非也。夫自世之盛也，君明於上，臣恭於下，清和咸理，中外無虞。當此時而總百官、佐萬幾，斯固臣主俱榮，身名交泰，生可享榮名於竹帛，没可流福祚於鐘虡，而非所論於今之時也，而非所論於今之勢也。今何時乎？今何勢乎？爾不見田野蕪矣，哀鴻遍乎？爾不見疆埸蹙矣，戎馬游乎？爾不見學校荒矣，城隅蕩乎？爾不見武夫怨矣，河上驕乎？君責爾繭絲，民期爾保障；爾中夜起、當食歎，人不爾憐；爾智計竭、心力疲，人不爾諒。然則今之從政者，難乎？不難乎？危乎？不危乎？而況嫉爾者多，乘爾者衆，中爾者巧，伺爾者微。爾進則譁爾前，爾退則議爾後；爾欲有言則緘爾口，爾欲有爲則掣爾肘；爾安坐而旁或睨之，爾徐行而後或跡之。君可信而可疑，臣可功而可罪。是故國事則蜩螗也，人情則燕雀也，朝議則築室也，政府則傳舍也。然則今之從政者，難乎？不難乎？危乎？不危乎？故雖據乎崇高之位，而實行乎憂患之塗，朱紱來乎，白衣歸矣，輿馬都哉，檻車徵矣。人徒見爾手可炙，而不知爾心如焚；人徒見爾羹方調，而不知爾餗已覆。甫登仕版〔二〕，已列爰書；朝入國門，夕投荒服；富貴乎浮雲耳，身家乎朝露矣。嗚呼噫嘻，不其殆而。夫何不去而耕於山、釣於水，理亂不問，黜涉不知，庶幾哉人在末世而我游於黄羲。顧乃與今之從政者爭尋常、較毫釐，蹔志得而意滿，終名辱而身危。謗書滿篋，摘爾非也；讒口盈廷，抉爾微也。地或不治，固爾憂也；天或告災，亦爾尤也。輕則譴訶，請室辱也；重則誅夷，朝衣戮也。成非爾功，敗則爾罪，患難爾共，安樂爾忘。嗚呼，仕路險巇，一至於此，是以九州之長，不如巢居之安；萬乘之相，不如灌園之適。古之人豈癖烟霞、仇軒冕哉？誠畏之也。

【校記】

〔一〕版，原作『板』，據《校勘記》改。

及其至也雖聖人亦有所不能焉

道又窮於行，而其費益見矣。夫聖人宜無不能者，乃即夫婦所能之道，及其至，而聖人又詘焉。道不誠費哉？且人各有能有不能之説，此可以論中材以下之人，而非所以論聖人也。於是天下有能有不能者，羣聚而謀，謂吾安得世有聖人，而百世之功、千秋之業於一朝觀厥成乎？然而聖人窮矣。夫婦之不肖，可以能行，如此者，非道之至也，及其至也，不肖者無能爲矣；及其至也，并非徒不肖者無能爲矣。而或且曰有聖人在，夫亦思道之費也。有前聖人所能而後聖人不能者，有後聖人所能而前聖人不能者。前聖人仰觀俯察，取諸《涣》而舟楫之利始，取諸《睽》而弧矢之利始，取諸《小過》而臼杵之利始；後聖人非無創造，不能不守前聖人之範圍。然而此其小焉者也。兩代定傳賢之局，何至禹而遽以神器私其子孫？中天高揖讓之風，何至湯而竟以干戈取人天下？且也鍊媧皇之石，知古有數千年傾陷之乾坤，何後世區區洪水横行，遂令數聖人導之不從，塞之不可；讀黄帝之書，知古有七十戰成功之天子，何後世僅僅苗頑逆命，遂令數聖人撫之不服，伐之不威。時爲之耶？勢爲之耶？道之費使然也。及其至，而後聖人不已窮哉？後聖人因時制宜，易明水而爲酒醴之和，易疏布而爲文繡之美，易蒲越而爲筦簟之安；前聖人雖有神靈，不能不聽後聖人之損益。然而此其顯焉者也。渾敦、窮奇，一廷聚不才之族，何必待受終文祖而流放始嚴？《關雎》、《麟趾》，二《南》卽治世之書，何必待負扆明堂而《雅》、《頌》始定？且也一畫開自包羲，《連山》、《歸藏》，其學不絶於二代，何以必俟羑里之君始顯，而《繫詞》并有賴乎尼山？九疇錫之文命，上炎下潤，其理不外乎五行，何不卽與皇祖之訓俱傳，而陳《範》乃遠需乎箕子？材不及耶？力不及耶？道之費使然也。及其至，而前聖人不又窮哉？是以放勳著於書，而書所羅列，不越南訛朔易之恆；成功告於頌，而頌所形容，轉在日就月將之細。何也？聖人所能者止此也。三代以下不知此義，而操觚者務爲揄揚，勒石者明示得意，乃無不與聖人爭能矣。

雖有智慧不如乘勢

智慧不足深恃，當觀其勢之所在矣。夫謂智慧可以集事者，英雄欺人之語也，何如乘勢之便乎？且自三代之季也，論者謂天下可以力征經營，而畎畝之間有太息而起者矣。然而鴻名不可以謬假，神器不可以力爭，伊古以來，未有一無憑藉而崛起在此位者也。粤自五霸迭興，而惟晉世長敦槃之會，未必其君無失德也，據表裏山河之勝，小侯自無不斂〔一〕衽而朝。迨至七雄並列，而惟秦獨成帝王之基，非必其代有賢王也，席崤函天府之雄，天下其孰敢叩關而進。雖有智慧，不如乘勢，齊人洵知言哉！且夫三代以降，事變益多，而智慧之不如勢，則前後有同符，古今無異理。中原角逐之秋，不知天命竟將何屬，乃或挾百戰百勝之鋒而卒歸於〔二〕敗，則巍然膺受命之符者，果何如聖武也，而無他也。用思歸之士，則兵力自強；借討賊之名，則人心自服。大業中衰之後，幾疑一姓不復再興，乃或負爭帝爭王之意而終以無成，則赫然稱中興之主者，殆別有神明也，而無他也。順百姓之謳思，自能傳檄而定海內；據上游之形勝，自能折箠而走羣雄。若乃一隅立國，其君有總覽英雄之略，其臣有鞠躬盡瘁之心。而究之，故鼎不能復還，彈丸惟堪坐困，豈智慧之有所不足哉？勢爲之也。若乃兩帝爭強，此或厲兵秣馬以興師，彼或幣重言甘以伺隙。而究之，南人自南不能取中原而痛飲，北人自北不能越天塹而飛來，豈智慧之並處有餘哉？勢爲之也。故有畫疆自王，非常之號，若可竊以自娛；而貢獻不敢闕於朝，正朔亦復尊於國。及真人之出，則遂奉表而來歸，此亦審乎其勢耳。如以智慧論，此膝豈爲人屈哉？且有繼體守文，端拱之餘，未嘗有以自見；而閫外重臣，百城專制；軍前宿將，三世知名。及一詔之頒，則皆投戈而聽命，此亦因乎其勢耳。如以智慧論，海內豈無健者哉？所以興王之起，必有驅除，或鋒未可犯，或力未可圖，常屈節以奉之，原夫王者之意，豈以揭竿斬木之徒可共大計乎？而致書必備極其尊崇，舉事或俯遵其約束，勢在故也。明乎智慧之不如乘勢，帝王所以有養晦之思也。而且開創之臣，半由草莽，或耕於某山，或釣於某水，每多方以求之。至於承平之世，豈其深山大澤之中遂無奇士乎？而亭中醉臥，皂隸來呵，市上佯狂，兒童聚笑，勢去故也。明乎智慧不如乘勢，豪傑所以有無命之歎也。故知勢有可乘，不必其果智慧也，國家當無事之秋，遺腹委裘，亦得開明堂而受籙；勢無可乘，不必其不智慧也，英雄無用武之地，奇材異俠，僅堪入海島而稱王。吾蓋上下千古而益歎齊人之言不謬也。

【校記】

〔一〕斂，原作『襝』，據《校勘記》改。

〔二〕於，原作『以』，據《校勘記》改。

舜南面而立堯帥諸侯北面而朝之

君臣易位，中天一奇景也。夫舜固南面而立者，而謂北面而朝者有堯也，噫奇甚。嘗考舜起布衣，而爲天子，嘗事堯爲太尉之官。當是時，南面而立者堯也，北面而朝者舜也。曾幾何時，時異勢異。則且仰而窺之，松牖依然也，雲棟如故也，而巍巍乎被山龍藻火以臨朝而爲諸侯主者，伊何人？伊何人？其堯也耶？噫，非也。夫卽向者絺衣雅琴以賜之者也，舜也。則且俯而矚之，九官無恙也，四岳猶存也，而皇皇乎駕玄馬素車以赴闕而爲諸侯先者，伊何人？伊何人？其舜也耶？噫，非也。夫卽向者訪桐稽莢以臨我者也，堯也。且夫前此南面而立者，不先有摯乎？是固堯所宜率諸侯而朝之者也。自沖齡踐祚，此膝久不屈於人，而此日者則又居舜之下矣。曩以親藩入繼深宮，未聞修昆弟之歡；今以甥館受終貳室，難復講主賓之禮。北面而朝，堯固不嫌貶節也。且夫後此南面而立者，不更有禹乎？是又舜所當率諸侯而朝之者也。自治水告成，此座亦不久將屬，而此日者則固踞堯之上矣。雄陶故友，尚抗志而高不事之風；衢室故君，反靦顏而效拜颺之禮。北面而朝，堯殊未免降尊也。況殿陛森嚴，瞽子既極當陽之貴；則宮闈整肅，英皇亦分敵體之榮。設二女歌《葛覃》而告歸，將擁篲迎門，恐未敢講家人之禮。且其子以通侯就國，尚得邀賓禮之隆，而乃父薄天子不爲，反屈在臣鄰之列。設丹朱奉介圭而入覲，將比肩事主，且與同爲當殿之趨。夫負扆在明堂，後世有以人臣而居南面之位者，顧亦虚位已耳。以堯之事舜者例之，訪落之沖人，真可使北面而附畢滎之數。夫《春秋》歸筆削，後世有以匹夫而假南面之權者，顧亦虚名已耳。以堯之事舜者例之，守府之孱主，真可使北面而陪游夏之班。堯且有然，何有於瞍哉？

百里奚自鬻於秦至以要秦穆公

以自鬻誣伯佐，亦事之所或有也。夫奚嘗自言以食牛干王子頹矣，或者之説，豈必無所本乎？聞之孔子嘗爲委吏矣，曰：『牛羊茁壯長而已矣。』然則士方窮時，亦何地不堪託足哉？若乃委身牛口，寄跡人奴，忍辱一時，流榮千載，以予所聞，有百里奚一事。百里奚，窮人也。風雲未偶，抑塞無聊，往往布衣蔬屩，從二三牧竪嬉游於山巔水涯間，見其鞭策有時，飲食有節，喟然曰：『牧天下不當如是耶？』因盡其術以歸。是時，齊人甯戚以飯牛見齊桓公，叩角一歌，天下傳誦之。奚聞而慕焉，語所識牧竪曰：『大丈夫終不以牛衣中老，吾從此逝矣。』聞秦穆公賢，乃買符西入函谷關，請以褐衣見，論天下事。謁者以其貧，勿爲通。養牲者，秦鉅族也，諸公要人皆與游，秦穆公亦時枉車騎焉。奚因其舍人，願自鬻門下。養牲者曰：『客何好？』曰：『客無好也。』『客何能？』曰：『客無能也。顧少從牛醫兒游，善食牛。』養牲者笑而受之，曰：『諾。』是時，貂蟬滿座，狐貉成行，而奚衣故衣，擁敗絮。養牲者曰：『客何一寒至此乎？』因出五羊之皮與之。奚再拜謹受賜。居無何，養牲者戒其舍人曰：『明日吾君當來。』奚時立廡下，竊聞焉。及明日，穆公果來，武夫前呼，從者塞途，持矛而操闟戟者旁車而趨。養牲者伏謁惟謹，奚故執鞭筴睨而嘻。穆公怒，詰問誰何。養牲者免冠叩頭，曰：『臣家食牛者也。』穆公於是召而見之，曰：『子豈有説乎？』奚曰：『臣不佞，知食牛而已。雖然，亦自有説。今夫敗羣必去，義也；游牝必時，禮也；麾之以肱，勇也；飲之以池，仁也。故微之可以得養生之主，而大之可以驗調燮之功。君何不以崤函爲闌，以岐豐爲牿，以秦國之衆爲牛，而令臣得以政刑爲鞭箠，以禮教爲芻秣，百年之後，關東諸侯皆牛後也。』穆公大悦，曰：『秦之先，本以牧馬啓封，寡人得子，以牛繼馬後，秦其遂兼諸侯乎？』延之上坐，拜爲相國。奚從容出五羊之皮謝養牲者，服冕乘軒而去。

西子

西子者，國色也。夫色如西子，茂矣美矣，蔑以加矣，亦千古奇女子哉！且自『螓首蛾眉』一詩，爲千古賦麗人者之祖，自此以往，彤管爭芳，綠衣競寵矣。然而佳人難再，亦如國士無雙。彼美人兮，不御鉛華，自成馨逸，一朝選在君王側，今日并爲天下春。其惟西子歟？今夫天下多美婦人，自昔云然矣。褒姒在周，抑何善笑；驪姬入晉，更乃工啼。麗矣乎？曰麗也。然而芳塵已遠，不知胡帝胡天。楚王幽夢，幸神女於巫山；屈子遠游，聘宓妃於洛浦。豔矣乎？曰豔也。然而詞客寓言，未免疑雲疑雨。夫美之至者，孰如西子哉？方其生於越也，若耶溪畔，秀氣獨鍾；苧蘿村中，豔聲早播。荆釵蓬鬢，便若畫圖；皓齒明眸，不煩膏沐。固已趙女羞顔，燕姬減色，冠佳人於南國，笑鄰女於東家。及其歸之吳也，溪邊舊侶，送出天仙；屏内夫人，教成歌舞。迎來石室，豔兮如花；載去香車，從之如水。則又捧心添媚，傅粉助嬌，紅顔洗貧女之妝，翠袖習深宫之禮。於是吳王悦之，迎以雲軿，藏之金屋，香水溪邊共浴，錦帆涇裏同游。頓使三千人之粉黛，讓爾專房；遂將數千里之山河，買其一笑。於是越師至矣。鶴方舞市，鹿已游臺。辭六宫之花草，泛一棹之烟波，方愁采葴山荒，從此浣紗終老。豈料語兒鄉熱，居然泛宅爲家。嗟乎，盛姬往矣，誰問穆天子重璧之臺；帝子來兮，徒留湘夫人遺褋之浦。大半風流歇絶，金粉飄零。而如西子者，宫冷館娃，餘芳可挹；廊空響屧，幽會能通。幾令天下有情人都成眷屬。獻於晉者二八，策等和親；教於吳者三千，事同游戲。不過眉樣爭新，腰肢鬭細。而如西子者，朱顔綽約，親爲烏喙功臣；白首倡隨，更作鴟夷佳偶。始信人間清淑氣不在鬚眉。由是而然而不潔一蒙，相對無色。噫嘻，丹青被玷，徒留塞外之燕支；鞠域見囚，長罷宫中之楚舞。由是而嫫母、無鹽居然后矣。

曲園四書文

曲園四書文

序

余《春在堂全書》刻《四書文》十四篇，皆少作也。其後有《課孫草》之刻，則皆小題文字，取便童蒙誦習耳。今年鄉試，余於順天、江南、浙江、福建、河南、湖北六省闈題皆有擬作，得文七篇，盛行於時。因之鼓動文興，以爲《四書文》卽經義也，今學者治經，自矜樸學，而《四書文》則薄爲時文而不屑爲，何其岐而二之哉？乃就《四書》中平時於常解外別有創解者得二十題，各作一文以發明之。其義則說經也，其章法句法、開合反正則仍時文面目也。《太玄·更》之次五曰『童牛角馬，不今不古』，斯之謂與？題曰《曲園四書文》，以別於舊刻之《春在堂四書文》云爾。光緒戊子十一月，曲園居士自記。

致知在格物

揭致知之所在，物不可不正也。夫格之言正也，恆訓也。欲致其知，先正其物，是可終言其所在矣。昔孔子之謀衛政也，曰必焉正名乎！正名者，正百事之名也。此在吾黨之士已有竊笑其迂者，而不知名與義相因，欲究夫百出不窮之義，必先定夫一成不易之名，故雖以古大學之教人，亦必自正名始。誠意在致知，而知所以致，安在哉？夫恍恍惚惚之鄉，豈有端倪可見？故必切按其森然昭布者，而蟲魚草木，皆助成絢爛之文章。然色色形形之賾，幾於更僕難終。故必審定其確然不移者，而天地方圓，早設一整齊之規矩。爰有物焉，所宜正也。格也者，正之之謂也。欲致其知，必在乎此。天地之理，莫大乎人倫。君義臣行，萬方之則；父慈子孝，百行之原。以此言知，致之不勝致矣。而在乎孩抱提攜之日，必先示以孰爲父、孰爲母、孰爲弟兄姊妹，爲他日敦倫飭紀之基。天下之理，莫繁於人事。天高地厚，巧算不能推；古往今來，柱史不能識。以此言知，致之更不勝致矣。而在乎勝衣就傅之年，必先示以孰爲一、孰爲二、孰爲南北東西，爲異時平地成天之用。《詩》、《書》乃見道之資，必先正其句讀；文字乃通經之本，必先正其形聲。致知之在格物也，體之吾儒而自見。粗而爲軍旅之事，鼓鐸鐲鐃，必先正其器；微而爲工師之事，輪輿車梓，必先正其官。致知之在格物也，推之世務而皆同。黄帝知其然也，於是有正名百物之功，俾致知者不至茫無所據。自此作宮室、作舟楫、作杵臼弧矢，有一器必有一名，燦然成章，而異俗之侏離不足傲中原之文獻。周公知其然也，於是有《爾雅》一經之作，俾致知者不必舍此他求。其中釋訓詁、釋言語、釋草木鳥獸，每一篇各爲一義，犁然悉當，而後儒之附益不能外古訓之體裁。乃後世有誤以格物爲禁止物欲者。夫外物日接於吾前，概從屏棄，是絶物也。其始不過高曠之士借作清談，拘謹之儒喜於靜坐。而其甚也，杜聰塞明，見聞盡滅；絶聖棄智，載籍可燒。極其弊，而以清淨爲宗，遂文字語言之不立；以形骸爲幻，并耳目鼻口之皆無。此豈吾儒之道哉？明乎致知之所在，庶不以切實工夫，遁入異端之說。後世有誤以格物爲窮至物理者。夫萬物不可以勝計，畢力研求，是玩物也。其始不過曲藝之士自作聰明，射匿之家偶然游戲。而其甚也，矜奇炫異，人倫造化之機；測遠求深，士挾窺天之管。充其弊，而戰陣之間借祝融以肆毒，大傷天地之和；舟車之用憑列缺以爭先，盡失華戎之限。此豈生民之福哉？明乎致知之所在，庶不以成均名目，譯成化外之書。格者，正也，此格物之正解也。

格物乃《大學》教人之始，非可求之過高。格字止當訓『正』，欲致其知，先正其物。物之不正，知不可致也。《內則》曰：『六年，教之數與方名。』此卽格物之始事。不然，認一作二，指東作西，顛倒眩惑之不暇，何知之有乎？今人於孺子，衣則告之曰衣，冠則告之曰冠，粱肉則告之曰粱肉，此亦卽是格物。是故格物之義自漢以來失解，而其事則實未之有易也。爲作此文，以發明之。曲園自記

見賢而不能舉舉而不能先命也

見賢而如不見，姑諉之命焉。夫見不舉，舉不先，失此賢，負此見矣。諉之以命，寬之也。承仁人放流而言，故於不能舉者從寬耳。且傳者因仁人之能惡人，而并及其能好人，因推而言之，以及天下知好而不能好之人。夫此知好而不能好之人，已爲仁人所不許也，然此知好而不能好之人，猶非仁人所深責也，則姑諒其無如何之意，歸之不可知之天，曰是有數存焉爾。夫今天下競言命矣。顧在草茅之士，終身不偶，固宜以命自安，勿因富貴利達之私心，叩帝閽而瀆問；而在朝廷之上，大柄獨操，豈容以命爲解，轉以聖主賢臣之知遇，假瞽史而持權。雖然，執是説也，何以處夫見賢不能舉、舉而不能先

者？衡鑒之未精，吾無責焉。若既見矣，良金美玉，豈宜棄置而如遺，如何弗舉？明揚之未及，吾無譏焉。若既舉矣，景星慶雲，方且早覩以爲快，如何弗先？此而責以不能舉、不能先之失，則百端莫解，已無辭乎因循怠緩之譏。此而原其不能舉、不能先之由，則一綫可原，姑爲諉之夭閼紛綸之數。亦曰命而已矣。古者聖神御宇，而左鳳右麟之佐早應運而生，斯氣數之獨隆也，今何爲乎？郡國已貢爲賢良之士，祖宗且留爲宰相之才，而徒以微賤姓名煩天家之記注，殆彼蒼猶未假之緣乎？古者山岳降生，而訪桐稽莢之君已馨香而祝，此遭逢之極盛也，今何如哉？朝廷無歲不下求賢之詔，公卿何人不修薦士之書，而徒以風塵奔走老天下之英雄，殆造物猶未作之合乎？人君端拱垂裳而坐，讀一士之文章，廢書而大息曰：吾安得此人而與之同時哉？乃其始也，魯哀公慕周豐之名，踵門而請；其繼也，晉平公入亥唐之坐，興盡而回。後之人披尋史册，尚論古人，謂舊臣宿將，平時或未交歡；謂宫妾宦官，當日必多搆釁。而不知非也，命爲之也。命之所有，商巖之霖雨，乘一宵之幻夢而來；命之所無，魯國之鳳麟，因三日之清歌而去。君臣遇合之間，吾熟計之矣。人臣擔簦躡屩而游，邀九重之盼睞，中夜而傍徨曰：吾因是感激而許以馳驅矣。乃其初也，管夷吾之囚虜，見用於讐敵之朝；其終也，柳下惠之高賢，不容於父母之國。後之人仰其遺風，爲之浩歎，謂痛哭流涕之談，太無忌諱；謂誠意正心之説，未免迂疏。而不知非也，命使然也。命與之合，渭濱之漁父，一朝邂逅，應熊虎而登朝；命與之違，縣上之故人，廿載艱難，歌龍蛇而去國。天人感應之理，吾深信之矣。知其爲命，而當局可以無恨也，窮通有定數，正可飽讀吾有用之書。知其爲命，而他人亦可無言也，厚薄總君恩，何必憑弔於無情之水？若見不善而不能退、不能遠，則是過也，不得謂之命矣。

『命』字，鄭讀爲『慢』。然『命』、『慢』非同聲字，未合假借之例，仍當讀如本字。魏李康《運命論》曰：『聖明之君，必有忠賢之臣，其所以相遇也，不求而自合；其所以相親也，不介而自親。授之者天也，告之者神也，成之者運也。』可以發明此章『命』字之義。不能舉，不能先，雖賢君亦或有之，謫賈誼於長沙，非無聖主；竄梁鴻於海曲，豈乏明時。故曰命也。下文見不善不能舉，則不得諉之命矣。故曰過也。二者並列，而語有輕重，上承仁人放流而言，下又極言小人爲國家之禍，固重在能惡人耳。曲園自記

傳不習乎

有必專之於己者，不習不可得而專矣。夫『傳』之言『專』也，魯讀然也，事固有當以一己專之者，曷其奈何不習？曾子若謂：吾於聖門之中，其質最魯，質之魯者，凡事必當求助於人矣。然天下事有可以求助於人者，有不可以求助於人者，如之何以必躬必親之事而竟置之不論不議之科也？吾之省吾身也，爲人謀，固其一矣。然爲人謀，則人之事也，非我之事也，身居局外，其情尚處於旁觀。與朋友交，又其一矣。然與朋友交，則朋友之所同也，非我之所獨也，分屬他山，其勢猶存乎對待。而如有一事焉，既不可謀之人，亦無人爲之謀，閉户自修，大有踽踽涼涼之懼；而如有一事焉，既非以我交於朋友，亦非以朋友交於我，出門無益，誰効偲偲切切之功。是所謂專也。吾嘗讀《周禮》矣，官府之六屬舉邦治，大事從長之外，凡有小事則專之，此專之一説也。吾嘗治《春秋》矣，大夫受命不受辭，出竟之

後，有可以安社稷、利國家則專之，此專之又一説也。夫既專之矣，奈何不習？伏處而事權不屬，不過宗族鄉黨之周旋，不習焉猶之可也。若夫内參密勿，外曜台衡，則且秉鈞而專國矣。乃揮清談之麈，惟聞名理之空言；銜樂聖之杯，常見賓朋之雅集。文章禮樂，既未嘗延訪於師儒；錢穀簿書，又未嘗講求乎僚掾。一旦坐廟堂、裁機務，用人行政，不過仰承夫風旨，而宦寺乃得竊其權；發號施令，不能悉協乎典章，而胥吏轉能持其柄。至乎風裁大減，言路交攻，始歎早十年而作相，不如遲十年而讀書也，何不謀之於早乎？平居而變故不生，不過偃仰栖遲之歲月，不習焉亦無傷也。若夫騰威閫外，宏總上流，則且杖鉞而專征矣。乃雅歌投壺，博儒將風流之譽；竹頭木屑，費有司瑣碎之心。鵷治風胡之兵法，既未嘗目覩其書；龍頭天竈之地形，更未嘗躬親其處。一旦鑿凶門、臨大敵，平原恃車戰之長，而古制未諳，反至一軍之俱盡；横海遈樓船之利，而重洋莫測，豈能萬里而長征。至乎戎馬倉皇，師徒撓敗，始歎製神弩之千鈞，不如受素書之一卷也，何不審之於初乎？專不習乎？此曾子之意，而魯讀得之者也。或因魯讀『傳』爲『專』而附會於六寸簿之説，則不如仍讀爲『傳』矣。

鄭注曰：『魯讀傳爲專。』惜其義不傳，今作此以發明其義。曲園自記

孟懿子問孝一章

孝在無違，告一人與告萬世異也。夫以無違告孟懿子，欲其不違僖子之遺訓耳。然告懿子一人，非所以告萬世，故又語樊遲而歸之以禮乎。且昔樊遲之問仁、問知而未達也，夫子則申告之以舉直錯

諸枉，能使枉者直。是夫子之於人，苟有未達，必有以達之，未有無以達之而轉使人達之者也。夫我不能自達其意，人何能代達我意？人不能求達於我，又安能求達於人？然則孟懿子問孝可異矣。日者夫子使樊遲御，而之孟孫氏，懿子乃以孝問。懿子者，奉其父僖子之命學禮於夫子者也。夫子果欲其奉禮以周旋，則正告之曰『禮乎禮如是』可矣。乃不曰『無違禮』，而僅曰『無違』，微寓其意而深没其文，將使人尋繹其言外之意，如當時之隱語、後世之清談乎？非也。夫子之意，直欲其不違僖子之遺訓而已矣。蓋在僖子，當易簀之時，猶爲二子詒謀之計，見以愛子之深心，立傳家之善法，必有以樹南山觀橋、北山觀梓之型。而在懿子，屈服官之始，正值三家鼎盛之年，則以少年之心性，席世族之高華，恐不能守良冶爲裘、良弓爲箕之業。此夫子無違之言所爲發也。雖然，天下之人，豈皆如懿子之得僖子以爲父乎？而皆曰『無違』，可乎？夫子爲樊遲述之，而樊遲果以『何謂』請。子歷歷語之曰：『生事之以禮，死葬之以禮，祭之以禮。』然後知夫子之言，有爲一人發者，有爲萬世發者。爲一人發，則所謂無違者，不違父命而已。且夫三代之世族，直與封建相維持，本支百世，周所以興也。俄而皇父之後，爲皇父卿士矣；蹶父之後，爲蹶維司馬矣；尹吉甫之後，爲尹氏太師矣。子孫不能紹其祖父之美，而周室遂衰。卽如吾魯，以季孫行父之賢，而其後不能繼也；以叔孫昭子之忠，而其子不能嗣也。懿子聞夫子之言，誠知孝在無違而謹守終身，則政皆其父之政，何至鄙夷其故物，轉使乃翁蒙田舍之譏？臣皆其父之臣，何至疏忽於賓筵，致使遺老抱鉗奴之懼？喬木世家，其與國終始乎。爲萬世計，則所謂無違者，不止不違父命而已。且夫百世之風俗，每隨時勢爲轉移，經曲三千，世所共守也。俄而廟之有二主，自齊桓公始矣；大夫之奏《肆夏》，自趙文子始矣；宦於大夫者之爲服，自管敬仲始矣。

天子不能持其禮樂之柄，而世變益繁。卽如吾魯，朱干玉戚，諸侯而干天子之典也；朝服縞衣，大夫而僭諸侯之制也。樊遲聞夫子之言，誠知無違在不違禮而昭示來茲，則所守者先民之矩矱，何敢喪、祭、冠、昏，創一家之說，以愚賤而妄操考文制度之權？所遵者昭代之典章，何至宮室衣服，從一時之宜，以華夏而自同絶域異荒之俗？明堂制作，斯爲大一統乎。

此章自來失解。夫子不能直達於孟孫，樊遲安能轉達於孟孫？孟孫不能復問於夫子，安能更問於樊遲？果如舊説，則聖人行事迂曲甚矣。愚謂：夫子告懿子以『無違』，正欲其從親之命。蓋懿子是僖子之子。僖子，魯賢大夫，懿子嗣立，必有不能謹守僖子之教者，故以『無違』告之。然此爲懿子一人言耳。聖賢垂訓，必爲萬世計，天下之爲人子者，豈能皆有賢父乎？故又語樊遲而發『以禮』之訓，非使之轉達孟孫也。曲園自記

哀公問社於宰我一章

魯君以私意論社，聖人微諷之也。夫問社而舉三代以對，宰我無他説矣。『使民戰栗』，古説謂是哀公之言，夫子所爲以微辭諷之乎？昔哀公以年饑問於有若，有若以『徹』對，公有『二猶不足』之言，有若旣以正論折之矣。哀公以社問宰我，宰我以三代之制對，公有『使民戰栗』之言，宰我不能以正論折之。夫子乃以微辭諷之。夫哀公者，承魯國積弱之餘，念昭公出亡之辱，未嘗一日不思自強也，故嘗問政於夫子。又曰：『何爲則民服？』蓋以四分公室以來，季氏擇二，孟孫、叔孫各一，公無民矣。不

先服民，無以制三家，故其問『民服』也，欲制三家而强公室也。日者又挾此意而問社於宰我。蓋在哀公，勤諮訪於儒臣，非欲居今而稽古，早挾一不用命戮於社之私意，爲哀朝振起其聲靈。而在宰我，考典章於故府，非欲援古以諷今，不過以樹其土所宜木之成規，由昭代溯源於子姒。夏松殷柏，周則以栗，宰我之言止此也。乃哀公聞周人以栗之言，卽臆決之，曰『使民戰栗』。噫，情見乎辭矣。斯時，哀公勃然，宰我默然，夫子聞之，爲憮然也。稠父喪勞之恥，中隔定公十五年矣。長府之舊跡久淹壞，隤之遺臣盡散，安得起一國之衆，復動其惓惓之思？季孫專政以來，下逮桓子，凡四世矣。內有叔、季爲之鼎立，外有齊、晉爲之奥援，安能以守府之君，坐奪其炎炎之勢？成事也，可説歟？遂事也，可諫歟？既往也，可咎歟？子歷言之，爲哀公諷也。由哀公之見，挾不忍其詢之意，求逞於一朝，是欲以强政濟弱勢也。極其弊而言之，吏逞武健嚴酷之風，士習法術刑名之學。將使民不見德，惟戮是聞，適爲賢者驅除之地；鋌而走險，急何能擇，遂啓英雄草澤之心。雖曰發憤爲雄，而元氣之傷痍，其受病更深於跢鰲。由夫子之言，本相忍爲國之常，共安於無事，所謂有遠效無近功也。遵此意而行之，君惟存百年勝殺之心，臣不進九世復讐之議。將見豁達大度，反側自安，而拔扈强臣、兵符坐握者，杯酒可以奪其權；清静無爲，獄市不擾，而蠻夷大長、帝制自娱者，尺書可以削其號。勿謂操刀必割，而聖賢之韜略，其作用遠過乎兵刑。故曰：魯君以私意論社，聖人微諷之也。古説不明，而世以『使民戰栗』之言爲出於宰我。然則是宰我失言也，夫子何不直指其失，而若此之迂緩其辭哉？

皇侃疏云：依注意，卽不得如先儒言，曰『使民戰栗，是哀公説也』。然則先儒舊説，固以『使民戰栗』爲哀公語，不知何人之説。竊謂：殊勝今説。『曰使民戰栗』與問有若章『曰二吾猶不足』，皆哀公語，而不更出『哀公』字，兩章一律也。嘗論哀公爲君，當魯國積弱、三家方張之日，頗有振興之志，蓋以昭公舊事爲恥，而欲一雪之也。故屢問於孔子，而聞宰我『周人以栗』之言，卽有『使民戰栗』之説。然魯以相忍爲國久矣，昭公在晉霸未衰之日猶不能借其力以去季氏，況哀公時乎？其後欲以越伐魯而不能，其效可覩矣。宰我既不能匡正，孔子亦未便明言，但以『成事不説』三語微諷之。見得祿去政逮，爲日久矣，未可求勝於一朝也。自注家以『使民戰栗』爲宰我語，并夫子之語亦不可解。故作此文，本舊説以正之。曲園自記

冉有曰夫子爲衛君乎一章

聖人於衛君，父與子均非所取也。夫伯夷仁則蒯聵不仁矣，叔齊仁則輒不仁矣。夫子殆兩不爲乎？且春秋之變，至父子爭國而極矣。父子爭國，其罪在子。然子所執者，王父之命也。子誠不可執王父之命以拎其父之臂，父亦不得奪王父之命於其子之手，然則是父是子，皆聖人所不取也。今將謂蒯聵無罪乎？蒯聵惡得無罪？既自絶於母，卽自絶於父，豈宜援世及之例而仍奉宗祧。今將謂輒無罪乎？輒惡得無罪？父雖不子，子不可不父，豈得挾嫡孫之尊而躋承祖統。夫子居衛，爲蒯聵乎？抑爲輒乎？冉子不知也，問之子貢，子貢亦不知也，入而問之夫子。乃不問衛事，而以伯夷、叔齊問，何居？蓋伯夷以父命爲尊者也，念吾父以愛憐少子之故，彌留之際，實有成言。伯夷自宜奉身而退，豈可使墨胎片壤，淪爲天下無父之邦？叔齊以天倫爲重者也，念吾兄已久尸家督之名，少長之倫，不

容或紊。叔齊自宜抗手而辭，豈可以孤竹清風，釀成小白殺兄之釁？嗟乎，夷、齊何人哉？使伯夷而非賢也，賢矣而不能無怨也，則蒯聵猶可爲也；使叔齊而非賢也，賢矣而不能無怨也，則輒猶可爲也。乃夫子曰：『是求仁而得仁者也，何怨之有？』而衛事定矣。是何也？伯夷知有父命，蒯聵不知有父命也。且夫伯夷之於父也，本無開罪之端；蒯聵之於父也，實有不韙之跡。乃一則曰玉几之遺言具在，一則曰金縢之祕册難憑也，仁與不仁，懸如天壤矣。叔齊知有天倫，衛輒不知有天倫也。且夫叔齊之於伯夷也，不過同氣之弟兄；輒之於蒯聵也，實屬異宫之父子。乃一則曰弟東鄉而兄不可北鄉坐，一則曰子南面而父不妨北面朝也，仁與不仁，判如水火矣。則請爲蒯聵解曰：是殆爲夏后啓乎？溯文命倦勤之日，薦益於天，乃費侯空走箕山，長子竟膺神器，似亦無父命矣。不知禹雖薦賢，未嘗廢子，姒王之後，舍啓而誰？不過以謳歌獄訟之所歸，遂爲海内共主耳。當日之涕泣而拜受，猶是受之父也，則揆之父命而無違，豈蒯聵所能藉口？又請爲輒解曰：是殆爲周季歷乎？考太王翦商之日，泰伯不從，乃長君有采藥之行，介弟無采薇之節，似亦無天倫矣。不知伯既遐征，已同長逝，仲雍偕往，惟季獨存。苟不援兄終弟及之成例，將使宗祊無主乎？當日之以倫序而得立，不啻後其兄也，則按之天倫而無愧，豈輒也可與同科？夫子不爲也，蓋皆不爲也。如謂但不爲輒耳，豈知此義哉？

是時，蒯聵父子爭國，時人疑夫子必有所助，故冉子問：『爲衛君乎？』衛君兼謂蒯聵父子，非獨指輒。夫子以伯夷爲賢，賢其重父命也；以叔齊爲賢，賢其重天倫也。蒯聵不知有父命，輒不知有天倫，則皆夫子所不爲矣。故曰『夫子不爲也』。使其時上有天子，下有方伯，則必更立賢君。以伯夷處蒯聵，以叔齊處輒，而人倫正、衛事定矣。子貢引夷、齊爲問，正與衛事搞切，後人未達其

意也。曲園自記

加我數年五十

聖人假年之請，以五十爲期也。夫年之得假與否，不可必也，故既渾言之曰數年，又申言之曰五十。言或五年，或十年也，此五十之義，自來未有得之者。夫子若曰：吾追溯志學之年，蓋自十有五始，歲月如流，入此歲來，已將七十矣。老冉冉其將至，悵未立乎修名；余渺渺其有懷，私有干乎大造。竊願以童時所謂十有五者分而二之，而庶幾或得其一也。今夫人之不可必者，非年乎？豪情未暮，崦嵫之日先沈，雖帝王長駕遠馭之雄才，不能攀若木、扶桑，稍駐羲和之駕；壯志未灰，逝水之波已竭，雖英雄旋乾轉坤之大力，不能驅天吳、罔象，再迴滄海之瀾。我也知修短之有數，不能取攜之任便，而姑以假我爲名；念稱貸之難償，不敢久遠之相要，而姑以數年爲斷。則有如假我以五年乎。帝王五載一巡方，又見乘輿之出；宗廟五年一殷祭，重逢大事之行。兼參兩而爲五焉，就數年中約言之也，吾不嫌其少也。則有如假我以十年乎？消息盈虛，天道十年而變；生聚教訓，人事十年而成。合二五而爲十焉，就數年中極言之也，吾甚喜其多也。此在達觀身世之流，執一視彭殤之説。歸真不定何時，吾惟飾巾而待；埋骨不知何地，吾將荷鍤以從。生寄死歸，付淩雲之一笑，須臾之頃，勿與蟪蛄朝菌而爭長也。而何有於五年？何有於十年也？我豈有此曠懷乎？自惟車殆馬煩，虚擲長途之日月，返鄉閭而訪舊。故交淪落，不存陋巷之賢；老境淒涼，并失趨庭之子。卽我髮禿齒危之情狀，亦知來日之無多。假我五年，而吾意足矣；假我十年，而吾意更足矣。此在服氣鍊形之士，得長生久視之方。五百年之故物，吾往時及見其新；三千年之靈根，吾今日再嘗其實。天長地久，抱明月以長終，瞬息之間，已看海水桑田之屢易也。更何有乎五年？何有乎十年也？我豈有此神術乎？自惟門衰祚薄，空留故國之衣冠，撫家乘而流連。先大夫之神勇，未享高年；吾伯民之夭亡，僅留弱息。以我瞻前顧後之蒼茫，冀緩須臾之無死。假我五年，而我欣然矣；假我十年，而我更欣然矣。則惟以之學《易》，幸免大過而已矣。

五十作卒之説，於古無徵，萬不可信。若從何氏説，謂是知命之年，亦不可通。夫子假年之歎，必發於暮年，若年未五十，猶在強仕之年，安得自謂來日無多而思更假數年也？愚舊作《羣經平議》，謂『五十』二字乃『吾』字之誤，與『五十』作『卒』，同一無稽。此當以『假我數年』爲一句，『五十』爲一句，『五十』二字承上『加我數年』而言，蓋不敢必所假者幾何年，故言或五年，或十年也，使足其文，曰『假我數年，五年、十年以學易』，則文義了然矣。因上句已有『年』字，故『五十』下不更著『年』字，愚著《古書疑義舉例》所謂『蒙上文而省』也。因作此發明其義，且正余舊説之誤。曲園自記

子在川上曰一節

川上之歎，感逝也。夫因川流之不舍書夜而歎逝者之如斯，夫子亦感逝耳。必以道體言，求深而反失之。且論者謂：日往則月來，寒往則暑來，此道體也。夫子觀水而有悟焉。竊謂不然。日月寒

暑，有往而有來者也，固可以見道體；水一往而不復來者也，何足以見道體？夫川閲水以成川，世閲人而爲世，聖人亦猶是。人情正不必高言微妙也。昔孔子嘗觀於東流之水，語子貢，有君子見大水必觀之説。然則子在川上亦屢矣。茲乃感之而有言焉，曷故？蓋有見夫朝宗萬派，長此滔滔，雖河源遠出昆崙，而滄海尾閭竟不能復鼓迴瀾之氣力。因有慨夫彈指百年，何其苒苒，雖天地不能瞬息，而王侯螻蟻竟無人得免隨例之銷沈。因慨然曰：『逝者如斯夫！』又申之曰『不舍晝夜』。洪荒其太古乎！自堯舜至於湯，五百餘歲；自湯至於文武，五百餘歲；自文武至於今，五百餘歲。今來古往，竟有江河日下之形，其遷流固如斯也。堯、舜、湯、文，猶晝夜也。浮生一大夢耳！昭、定以來，爲吾所見之世；文、宣以來，爲吾所聞之世；隱、桓以來，爲吾所傳聞之世。日異月新，不勝東海揚塵之感，其變幻亦如斯也。隱、桓、昭、定，猶晝夜也。有習鍊形之術者，恃坎離吐納之功，合精氣神而守吾三寶，庶幾不知有晝、不知有夜，人皆逝而我獨存乎？然而山中雖有長生之猿鶴，世外仍無不散之烟霞，爲問空同訪道之士，尚有幾人也，則亦如斯之悠然長往也。夫有執轉世之説者，保心性虛明之體，歷去來今而總此一身，庶幾晝而復夜、夜而復晝，逝於此又生於彼乎？然而方寸雖有自閟之靈臺，咫尺每有難投之覺岸，爲問恆星不見以來，又經幾世也，則亦如斯之浩然大去也。夫烈士暮年，壯心不已，撫斯而自奮曰：吾其乘時而有爲乎？旂常鐘鼎，垂千載之聲，於斯可無負矣。乃龍虎之風雲未已，而蜉蝣之歲月無多，一晝夜間而竹帛猶新，松楸已暮也，亦一川流也。達人大觀，物無不可，因斯而自解曰：吾其及時而行樂乎？鐘鼓園林，極一時之勝，於斯亦良足矣。乃酒坐之賓朋未散，而墓門之翁仲先迎，一晝夜間而昔時華屋，今日山邱也，亦一川流也。噫！前不見古人，後不見來者，對此蒼茫，未免百端之交集。一死生爲虚誕，齊彭殤爲妄作，後之覽者，亦將有感於斯文。必以道體爲言，泥矣。

朱注之説妙矣。然經文止言『逝者如斯』，言往不言來，無往過來續之理，與注意大悖。舊注謂：凡往者，如川之流。皇疏云：川流迅邁，未嘗停止，人年往去，亦復如斯。深得聖人發歎之意，不得以爲淺近，而從後人淵微之論也。曲園自記

魯人爲長府一章

聖賢論良府，存舊君也。夫長府者，昭公所居以攻季氏者也。欲改爲之，以泯其迹，故閔子微諷之，而夫子深然之歟？昔閔子之辭費宰也，曰：『如有復我，必在汶上。』汶上何地？閔子欲往何心？自來未有見及者。吾意：汶上爲自魯適齊之道。閔子辭費之日，或正在昭公孫齊之年，故爲此言，示將從故君於齊乎？乃今又本此意以論長府。夫魯人之爲長府，奚爲者也？謂如築鹿囿、築郎臺之故事，其意主乎盤游，則未聞飾府庫之觀，可以代臺池之樂；謂即作丘甲、作田賦之成謀，其事在乎加賦，則猶未下征輸之令，何先營儲積之區？噫，我知之矣。昭公之攻季氏，實先居於長府，後之過長府者，皆睪然而望，浩然而思，曰：此吾先君昭公所居以攻季氏者也。則季氏子孫不得安枕矣。改而爲之，欲泯其迹也。曰『魯人』者，實季氏也，不欲自言之，姑曰『魯人』云爾。閔子騫於是誾誾然有言矣。不斥其新規之未善，但告以舊貫之當仍。維今之人，不尚有舊，謂祖制不足法乎？往事分明，殊令人有舊國舊都之感。不責以興造之非宜，但詰以改作之何必。胡爲我作，不卽我謀，謂人言不足

畏乎？羣情惶駭，殊令人有改玉改步之疑。斯言也，曲而中矣。夫人不言，言必有中。夫子爲閔子嘉乎？爲季氏警也。而吾乃歎：季氏無君之罪爲不勝誅矣。古人之惡其人也，見其所築之壘培，必從而毁之，季氏之於昭公，其有深怒積怨之存乎？吾觀後世權臣，假樂推之説，膺受命之符，舊都喬木，悉付摧殘；故國鐘簴，亦遭移徙。離宫別館，旋爲茂草之場；廢寢荒陵，不設樵蘇之禁。甚至因王氣之猶存，而鑿殘其山水；懼人心之未死，而翦滅其子孫。要使往蹟皆湮，而萬歲千秋，永保我維新之運會。然則長府之爲，其事猶至小者也。而吾乃歎：聖賢維魯之心爲大有造矣。古人之愛其人也，見其所憩之甘棠，猶從而思之，魯國於昭公，豈無往歌來哭之情乎？吾觀後世遺民，當鼎革之秋，感興亡之事，龍髯遥望，抱弓劍而悲號；馬鬣私營，葬衣冠而羅拜。故宫寂寞，偕父老以話先王；遺廟荒涼，率遺黎而上私謚。甚者歲時伏臘，仍存故國之春秋；歌詠篇章，不載興朝之日月。遂使人心激發，而一成一旅，重興此再造之河山。然則聖賢之論長府，所關豈淺鮮也哉？

昭二十五年《左傳》：公居於長府，九月戊戌伐季氏。本此立論。余舊有《閔子騫論》一篇，卽此意也。曲園自記

而求也爲之聚斂而附益之

聖門有聚斂之臣，人聚而非財聚也。夫聚斂以附益季氏，求之罪也。然所謂聚斂者，人聚非財聚也，是又不可不辨。聞之《禮》曰：『竹聲濫，濫以立會，會以聚衆。君子聽竽笙簫管之聲則思畜聚之

臣。』是畜聚之臣，亦國家所宜有也。然畜聚之臣，在公室則公室強，在私室則私室強。不謂聖門明高弟，乃誤以畜聚之才用之私室也。如季氏之富，富於周公矣。在聖人處此，於祿去政逮之時，而爲強幹弱枝之計，方將墮其名都，出其藏甲，稍奪其坐擁之資。乃吾黨有人，小試於私家之宰，而大用其治賦之才，遂使田疇日闢，户口日繁，益長其方興之勢。是附益之也，誰爲爲之？曰冉求也。冉求果何以附益之哉？則以聚斂聞。昔周公作《爾雅》，其《釋詁》曰：『斂，聚也。』是聚與斂異字而同義，聚亦斂也，斂亦聚也。但曰聚斂，所聚斂者何物乎？其説有二。一爲財聚，有布縷之征，有粟米之征，有力役之征。榷算無遺，微及秋豪之末。而在上之錙銖必較，在下之杼柚將空，頭會箕斂，哀世之爲也，冉求所不屑也。一爲民聚，農夫耕其野，商賈藏其市，行旅出其塗。招徠有術，儼如流水之歸。而四境既無不治之汙萊，九府自無不流之泉布，容民畜衆，大《易》之義也，冉求所優爲也。是其爲季氏計者，有本有末。辟草萊，薄賦税，此其本也，求也爲之。而歲惟守取千、取百之常，家自有餘二、餘三之慶，重農貴粟，真要圖也，而所以附益季氏者其源遠。來商旅，勸百工，其末也，求也爲之。而關市不必懸煩苛之禁令，市廛已早羅充牣之珍奇，通商惠工，真良法也，而所以附益季氏者其流長。蓋冉求聚斂之術如此。夫以財聚爲聚斂，則其爲季氏謀也左矣。雖使利擅魚鹽，禁嚴麴蘖，心計細及乎微茫，而天遺惡盈，必無積而不散之理，多藏厚亡，亡無日矣。是以范宣子之貧，不可弔而可賀；齊慶封之富，不爲賞而爲殃。乃以民聚爲聚斂，則其爲季氏利也深矣。卽此人民親附，生齒繁滋，賦粟倍加於平昔，而富強有兆，已是化家爲國之機，以義爲利，利莫大焉。是以徐偃王之仁義，可以朝諸侯；陳桓子之釜鍾，可以盜齊國。此夫子所以深罪之也。後之説者，乃以聚斂爲急賦税，則又厚誣冉子矣。

舊説以『聚斂』爲急賦税，蓋本《孟子》『賦粟倍他日』之言，趙注云：『多斂賦粟。』竊謂：多斂賦粟，非急賦税也。因冉子爲季氏宰，爲之容民畜衆，使季氏私邑民人親附，日益富庶，故所賦之粟倍於他日。孔子稱其可使治賦，正以此耳。若惟是急賦税而已，曾是以爲治賦乎？誣賢者矣。曲園自記

虎豹之鞟猶犬羊之鞟

借物以喻，有存乎中者焉。夫虎豹犬羊，皮異而鞟同，然則文質亦異其外，不異其中也。此正申明文猶質、質猶文之意，非轉一解也。子夏若謂：吾不解人之徒相驚於其外也。夫以其外而論之，則隆殺之異等，豐約之異節，繁簡之異數，侈斂之異形，不可以道里計矣。而觀乎其中，則總不外此愛敬之至情，與夫尊親之定分。卽物以觀，有不煩言而解者。文猶質也，質猶文也，何以明其然哉？蓋先王緣情制禮，因性作儀，不過取其内之所藴藏，畧加緣飾以玉帛冠裳之迹。卽後世行之不著，習焉不察，乃一觀其天之所流露，無非率循乎日用飲食之常。不觀虎豹乎？彪然而成章者，莫虎豹若矣。而不知此其皮也，非其鞟也。虎豹固有虎豹之鞟存也。不觀犬羊乎？闇然而無色者，莫犬羊若矣。而不知此其皮也，非其鞟也。犬羊亦有犬羊之鞟存也。今試與子登朝廷之上，文物聲明，極炳炳麟麟之盛，是誠虎豹矣。卽出而游通都大邑之中，觀巨室世家之内，子弟風流自賞，固多揚風扢雅之才；婦女舉止不凡，亦有悦禮明詩之譽。遂使尹吉之衣冠，傳諸歌詠；姬姜之儀態，播之丹青，不亦一虎豹乎？

而不知其有文相接、有恩相愛，仍無加於父子、兄弟、夫婦之真，是虎豹之異乎？ 犬羊者，其皮也，而其鞟同也。今試與子觀草野之間，因陋就簡，盡榛榛狉狉之形，是誠犬羊矣。更遠而至黑齒雕題之國，入青丘鳥谷之鄉，其言語則侏離莫辨，重九譯而難通； 其風俗則鑿倮爲雄，入中原而不改。甚至羽人毛民之壤，不解冠裳； 火山冰海之民，都忘寒暑，不尤爲犬羊乎？ 而不知其歌也有思、哭也有懷，仍不失乎孝弟、任恤、睦姻之意，是犬羊之異乎？ 虎豹者，其皮也，而其鞟同也。然則吾不可貴虎豹之文，而賤犬羊之質矣。何也？ 犬羊之鞟，猶虎豹之鞟也。獻酬之不習，自有笑言； 拜跪之不知，非無恭敬。然則子亦何得取犬羊之質，而舍虎豹之文乎？ 何也？ 虎豹之鞟，猶犬羊之鞟也。黻冕美其名，亦猶卉服之聊資蔽體； 奧窔隆其制，亦猶穴居之惟取容身。以此明文猶質、質猶文之旨。子尚曰：何以文爲乎？

『文猶質也』四句，一氣相屬，『虎豹』二句，正申明文猶質、質猶文之意。蓋虎豹所以有文，犬羊所以無文者，以其毛也； 若以鞟而論，則一而已矣。文質之異，異乎其在外者耳。至如中之所存，如君臣主敬、父子主恩，不以文而有加，不以質而有損也。舊解均失其義，遂使文義之直捷者變而迂曲矣。曲園自記

兄弟怡怡

兄弟與昆弟異，怡怡，所宜施也。夫所謂兄弟者，婚兄弟也，姻兄弟也，視朋友加親，故怡怡爲宜

乎。昔吾論士，有宗族稱孝、鄉黨稱弟之説。孝者孝於父母，弟者友於昆弟也。夫由父母而遞及之，則昆弟是矣。若朋友以人合，而非以天合，由朋友而遞及之，則不當爲昆弟，而當爲兄弟，亦論士者所不可遺也。切切偲偲，既與朋友宜矣。朋也者，同師之士也，乃有不必同師而視同師者，其周旋更密，則非朋而密於朋矣；友也者，同志之人也，乃有不皆同志而視同志者，其形跡更親，則非友而親於友矣。所謂兄弟非耶。且夫兄弟與昆弟異，昆弟則手足之親也。古人先生爲兄，後生爲弟。所謂兄弟，其實昆弟也，此雖極其想像，不足形其洩洩而融融。兄弟，則婚姻之誼也。古人以婦之黨爲婚兄弟，以壻之黨爲姻兄弟。所謂兄弟，非卽昆弟也，此宜浹以笑言，勿徒出以勤勤而懇懇。吾所謂怡怡者，正爲兄弟設也。使其人而爲婚兄弟歟，則婦之黨也。蓋婦之父曰婚，言壻親迎用昏也，於是女氏稱昏，而相沿謂之昏兄弟。夫問名納采以來，百兩將迎，獲覩盈門之爛。溯從前十年姆教，粗成麻枲之功；三月公宮，大習蘋蘩之禮。而後脯脩棗栗，有此佳婦之承歡也，昏兄弟之嘉貺，不已多乎。苟情意未孚，或啓參商之隙，我襁褓之童孫，何以有外家也？怡怡如也，不媿爲昏兄弟矣。使其人而爲姻兄弟歟，則壻之黨也。蓋壻之父曰姻，言女之所因也，於是壻氏稱姻，而相承謂之姻兄弟。夫結帨施巾之後，一介嫡女，往修灑掃之儀。願自此三日羹湯，無失尊章之意；百年琴瑟，無乖伉儷之歡。而後喬木女蘿，遂我高門之攀附也，姻兄弟之雅懷，豈可拂乎？苟風裁稍峻，或呈齟齬之形，我箕帚之弱息，何以見大家也？怡怡如也，不失爲姻兄弟矣。由是引而近之，則同宗亦有兄弟之名，《傳》所謂『小功以下爲兄弟』是也。一以怡怡處之，而豈伊異人，兄弟具來，義可通於睦族。比而同之，則夫婦亦有兄弟之稱，《禮》所云『不得嗣爲兄弟』是也。一以怡怡將之，而宴爾新昏，如兄如弟，效并見於宜家。兄弟怡怡，所爲異於朋友也。若昆弟，當不止怡怡而已。

古人兄弟之稱，與昆弟有别，觀《爾雅》及《喪服傳》自見。《先進》篇與『父母』連言，則曰『昆弟』；此篇與『朋友』對言，則曰『兄弟』，可知其異矣。至如『魯衛之政，兄弟也』，司馬牛言『人皆有兄弟，我獨亡』，不必盡泥此解。而此章則似從此解爲是。曲園自記

東里

有以東里氏者，而東里傳矣。夫東里者，鄭東門外里名也。何以傳？蓋有以東里爲氏者在。且吾歷言鄭國爲命諸臣，於子羽係之行人，行人者，其官也。乃或謂古有行人氏，其始出於行人之官，以官爲氏，陳有行人子儀，衛有行人燭過，皆其裔也。然子羽實以官傳，不以氏傳。而當日固自有以氏傳者，則曰東里。東里者何？里名也。其里安在？在鄭東門之外。鄭城西臨洧水，形勢偪仄，故惟東門爲最著。其在《詩》，曰『東門之栗，有踐家室』，又曰『出自東門，有女如雲』。可知東門之外，道路平易，人物繁昌，士大夫咸聚居焉。因有東里之名，而亦遂有以東里爲氏者。然則何以知其爲氏？曰：當時鄧析亦居東里，然世之稱之者曰鄧析，不曰東里析，茲乃以東里冠之，故知爲氏也。古有西方氏矣，燕之西方虔是也；古有西鄉氏矣，宋之西鄉錯是也；以至西陵氏、西閭氏，以『西』氏者不一矣。西可氏，東亦可氏也。古有南宫氏矣，周之南宫适是也；古有南郭氏矣，齊之南郭偃是也；以至南伯氏、南公氏，以『南』氏者不一矣。南可氏，東亦可氏也。古有北郭氏矣，齊之北郭佐是也；古有北

宫氏矣，衛之北宫括是也；以至北海氏、北人氏，以『北』氏者不一矣。北可氏，東亦可氏也。若夫伏羲之後，則有東方氏焉；周公之後，則有東野氏焉；齊桓公之後，則有東郭氏焉；魯莊公之後，則有東門氏焉。東里之爲氏，猶之乎東方氏、東野氏、東郭氏、東門氏也。若夫周之東閭子，其後氏東閭焉；杞之東樓公，其後氏東樓焉；齊之東宫得臣，其後氏東宫焉；宋之東鄉爲人，其後氏東鄉焉。東里之爲氏，猶之乎東閭氏、東樓氏、東宫氏、東鄉氏也。亦有專以東爲氏者，虞舜之友不有東不訾乎？茲乃東而係之以里，則入里而必式之，想見里仁之爲美。亦有專以里爲氏者，晉文之僕不有里鳧須乎？茲乃里而屬之於東，則匪車之不東也，誰爲東道之主人？聞之鄭有西門氏，蓋鄭大夫有居西門者，因以爲氏焉。夫居西門者既氏西門，則居東里者宜氏東里，同在鄭國之中，一東一西，遥遥相望，亦譜牒之美談矣。其人爲誰？子産也。後世有東里昆，又有東里袞、東里冕，蓋皆子産之後云。

皇疏云：『子産居鄭之東里，因爲氏姓。』此作本此，較勝馬氏舊注『因以爲號』之説。曲園自記

子曰直哉史魚一章

兩論衛臣，惜之也。夫同處無道之邦，而一則如矢，一則卷而懷之，皆不能行其道矣。直哉！君子哉。殆深惜之哉！且《春秋》責賢者備，而聖人之論人，亦於賢者責之備。即其論衛臣也，於仲叔圉、祝鮀、王孫賈無不節取其長，而獨於史魚、蘧伯玉則於贊美不置之中寓惋惜無窮之意，非淺人所能

識也。蓋孔子不見用於魯，猶思見用於衛，驅車三至，固自有無窮之期望，而非徒偶爾停驂。孔子無望於衛之君，猶有望於衛之臣。衡論兩賢，何以有不盡之低徊，而轉若未能滿志。史魚之直也，無人不知其直也。夫子乃慨然曰：「直哉！」喜其直乎？惜其直也。謂夫邦有道而如矢，可也，邦無道如矢，則不能行其直矣。蘧伯玉之爲君子也，無人不知其爲君子也。夫子喟然曰：「君子哉！」美其爲君子乎？惜其爲君子也。謂夫邦有道則仕，可也，邦無道，卷而懷之，則惟自成其爲君子矣。吾是以知兩賢之皆不能有爲於衛也。士君子生郅隆之世，立不諱之朝，特立獨行，終身一節，固其宜耳。若乃君非受諫，臣盡行私，吾雖不以浩浩之本懷同乎汙俗，而讒人高張之日，未可一意孤行。古直臣之處此也，君可亦可，君否亦否，曲爲將順，正以運其悟主之深心；所左亦左，所右亦右，姑與周旋，正以行其鋤奸之妙用。豈必曰至死不變乎？乃如史魚者，處無道之邦，而仍守其如矢之素。攀君門而痛哭，以人臣犯人主之顏；入政府而忿爭，以小臣觸大臣之怒。遂至釀衣冠之禍，而朝中之善類爲空；開朋黨之風，而海内之清流同盡。後之人讀其疏稿，拜其遺祠，未嘗不肅然而起敬曰：「古之遺直也！」而元氣已受其摧傷，國運亦隨之傾覆矣。則何如委曲求全者，尚小有補救哉？士君子負公輔之才，事聖明之主，賡歌颺拜，千載一時，誠可慕也。若乃時值其屯，運逢其否，吾雖不因區區之祿位殉以微軀，而受恩知己之身，何忍決然舍去。古君子之處此也，時而宦官宮妾播弄其威權，則正色立朝，以折羣小鴟張之氣；時而敵國外患憑陵我社稷，則鞠躬盡瘁，以勵三軍忠義之心。豈徒曰明哲保身乎？乃如蘧伯玉者，遇無道之邦，而即存一卷而懷之之意。英雄之事業，坐銷於婦人醇酒之中；耿介之胷襟，釀成其泉石膏肓之疾。遂至扁舟游烟水之鄉，舊日之姓名盡改；策蹇覽湖山之勝，平時之賓從皆疏。後之人過其山居，玩其翰墨，未嘗不睪然而高望曰：斯其爲隱君子乎？而朝野之安危已以山中謝，君臣之名義亦以方外忘矣。則何如徘徊不去者，尚賴以維持哉？衛多君子，而不能興邦，殆以此乎？吾故曰：兩論衛臣，惜之也。

門下士蔡耀客謂：蘧伯玉使來，孔子問以『夫子何爲？』蓋望其有爲，而懼其不能有爲也。使者對以『寡過未能』。則伯玉但求無過，不求有功，而其不能有爲與衛之不可爲，皆見於言外。其相知甚深，其措辭甚婉，故孔子歎美之。余深韙其言，已采入《茶香室經説》中。觀伯玉兩次從近關出，置身事外，疑其爲黄老之學者。因悟此章，兩論衛大夫，亦有微旨，見兩人皆非撥亂反正之才也。作此發之。曲園自記

子之武城五章

聖有戲言，以正論附之也。夫牛刀之戲，子游既以所聞對矣。公山、佛肸之欲往，皆戲也，故又記告子張、告子路者以正之。昔詩人之美睿聖武公也，曰『善戲謔兮』。誰謂聖人必無戲言乎？乃聖人之戲，不獨見於言，亦且若將見於事。在聖人，與道大適，無所不可。而吾黨必以莊論繼之，此立教之道也。蓋夫子平日皆雅言也，雅之義爲正，舉足爲法者，亦吐詞爲經。而夫子有時亦戲言焉。戲之聲同虚，所以飾怒者亦所以飾喜。於何見之？見之於武城。子之武城，而聞絃歌之聲，蓋子游奉夫子『學道愛人』之教以治武城，此其明效也。乃夫子有『焉用牛刀』之説，何其與子游所聞者異乎？曰：

戲也，莞爾而笑。夫子其善戲矣乎？然則『公山弗擾以費畔，召，而子欲往』，亦戲也。子路不知其爲戲，以『何必公山』作色而爭。子曰：『夫豈徒哉？吾其爲東周乎！』蓋戲而爲大言也。然則『佛肸以中牟畔，召，而子欲往』，亦戲也。子路又不知其爲戲，以『不善不入』正容而告。子曰：『堅乎白乎，吾豈匏瓜也哉？』蓋戲而爲微言也。此在聖人從心不踰之後，因以爲積靡，因以爲波流，正可以變動不居，見聖功之神化。而在學者束脩自好以來，議之而後言，擬之而後動，豈敢以正言若反壞名教之防閑。使不知其爲戲，則疑公山真可以爲東周矣。後世必有王佐之才，誤投奸人之手，既不能與之爭，又不能引而去；至於異典驟膺，陰謀益露，始以一死而自明，晚矣。故吾黨又記夫子之告子張者，知必有恭、寬、信、敏、惠之心，而後有恭、寬、信、敏、惠之效，東周可爲，其以此也。而何至以亂世奸雄，爲治世良臣？遂欲攘狄尊周，共建桓、文之大業。使不知其爲戲，則疑佛肸果不足以磨涅矣。後世必有文章之士，輕受權要之徵，既不能卻其聘，遂不免立其朝；逮乎忠良仗義，元惡伏誅，反爲失聲而一嘆，誤矣。故吾黨又記夫子之告子路者，使知仁、知、信、直、勇、剛之美，猶有愚、蕩、賊、絞、亂、狂之蔽，堅白之質，其可恃乎？而何至以身之察察，受物之汶汶？徒使身敗名裂，并虛南、董之良材。此《魯論》類記之旨也。夫如是，戲而不戲矣。

『公山不擾』及『佛肸』兩章，學者疑之，但以事出聖人，不敢議耳。愚謂：此兩章係之武城章之後，自有深意。『割雞』之喻，夫子之戲言也；公山、佛肸之欲往，亦夫子之戲言也。於武城見大道之不可小用，於公山、佛肸示無地之不可以行道。聖人與道大適，異趣而同歸，非子游、子路諸賢所能喻矣。然『武城』章中載子游之正論，『公山』章後卽次以『子張問仁』一章，『佛肸』章後卽次以

『六言六蔽』一章，明欲爲東周，必具恭、寬、信、敏、惠之德，而不磷不淄，在聖人則可，在學者則雖仁、知，猶防其蔽，未可輕試之磨涅也。斯又記人之深意也。此意千古無人見及，余既著其説於《茶香室經説》，又作此文以發明之。曲園自記

微子全篇

明可去之義，見聖人之道大也。夫以『微子去之』發端，歷記孔子行蹤，終以太師摯諸人，皆明可去之義也。故又紀周事，以寓盛衰之感云。昔周之興也，以忠厚開基，濟濟多士，生此王國，盛乎哉！千載一時乎。王迹熄，周轍東，不獨王靈不振，卽魯爲宗國，亦日以衰矣。乃百餘年間，生兩聖人焉。一爲柳下惠，一爲孔子。柳下惠、孔子，皆聖人也。而柳下惠之道小，孔子之道大。其道小，則爲一身去就計，故終老於宗邦；其道大，則爲一世治亂計，故周流於天下。吾黨謹記，孔子行蹤乃發端於微子。微子者，去殷者也；箕子奴、比干死，不去殷者也，孔子並稱之爲仁。仁與不仁，固不係乎去與不去矣。而柳下惠何以不去乎？直道事人，焉往不黜，是爲一身去就計也，未若吾孔子爲一世治亂計也。齊景公不能用，孔子行矣；季桓子受女樂，孔子行矣。自是南游楚、蔡間。遇楚狂於車下，悽涼歌鳳之音；諮沮溺於田間，潦倒辟人之士。卽從游如子路，已知道之不行，猶欲以仕行其義，斯亦丈人所深悲、二子所竊笑也。然則柳下惠之言，亦大有見乎？乃備舉古逸民，伯夷、叔齊之後，柳下惠與焉；而夫子斷之曰：『吾則異於是。』若是乎，孔子之與柳下惠，不可得而同矣。爲一身去就計，則父母之

邦不可去也。故都可念，遺佚何傷？其後湘水之上，遂有憔悴而行吟者。一和一介，異曲而同工乎？爲一世治亂計，則君臣之義不可廢也。遇合無期，轍環不倦，其後鄒嶧之間，又有栖皇而終老者。一聖一賢，異世而同揆乎？有隱君子出而笑之曰：是尚有人之見者也。吾觀魯國諸伶，潔身遠引，齊、楚、蔡、秦，非一邦也；或河或漢，非一水也。至若陽、襄兩賢，乘桴海外，別有天地，非復人間，漠然徒見，山高而水長，其人游於方之外矣。有舊史氏聞而憮然曰：是殆衰世之意也夫！吾觀元公遺訓，故府所傳，親故之誼，有加厚焉；大小諸臣，無異視焉。其時達括諸士，接武朝中，國運昌明，人材輩出，讀者爲之撫卷而流連，吾儻亦躬逢其盛乎？

此篇以微子發端。微子去之，似視箕、比有愧，而孔子並許爲仁。見仁不仁不繫乎去不去也。下載柳下惠之言，主乎不去，然其下兩書『孔子行』，則孔子固去矣。後三章皆孔子去後之事，而以『逸民』章繼之。逸民中，柳下惠與焉，而孔子曰『我則異於是』，明孔子異於柳下惠。前後相應，幾如無縫天衣矣。於是又載太師諸人之去，終以陽、襄入海，殊有江上峯青之歎。而曲終奏雅，又附載周公之言，終以周之八士，與殷三仁遙遙相對。乃真一篇如一章者，作此以代義疏。曲園自記

天下有道丘不與易也

天不變，道亦不變，無所用其易也。夫天下自有常道，不必與易，此折桀溺『誰以易之』之言也。世俗乃謂無道當易，豈聖意哉？夫子若曰：吾甚不解夫桀溺之言也。其以我爲『辟人之士』，吾既以人

非鳥獸辨之矣。卽其言『天下滔滔，誰以易之』，亦雅非吾意也。吾既未嘗以高舉遠引者絶斯人，吾又何必以除舊布新者矯一世？是又不得不與辨矣。如溺之言，殆以天下滔滔，而惜其無以易之乎！蓋見夫九州之風氣，萬有不齊，王者巡方岳而合符，所宜立一代之規模而新其制。不知夫三代之損益，初無大異，聖人同民心而出治，不必塗斯民之耳目而改其觀。是何也？天下固有道在也。是道也，其原出於天，太極生兩儀，兩儀生四象，乃分陰分陽，而有以立夫人紀人綱之極。是道也，其法本乎古，堯、舜傳禹、湯，禹、湯傳文、武，雖尚忠尚質，而不能外此大經大本之常。然而有以易之説進者。豪傑之流，各有自作聰明之意，禮崩樂壞，適當姬籙之將衰，而變局成焉。封建者，先王公天下之心，易之則罷諸侯、置郡縣，而神明裔胄降爲編氓矣。井田者，先王制天下之法，易之則開阡陌、廢溝洫，而中土膏腴鞠爲茂草矣。作法於涼，其弊猶貪，作法於貪，弊將若之何？竊恐文武之謨烈所垂，反至若存若亡，而五帝三皇，盡付祝融之灰燼，世事尚忍言哉？遷流之運，竟有不可思議之時，聖伏神殂，又值人心之好異，而怪民出焉。以先聖之書爲不足讀，易而尚清靜寂滅之學，奉其人以立教，幾并儒術而爲三矣。以先王之制爲不足遵，易而爭機械變詐之奇，挾其術以横行，遂合瀛寰而爲一矣。我生之初，尚無爲，我生之後，逢此百罹。竊恐天地之菁華將竭，不能生人生物，而千秋萬歲，仍還混沌之乾坤，隱憂曷有極哉？章甫縫掖，吾遵本國之冠裳；小正坤乾，吾抱前朝之載籍。道在則然也。世之人立説著書，必欲自我而作古；吾則但願還天下以王道蕩平之舊，不欲炫天下以明堂制作之新。正月春王，吾奉本朝之正朔；夏時殷輅，吾遵故府之規模。道在則然也。世之人崇論閎議，妄思改絃而更張；吾則但知以直道而行之意與天下同，不敢以生民未有之奇爲天下倡。故正告之曰，天下有道，某不與易也。

後之説者，謂以天下無道，故欲以道變易之，不大失聖人之意哉？

孔注不甚明了，皇疏申之甚暢，而揆之經文語意，亦有未安。如朱注，則天下無道一意，亦屬增益經文。但言有道，不言無道也。愚謂：此節之意與桀溺之言相對，因桀溺言『辟人』，故言『非斯人而誰與』，見人不可辟也。因桀溺言『誰與易之』，故言某不與易，見天下不待易也。皆是折桀溺之言耳。沮、溺之徒，但見天下變壞已極，不可復爲；不知天不變，道亦不變，三綱五常，百世不易。聖人治天下，亦循其常道而已，豈必有所變易哉？曲園自記

哀公問政一章

引聖論以發端，重人道也。夫引孔子之言，特取人存政舉一語耳。『爲政在人』以下，皆子思之言，明天道之不外人道也。此中庸之要旨歟？子思子曰：中庸之爲道，有天有人。人焉者，下學之功也；天焉者，上達之事也。述中庸者，必以天道爲歸；而入中庸者，必以人道爲始。所宜盡人以合天，未可舍人而言天也。昔吾祖承哀公之問，對以人存政舉，人亡政息，并以蒲盧爲喻。此雖專以政言乎，而吾思之，爲政既在乎人，甚矣人之重也。顧取人必以身，修身必以道，修道必以仁，由仁而義而禮，以成爲修身之君子。而推而言之，又不可以不知天，似乎天更重於人矣。而不知有三達道、三達德焉，皆人事也。舉君臣、父子、夫婦、昆弟、朋友之倫，歸之知、仁、勇之内。知之途不同，行之途亦不同，而所以行者則惟一。而不知有九經焉，皆人事也。自修身、親賢爲始，至柔遠人、懷諸侯而止，并明言

其事，又極言其效，而所以行者亦惟一。一者何也？誠也。凡事類然。自獲上信友，遞推之可見也。然而誠則有人有天。何謂天？生而知之，安而行之者也。其中也不待乎勉，其得也不待乎思，而自能躋乎明善誠身之極。何謂人？學而知之，困而知之，利而行之，勉強而行之，皆是也。不勉卽不能有中，不思卽不能有得，而安可少此擇善固執之功？然則擇善固執，必有其道矣。學必極其博，問必極其審，思必極其慎，辨必極其明，行必極其篤，兢兢乎常存一豫則立、不豫則廢之心。然則學、問、思、辨與行，宜盡其心矣。弗能不可謂學，弗知不可謂問，弗得不可謂思，弗明不可謂辨，弗篤不可謂行，皇皇乎務竭其人一己百、人十己千之力。夫而後愚者明、柔者強矣。此皆人事也，故吾引吾祖人存政舉之語以發端，而其中又引吾祖好學近知、力行近仁、知恥近勇之言，使愚者、柔者有所致力焉。後之儒者，高言天道，恥言人道，非吾述中庸之雅意矣。

『哀公問政』一章，非皆孔子之言也。孔子之言，至『夫政也者，蒲盧也』，其辭畢矣。故『爲政在人』以下，則皆子思之言。蓋子思欲明爲政在人，取人以身，而特引夫子之語以發端也。下文『好學近乎知』三句，又著『子曰』字，則其上非孔子之言明矣。學者不察，謂上下皆孔子語，乃以此『子曰』爲衍文。王肅作《家語》，又因『子曰』字而僞造哀公問語於其間，胥失之矣。作此正之。曲園自記

必有事焉而勿正

以氣副道義，斯爲善養矣。蓋『事』當爲『福』，『福』讀爲『副』，與『正』相對成文。道義爲正，而氣

副之，此養氣之要旨也。且自養氣之説發於孟子，而後之儒者遂以意氣之盛陵駕一時，自謂善養吾浩然之氣也，不知適所以暴其氣。此非孟子之言不善，而實由讀孟子者沿襲其誤文而不知改。其誤安在？在乎『事』之一字。『事』本作『福』，『福』通作『副』，竟讀作『福』。古説固非，臆改作『事』，今説更非，而孟子養氣之要旨遂以不明於天下。孟子以爲，吾言浩然之氣，必配道與義，而推原其爲集義之所生。然則氣可徒然乎哉？吾於是得正之説焉。孰爲正？道義是也。行而宜之爲義，由是而之爲道，皆吾身所賴以維持而不容偏廢。吾於是得副之説焉。孰爲副？氣是也。天地溫厚之氣，天地嚴凝之氣，其於物皆有所附麗而不可孤行。然則養氣可得而言矣。必有道以導乎其先，而後以氣副之，守此不倚不偏之準；必有義以存乎其内，而外以氣副之，赴此至精至熟之途。譬猶既立主賓，然後乃謀儐介。勿以氣駕乎道之上，而使道之爲正者失其天秩天敘之常；勿以氣襍乎義之中，而使義之爲正者淆其人紀人綱之序。譬猶爲人子弟，不可干我父兄。必有副焉而勿正，吾所謂養氣者如此。而世之迂謹自持者，則遂無以副之矣。微時伏處草茅，亦慨然有澄清之志；壯歲披吟載籍，亦油然生忠孝之思。及乎世務日深，壯懷頓減。牽率於家室妻孥之累，事莫急乎謀生；奔走於富貴利達之場，學遂流於阿世。朝廷之上，惟主調停；軍旅之中，但工逗遛。其甚者，俯仰於衰朝，而鐘漏將休，猶竊中庸之號；周旋於亂世，而市朝屢易，自居長樂之名。豈非名教之羞乎？則惟無以副之，而并失其正也。以如脂如韋之骨，而任以至重至遠之肩，吾懼其日暮途窮之不知所稅矣，告之曰：必有副。庶爲婞婟之輩一振其神哉。而世之賢豪自命者，則竟以之爲正矣。雅管風琴，本足涵養其和平之德；恭桑敬梓，亦足銷磨其兀傲之情。而事機所激，學問未深。進太息流涕之文章，年少之鋒芒太露；發嬉笑怒罵之議論，暮年之崛強如初。片言之忤，割席而居；小節之疏，拂衣而去。其甚者，大禮之是非，一時莫決，羣僚乃痛哭於朝堂；大臣之進退，衆望未孚，多士亦紛紜於學校。此豈國家之福哉？則惟誤以爲正，而不知其本以副之也。以彈琴詠風之士，而變爲撫劍疾視之人，吾恐其君臣朋友之所傷實多矣，戒之曰：勿正。庶爲倖直之流稍平其慾哉？

此章趙注自『必有福在其中』至『不當急欲求其福』，『福』字凡十見，是趙氏所據之本作『必有福焉』。『福』當讀爲『副』。《廣雅·釋詁》『貳、福，盈也』，是『副』、『貳』字古或作『福』也。後人不達『福』字之義，因趙注首云：言人行仁義之事，臆改作『事』，而古義不可考矣。『必有福焉而勿正』，卽『必有副焉而勿正』。何謂副？上文所謂『配義與道』是也。氣必配道義，然後可謂善養吾浩然之氣，若無所配，卽無所副，而氣爲正，於是不問其縮與不縮，而但曰『雖千萬人吾往矣』。是孟施舍所謂能無懼者也。不知持志而但知守氣，是暴之也，終歸於餒而已矣。此説詳見《羣經平議》，今作此文，申舊説耳。曲園自記

其間必有名世者

名世之生，不與王者同時也。夫所謂其間者，以五百年中分之而處其間也。然則名世之生，豈與王者同時哉？且甚乎哉？蒼蒼者之爲生民計，至深遠也。既篤生王者以開一代之治，而又以王者必五百年一興。前王者已往，後王者未來，其時既遠而難知，其事必廢而不舉，則大懼已往者之無可考、

而未來者之無可承，於是乎應運而生者，又自有人在。如五百年，既必有王者興矣。夫五百年者，就千年而分之者也，既分之爲前五百年，又分之爲後五百年，則論受命之符，亦藐然在介乎其中之列。而五百年者，又以五十年而積之者也。積五五而爲前之二百五十年，又積五五而爲後之二百五十年，則處適中之地，亦儼然有與接爲構之形，所謂其間也。其間則前修渺渺，隨歲月而俱湮。守府之君，惟陳宗器；守藏之史，但抱遺書。大經大法之所存，竊恐將歸零落。其間則後顧茫茫，盼風雲而未遇。五德之運，必有更張；三統之傳，豈無沿革。後聖後賢之繼起，其將何所師承？此名世者所以必有於其間也。且夫中天下而立，以定四海，一人而兼德位之隆，是謂王者；守先王之道以待後人，匹夫而任君師之重，是謂名世者。雖不必改正朔、易服色、殊徽號，定興王之規，而所過者化，所存者存，固已合一世之人而受治。雖不必删《詩》、《書》、定禮樂、修《春秋》，立素王之號，而所居在仁，所由在義，亦能胥一世之衆而歸心。是故自堯、舜至湯，五百餘歲，於此而求其間，其在帝芒、帝泄、帝不降之朝乎？當其時，乘輿巡滄海之濱，荒服朝白夷之國，後先奔走，豈曰無人？而所謂名世者，遠而無徵，轉不如師門嘯父之徒，得以事迹荒唐流傳其名氏。顧念太康顛覆，羿、浞迭興，統緒之中衰，垂四十年矣。而王府舊章，尚存典則，異時太史終古，猶得抱其圖籍以來奔，則其間之承先而啓後者，不猶可想見於褒氏、費氏、斟尋氏、彤城氏之外哉？自湯至文、武，五百餘歲，於此而考其間，其在帝中丁、帝外壬、帝河亶甲之世乎？當其時，彭伯之戎車屢駕，藍夷之叛服不常，智勇功名，豈無足紀？而所謂名世者，史無可考，誰復於伊陟、巫咸之列，爲之流連贊歎、想像其風徽？顧念亳都舊壤，河水爲災，神京之重地，凡五六遷矣。而湯孫遺矩，猶守高曾，先師竊比老彭，或猶悉其淵源之所自，則其間之繼往而開來者，不猶可尋求於蕭氏、索氏、長勺氏、尾勺氏之中哉？嗟乎！自文武以來，七百餘歲矣。而孔子之生，適當周興五百年之後，天其以孔子爲無土而王之王者乎？由孔子至今，二百數十年，名世之生，未知誰屬？吾雖不才，願承其乏矣。

趙注謂：名世，次聖之才，生於聖人之間。如趙氏之意，謂前之王者已往，後之王者未來，於其中間必有名世者出焉，名世者與王者前後不相值。近解謂是王者之佐，如皋陶、稷、契、伊萊、望、散之屬，則其間當改作其時矣。王者五百年而興，名世生於前後王者之間，則二百五十年必有名世者矣。下文云：由周以來，七百有餘歲，當五百歲時，竟無王者興，故曰：以其數則過矣。除去五百歲，餘二百餘歲，正應生名世之期，故曰：以其時考之則可矣。『其間』二字失解，則下文之意亦皆不可解也。曲園自記

詁經精舍自課文

詁經精舍自課文卷一

《周易》『履霜』鄭讀『履』爲『禮』解

《坤》『初六，履霜堅冰至』，釋文曰：『履，鄭讀「履」爲「禮」。』夫『履霜』之文，明白易解，讀『履』爲『禮』，於義何居，學者疑焉。不知此正古經師之遺言，聖人作《易》之法在是，後人讀《易》之法亦在是，不可不察也。《禮記·郊特牲》篇曰『禮由陰作者也』，《白虎通·禮樂》篇曰『禮者陰也』，又曰『禮法陰也』，是禮之屬陰，古義如此。《大戴記·曾子天圓》篇曰『陰氣勝則凝爲霜雪』，《詩·蒹葭》篇『白露爲霜』，《毛傳》曰『白露凝戾爲霜，然後歲事成』，是霜與露本爲一物，陽氣盛則流而爲露，陰氣盛則凝而爲霜。《象傳》曰：『履霜堅冰，陰始凝也。』明以『陰』字釋『履』字，『凝』字釋『霜』字，然『履』無陰義，必破爲『禮』然後有陰義。經不曰『禮霜』而曰『履霜』者，『禮霜』不辭，必借『履』字而後成辭也。故以辭言之則『履』是本字，以義言之則『禮』是本字。鄭君讀『履』爲『禮』，所以釋其義也。愚嘗謂『喪羊于易，喪牛于易』，兩『易』字於文爲彊易之易，於義爲變易之易，『其君之袂不如其娣之袂良』，兩『袂』字於文爲衣袂之袂，於義爲《説卦傳》『震爲決躁』、『兑爲附決』之決，詳見《羣經平議》。而於鄭君讀『履』爲『禮』猶未得其故，今深思而得之，故特箸其説，得此説而推之，學《易》之法，思過半矣。

《尚書》『又曰』解

古之箸書者，博採異文，附之簡策，如《管子·法法》篇之『一曰』、《大匡》篇之『或曰』皆是，爲管氏之學者傳聞不同而並記之也。《韓非子》一書如此者尤多，《内儲説上》篇引魯哀公問孔子莫衆而迷事，又載『一曰晏嬰子聘魯，哀公問曰：語曰莫三人而迷』，《外儲説左》篇引孟獻伯相魯事，又載『一曰孟獻伯拜上卿，叔向往賀』，如此之類，不一而足。斯亦古人網羅放失之盛心乎？《尚書》每有『又曰』之文，竊謂亦當以是解之，今備列於左：

《康誥》篇『非汝封刑人殺人，無或刑人殺人，非汝封』，此古本也，蓋謂非汝封手自刑人、手自殺人，然刑人、殺人，無非汝封，爲政不可以不慎也。『又曰：劓刵人，無或劓刵人』，此存異文也。蓋一本作『非汝封劓刵人，無或劓刵人，非汝封』，故附載之以存異文。其文略而不具，蓋使讀者以意會之而自得也。

『王曰：外事，汝陳時臬，司師茲殷罰有倫』，此古本也。『又曰：要囚，服念五六日，至于旬時，丕蔽要囚。王曰：汝陳時臬事，罰蔽殷彝』，此存異文也。古本止『王曰外事』至『殷罰有倫』十五字，別本於『王曰』上多『要囚』至『要囚』十五字，而『汝陳時臬事罰蔽殷彝』，亦與『汝陳時臬司師茲殷罰有倫』字句不同，故並錄之以存其異。

《多士》篇『王曰：又曰：時予乃或言，爾攸居』，此亦存異文也。上文『王曰：告爾殷多士，今予惟不爾殺，予惟時命有申。今朕作大邑于茲洛，予惟四方罔攸賓，亦惟爾多士，攸服奔走，臣我多遜』，此蓋古本如是，而别本於『王曰』下止作『時予乃或言爾攸居』八字，詳略不同，故附録之。其文雖有詳略，而意則無殊。『時予乃或言』即『予惟時命有申』也，『或，有也』，見趙岐《孟子注》；『時予乃或言』者，時予乃有言也，『予惟時命有申』者，予惟是有申命也，兩句之義一也；『爾攸居』，即『亦惟爾多士攸服』，兩句之義亦一也。

《君奭》篇『天難諶，乃其墜命，弗克經歷。嗣前人，恭明德。在今予小子旦，非克有正，迪惟前人光施于我沖子』，此古本也。『又曰：天不可信，我道惟寧王德延，天不庸釋于文王受命』，此存異文也，文有詳略，故並存之。『天不可信』即『天難諶』也，『我道惟寧王德延』即『迪惟前人光施于我沖子』也，『迪』與『道』，古字通用，《益稷》篇『各迪有功』『迪朕德』，《史記・夏本紀》『迪』並作『道』；『延』與『施』義亦相通，《淮南子・脩務》篇『名施後世』，高注曰：『施，延也』。

《多方》篇『王曰：我不惟多誥，我惟祗告爾命』，此古本也，『又曰：時惟爾初，不克敬于和，則無我怨』，此存異文也。兩文不同，而意則無殊，一勸之，一警之也。

惟《君奭》篇『又曰無能往來』，不得其解。嘗疑『又曰』二字乃『及旦』二字之誤，當連上文讀之，『惟文王尚克修和我有夏，亦惟有若虢叔，有若閎夭，有若散宜生，有若泰顛，有若南宮适及旦』，歷舉文王之臣，而己亦與焉，言其實也。『無能往來』，詞之謙也。《漢書・朱雲傳》言，丞相韋玄成容身保位，亡能往來，李奇曰：不能有所前卻。然則『無能往來』，自是周公自謙之詞。今『及旦』二字誤作『又曰』，則此四字遂不可解。上文歷舉文王之賢臣，豈宜以此貶之乎？下文『茲迪彝教，文王蔑德降于國人』，亦承此而言。鄭注曰：『蔑，小也。』周公自謙，故言以文王小德降于國人而已，不然，文王之德，何以言小，豈代文王爲謙詞乎？上文『在今予小子旦，非克有正，迪惟前人光施于我沖子』，此云『及旦』，猶云『在今予小子旦』也，『無能往來』，猶云『非克有正』也，『兹迪彝教，文王蔑德降于國人』，猶云『迪惟前人光施于我沖子』也。以上文相證，益知『又曰』二字是『及旦』二字之誤矣。

『納于大麓』解

『大麓』以地言，古今文無異説。司馬遷從安國問故，《史記》所載，古文説也，《五帝紀》曰『堯使舜入山林川澤，暴風雷雨，舜行不迷』，又曰『舜入于大麓，烈風雷雨不迷』，是古文家『大麓』以地言也。《尚書大傳》，今文説也，唐傳曰：『堯推舜而尚之，屬諸侯焉，納之大麓之野，烈風雷雨不迷，致之以昭華之玉。』夫曰『大麓之野』，是今文家『大麓』亦以地言也。惟古今文之説不同，古文家以納於大麓爲實事，今文家則不然，其字爲林麓之麓，其義爲領録之録，堯屬諸侯于舜，必于大麓之野者取義于領録也。鄭康成兼通古今之學，故以古文説古文，以今文説今文，皆能不背其説。注《書序》曰『入麓伐木』，此以古文説古文也；注《大傳》曰『山足曰麓，麓者，録也，古者天子命大事，命諸侯，則爲壇國之外，堯聚諸侯，命舜陟位居攝，致天下之事，使大録之』，此以今文説今文也。其字則麓，其義則録，故既曰『山足曰麓』，又曰『麓者，録也』，明所以稱大麓者，取義於大録也。此在説《書》者，自有此例。文十八年《左傳》杜注曰『闢四門，達四窻，以賓禮衆賢』，四窻卽四聰也，《釋名》曰：『窻，聰也。』四門、四目，聲義俱隔，故兩言之；四窻、四聰，聲義俱通，故一言之。然則『大麓』之爲『大錄』，猶『四窻』之爲『四聰』矣。他經亦有此例。《詩·南陔》《序》曰：『孝子相戒以養也。』南陔之陔，本以地言，而其義則爲戒。《儀禮·鄉飲酒禮》鄭注曰：『陔之言戒也。』陔、戒，亦聲近義通，然曰『南戒』則不詞矣，故其義爲戒，而其字爲『陔』也。《左傳》『葬鮮者自西門』，蓋以西有鮮音，取鮮落之義；『毁中軍於施氏』，蓋以施有弛音，取弛毁之義。古人依聲託義，往往如此。『大麓』之解，雖以古文爲正，而今文家説亦必有所受之。《管子·大匡》篇曰『臣祿齊國之政』，『祿』乃『錄』之叚字，卽領錄之義。疑大錄之説，春秋時已有之矣。古文義顯，今文義晦，故爲證成之。

『辰在子卯謂之疾日』解

子卯之忌，在漢世已有異説。《檀弓》《正義》引鄭司農注，以爲五行子卯相刑，此是古義；後之學者以此爲術家之言，屏而不用。《檀弓》《釋文》引賈逵云：『桀以乙卯日死，紂以甲子日亡。』鄭康成、何休、杜預皆循用其説。今按《漢書·律曆志》引《武成》曰『粤若來二月既死霸，粤五日甲子，咸劉商王受〔一〕』，則紂以甲子亡，《書》有明證；而桀以乙卯亡，則於古無徵。賈、孔之疏皆據《商頌》『昆吾夏桀』一語，謂桀與昆吾同日亡，而《左傳》昭十八年二月乙卯，萇弘曰『是昆吾稔之日也』，遂謂桀亦以乙卯亡。然則萇弘何不言桀稔而言昆吾稔乎？《呂氏春秋·簡選》篇『殷湯良車七十乘，必死六千人，以戊子戰於郕，遂禽移大犧』，高誘注曰：『桀多力，能推大犧，因以爲號。』近孔氏廣森據此謂桀以戊子亡，其説良是。乙卯至戊子，三十三日，昆吾以乙卯亡，桀以戊子亡，相距不久，故《商頌》連言之曰『昆吾夏桀』，《史記・殷本紀》曰『湯自把鉞以伐昆吾，遂伐桀』，是伐昆吾、伐桀兩事正相連，而要不得并爲一日也。今定乙卯爲昆吾亡日，以《左傳》爲證；戊子爲桀亡日，以《呂覽》爲證，則當日用兵次弟可見，與《商頌》、《殷本紀》無一不合，且皆先秦古書，足可依據。《帝王世紀》及《列女傳》諸書，言以『乙卯日戰于鳴條』，皆非其實矣。桀亡日既非乙卯，則子卯之忌，自不因桀紂，司農舊注，殆不可易。

【校記】

〔一〕二月，《漢書》引作『三月』；受，《漢書》引作『紂』。

『庶姓別於上』解

《禮記・大傳》篇『其庶姓別於上，而戚單於下』。按，庶姓有對同、異姓言者，《周官・司儀》『土揖庶姓，時揖異姓，天揖同姓』，鄭注曰：『庶姓，無親者也；異姓，昏姻也。』隱十一年《左傳》『薛，庶姓也』，杜注曰：『庶姓，非周之同姓。』蓋對同姓言，則庶姓卽異姓；就異姓中別而言之，則又以異姓之無親者爲庶姓也。庶姓有對姓言者，此文『庶姓別於上』，其下云『繫之以姓而弗別』，所謂庶姓者，氏族也，與《周官》、《左傳》所稱『庶姓』迥殊。鄭注云『玄孫之子姓別於高祖』，又云『姓，正姓也，始祖爲正姓，高祖爲庶姓』。孔疏云：『周家五世以後，庶姓別異於上，與高祖不同，各爲氏族。』其於庶姓之説得之矣。惟推尋文義，尚有未安者。鄭云『玄孫之子姓別於高祖』，若然，則是別於下而非別於上矣。

今按，庶姓别於下，從六世言之也，如公子以别子而爲祖，其弟二世父子也，弟三世乃得以王父字爲氏，至弟六世則庶姓，自其曾祖而已别矣，故曰『庶姓别於上』。

《大學》『命也過也』解

《禮記·大學》篇『見賢而不能舉，舉而不能先，命也；見不賢而不能退，退而不能遠，過也』，此節『先』字，愚嘗疑是『近』字之誤。『先』篆文作，『近』古文作，兩形相似而誤，説詳《羣經平議》。『命』字鄭讀爲『慢』，然命、慢非同部字，未合假借之例。今按，仍當讀如本字。凡人臣得賢君而事之與不得賢君而事之，皆命也；人君得賢臣而用之與不得賢臣而用之，亦命也。此章説『平天下』事，則命字應就人君言。魏李康《運命論》曰：『聖明之君，必有忠賢之臣，其所以相遇也，不求而自合；其所以相親也，不介而自親。唱之而必和，謀之而必從，道德玄同，曲折合符，得失不能疑其志，讒構不能離其交，然後得成功也。其所以得然者，豈徒人事哉？授之者天也，告之者神也，成之者運也。』斯言發明『命』字，可謂深切。然則見賢而不能舉，舉之而又不能近，豈非命乎？若夫見不賢而不能退，退而不能遠，則有不得諉之命者。蓋不能舉、不能近，雖賢君亦時有之，若漢文帝之於賈生、宋仁宗之於蘇氏兄弟，不可盡謂之過，則姑歸之於命而已矣。若夫不能退、不能遠，此必昏庸之君也，如唐德宗之於盧杞、宋徽宗之於王黼，豈得諉之命哉？故直謂之過也。命之一言，尚有寬假之意，過之一言，全是責備之辭。何者？不能舉、不能近，譬猶有嘉肴而不知食，有旨酒而不知飲，未必即以殺身；不能退、不能遠，是猶甘餐毒藥也，二者均失，而輕重殊矣。末節專言小人爲國家之禍，是故此處雖好惡並言，而語意微有輕重焉。

《春秋》『是月』解

《僖十有六年》書『是月，六鷁退飛，過宋都』，《公羊傳》曰：『是月者何？僅逮是月也。何以不日？晦日也。晦則何以不言晦？《春秋》不書晦也。朔有事則書，晦雖有事不書。』此傳之意，蓋以《春秋》不書晦日，而六鷁退飛，適當晦日，故書『是月』，明其與霣石異日而同月。其曰『僅逮是月』者，過此一日，卽非『是月』矣，此公羊子據《春秋》之例而知之，非『是月』爲晦日之名也。蓋晦日例所不書，止當書月，使上無霣石之事，則但書『十有六年，春，王正月，六鷁退飛，過宋都』，如《莊十八年》『三月，日有食之』之例足矣。乃上有霣石之文，不得不繫於正月之下，而又無重書正月之理，於是變文言『是月』，雖聖經之變例，實行文之常例也。何休不達此旨，乃曰：『是月，邊也，魯人語也。』然則是月與晦日異名而同實，《春秋》不書晦日，乃從魯俗稱是月，是猶諱虎而言於菟也。下文發問不曰是月者何？晦日也。而曰『何以不日？晦日也』，明晦日以不日而見，非是月爲晦日之名。乃學者徇何氏之誤，妄生異讀，《釋文》曰：『是月如字，或一音徒兮反。』《鶡冠子》注及《初學記》引此傳，並作『提月』，不獨音異，而字亦異矣。孔氏廣森《公羊通義》曰：『凡言「是月」，有當讀如字者，其義爲此月；有當讀「提月」者，其義爲盡此月。』此沿何氏之誤，不得其解而強爲之辭。

『齊人來歸衛俘』解

莊六年《左傳》，經文『齊人來歸衛俘』，杜注曰：『《公羊》、《穀梁》經傳皆言「衛寶」，此傳亦言「寶」，唯此經言「俘」，疑經誤。』愚按：《公羊傳》曰：『此衛寶也，則齊人曷爲來歸之？衛人歸之也。』《穀梁傳》曰：『齊人來歸衛寶，以齊首之，分惡於齊也。』其文雖是『寶』字，而其義初未嘗指言寶玉。俘、寶二字，古音相同，得相叚借。公、穀所受之經文是『俘』是『寶』固不可知，何休作《解詁》乃曰『寶者，玉物之凡名』，於是始定爲寶玉字矣。夫《春秋》之義，《公羊》所得爲多，漢初傳《公羊》之學者，以董仲舒爲大宗，而《春秋緐露·王道》篇有『恩衛葆』之文，葆之與寶，固得通用，然葆從保聲，保從孚省，孚即古文孚也，則葆之與俘亦得通用。若是衛寶，不得言恩，其下又言『以正囹圄之平也』，則其爲俘因明矣。竊謂此經當從《左氏》經文作『俘』爲定，《公》、《穀》經傳及《左氏》傳文之作『寶』者，並叚字也。《左氏》雖不傳《春秋》，然《史記》稱『魯君子左丘明，因孔子史記具論其語，成《左氏春秋》』，則其所載經文，固孔氏之書，容有可據者矣。

『如其仁如其仁』解

《論語·憲問》篇『如其仁，如其仁』，孔注曰：『誰如管仲之仁。』增字釋經，頗非經旨。今按，『如其仁如其仁』者，蓋不許其仁也，此義嘗於楊子《法言》得之。《法言·吾子》篇『或問：屈原智乎？曰：如玉如瑩，爰變丹青，如其智，如其智。』此與孔子之論管仲正可互明。蓋若管仲者，論其事功可也，不必論其仁也；若屈原者，論其志節可也，不必論其智也。楊子以《法言》擬《論語》，正在此等處，吳祕注曰『如何其智，如何其智，非智也』，卽可以説《論語》之『如其仁』矣。又按，楊子書襲用此句法者尚多，《學行》篇『或謂子之治產，不如丹圭之富。曰：吾聞先生相與言，則以仁與義；市井相與言，則以財與利。如其富，如其富。』《淵騫》篇『或曰淵騫曷不寢？曰：攀龍鱗，附鳳翼，巽以揚之，勃勃乎其不可及乎？如其寢，如其寢。』又《問道》篇『或曰：申韓之法非法歟？曰：法者謂唐虞成周之法也，如申韓，如申韓。』雖無『其』字，意亦相同。凡言『如其』者，皆不然之詞，而非許與之詞。《論語》孔注，世多疑其僞託，今得《法言》以證《論語》，西京師説，居然可見。孔子不輕許人以仁，於令尹子文、陳文子皆然，孟武伯問子路、冉求、公西華，孔子皆稱其才以告之，而曰『不知其仁』。然則其於管仲，盛稱其功，而仁則不許也，亦此意也。

『三年學不至於穀』解

此卽『學也祿在其中』之意，『穀』當訓祿，與『邦有道，穀』之『穀』義同。古者三年大比，賓興其能者、賢者而登用之，故以三年爲期。然不曰『三年學必至於穀』，而曰『三年學不至於穀，不易得也』。所謂正言若反，古人之語，固有然者，而聖人之意曲而愈深矣。蓋學優則仕，固學者之常，然子使漆雕開仕，開曰：『吾斯之未能信。』子路使子羔爲費宰，子曰：『賊夫人之子。』推篤信好學者之心，豈求速成者哉？三年學而不至於穀，得以益求其所未至，正學人之大幸也，故曰『不易得也』。噫，天下學者每以不得祿爲憂，子則告之曰『學也祿在其中矣』；天下學者又以得祿爲喜，子則告之曰『三年學不至於穀，不易得也』，聖人之勸學也蓋備。

『不有祝鮀之佞而有宋朝之美』解

此聖人疾時君之好佞也。蓋好色，人之所欲，故《大學》言『誠意』必極之于『如好好色』，而孔子亦言『未見好德如好色』，然則美如宋朝，宜爲人所共喜矣。乃春秋之季，德之不講，而惟以口舌爭長。其始也，若王孫滿之折楚子，燭之武之卻秦師，未始不收折衝樽俎之功；而相沿既久，浸至王朝之命令不行，盟主之要束不守，而惟聽命於辯士之舌端，實開戰國游説之習。故孔子借衛臣以發此歎，若曰『不有祝鮀之佞，則雖宋朝之美不能自免也』。是故驪姬之美，非優施之教則不能得志於晉國；安陵君之美，非江乙之教則不能固寵於楚王。鄭褏之美，而忌張儀，天下之蠱惑人者，至美色極於矣，而辯佞之工又駕乎其上。夫色且如此，德更可知，所以讒人高張，賢士無名也，此夫子所以三歎也。

《論語》『仍舊貫』魯讀『仍』爲『仁』解

《論語·先進》篇『仍舊貫』，《釋文》引鄭注云：『魯讀仍爲仁，今從古。』按，『仍』、『仁』非同部字，而『仍』得讀爲『仁』者，聲之轉也。《白虎通·四時》篇曰『年者，仍也』，『年』與『仁』同部，然則『仍』之讀爲『仁』，猶『年』之以聲訓爲『仍』矣。惟魯讀不傳其義，今以意説之。仁，愛也，『仁舊貫』者，愛舊貫也。凡人於故舊之事，往往愛惜而保護之，不忍有所毁傷，是卽所謂仁也。魯之有長府，非一日矣，先君爲之，子孫世守之。昔孔子告魯哀公曰：『君入廟門而右，登自阼階，仰視榱棟，俛見几筵，其器存，其人亡，君以此思哀，則哀將焉不至矣。』然則魯之君臣游於長府，仰而觀，俛而視，其流連感歎，宜將何如；乃一旦毅然舍其舊而謀其新，抑何忍乎？閔子曰：『仁舊貫，如之何？何必改作？』欲其愛惜此舊貫也。夫臣之弑君，子之弑父，非一朝一夕之故，由於忍而已矣。故閔子不論其事之是非，而動其心之不忍，因事託諷，所見者大。孔子曰：『夫人不言，言必有中。』殆聖門之微言歟？孔子與子貢論告朔之餼羊，曰：『爾愛其羊，我愛其禮。』孔子之『愛禮』，閔子之『仁舊貫』，一而已矣。魯之學者，與聞緒論，傳其舊讀。楊雄《將作大匠箴》曰『或爲長府，而閔子不仁』，是西漢經師猶明其義，惜乎鄭君之不之從也。

『夷逸朱張』解

夷逸，人名也；朱張，非人名也。《漢書·地理志》顔師古注曰「『夷逸』，言竄于蠻夷而遁逸也」，以「虞仲」、「夷逸」連讀，則夷逸非人名。然下文「謂虞仲、夷逸」，與「謂柳下惠、少連」一例，安得謂非人名乎？《廣博物志》引《尸子》曰「夷逸者，夷詭諸之後」，或自有據。至「朱張」，當從鄭本作「侏張」，《釋文》云：「朱、張，竝如字，衆家亦爲人姓名。王弼注：『朱張字子弓，荀卿以比孔子。』」鄭作「侏張」，音陟〔一〕留反。」今按《荀子》書兩言子弓，不言朱張，楊倞注謂「卽仲弓」，其説是也。蓋冠而字之曰「子弓」，五十而加伯仲曰「仲弓」，亦猶子路之卽季路耳。王弼妄生異説，殊不足信。侏張者，陽狂玩世之謂，與《書·無逸》篇「譸張」、《爾雅·釋訓》篇「侜張」，字異而義同。孫炎注《爾雅》曰：「眩惑誑欺人也。」陽狂玩世，亦是眩惑欺人，美惡不嫌同辭。下文孔子論斷，不及朱張，則非人名審矣。是故「逸民：伯夷、叔齊、虞仲、夷逸」，以逸民爲目，列此四人，猶云「德行：顔淵、閔子騫、冉伯牛、仲弓」也；「朱張：柳下惠、少連」，以朱張爲目，列此兩人，猶云「言語：宰我、子貢，政事：冉有、季路，文學：子游、子夏」也。朱張卽從逸民中別出之，見其同是逸民而又加以陽狂玩世，故孔子以爲「降志辱身」，而孟子謂「柳下惠不恭」，亦卽此意矣。何晏《集解》引包咸説云：「『此七人，皆逸民之賢者。』則夷逸、朱張皆爲人名。郝氏敬《論語詳解》云「逸民、夷逸、朱張，品其目也；夷、齊、虞仲、柳下惠、少連，舉其人也」，則夷逸、朱張皆非人名。二者似兩失之。今一以下文孔子之論爲準，所論及者，人名也，所不論及者，非人名也，較舊説爲有據矣。或謂：皇侃《義疏》「作者七人」下引鄭康成曰「伯夷、叔齊、虞仲，辟世者；柳下惠、少連，辟色者」，不及夷逸、朱張，似鄭君并不以夷逸爲人名者。此不然也。夷逸行事，無可考見，鄭君安得臆斷之曰此是辟地、辟言者乎？故别舉荷蕢諸人而不及夷逸，不得據此而謂夷逸非人名也。

【校記】

〔一〕陟，原作「涉」，據《經典釋文》改。

「姑之子爲甥舅之子爲甥妻之昆弟爲甥姊妹之夫爲甥」解

《爾雅·釋親》云「謂我舅者，吾謂之甥」，而不云「謂我甥者，吾謂之舅」，非徒互文見義也。蓋舅者，舊也，尊長之稱，而甥則古人自敵以下得通稱之，故謂我舅者，吾得謂之甥，而謂我甥者，吾不得概謂之舅。於是有更相爲甥之例。《釋親》云「姑之子爲甥、舅之子爲甥、妻之昆弟爲甥、姊妹之夫爲甥」，郭注曰「四人體敵，故更相爲甥」，此説是也。姑之子得爲甥者，《釋名》云：「舅謂姊妹之子曰甥。」而古人於父之姊妹謂之姑姊、姑妹，襄二十一年《左傳》有「公姑姊」，《列女傳》有「梁節姑妹」，合而言之，則曰姑姊妹。夫姊妹之子爲甥，則姑姊妹之子亦爲甥，其母有姊妹之名，故其子亦有甥之名，尊卑固不嫌同名矣。雖然，姑之子從舅之子而得名也，姑之子爲甥，將舅之子爲舅乎？曰：不然也。舅者尊稱，非可施于敵體也。是故姑之子爲甥，而舅之子亦爲甥，所謂更相爲甥也。夫舅之子者，吾母昆弟之子也，吾母昆弟之子爲甥，則吾妻昆弟之子降一等矣。於是妻黨之甥，移而屬之妻之昆弟，是説也，可以舅例之。吾妻之父，吾謂之舅，《釋親》云『妻之父爲外舅』是也。吾母之父，尊一等矣，於是母黨之舅移而屬之母之昆弟，蓋母黨、妻黨皆外姓之親，雖尊卑異等，而體例從同。母黨有舅，妻黨亦有舅，但母黨之舅則母之昆弟，妻黨之舅則推而上之，不於其昆弟，而於其父矣。母黨有甥，妻黨亦有甥，但母黨之甥則母昆弟之子，妻黨之甥則推而上之，不於昆弟之子，而於昆弟矣。比例觀之，其義自見。雖然，妻之昆弟，從姊妹之夫而得名也，妻之昆弟爲甥，將姊妹之夫爲舅乎？曰：不然也。舅者尊稱，非可施于敵體也。是故妻之昆弟爲甥，而姊妹之夫亦爲甥，所謂更相爲甥也。此經四句，語雖平列，而義實相生，因姑之子爲甥，故舅之子亦爲甥；因舅之子爲甥，故妻之昆弟亦爲甥；因妻之昆弟爲甥，故姊妹之夫亦爲甥，其文雖列于妻黨，而不以妻之昆弟冠首者，爲此也。郭注更相爲甥之説，必古義如是，有所受之，乃因此稱久廢，不得其義，又爲之説，曰『甥猶生也』，今人相呼，蓋依此。則疑『甥』爲『生』之借字，非《爾雅》正名百物之旨矣。

釋蘉

《洛誥》『蘉』字，《説文》所無，錢氏大昕謂：即《爾雅》『孟勉也』之『孟』，音義俱合，而字形則絶不相似。莊氏述祖謂：『即𤻤字之訛，七荏切。』按，『𤻤』字隸變作『蘉』，《隸釋·漢冀州從事張表碑》曰『蘉疾而終』是也，此經作『蘉』，又小變其體耳。字形固甚似矣，而音義則皆不合，學者疑焉。今以

『寢』字本義言之。《説文》：『寢，病臥也。』凡人病臥，則有止息之義，故盧辯注《大戴禮記・曾子制言》篇曰：『寑，猶止也。』李善注《文選・永明九年策秀才文》曰：『寑，猶息也。』然人病臥既久，又無不彊勉求起，故鄭、王注此經，並曰『勉也』，亦猶以亂爲治，以故爲今，訓詁反復相通，自有此例。其本音七荏切，而《釋文》引徐音『武剛反』，兩音不同者，音隨義轉也。古經師遇字同義異者，輒改讀其音，以示區別，故此『蘉』字既轉其止息之義而爲強勉，卽轉其『七荏』之音而爲『武剛』矣。然亦一聲之轉也。《水經・河水》篇注曰：『參合徑，北俗謂之倉鶴陘。』然則『寑』之讀武剛反，亦猶『參』之聲轉爲『倉』矣。又，『風』字從『凡』得聲，《詩經》與『心』爲韻，而得讀如放音，《釋名・釋天》曰『風，兗、豫、司、冀橫口合脣言之，風，氾也，其氣博氾而動物也；青、徐言風，踧口開脣推氣言之，風，放也，氣放散也。』以是言之，『寑』音『七荏反』，合脣言之也；音『武剛反』，開脣言之也。經師欲人知是彊勉之義，而非猶是止息之義，故開脣大言之，蓋音隨義轉，而義亦卽存乎音矣。

【校記】

〔一〕氾，原作『汜』，據《校勘記》改。下同。

釋難易

經典所用難、易字，與《説文》『難』『易』二篆説解全不相涉，然則難、易當作何字？曰：『難』當作『儺』，『易』當作『傷』，古文省人旁耳。《説文》『儺，行有節也』，行而有節，自不可得而捷速矣，至

『鄉人儺』之『儺』，本當作『魌』。《説文》曰：『魌，見鬼驚皃，從鬼，難省聲，讀若《詩》「求福不儺」。』蓋見鬼而驚，因而聚逐之，字本作『魌』，不作『儺』也。後人以儺、魌聲同而借用之，既以『儺』字爲『魌』，因以『難』爲『儺』，兩失其本字矣。故曰，『難』當爲『儺』。『傷』者，《説文》云『輕也』，輕則有捷速之意，故與『儺』對文，且輕則便於移徙，變更之義亦從此生也。昭十八年《左傳》杜注曰『易，輕也』，正《説文》『傷』字之訓，故曰『易』當爲『傷』。

釋新舊

《説文》『新，取木也』，而凡五穀之屬，刈而取之者，皆得謂之新，是以古有薦新、嘗新之禮。而《左氏傳》曰『不食新矣』，卽從取木之義引申之也。人生之計，莫先於衣食，故古人言始事者多從衣食取義：新者，食之始也；初者，衣之始也；二義相近，故《廣雅》曰『新，初也』。惟『舊』字之義不可解，言久遠者，何取此怪鳥而言之乎？按《説文·肉部》『肍，孰肉醬也，從肉九聲，讀若舊』。竊疑『肍』卽新舊之本字也。錢氏大昕《潛研堂集》曰：『漢人言讀若者，不特寓其聲，并可通其字。卽以《説文》言之，「鄦讀若許」，《詩》「不與我戍許」、《春秋》「許田」，不必從邑從無也；「𨟙讀若薊」，《禮記》「封黃帝之後於薊」，不必從邑從契也。』所引凡數十事，然則『肍讀若舊』，經傳卽可以『舊』爲之，不必從肉從九也。相沿既久，讀若字行而本字轉廢，亦猶廢鄦而用許、廢𨟙而用薊矣。『肍』之本義爲熟肉醬，《集韻》作『乾肉醬』，知肍是可以經久之物。古人新肍並言，若曰：穀則吾取其新，醬則吾取其肍也，蓋皆從食取義也。

鄭《易》合《彖》、《象》於經辨

《魏志·高貴鄉公紀》帝幸太學，問諸儒曰：『孔子作《彖》、《象》，鄭玄作注，雖聖賢不同，其所釋經義一也。今《彖》、《象》不與經連，而注連之，何也？』《易》博士淳于俊對曰：『鄭玄合之於經者，欲使學者尋省易了也。』帝曰：『若鄭玄合之，於學誠便，則孔子曷爲不合以了學者乎？』俊對曰：『孔子恐其與文王相亂，是以不合。此聖人以不合爲謙。』帝曰：『若聖人以不合爲謙，則鄭玄何獨不謙邪？』俊對曰：『古義宏深，聖問奥衍，非臣所能詳盡。』顧氏《日知錄》據此謂：連合經傳，始於康成，而非自王輔嗣始。乃愚於《魏志》此條竊有所疑。尋帝之旨，蓋以孔子作《彖》、《象》，自爲一篇，不與經文相連，而康成作注，卽連屬經文之下，二者不同，故發此問，非謂康成作注時將孔子《彖》、《象》合之於經也。其云『今《彖》、《象》不與經連』，則高貴鄉公所見之本，經自經、傳自傳明矣。其下云：『若聖人以不合爲謙，則鄭玄何獨不謙邪？』蓋孔子作傳，不與經連，是孔子之謙也；康成作注，卽與經連，是鄭之不謙也。若康成將孔子所作之傳合之於經，傳非鄭作，何云不謙？豈鄭當代孔子謙乎？高貴鄉公不應有此謬問，而博士又何至不能對乎？竊疑俊所云『鄭玄合《彖》、《象》於經』句，本作『鄭玄合注於經』，方與帝問相應。今作『合《彖》、《象》於經』，乃後人據王輔嗣之本而追改陳壽之文，非其實也。孔氏《正義》云：『一家數「十翼」云：《上彖》一，《下彖》二，《上象》三，《下象》四，《上繫》五，《下繫》六，《文言》七，《説卦》八，《序卦》九，《雜卦》十。鄭學之徒，並同此説。』若康成合《彖》、《象》於經，則上下《彖傳》、上下《象傳》不應别出，爲鄭學者當有異説。以是言之，康成未嘗合《彖》、《象》於經，此其明證也。至《漢書·儒林傳》曰：『費直治《易》，無章句，徒以《彖》、《象》、《繫辭》、《文言》解説上下經。』此蓋謂費氏不自爲章句，而但以孔子之傳説文王、周公之經。顧氏據此遂謂：附傳于經，并不始於康成，而始于費直。然則費氏豈并《上繫》、《下繫》而亦附入乎？顧氏此言，直忘《漢書》有『繫辭』二字，斯尤不足辨矣。

《春秋》天子之事論

《春秋》一經，聖人之微言大義，公羊氏所得獨多，嘗於孟子之言見之矣。孟子曰：『《春秋》，天子之事也。』此即公羊家託王于魯之説也。趙氏注曰：『孔子懼王道遂滅，故作《春秋》，因魯史記，設素王之法。』蓋孔子當定、哀公之間，王者不作，諸侯放恣，欲著一經爲後王法，而又以爲託之空言不如見之行事之深切著明也，於是因魯史而作《春秋》。所謂『設素王之法』者，非自爲王也，亦非以王予魯也。素者，空也，謂空設一王者之法也，夫空設一王者之法，豈可如後世詞賦家所云『亡是公』、『烏有先生』哉？其事其文，不得不有所託，而魯父母之國也，有所見，有所聞，有所傳聞，較它國可據，故託之也。魯之隱公，非受命之君也，而《春秋》於是乎始，則以爲始受命也；魯哀公時，非太平也，而《春秋》於是乎終，則以爲人道浹，王道備，功至于獲麟也。是故《春秋》所書，二百四十年之事，皆孔子所立素王之法，則皆天子之事也，非爲魯十二公作載筆之史也。内而魯十二公及季、孟諸大夫，外而周天子及齊、晉、秦、楚諸國之君臣，無非《春秋》所託以行法。譬猶奕焉，彼皆棋也，孔子作《春秋》，則舉棋者也。故曰：『其事則齊桓、晉文，其文則史，其義則丘竊取之矣。』何謂義？即素王之法也。若但執其文其事以觀《春秋》，而曰直書其事，而義自見，則後世良史優爲之，而何足以爲聖人之經哉？愚因孟子之言而益信公羊家託王於魯之説，故具論之，以告世之治《春秋》者。彼范寧、杜預之徒，烏足以知之。

五岳考

古有四岳，無五岳，《白虎通・巡守》篇曰：『岳之爲言捔也，捔功德也。』《風俗通・山澤》篇曰：『岳者，捔功考德，黜陟幽明也。』然則岳本以王者巡守所至，捔考功德，是以名之。《虞書》載巡守之制，有東西南北而無中，是中央無捔功之所，何岳之有？《堯典》『帝曰：咨四岳』，四岳者，十二牧之長，蓋王者設方岳，本以捔功考德，故總領天下諸侯者，即以方岳之名名之。岳止四，官亦止四，事相因也，古制也。《史記・封禪書》引《尚書》而説之，於北岳恆山下曰『中岳嵩高也』，此自史公依後世之制連屬言之。何休《公羊解詁》引《尚書》有云『還至嵩，如初禮』，蓋本緯書之説，未可據以增益經文。使其言然，則從古無不五岳矣。昭四年《左傳》司馬侯之言曰『四岳三塗』，何以稱也？《詩・崧高》篇《毛傳》曰『嶽，四嶽也，東嶽岱，南嶽衡，西嶽華，北嶽恆』，又何以不數中嶽也？近時邵氏晉涵又據《禹貢》『太岳』之文謂『唐虞以霍太山爲中岳』，此説前未有聞。竊疑霍太山所以稱太岳者，或上古天子嘗於其地捔考諸侯，故有岳稱，其事在唐虞前，故曰太岳。太者，尊之之詞，所以別于當代之岳也。且山以岳名者多矣，《漢書・地理志》曰『岳山，古文以爲敦物』，《山海經・大荒南經》曰『帝堯、帝嚳、帝舜，葬于岳山』，郭注曰：『岳山，狄山也。』必以霍太山爲岳，敦物、狄山皆岳乎？《禹貢》一篇，于岱、于太華、于衡山、于恆山皆著其本名而不言岳，可知太岳稱岳，是沿前代之舊稱，直以爲山名而已，其在冀州。曰『至于岳陽』，若以爲是中岳故稱岳，則華陽、衡陽皆可曰岳陽矣，華陰亦可曰岳陰矣，不著其名而直謂之岳，知是何岳乎？是故邵氏以《禹貢》稱『岳』明其爲岳，愚正以《禹貢》稱『岳』決其非岳。五岳者，周制也。是時分天下屬于左右二伯，無四岳之官，蓋與唐虞異。《周官》『大司樂』職『四鎮五岳崩』，鄭注曰：『五岳：岱，在兖州；衡，在荆州；華，在豫州；嶽，在雍州；恆，在并州。』此説本於《爾雅》。《爾雅》，周公書也，《釋山》篇首云：『河南，華；河西，嶽；河東，岱；河北，恆；江南，衡。』五山卽五岳也。《詩・崧高》篇《正義》引《鄭志》曰：『周都豐鎬，故以吳岳爲西岳，不數嵩高。』然則華山當爲中岳矣。以《釋山》篇次序言之，蓋首中岳，次西岳，次東岳，次北岳，次南岳。《鄭志》之言可信。周室東遷，以嵩高爲中岳，華山仍爲西岳，廢吳岳不數，而其時荆楚負固不服，於申國置戍焉，則南服之不通可見。於是以衡山太遠，移之霍山，《爾雅・釋山》篇末具載之，曰：『泰山爲東岳，華山爲西岳，霍山爲南岳，恆山爲北岳，嵩高爲中岳。』此非周公本文，蓋春秋時人羼入之。且吾嘗妄疑是晉人爲之，故其下卽曰：『梁山，晉望也。』不然，何國無望，而獨紀晉望乎？春秋時晉最强，人文亦最盛，古書流傳，往往經晉人附益。《逸周書》末載師曠見王子晉事，《竹書紀年》以晉事終，《釋山》篇末數語，亦此類也。其次序與篇首正相反：篇首以中岳始，此以中岳終；篇首四岳以西東北南爲次，此四岳以東西南北爲次，所以明異制也。漢世言五岳有二説，《尚書大傳》説五岳，謂岱山、霍山、華山、恆山、嵩山也，此今文家説。《史記・封禪書》曰『岱宗泰山也，南岳衡山也，西岳華山也，北岳恆山也，中岳嵩高也』，此古文家説。今文家説直東周之制耳，古文家説則以唐虞四岳配嵩高而爲五，蓋唐虞無中岳，故不得不取足於東周之制也。而鄭君乃以今文家説注《周官・大宗伯》之『五岳』，則與《大司樂》注不合矣。孫炎注《爾雅》，以霍山爲衡山之誤，此知其一不知其二。《史記・封禪書》言漢武巡南郡，至江陵而東，登禮灊之天柱山，號曰南岳。而後之學者便謂，霍山之爲南岳從漢武始，郭璞非之，曰：『如此言，爲武帝在《爾雅》前乎？』明辨晳矣。漢武蓋以當時《尚書》家本有二説，故憚衡山之遠而從霍山之近耳，亦漢世通行今本《尚書》之故也。《初學記》引徐靈期《南岳記》及盛弘之《荆州記》云『衡山者，五岳之南岳也』，其來尚矣。至于軒轅乃以灊霍之山爲副焉，此説經傳無文，必漢世方士因〔二〕武帝好神仙、喜聞黄帝之事故造此説，明武帝此舉與黄帝同耳。夫以霍山爲南岳，周東遷後之制。或謂遠從黄帝，或謂近起漢武，胥失之矣。而周初以華山爲中岳，吴岳爲西岳，此周公所定一代之制，因東遷後不循其舊，學者罕言之，後世幾無知者。孔穎達疑之曰：『豈當據己所在改岳祀乎？』此不然也。夫五岳與四瀆異，四瀆以獨流入海得名，此非可以人爲之者；若五岳，止取高大之山，可就其地揄考功德耳，東西南北，王者各從所都而言之，何不可改之有？若王者不當改岳，則王者先不當改都矣。且如孔氏之意，將周初亦以嵩高爲中岳乎？請即以《周禮》破之。職方氏掌天下之圖，東南曰揚州，其山鎮曰會稽；正南曰荆州，其山鎮曰衡山；河南曰豫州，其山鎮曰華山；正東曰青州，其山鎮曰沂山；河東曰兖州，其山鎮曰岱山；正西曰雍州，其山鎮曰嶽〔二〕山；東北曰幽州，其山鎮曰醫無閭；河内曰冀州，其山鎮曰霍山；正北曰并州，其山鎮曰恆山。是九州以九山爲鎮。而大司樂職則曰『四鎮五岳』，蓋九山除岱、衡、華、嶽、恆爲五岳，則止存會稽、沂山、醫無閭、霍山爲四鎮矣。今不數嶽山而别取嵩高爲中岳，則嶽山仍爲雍鎮，鎮宜云五，何云四乎？故觀五岳四鎮之文，則知周初嶽山固爲五嶽之一。言嶽者當知唐虞與周制異，四五不同也；周初與東遷後異，中西南岳不同也；漢世説經，今文與古文異，南岳不同也。此五岳之宜考者也。

【校記】

〔一〕因，原作『困』，據《校勘記》改。

〔二〕嶽，原作『岳』，據《周禮》及下文之『嶽山』改。

《儀禮》『諸公』考

《燕禮》『若有諸公，則先卿獻之』，鄭注曰：『諸公，謂大國之孤也。孤一人言諸者，容牧有三監。』後儒以三監是殷法，多疑其説，於是有以『諸』爲不定之辭者，有謂統公卿大夫言者，有謂兼寄公言者，有謂兼致仕者言者。胡氏匡衷《儀禮釋官》悉辨〔一〕其非，謂『惟鄭義爲允』。愚按，《呂氏春秋·離俗》篇『遇高唐之孤叔無孫』，高誘注曰：『高唐，齊邑也。孤，孤特，位尊。叔，姓，無孫，名。守高唐之大夫也。』是古者守外邑大夫得有孤稱。《儀禮》『諸公』或兼外邑大夫而言，蓋大國之孤稱公，而外邑大夫亦有孤稱，則亦得有公稱矣。《呂覽》，先秦古書，足可依據。秦御史監郡者稱監公，見《史記·曹相國世家》，此三監稱公之遺也；楚邑大夫稱縣公，見宣十一年《左傳》；楚漢之際有滕公、戚公、柘公、薛公之屬，此守外邑大夫稱公之遺也。説者謂：楚僭王，故邑大夫稱公。此亦不然。齊不稱王，而《左傳》所載有邢公、棠公，然則外邑大夫之稱公，非僭也。古天子於諸侯有不純臣之義，諸侯於外邑大夫稍優假之，隆其名號，亦禮所宜然乎？此足補鄭注之所未及。

【校記】

〔一〕辨，原作『辦』，據《校勘記》改。

《論語》分章異同考

《公冶長》篇『子謂公冶長』、『子謂南容』，古分兩章，朱注因一曰『以其子妻之』，一曰『以其兄之子妻之』，兩事相類，故合爲一章。然此所重者，在論二子之賢行，非因有妻之之事而記也。下文尚有『子謂子賤』章，與此一律，似不得以『謂公冶長』、『謂南容』合爲一章，而以『謂子賤』獨爲一章也。仍從古本分章爲是。若謂兩章詞意相類，當合爲一，則《顔淵》篇『司馬牛問仁』、『司馬牛問君子』兩章亦相類，何又區而二之乎？

《雍也》篇『子曰雍也可使南面』，古爲一章，『仲弓問子桑伯子』以下，又爲一章，當從之。必謂仲弓聞夫子許己，因以子桑伯子爲問，則失之泥矣。又《述而》篇『子謂顏淵曰：用之則行，舍之則藏，唯我與爾有是夫』，鄙意此是一章，『子路曰』以下，當自爲一章。子路之問，自負其勇耳，必謂因孔子獨美顏淵，故發此問，無乃視子路太淺乎？孔注及朱注皆聯合爲一章，似皆失之。

『子華使於齊』、『原思爲之宰』，古爲二章，朱注合爲一章。按，此乃類記之體，可分可合。然記者以此二事連屬書之，固自有意，分而爲二，失記人之意矣，朱注爲長。

『牢曰：子云：吾不試，故藝』，古自爲一章，邢疏云：『此章論孔子多技藝之由，但與前章異時而語，故分之。』朱注與上『大宰問於子貢』連屬爲一章。按，此亦類記之體，因夫子『少賤多能』之語而及牢『不試故藝』之言，亦猶《憲問》篇因夫子『不在其位不謀其政』之語，而及曾子『思不出其位』之言，分則俱應分，合則俱應合。乃古分『牢曰』與上文各爲一章，而朱注則合之；古合『曾子曰』與上文共爲一章，而朱注則分之，如此之類，似兩失也。

『「唐棣之華，偏其反而。豈不爾思，室是遠而。」子曰：「未之思也，夫何遠之有？」』古合上文『可與共學』爲一章，故何晏解『偏其反而』句曰：『權道反而後至於大順。』按，《春秋繁露·竹林》篇引此文，亦有『可以適道』之語，則漢儒舊説固爾矣。然愚謂上下文義不倫，牽合爲一，究涉曲説。《荀子·宥坐》篇『《詩》曰：「瞻彼日月，悠悠我思。道之云遠，曷云能來？」子曰：「伊稽首，不其有來乎？」』『首』乃『道』之叚字，古字通用。稽者，同也，見《堯典》《正義》；又合也，見《儒行》篇注。《詩》言『道之云遠，曷云能來？』夫子言：合於道則自能來矣。蓋借《詩》言而反之，與此引『唐棣』之詩一律。以彼證此，則『唐棣』以下當從朱注別爲一章，不必拘泥古説也。又按，《子罕》篇朱注分三十章，古本『唐棣』章合於上章，而『牢曰』自爲章，則亦三十章。陸氏《釋文》乃云『三十一章』，不知所分何章。孔氏廣森曰：『「不忮不求，何用不臧。」子路終身誦之。子曰：「是道也，何足以臧？」此當別爲一章。』今細核全篇，舍此亦無可分之章以合陸氏之數，則陸所見本誠如孔説也。然此章與『乘桴』章相類：『其由也與』之歎與『從我其由』不異，『終身誦之』之意與『聞之而喜』不殊，一則曰『無所取材』，一則曰『何足以臧』，皆始與之而終抑之。以彼證此，不當分爲兩章也。

《先進》篇『德行：顔淵、閔子騫』一節，《正義》曰：『此章因前章言弟子失所，不及仕進，遂舉弟子之中才德尤高可仕進之人。鄭氏以合前章，皇氏別爲一章。』朱注從鄭氏。實則皇氏是也。此乃記人之詞，本不與孔子之言聯合爲一，自記弟子之材德耳。《史記・弟子傳》首列此文，竝不言是相從於陳、蔡者，知西漢經師無此説也。

『子張問善人之道。子曰：不踐迹，亦不入於室。』『子曰：論篤是與，君子者乎？色莊者乎？』按，此當從何晏本合爲一章。『論篤是與』，『君子者乎』，『色莊者乎』，三者皆善人之道，博舉之，故曰『是與』，曰『者乎』，爲不定之辭。其重言『子曰』者，所以發更端之語，古書往往有之。朱注別爲一章。然《論語》言君子必與小人爲對文，今不曰『君子者乎』、『小人者乎』，而曰『色莊者乎』，則非對文可知。且『色莊』又不與『論篤』相應，『論篤』屬言，『色莊』屬貌，不得謂『論篤』是『色莊』也。揆之經義，竊有未安，不如從古注爲允矣。

《顔淵》篇『子路無宿諾』，《正義》曰：『或分此別爲一章，今合之。』愚謂此句當合上文『片言折獄』、下文『聽訟猶人』共爲一章，與『乘桴』章、『衣敝緼袍』章一律。『片言』者，單辭也，子路不欺人，人亦不欺之，故兩造不具，可以折獄。乃子路聞夫子許己，益以自喜，於是急於踐言，而無留諾。宿之訓留，義本《廣雅》，朱注自允。此子路好信而兼好勇之過，於是夫子又曰：『聽訟吾猶人也，必也使無訟乎。』爲子路更進一解也。嘗謂夫子於子路，抑揚並用，勸戒兼施，視他弟子不同，故此章與『乘桴』章、『緼袍』章皆始與之而終抑之；而《先進》篇『由之瑟』一章，則又始抑之而終與之。連類而觀，聖人因材之教自見。

《憲問》篇：『子曰：賢者辟世，其次避地，其次避色，其次避言。』『子曰：作者七人矣。』愚按，此當從古注爲一章，辟世、辟地、辟色、辟言，定其品也；『作者七人矣』，舉其人也。重言『子曰』，發更端之語耳。

《陽貨》篇：『子曰：性相近也，習相遠也。』『子曰：唯上知與下愚不移。』此亦當從古注合爲一章。重言『子曰』，別更端耳。朱注亦云：『此承上章而言。』但以有『子曰』字，故分爲二。

『子曰：小子何莫學夫《詩》？』『子謂伯魚曰：女爲《周南》、《召南》矣乎？』推尋孔、馬之注，初無聯合之迹，邢疏乃合而一之曰：『此章勸人學《詩》也。』若然，則《論語》中可合并者多矣，如『顔淵問仁』、『仲弓問仁』及『子路問管仲未仁乎』、『子貢問管仲非仁者與』，詞意俱近，何以區而二之？然則此當從朱注分爲二章，於義爲允。

孔子生日考

《春秋公羊傳》『襄公二十有一年十有一月庚子，孔子生。』《穀梁傳》『襄公二十有一年十月庚子，孔子生。』是兩《傳》年日俱同，惟有一月之差。然陸德明《公羊音義》曰：『庚子，孔子生，傳文上有「十月庚辰」，此亦十月也。一本作「十一月庚子」。』是陸氏所據本無『十有一月』四字，與《穀梁》同。楊士勛《穀梁疏》曰：『仲尼以此年生，故傳因而錄之。《史記·世家》云「襄公二十二年生」者，馬遷之言與經典不同者非一，故與此傳異年耳。』楊氏但言《史記》與《穀梁》異年，而不言《公羊》與《穀梁》異月，則其所見《公羊傳》亦必無『十有一月』四字也。唐石經誤衍此四字，而各本從之，遂致兩傳有一月之差，此不可以不辨也。至生年爲襄二十一，則兩傳皆同，襄三十一年《左傳》《正義》引二十一年賈逵注經云『此年仲尼生。哀十六年夏四月己丑卒，七十三年』，又引昭二十四年服虔載賈逵語云『是歲孟僖子卒，屬其子使事仲尼。仲尼時年三十五』。計自襄二十一至昭二十五，正三十五歲，是孔子以襄二十一年生，賈、服舊説皆同。自襄二十一至哀十六共七十四年，而賈逵云年七十三者，猶絳〔一〕縣老人生於文十一年，至襄三十年亦是七十四年，而傳稱七十三年也。顧氏亭林謂：古人於歲盡之日而後增年，據《倉公傳》『臣意年盡三年，年三十九歲』爲證。然古人紀年有二法，有於歲盡之日增年者，《倉公傳》是也；有從所生之日數至明年是日而增年者，絳縣老人是也。錢氏大昕謂：古人以周一歲爲一年，絳縣人生正月甲子朔，於周正爲三月，至是年周正二月癸未，尚未及夏正月朔，故七十三年。

此説較顧説爲長。孔子生年正與絳縣老人同，杜預不達此義，乃從《史記》作襄二十二年生，朱子《論語序》亦云『襄二十二年十有一月庚子生』，胥失之矣。今定孔子于襄二十一年十月庚子生，是月庚辰朔，則庚子二十一日也。周十月，夏八月，爲今八月二十一日。

【校記】

〔一〕絳，原作『絳』，據《校勘記》改。下同。

『笑』字形聲考

經典『笑』字屢見，而《説文》無之，蓋許君疑而未定焉。徐鉉據《唐韻》引《説文》補入，曰：『笑，喜也，从〔二〕竹从犬。』而不説其義，此必後人附益，非許氏原文。又云『今俗皆從犬』，更爲無理。《九經字樣》作『笑』，从竹从夭，楊承慶《字統》曰：『竹得風，其體夭屈，如人之笑也。』《一切經音義》卷二引《字林》云：『笑，喜也，字从竹从夭，夭聲。竹爲樂器，君子樂，然後笑也。』其説並迂曲。惟謂夭聲，稍近之。今按，《漢書》多古字，《史丹傳》、《外戚傳》字竝作『咲』，師古曰：『咲，古笑字。』《薛宣傳》、《谷永傳》字竝作『关』，師古曰：『关，古笑字。』《隸釋》載《王政碑》『時言樂咲』，字亦作『咲』。竊疑古『笑』字本作『咲』，从口芺聲，其或即以『芺』爲之者，古文以聲爲主，如以『哥』爲『歌』，以『臤』爲『賢』之比也。《漢書》『咲』字即『咲』字之誤，『关』字即『芺』之誤，隸書从艸之字多省作䒑，从夭之字或省作大，以䒑頭加之大上，於是『芺』變作『关』，『咲』變作『咲』矣。《詩·終風》篇《釋文》曰：

『笑，本又作咲。』蓋本是『咲』字，後人據俗體『笑』字改之耳。然可證經典『笑』字尚有从口者，古文之未泯者也。

【校記】

〔一〕从，原作『以』，據《校勘記》改。

象刑說

象刑之說尚矣。《荀子·正論〔一〕》篇曰：『古無肉刑，而有象刑。』《漢書·武帝紀》元光元年詔曰：『昔在唐虞，畫象而民不犯。』鄭康成注《周官·司圜》云：『弗使冠飾者著墨幪，若古之象刑與？』是鄭君亦信象刑之說。賈公彥疏引《孝經緯》云：『畫象者，上罪墨幪赭衣襍屨，中罪赭衣襍屨，下罪襍屨而已。』《太平御覽》六百四十五引《慎子》云：『有虞氏之誅，以幪巾當墨，以草纓當劓，以菲屨當刖，以艾韠當宮，布衣無領當大辟。』其文尤詳備。所可疑者，《堯典》曰：『象以典刑，流宥五刑。』夫刑止于象，輕之至矣，而其宥之也，乃使之流，去親戚，離鄉里，投之遠方，則視刑之而更重矣。此後人所以不信象刑之說而異義滋起也。今按，『流宥五刑』者，帝舜哀矜庶戮之不辜，而設五流之法，以代五刑也。然但流之而已，則使人不知其所犯之爲何罪，於是又制爲象刑，畫衣冠，異章服，以別於齊民，使人一望而知之。而凡有罪者，既有放流之苦，又有畫象之辱，自畏法而不敢輕犯。是謂『象以典刑，流宥五刑』，二者相輔而行。惟象以典刑，故流宥而不没其五刑之實，自來說象刑者，不兼流宥五刑爲說，則直以象刑宥五刑矣，何言『象以典刑，流宥五刑』乎？

【校記】

〔一〕 論，原文作『義』，據《荀子》改。

《谷風》篇嵬、萎、怨爲韻說

《詩·谷風》篇三章『習習谷風，惟山崔嵬。無草不死，無木不萎。忘我大德，思我小怨。』顧氏《詩本音》謂：『末二句無韻。』績溪胡氏秉虔作《古韻論》，謂：『萎從委聲，委從禾聲，古音在歌類，怨在元類，二類對轉爲韻。』今按，《東門之枌》篇以『原』與『差』、『麻』、『娑』爲韻，亦歌、元二類對轉，胡氏說是也。惟胡氏謂首句『嵬』字與上章『穨』、『懷』、『遺』聯韻，則恐不然。《毛傳》：『崔嵬，山顛也。』《說文》『厜㕒，山顛也』，與《毛傳》同。然則崔嵬卽厜㕒之聲轉。疑《詩》本作『厜㕒』，後轉作『崔嵬』耳。《爾雅》『山頂冢〔一〕崒者厜㕒』，卽釋此詩也。《漢書·廣川惠王傳》『日崔隤，時不再』，師古注曰：『崔隤猶言蹉跎也。』厜㕒之轉爲崔嵬，與蹉跎之轉爲崔隤一例。今讀『維山崔嵬』爲『維山厜㕒』，則於韻初無不合，不必舍本章而求合於上章也。

【校記】

〔一〕 冢，原作『冡』，據《校勘記》改。

《爾雅·釋詁、釋言、釋訓》三篇名義説

《爾雅》首三篇，詁、言、訓之名，邢《疏》所説不了，其云《釋言》則《釋詁》之别，然則二篇猶一篇矣。竊謂不然。以愚論之，《釋詁》一篇所説皆字之本義，故謂之詁，詁者，古也，言古義本如此也，即如「初」、「哉」、「首」、「基」四字，邢《疏》曰：「初者，《説文》云：從衣從刀，裁衣之始也。哉者，古文作才，《説文》云：才，草木之初也。以聲近借爲哉始之哉。首者，頭也，首之始也。基者，《説文》云：牆始築也。」然則「初」、「哉」、「首」、「基」之爲始，非皆字之本義乎？《釋言》一篇所説，則字之本義不如此而古人之言有如此者。即以篇首「殷、齊，中也」言之，「殷」本不訓中，而《書》云「以殷仲春」，此「殷」字則訓爲中；「齊」本不訓中，而《釋地》云「距齊州以南」，此「齊」字則訓爲中，故曰「殷、齊，中也」。此《釋言》所以異於《釋詁》也。至《釋訓》一篇所説，則直是後世箋注之祖，所以解釋經文，如「斤」字並不訓察，而《周頌》云「斤斤其明」，合二字爲文則有察義矣，故云「斤斤，察也」；「秩」字並不訓智，而《小雅》云「左右秩秩」，合二字爲文則有智義矣，故曰「秩秩，智也」。本篇所釋多重言，皆本經文，并有舉全句而釋之者，此《釋訓》所以異於《釋言》也。三篇之分，初意如此，周公體例，本是秩然。叔孫、梁文，繼事增益，遂多羼亂，或失本真，要其大旨，可覆按也。漢世經師，去古未遠，其所訓釋，猶合雅義，今即以鄭君《儀禮注》言之，如云「饌，陳也」、「兼，併也」、「進，前也」、「自，由也」、「贊，佐也」、「命，告也」、「即，就也」、「卒，已也」、「反，還也」、「旅，衆也」，若此之類，直舉其字而説其義，例

之《爾雅》，其《釋詁》乎？ 如云『積，猶辟也』、『屬，猶著也』、『側，猶特也』、『攝，猶整也』、『病，猶辱也』、『于，猶爲也』、『彌，猶益也』、『殺，猶衰也』、『請，猶問也』、『與，猶兼也』，若此之類，並加猶字以成其義，明字之本義初不如此，例之《爾雅》，其《釋言》乎？ 如曰『禮辭，一辭而許也』、『側酌，言無爲之薦者也』、『大古，唐虞以上也』、『扱地，手至地也』、『傳言，猶出言也』、『改居，謂自變動也』、『舉前曳踵，備蹱跲也』、『問夜，問其時數也』、『拜辱，出拜其屈辱至己門也』，如此之類，並舉經文而釋之，例之《爾雅》，其《釋訓》乎？ 惟詩人多重言疊語形況之辭，而《禮經》罕見，故此條所舉與《釋訓》篇略殊，至其詮釋經文，固無異也。 愚嘗欲剌取三《禮》鄭注，分別部居，依《爾雅》之例爲《鄭雅》一書，有志未逮。 姑撮舉其略如此，且以發明雅義也。

編鐘編磬各十六枚説

《周官》『小胥』職鄭注曰：『鐘、磬者，編縣之，二八十六枚而在一虡。』賈疏曰：『鄭必知有十六枚在一虡者，按，《左氏·隱五年》考仲子之宮，初獻六羽。 眾仲云：「夫舞所以節八音而行八風。」故以八爲數，樂縣之灋，取數於此，又倍之爲十六。』今按，賈説非也。 八音者，金、石、絲、竹、匏、土、革、木也。 鐘磬則金石也，金石，二音耳，不可以當其餘之六音。 然則此十六枚之設，無乃徒爲觀美而無義乎？ 又引服氏説『一縣十九鐘，十二鐘當一月，十二月十二辰，加七律之鐘則十九鐘』，與鄭義絶異。 如服子慎説一虡之數十有九，蓋十二辰而加七律也。 所謂七律者，《昭二十年傳》服注所謂『黄鐘爲宫，林鐘爲徵，太蔟〔一〕爲商，南吕爲羽，姑洗爲角，應鐘爲變宫，蕤賓〔二〕爲變徵』是也。夫十二月之鐘已具在一虡矣，又加此黄鐘、林鐘、太蔟、南吕、姑洗何爲？且應鐘爲變宫，蕤賓爲變徵，專以黄鐘爲宫言也，論旋相爲宫之法，則變宫、變徵各視其宫而異，而可專以應鐘、蕤賓爲之乎？服氏此説宜爲鄭君之所不取。近世鄭堂江氏作《樂縣考》，辨之詳矣。江氏謂十六者，十二辰之外加四清聲也。北宋以十二枚爲正鐘，四枚爲清鐘，最得古制。阮氏《山左金石志》有《魏太和黄鐘清編鐘》，可見漢魏編縣之制，有四清聲也。余謂江氏此説猶有未盡。余雖不知音，竊以理論之。夫清聲者，半律也。樂有半律，有倍律。黄、大、太、夾、姑、仲，此六律皆長，長故有半律無倍律；應、南、無、夷、林、蕤，此六律皆短，短故有倍律無半律。明鄭世子《樂律全書》曰：『中聲之上有半律，是爲清聲，中聲之下有倍律，是爲濁聲。』十二律由濁而清，黄、大、太、夾、姑、仲、蕤、林、夷、南、無、應，皆自然也，繼以半律；黄、大、太、夾，雖清可歌；至於姑、仲，則聲益高而揭不起，或强揭起，非自然矣。十二律由清而濁，應、無、南、夷、林、蕤、仲、姑、夾、太、大、黄，皆自然也，繼以倍律；應、無、南、夷，雖濁可歌；至於林、蕤，則聲益低而咽不出，或强歌出，亦非自然矣。以是言之，十二律有清聲六，濁聲六，六清六濁，各有二者不能用，故可用者止於四。今十二辰之外，止用四清聲，則有清無濁矣。夫十二律旋相爲宫，用清聲以變濁，用濁聲以變清，清與濁，不可偏廢也。《文獻通考》載方響之制，云：『方響，編縣之次，下格以左爲首：一黄鐘，二太蔟，三姑洗，四中吕，五蕤賓，六林鐘，七南吕，八無射；上格以右爲首：一應鐘，二黄鐘之清，三太蔟之清，四姑洗之清，五中吕之清，六大吕，七夷則，八夾鐘。』然則專用四清，乃方響之制。其器本出於西涼，非中國之古制，唐宋教坊燕樂用之，此後世樂律所以日高而失其中和。沈括《筆談》謂：燕樂高於雅樂二律，於此可見。竊謂古制當不爾也。《朱子大全集》載《宋燕樂十六字譜》，合黃鐘、四下大呂、四上太蔟、一下夾鐘、一上姑洗、上仲呂、勾蕤賓、尺林鐘、工下夷則、工上南呂、下凡無射、凡應鐘、六黃鐘清、下五大呂清、上五太蔟清、緊五夾鐘清，此正於十二律外加四清聲，與方響同。而四清聲用黃、大、太、夾，則《通考》所稱『姑洗之清』、『仲呂之清』，或傳述之誤。姑、仲清聲太高而不能用也，乃今世伶工所用則止十三字：合、四、乙、上、尺、工、凡、六、五、亿、仕、伬、仜。其所云合者，黃鐘也；四者，大呂、太蔟也；乙者，夾鐘也；上者，仲呂也；尺者，蕤賓也；工者，夷則也；凡者，無射、應鐘也；六者，黃鐘清也；五者，大呂、太蔟、夾鐘清也；亿者，姑洗也；伬者，林鐘也；仜者，南呂也；此與宋譜但有并省而無異同。宋譜以勾爲蕤賓，尺爲林鐘，今以尺爲蕤賓，伬爲林鐘，伬者高尺也，然則古之勾即今之低尺也。大呂、太蔟，同爲四字，無射、應鐘，同爲凡字，古分上下，今則并之；至四清聲黃鐘爲六字，而大呂、太蔟、夾鐘同爲五字，不復有上下緊之分，蓋此三清聲同爲極高之聲，故不復爲之區別。此雖俗樂，亦必有所師承。且如古以一上爲夾鐘，一下爲姑洗，而今亦仍分乙、亿二字；古以工下爲夷則，工上爲南呂，而今亦仍分工、仜二字；知其於可并者并之，不可并者亦不并，非苟從其簡也。以清聲例濁聲，則應鐘濁聲，應自有別，而無射、南呂、夷則三濁聲同爲極濁之聲，亦可援大、太、夾之例并而一之。疑古制鐘磬一虡十六枚者，除十二辰各一外，其餘四者，黃鐘半律爲一，應鐘倍律爲一，大呂、太蔟、夾鐘三半律合爲一，無射、南呂、夷則三倍律合爲一，故爲十有六。如此則清濁咸備，而聲之高下皆得所矣。《孟子》曰：『今之樂由古之樂也。』聲音之道，今古無殊，今人用之而可，豈古人用之而不可？惟後世樂律日高，乃氣運日薄之故，如今譜有亿、仩、伬、仜四字，卽高乙、高上、高尺、高工也，夫高乙、高尺、高工古固有之，古之勾當今之尺，則古之尺卽今之高尺矣，至上字古無上下之分，而今則有上又有仩，不知於十二律當何屬？得無有過高之弊歟？故愚意編縣之制，當備四清聲、四濁聲，庶清濁相劑，而有以建中和之極也。

【校記】

〔一〕太蔟，原作『太簇』，據《校勘記》改。下同。

〔二〕蕤賓，原作『蕤鐘』，據《校勘記》改。下同。

六甲五龍説

《説文》『戊』篆説解曰：『象六甲五龍相拘絞也。』此語必本於古書，今無可考，因亦莫得其解。段氏玉裁曰：『六甲者，《漢書》「日有六甲」是也；五龍者，五行也。』引《遁甲開山圖》榮氏注及《鬼谷子》陶注爲證。今按，五方之龍，分治五行，自是古説，然施之此則不可通。何也？六甲與五行不得分爲二物也，甲乙木，丙丁火，戊己土，庚辛金，壬癸水，言六甲者，豈外五行乎？惠氏棟曰：『龍，辰也，辰有五子，故言五龍。』如其説，何不曰『六甲五子』而必變文言龍乎？考之書傳，無以十二辰爲十二龍者，此説亦不可通。然則六甲五龍有説乎？曰：六甲卽《漢書》之『日有六甲』，此無疑矣，因六甲卽可明五龍之説。今夫甲子、甲寅、甲辰、甲午、甲申、甲戌，所謂六甲也，甲子旬中卽以子爲龍，甲子、丙子、戊子、庚子、壬子，此甲子旬中之五龍也；甲寅旬中卽以寅爲龍，甲寅、丙寅、戊寅、庚寅、壬寅，此甲寅旬中之五龍也；甲辰旬中卽以辰爲龍，甲辰、丙辰、戊辰、庚辰、壬辰，此甲辰旬中之五龍也；甲午旬中卽以午爲龍，甲午、丙午、戊午、庚午、壬午，此甲午旬中之五龍也；甲申旬中卽以申爲龍，甲申、丙申、戊申、庚申、壬申，此甲申旬中之五龍也；甲戌旬中卽以戌爲龍，甲戌、丙戌、戊戌、庚戌、壬戌，此甲戌旬中之五龍也。所謂『六甲五龍相拘絞也』。然則何以謂之龍？曰：此從甲生義也。許君説幹枝字皆爲制字本義，此實不然，近時通人有言之者矣。愚嘗謂甲字當以甲蟲爲本義，説詳《兒笘録》，古人旣以甲蟲字爲甲乙字，故借甲蟲生義。龍者，鱗蟲之長也，甲子旬中子爲長，甲寅旬中寅爲長，推之辰、午、申、戌皆然，不可偏舉，故因六甲之文而立五龍之號。以五龍配六甲，此古書之説而許君述之也。

玉堂舊課

玉堂舊課

序

故事：新入翰林者，月必一課，課以詩賦。三年散館後，館中擇其佳者而刻之，曰《同館賦鈔》、《同館詩鈔》。余於道光庚戌入翰林，亦嘗有此刻，然久不記憶矣。光緒己卯春，偶檢敝篋，得一册，卽曩時館課刻本。凡賦二首，詩十首，上有校定數字，蓋其時館人送余讎校者也。嗟乎，自庚戌至己卯，三十年爲一世，玉堂舊夢，久付飄風，何圖此本猶存篋衍。正如白頭老婦，拾得舊日花鈿，俯仰今昔，感慨係之矣。適有《俞樓襍纂》之刻，因卽録爲一種，雖爲山水所笑，不遑顧也。原本有《海運賦》，已刻入《賓萌外集》，故此卷賦止一首焉。

快雪時晴賦 以『快雪時晴佳想安善』爲韻

王逸少筆陣有圖，藝林無價。偶一㡧之流傳，卽千秋之佳話。會稽山畔，難尋鴻爪之痕；寶晉齋中，足壓虎頭之畫。當此空庭雪霽，好從剡水以相招；可知滿紙風生，定比蘭臺而更快。

其時則火井欲冰，溫泉不熱。絮未春而先飛花，漫天而亂綴，霏霏微微，蕭蕭屑屑，俄而晴旭升，凍雲裂，梅寒愈香，竹瘦未折。芒鞋絮帽，何處尋詩；竹屋紙窗，有人對雪。我之所思，山椒水湄，想伊人兮宛在，願尺素兮貽之。紙裁側理，墨試隃麋。滿幅雲烟，鐵畫銀鉤之字；一天風雪，羊裘鶴氅之時。

但見其神光流動，意趣縱橫。飄飄有致，落落無聲。招來天上玉鱗，益助龍跳之勢；颺去空中素羽，彌深鵞換之情。白竟能飛，想窗外尚存殘雪；黄如待搨，喜檐前早送新晴。非筆非墨，神與之偕，高同梅格，瘦奪松釵。有天機之活潑，無人力之安排。著紙而長留春意，拈毫而靜掃陰霾。倘從竹扇題來，橫斜俱妙；也比蘭亭寫就，肥瘦都佳。

遂令妙手傳觀，名流欣賞，展卷風清，臨池月朗。九萬牋之持贈，未蝕風霜；十七帖之臨摹，長留天壤。青李來禽之外，此蹟尤真；茂林修竹之間，其人可想。

迄今風流已遠，楮墨常完。練裙競寫，棐几爭看。摘微瑕於天朗氣清，選家太刻；訪真本於屏風初月，書譜曾刊。豈徒入曇釀之村，經傳道德；考宣和之錄，帖署平安。

況乃邀宸鑒之流連，經幾餘之披展；愛濡染之淋漓，溯源流之遷轉。灑遍彤廷瑞雪，縑素皆香；映來金闕晴霞，墨光愈顯。在聖主陽和被物，慶普天霑冬日之溫；而小臣翰墨是供，愧珥筆乏秋豪之善。

敬勝怠得『齋』字

理欲防爭勝，丹書進玉階。怠宜懲客氣，敬以束官骸。先甲深予儆，惟寅勗汝諧。慎之衾影獨，欽若典謨皆。遇事同賓祭，論功比決排。態嫌箕踞傲，語愛鼎銘佳。已絶風愆累，猶嚴日省懷。璇題符聖學，箴誡寓軒齋。

殿前作賦聲摩空得『軒』字

竟作摩空想，其聲在不言。賦方陳别殿，詩已詠高軒。彩筆初鳴鳳，清班正肅鵷。玉堂傳巨製，銀漢瀉真源。鵠立應同聽，翬飛與共騫。凡音宜有别，仙仗自無喧。樓觀增盤鬱，文章見本原。濫邀宸鑒及，供職愧詞垣。

信及翔泳得『翔』字

帝德先崇信，推誠及萬方。恩波游且泳，治寓集還翔。春煖鶯求友，秋深蟹獻芒。雁臣遵約束，龍户效輸將。鶼鰈情無異，鯤鵬事有常。鴞猶懷泮水，鱷已避重洋。霄漢依原樂，江湖意亦忘。物微知慕義，況近聖人光。

星使出詞曹得『曹』字

使者星初出，秋風各建旄。典隆逢聖代，恩重屬詞曹。翰墨西園萃，聲名北斗高。竹分新羽節，花認舊宮袍。天語頻銜鳳，仙班競跨鼇。青雲縈劍佩，紫氣護弓刀。多士鞭爭著，維皇鑑獨操。微臣依日月，金殿幸揮毫。

田毛樂寬征得『毛』字

咸有豐年樂，田疇肯不毛。征徭皆治典，寬大卽恩膏。沼沚馨堪薦，閭閻福共叨。吏蠲頭會法，民耐足胝勞。已幸開三面，何曾損一毫。耕宜勤負耒，割豈任操刀。穎簇龍鱗隰，歡騰鷺羽翿。拔茅邀帝簡，野處盡英髦。

鏡無蓄影得『無』字

聖德明如鏡，精瑩徹海隅。物來涵盡有，影過蓄原無。質易秋毫察，形難夏鼎摹。照臨同日月，容納異江湖。幻迹杯中釋，寒光匣内敷。一痕含止水，萬象躍洪爐。帝治輝金鑑，臣心比玉壺。願持清白意，未敢匿瑕瑜。

心正則筆正得『心』字

正則容俱正，公權意可尋。成書雖在手，執筆總由心。養貴蒙泉豫，功逾晉帖臨。冰壺常懔懔，鐵畫自森森。從處嚴如矩，懸來妙似鍼。端莊欽墨妙，兢業本丹忱。御翰欣同矚，宸修不待箴。無偏皇極建，獻納媿詞林。

夜雨翦春韭得『春』字

賞雨宜茅屋，詩人夜款賓。香秔春薄暮，早韭翦初春。雅集頻投轄，名流半折巾。清聲喧竹柏，雋味壓菰蒓。好試并刀利，誰嫌庾饌貧。寒鐙圍處小，老圃劚來新。砌下濃青滑，盤中嫩綠匀。獻芹微意在，膏澤被楓宸。

佳氣常浮仗外峯得『峯』字

閶闔浮雲表，佳哉瑞氣鍾。廷前陳法物，仗外見遥峯。車乍金根駐，山曾玉檢封。芙蓉千疊湧，槐棘百僚從。螺影描能活，龍光挹更濃。蓬壺看隱隱，芝蓋護重重。禁籞初移蹕，邊塵已息烽。祥氛占大史，朶殿奏雍容。

取人以身得『賢』字

能以身爲本，何虞取舍偏。丹青脩己密，玉策得人賢。使臂非無具，因心别有權。湯盤先袚濯，禹鐸繼招延。皮相今休誤，膚公後定傳。分猷同脈脈，寸善亦拳拳。漢詔求才日，周詩訪落年。欣逢皇極建，多士集聯翩。

此庚戌會試題也。詩亦久失其稿，而彼時行卷猶有存者，因錄附於後。是歲文廟初御極，故有『訪落』之句。

淡烟疏雨落花天得『莊』字

花落春仍在，天時尚豔陽。淡濃烟盡活，疏密雨俱香。鶴避何嫌緩，鳩呼未覺忙。峯鬟添隱約，水面總文章。玉氣浮時暖，珠痕滴處涼。白描煩畫手，紅瘦助吟腸。深護薔薇架，斜侵薜荔牆。此中涵帝澤，豈僅賦山莊。

此庚戌進士覆試題也。詩甚不工，然『花落春仍在』句爲吾師曾文正公所賞。其後余遂以『春在』名堂，因以名集，至今海内皆知有《春在堂全書》。則此詩，其緣起也，因亦錄附於後。

刻《玉堂舊課》竟，漫題二律

自出承明三十春，坐看歲月去逡巡。提休棚裏場將散，官錦行中樣尚新。少日文章真故物，舊時朋輩半陳人。遺簪一慟黄罏又，莫怪秋風淚滿巾。

蟹匡蠶績竟如斯，倚伏因由欲問誰。清課一編重入手，浮生萬事不先知。作從東觀飛騰日，刻在西湖老病時。只恐山靈應笑我，殘年猶夢鳳皇池。

曲園課孫草

曲園課孫草

序

教初學作文，不外『清』、『醒』二字。一篇之意，反正相生，一線到底，一絲不亂，斯之謂『清』。其用意遣辭，務使如白太傅詩，老嫗能解，斯之謂『醒』。然清矣、醒矣，而或失之太薄，則亦不足言文，所以失之薄者何也？無意無辭也。孫兒陛雲，年寖長矣，思教以爲時文之法，而坊間所行《啓悟集》、《能與集》之類不盡可讀，因作此三十篇示之。光緒六年九月，曲園叟識於右台仙館。

在親民

推己以及人，道又在於新矣。夫民者，推己而及之者也，明德既明，而民亦從之明，所謂新也，道不又在此乎？嘗聞人惟求舊，是人固貴乎舊，不貴乎新也。雖然，新不如舊者，朝廷所以重老成；而舊必當新者，聖人所以鼓萬物。夫固有革去故而鼎取新者，正不得曰率由其舊也。如大學之道，既首在明明德矣。夫明德者，藏乎内者也，而存之於内，必形之於外，豈得私爲閉户之功？抑明德者，存乎己者也，而有以成己，必有以成物，曷弗觀其從風之化？夫不有民在乎？大學之道，固又有在乎民者。今夫德之在我者，當由闇而求其；明德之在民者，當舍舊而謀其新。以民之本無不新也。溯維皇誕降之初，粹然者孰不有清明之本質，其新之也似易，然而勿忽爲易也。苟不神其鼓舞之方，卽難保其虚靈之性，豈得曰不煩致力，而望斯民之自進於高明？以民之久失其新也。自因物有遷之後，昏然者幾不知陷溺之何如，其新之也似難，然而勿諉爲難也。但能盡其化裁之責，自克復其汩没之良，豈得曰無可圖功，而聽斯民之日流於汙下？且夫民不一民也，近則市井之民，遠則田野之民，民之類愈推而愈廣，而有大人之學，以涵泳而薰陶之，則無不可以使之新也。試觀文王之化，先及江漢之間，次及汝濆之國，無論武夫、女子，皆有爭自磨礪之心，不足見民氣之奮興哉？且夫新不一新也，始而耳目爲新，繼而情性爲新，新之功愈進而愈深，而有大人之學，以提撕而警覺之，則無不可以得之民也。試觀陶唐之時，一則平章百姓，再則協和萬邦，雖有讒説、庶頑，不足少損時雍之化，不可見新機之洋溢哉？夫新作南門則譏，新作延廄則譏，莫不以仍舊爲宜，而獨至於民，不可無咸與維新之氣象。農登麥則嘗新，農登穀則嘗新，莫不以厥初爲美，而況在於民，豈可無日新其德之精神？此大學之道所以又在新民也，而不但此也。

故諺有之曰

引諺以證好惡，其故可思矣。夫諺則何所不有？傳者因好惡之多偏而有取於諺，不可得其故哉。

聞之《禮》曰：『必則古昔，稱先王。』吾儒之立言，不當如是耶？雖然，欲明禮法，則宜莊誦夫載籍之言；欲驗俗情，則宜旁採夫道塗之語。吾蓋閱歷久之，而恍然於流傳之有以也。如好而知惡，惡而知好，天下不已鮮乎？夫既合天下而皆然矣，則其人不一人也，故文人學士不能畢肖其形容，而當下問之田夫野老；抑既胥天下而同然矣，則其地不一地也，故清廟明堂不能周知其情狀，而當廣求之委巷窮檐。此其故，吾嘗得之於諺矣。作新民者，取《康誥》之文；明峻德者，徵帝堯之典。似乎發明經義，莫切於《書》。顧《書》者，帝王之謨訓，其體歸於謹嚴；諺者，里巷之歌謠，其旨參乎戲謔。故此之所稱，則於《書》無之而於諺有之。『有斐君子』，歌《淇澳》之章；『宜其家人』，詠《桃夭》之句。似乎推闡聖言，莫妙於《詩》。顧《詩》者，作於忠厚之人，其意以渾含爲主；諺者，成自澆漓之俗，其辭以刻露爲工。故此之所述，則於《詩》無之而於諺有之。自來著述之家，不憚旁徵而博引，或單舉其語，如《牧誓》云『古人有言』是也；或兼舉其人，如《盤庚》云『遲任有言』是也。若所有而出於諺，則似有降而愈下者，邇言必察，幾同詢於芻蕘。自來草茅之論，亦或旨遠而辭文，『心苟無瑕，何恤無家？』晉人之引諺然也；『心則不競，何憚於病？』鄭人之引諺然也。乃就諺而觀所有，則更有慨乎其言者，故老相傳，殆將以爲木鐸。夫切戒巫醫，南人有見；厚誣堯舜，東野無稽。以此而思諺所言，得失相參，不過等之達巷黨人之流亞。乃『原田每每』，輿誦可憑；『天策焞焞』，童謠可採。以此而例諺所言，勸懲具在，更有切乎滄浪孺子之謳歌。進述其辭，而好惡之偏，不可以此得其故哉？

索隱行怪

合所索所行而觀，皆賢知之過者也。夫隱也何足索？怪也何足行？觀其所索所行，謂非賢知之過者乎？且天下之理，無淺之非深也；天下之事，無易之非難也。自夫人過求其深，而以淺焉者爲不足用心；好爲其難，而以易焉者爲不煩致力。於是乎心思材力之所用，遂有不可究詰者。今夫古今有顯道焉，家爲諭，户爲曉，譬猶日星河嶽之可以一望而知，故其道爲顯而不爲隱。今夫宇宙有常道焉，地之義，天之經，譬猶布帛菽粟之不可一日而缺，故其道爲常而不爲怪。而奈之何有索隱者？於幽隱之中，偏若有尋繹無窮之意味，而一索再索之不憚其勞。而奈之何有行怪者？於怪異之迹，偏視爲率履不越之康莊，而卻行、仄行之不思其反。其始也偶一索之，所謂隱者，猶未隱也。及深造而若有得，則愈索愈隱。以生人之職爲不必盡，而求之於鬼神；以宇内之事爲不足言，而徵之以蠻貊。昧谷幽都之景況，雖羲和不能效其官。其始也偶一行之，所謂怪者，猶未怪也。及習慣而以爲常，則愈行愈怪。謂倫常不必敦，而遂如異端之無君父；謂禮法不必顧，而遂如太古之不衣冠。螭魅罔兩之情形，雖大禹不能鑄於鼎。夫窈冥怳惚之鄉，豈有正直蕩平之道？既欲使人疑，必更欲使人驚，故索隱者必行怪也。而驚世駭俗之舉，不在耳聞目見之間。既有以自炫，必更有以自祕，故行怪者必索隱也。索隱而遇行怪者則曰：我安得偏索子之所行？行怪而遇索隱者則曰：我安得盡行子之所索？互相師則互相勸也。索隱者則笑行怪者曰：爾之怪不足測我之隱。行怪者則笑索隱者曰：爾之隱不足敵我之怪。交相非則交相勝也。噫，日中見沫，日中見斗，大《易》不過偶呈其象，而索隱者乃甘入於坎窞。而不知石言於絳，神降於莘，《春秋》未嘗一著於經，而行怪者乃日出其新奇而不已。後世雖有述者，吾豈爲之哉？

其言足以興

興於有道之國，君子之言則然也。夫君子非以言求興也，然國既有道矣，其興也，不可以其言決之哉？嘗聞君子不以言舉人，是君子舉人，不以言爲貴也。雖然，君子之舉不以言，而君子之言必可舉。既明良之相遇，豈登進之無從？萬不至於空言無補也。試以國有道觀君子。夫國而有道，不崇枝葉之辭，豈君子利口惟賢，必欲爭鳴於斯世。然國而有道，大啓文明之運，豈君子知希爲貴，不求表見於當時。吾於是決君子之興矣。君子何以興？興於其言也。且夫言有不足以興者。使其言而失之淺近耶，進而立朝，卑卑於功利之説；退而閉户，沾沾於章句之間。如是以爲言，失之淺近矣。雖庸流無識，或正喜其卑而易行，而發於有道之世，必且見笑於崇論閎議之人，而烏足以興？使其言而失之高遠耶，論天事則溯之兩儀未判以前，論人事則極之九域既分而外。如是以爲言，失之高遠矣。雖末世好奇，或正賞其新而可喜，而出於有道之時，必且嚴治其異論高談之罪，而烏足以興？惟君子之言，皆所以明道也。有道之君，虛懷延納，拜尚父之丹書，訪逋臣之《洪範》，無非爲明道計耳。乃觀君子之言，所闡發者，心性之淵微，所敷陳者，聖賢之義理，固當坐之廟堂，使日進其誠意正心之説者也，肯令其伏處於山林乎？惟君子之言，皆所以行道也。有道之主，雅意旁求，採風有太史輶軒，徇路有遒人木鐸，無非爲行道計耳。乃觀君子之言，所講求者，《周官》立政之精，所規畫者，學校井田之法，固宜任之公輔，使大展其體國經野之猷者也，肯令其沈淪於下位乎？夫君子初不求工於言，其言也，止自抒其天民大人之學。抑君子初非有意於興，其興也，固可必之賢臣聖主之朝。君子於國，有道如此。

學而時習之

習必以時，所以永其學也。夫學而不習，猶弗學也；習而不時，猶弗習也。子故以時習勉學者乎！夫子若曰：吾自憶十五之年，已有志於學矣，是吾一生所學，始於十五時也。雖然，吾之學於是時始，吾之學竟不知於何時止。蓋學有窮，而尋繹乎學者無窮，勉焉日有孳孳，固不可以歲月計矣。今夫人孰則可不學哉？梓匠輪輿之細，各有專門，曲藝猶不可不學，而況誦《詩》讀《書》，名在膠庠之内？組紃織紝之微，悉由姆教，婦女猶不可不學，而況章甫縫掖，身居冠帶之倫？此吾所以望人之學也。顧學則學矣，或學焉而仍與未學者等，何也？曰：不習故也。夫人於乍見之人，必永夕永朝而後能識其情性；夫人於乍游之境，必一至再至而後能熟其程途。準此以爲學，豈可以一學畢其事乎？師友之提撕雖切，視爲淺近，即無以得其精微，學古有獲，未易言也，而安可以不習？顧習則習矣，或習焉而仍與不習者同，何也？曰：不時故也。夫天之運也，日日一周而不聞有崇朝之間，夫川之流也，源源相續而不聞有俄頃之停，準此以爲習，豈可以一習謝其責乎？簡編之探索何窮，求其有得，轉不如保其無失，習慣自然，未易言也，而安可以不時？於是乎在一日則有一日之時焉，曰雞鳴，曰平旦，古人所分爲十時者也，此十時中，可以習其所學矣。夫質明之始，猶是衣裳顛倒之初；昏暮之餘，已是寤寐無爲之候。而好學者則無論晦休明動，而皆以討論爲先。時時習之，斯日日習之，其爲學也，不且日知而月無忘哉？於是乎在一歲則有一歲之時焉，曰春夏，曰秋冬，古人所定爲四時者也，此四時中，可以習其所學矣。夫春日載陽，吾人不廢詠歌之事；歲聿云暮，農家非無燕飲之歡。而勤學者則無論暑往寒來，而皆以講求爲事。時時習之，卽歲歲習之，其爲學也，不且月異而歲不同哉？學如是，斯真能悦諸心矣。

有朋自遠方來

朋有自遠來者，學之所及廣矣。夫朋未易言來，來而自遠，則更難矣，苟非學之所及，何以得此哉？且遠莫遠於百世之上，而可以尚論及之；遠莫遠於百世之下，而可以知我期之。則亦何必沾沾於一時哉？顧論心理之同，原無間乎異世；而論應求之廣，必取驗於同時。吾得由爲己之功，而進觀其及物之效矣。如説之由於時習也，此爲學之事也。顧學必先以窮理，所謂窮理者，非私爲獨得之祕也，仁者見仁，智者見智矣。抑學必繼以力行，所謂力行者，非據爲獨闢之途也，我日斯邁，爾月斯征矣。以云朋也，蓋必有焉。雖然，有必待其來，而來必問所自，則吾意其必近焉者也。夫晏子之居未改，必有比鄰；原思之粟可分，非無鄉黨。過從甚便，自易聯把臂之歡，即非至近，亦必其不離乎近者也。雍、絳毗連，一水之汎舟可及；魯、邾交錯，四郊之擊柝相聞。睽隔無多，亦易命相思之駕。至於遠，則地不一地也。秦以崤函爲塞，東道難通；楚以漢水爲池，南游多阻。既已關河之隔越，爲之朋者，豈不阻於迢遞之雲山？至於遠，則人不一人也。吳越之秀民，以文章自命；幽并之豪客，以金革爲雄。既已風氣之懸殊，爲之朋者，豈不限於差池之臭味？然而來矣，夫詠白駒之句，如金如玉，莫傳空谷之音，來固不易言也。茲何爲不召而自來乎？『汎汎楊舟』，占大川而利涉；『驒驒駱馬』，望孔道而馳驅。其來不同，其爲朋則同。朝取一人，暮取一人，大可焜耀我門牆之色。然而自遠方來矣，夫歌《蒹葭》之篇，溯洄溯游，徒切伊人之慕，遠尤不易致也。茲何爲無遠之弗屆乎？時而投壺習禮，魯鼓與薛鼓紛陳；時而挾册讀書，楚言與齊言並作。其方有異，其爲遠無異，百里一賢，千里一聖，無不羅列我几席之前。以是思樂，樂可知矣。

無友不如己者

友有當無者，以其不如乎己也。夫不如己之人，友之何益？善取友者，尚其無所當無哉！且吾嘗言：『三人行必有我師。』是善不善皆我師也。雖然，善不善皆可以爲師，善不善不皆可以爲友，何則？師資宜廣，可法與可戒無殊；友道宜嚴，爲損與爲益有辨。慎勿曰『印須我友』，而遂降以相從也。如重與忠信，皆存乎己者也，而所以輔己者非友乎？夫善事必先利器，《詩》詠『他山』，《易》占

『麗澤』，君子所借以爲成己之資者，友也。而取人必在修身，非金胡厲？非玉胡雕？君子所懸以爲取友之準者，己也。使其人而勝乎己歟？友之誠是也。友所知者爲我所未知，則可以廣我之識；友所能者爲我所未能，則可以助我之功。『高山仰止，景行行止』，斯之謂也，若是者宜友。即其人而等於己歟？友之亦是也。獨爲一事，厭倦易生，有友共爲之而精神自奮；獨赴一途，危疑必甚，有友共赴之而意興自增。『我日斯邁，爾月斯征』，此之謂也，若是者可友。而奈之何有不如己者，不如己則不能輔我之善矣。夫吾人有無窮之行習，必有人以激厲之，則有初不至於鮮終，進德修業，惟我友乎是望也。若既不如己矣，則示以我之善，彼方抱愛莫能助之慙。至進其人而問之，子善於某乎？子習於某乎？固無以應也。一材一技，薄有所能，奚足效挽推之力哉？不如己則不能攻我之惡矣。夫吾人有偶蹈之愆尤，必有人以警覺之，則先迷可期於後得，繩愆糾謬，惟我友乎是賴也。若既不如己矣，則問以我之惡，彼方深吾無間然之歎。至就其人而觀之，或失足於人，或失口於人，蓋不勝計也。自怨自艾，尚憂不給，奚足商補救之方哉？夫友不如己，則等於己者不至矣，而勝乎己者更不來矣，不受其益，而反受其損，是以君子必無之也。

敏於事

有不敢不敏者，君子之重其事也。夫人孰不有事，而事未必能敏也，以敏任事，其惟君子乎？且吾嘗言君子之九思，曰事思敬。君子之於事，其有鄭重之思乎？顧不敢急遽者，處事之心；而不敢怠緩者，任事之力。爲所當爲，固有勉之又勉者矣。如安飽無求，君子於食與居如此。其所以適口者，不必八珍之並列，君子之於食廉矣。而君子曰：簞食豆羹，吾不敢素食也，有所當盡者在也。其所以容身者，不必百堵之皆興，君子之於居儉矣。而君子曰：蓽門圭竇，吾不敢逸居也，有所當務者存也。是何也？曰：有事也。夫事固貴乎敏也，而事又難乎敏也。以事之猝至於一朝也，急急乎有不可失之機，而人情則每有所待焉。其以日計者，需之於累月；其以月計者，緩之於終年。夫鹵莽圖功，誠不可也；而遷延貽誤，不更多乎？此不敏之一端也。以事之叢集於一身也，斷斷乎有無可謝之責，而人情則每有所諉焉。少年之日，曰稟命於父兄；壯盛之年，曰分勞於子弟。夫一意孤行，誠有失也；而盈廷聚訟，庸有成乎？此不敏之又一端也。乃君子則不然。其事而爲一人之私歟？此事之小者也。夫事之小者，固不可以不敏也。奉水奉槃，亦幼儀之當習；執射執御，亦曲藝之宜精。君子念之矣。有無黽勉，婦女猶勿恤於我躬；出入周旋，童稚且不遺夫餘力。而我可安於怠荒乎？雖事之至小者，君子不以小而忽之，竭力而營，與大者無異焉。吾嘗言：敏則有功，可爲君子望矣。其事而爲天下之公歟？此事之大者也。夫事之大者，尤不可以不敏也。名教綱常，任千秋之重遠；民人社稷，寄百里之安危。君子懔之矣。大禹念民生昏墊，辭黃屋而乘輴；周公思王業艱難，坐明堂而待旦。而我可付之玩愒乎？雖事之至大者，君子不以大而畏之，投袂而起，與小者無異焉。吾生平敏以求之，頗與君子同矣，至於言，又不敢不慎焉，非所謂『欲訥於言而敏於行』者乎？

而慎於言

言與事異，不可以不慎也，夫苟不慎，則言之失者必多矣。君子之敏，敏於事耳，豈其敏於言乎？且以慎而無禮者之必失之葸也，是慎固不可太過也。雖然，此亦在處事則然耳。若夫唯口起羞，《商書》戒之；尚口乃窮，《周易》懲之。則有不敢不慎爾出話者，而一往無前之氣爲之一變矣。如君子之於事，固不敢不敏矣，試更觀君子之於言。言卽言其所已行之事，今日爲之，明日言之，其爲言也，必悉如其事之本末而後工；言或言其所未行之事，意偶及之，言卽傳之，其爲言也，必旁溢乎事之後先而後快。然則君子之於言，猶之乎君子之於事也，一於敏而已矣，焉用慎爲？而君子曰：言也者，是非所從出也，一言以爲知，一言以爲不知，奈何不慎？而君子曰：言也者，榮辱所由生也，言善則千里應之，言不善則千里違之，奈何不慎？而君子曰：言必言其大者，小焉者不必言也。夫宇宙之大也，《河圖》、《洛書》猶不能盡洩天地陰陽之變，而我足以測之乎？奈何不慎？而君子曰：言必言其微者，顯焉者不必言也。夫名理之微也，聖經賢傳猶不能周知日用飲食之常，而我足以窮之乎？奈何不慎？是故君子而爲在上之君子歟？則宜昌言於朝廷之上者也。夫衆論紛紜之日，人人思獻一策以動人君，而君子慎之矣。富國強兵之計，固不欲侈談；安上治下之模，亦不敢遽發。雖新進之士，羣笑其迂疏，而君子止爲其職分所當爲，不屑爭功於口舌。君子而爲在下之君子歟？則更宜直言於師友之間者也。夫百家淆亂之時，人人思著一書以傳後世，而君子慎之矣。詩書中之心得，既不欲輕示於人；名教外之空談，又不敢妄出於己。雖流輩之中或嫌其樸訥，而君子但盡其倫常所當盡，不求角勝於辭華。夫非猶是敏於事之君子哉，至於言而甘居於不敏矣，斯其所以爲君子也，然而其心則猶不敢自是也。

吾十有五

聖人追溯童年，不忘其初也。夫十有五，則幼甚也，夫子老矣，而追溯之，不有重其始者乎？嘗考之《内則》，而知十五以上謂之成童。夫曰童，則固未離乎童稚，而曰成，則已漸至於成人。彼十五而笄，女子且有甚重乎此者，況在吾人也？吾今者竊回念夫吾矣。憶昔生而呱泣，未親防墓之經營，此襁褓中之情形，固不堪追述；迨至幼而嬉游，私習昌平之俎豆，此孩提時之景況，亦未足深言。吾回念之，則自十有五始。前乎此爲十歲，《禮》所謂『十年曰幼』是也，而十有五則已過其期；後乎此爲二十，《禮》所謂『二十而冠』是也，而十有五則未臻其候。其在國君之貴，則十有五已爲生子之年，而吾也撫少賤之身，韋布自安，豈敢上希乎宮壼？其在郊外之民，則十有五已給公家之役，而吾也生明德之後，簪纓世守，未曾下列乎氓黎。世有年十五而其辯足以折晉卿者，王子晉是也；吾則性成樸訥，豈能以口舌爭雄？世有年十五而其才足以治楚國者，介子推是也；吾則生本迂疏，敢遽以經綸自負。是歲也，楚靈王始合諸侯之年也，天下大勢，自此判矣。吾以魯國之儒，未足與聞中原之事。是歲也，季孫氏謀去中軍之年也，公室四分，自此始矣。吾以鄹人之子，未足以參兩社之謀。綜一生之閲歷，吾自少至老，固有一倍乎十五、再倍乎十五者矣，而此十有五，則已始基之。計百歲之光陰，吾自今以往，不過一則曰十五、再則曰十五而已，而此十有五，則已實歷之。夫吾年十九而成婚於宋，茲則尚少四年，交警雞鳴，未有并官之嘉耦。抑吾師七歲而授業於我，吾則已多八歲，自慚駑鈍，難同項槖之神童。然而吾之有志於學，則固始於是年矣。

見義不爲

見而不爲，難與言義矣！夫義，固人所當爲者也，其有不爲，必其未見耳，孰意其見之而仍不爲哉？且吾言君子之九思，嘗曰見得思義，此其所見者得也，而非義也。夫未見此義，尚必存之於心，豈既見此義而不施之於事？如徒曰『予既已知之』，夫何異視之而不見也？今夫人莫不有所爲，而尤不可不爲者，則莫如義。義者，萬事之本也，無論爲大事、爲小事，而有一事必有一義，經權常變，必當奉之以爲歸。義者，百行之原也，無論爲内行、爲外行，而有一行必有一義，忠孝節廉，必當依之以爲準。孰謂義也而可不爲哉？雖然，義固貴乎爲，而爲必待乎見。蓋其爲也，存乎力；而其見也，存乎識。苟其識之不足，安望其力之有餘？且其爲也，行之之事；而其見也，知之之事。苟其知之不免有疑，何望其行之必能自信？乃今有人於此，試問其果見與否，則雖不必有精義入神之學，而或感觸於道塗之公議，或激發於平旦之天良。夫固直任而不辭，曰亦既見止。及考其能爲與否，則雖不至如賊義爲殘之甚，而或瞻徇於富貴利達之私，或牽連於家室妻孥之累，夫又卻顧而不前，曰無能爲矣。噫，是非所謂見義不爲者耶？使其人而在朝廷乎？夫朝廷之上，所重者義也。試思齊廷有難，晏嬰端委而來；晉政不綱，董狐執簡而往。此其於義何如哉？乃平時非不景慕其高風，而至於大義當前，則高官厚祿，止自便其私圖，而絶不聞以危行危言立名於千古。使其人而在草野乎？夫草野之中，所尚者亦義也。試思鄭國賈人，能抒國家之難；魯邦童子，能效社稷之忠。此其於義何如哉？乃夙昔非不縱談夫名教，而至於公義所在，則簞食豆羹，時或爲之動色，而轉不能與匹夫匹婦比烈於宗朝。夫見義而不知爲，安望有見賢思齊之事？抑見義而不能爲，安望有見危授命之時？謂之無勇，誰曰不宜！

管仲之器

以器論霸佐，有深惜其器者也。夫管仲之爲管仲，誰不稱之？雖然，亦未觀其器耳，子以器論，殆有深惜其器者乎？聞之，義與信，和與仁，霸王之器也。是無論王與霸，而無其器則不成矣。雖然，王與霸固各有其器，而匡王佐霸者亦各有其器。吾嘗考五霸之首，觀其輔翼之人，而不能忘其挾持之具也。今者竊有念於管仲。一匡九合之業，至今賴之，是管仲之功也。然而論其功，未足以見其本。不死又相之説，吾黨譏之，是管仲之罪也。然而論其罪，未足以服其心。則試論管仲之器。當其伏處於潁上也，某山某水，是管仲藏器之鄉；及其訂交於鮑叔也，同術同方，是管仲利器之助。至其輔公子糾也，守弟兄倫次之常，深明乎『主器』一卦；至其相齊桓公也，執子父不奸之説，有得乎《禮器》一篇。故當隱、桓、莊、閔之時，而篤生一管仲，儼若器車之出於山；且於寧戚、隰朋之外，而獨任一管仲，更如器貢之用於國。其處也，閉户著書，近乎老氏之學，大道不器，洵惟管仲明之；其出也，舉朝推轂，重爲天下之才，君子不器，更爲管仲望之。乃溯其自齊奔魯之時，若無愧乎抱器來奔之微子，而觀其鏤簋朱紘之事，又有類乎虛器是作之臧孫。在《周書》則《分器》有篇，管仲之器，其足爲侯封之守歟？在《周禮》則『庸器』有典，管仲之器，其足爲天府之藏歟？古之食人者，必以其器食之，若管仲者，亦如其器以爲食而已；古之使人者，必以其器使之，若管仲者，亦如其器以爲使而已。論祭器不踰竟之義，倉皇出走，既抱慙於在國之高傒；論挈瓶不假器之常，生死參差，更負疚於偕亡之召忽。雖盜器爲奸，未敢爲仲也誚；而制器尚象，奚足與仲也言？明器施於鬼神，管仲之器，固不至涉於虛；神器守於天子，管仲之器，恐不能擬其重。使管仲而在廟堂之上，殆未堪爲宗器之陳；使管仲而在畎畝之間，或不免乎機器之作。故其尊周室，攘夷狄，立成器以利天下，其器似近於公；乃其作內政，寄軍令，秘利器而不示人，其器又近於私。北伐山戎，南征荆楚，不當没其除戎器之功；內有豎貂，外有開方，何以免於邇女器之誚？甚矣，其小也！

女與回也孰愈

以孰愈問賢者，欲其自審也。夫子貢與顏淵，果孰愈耶？夫子豈不知之？乃以問之子貢，非欲其自審乎？若曰：汝平時之善於方人也，吾嘗以女爲賢矣。夫在人者尚有比方之意，豈在己者轉無衡量之思？明於觀人者，必不昧於知己，竊願舉一人焉以相質也。夫女不與回並列吾門乎？德行之科，回也實居其首，則回必有所以爲回者，而後無慙殆庶之稱； 言語之美，女也亦有專長，則女必有所以爲女者，而後可爲從政之選。 然在回也，簞瓢陋巷之中，自守貧居之真樂，豈必與女相衡？ 卽在女也，束錦請行，以後徧交當代之名卿，豈必與回相較？ 而吾乃不能忘情於女，且不能忘情女之與回。今夫天之生人也，聰明材力，雖造物不能悉泯其參差，則其必有一愈焉，理也； 今夫人之造詣也，高下淺深，雖師長不能盡窺其分量，則其不知孰愈焉，情也。 將謂回愈於女乎？ 而女自一貫與聞之後，亦旣高出於同堂。 將謂女愈於回乎？ 而回自三月不違以來，久已見稱於吾黨。 將謂回不愈女、女不愈回乎？ 此可與論過猶不及之師、商，而女與回也，固非其例。 將謂回有時愈女、女有時愈回乎？ 此可與論退與兼人之由、求，而女與回也，又非其倫。 夫弟子之造就，函丈難欺。 假使我出獨見以定短長，回亦無不服也。 女亦無不服也，然我言之不如女決之也，孰高孰下，奚弗向長者而自陳。 夫爾室之修爲，旁觀盡悉。 假令人持公論以評優劣，豈不足以知回也？ 豈不足以知女也？ 然人論之不如女斷之也，孰輊孰軒，奚弗對同人而共白。 吾不能忘情於女，且不能忘情於女之與回也。女與回也孰愈？

匿怨而友其人

怨而仍友焉，巧於匿矣。 夫友不可以有怨也，旣有怨矣，不友其人，亦何不可？ 奈何匿之而與友乎？ 嘗讀《谷風》一篇，朋友相怨之詩也，其詩曰：『忘我大德，思我小怨。』未嘗不歎交道之衰矣。

雖然，朋友而不能無怨，固徵交道之衰； 朋友而不諱有怨，猶見世風之古。竊觀於末世之人情，覺視《谷風》所刺而更有進也。試以人之交友言之。夫友之與我相合者，義也，以義而言，則朋友之分，等於君臣，原宜有犯而無隱； 而友之與我相浹者，情也，以情而言，則朋友之交，同於昆弟，更宜式好而無尤。孰謂友也而可以有怨乎？ 雖然，怨固爲友之所不宜有，而怨亦或爲友之所不能無。於是太上忘之，其次絶之，最下者報之。忘之者何？ 蓋既與之友，即不與之怨。其怨也，雖至於交相爲瘉，而仍有多方之調劑； 其友也，仍歸於永以爲好，而未嘗少改其綢繆。若而人者，吾固歎其厚也。絶之者何？ 蓋既與之怨，即不與之友。其怨也，苟有一二端之實跡，可以播之於同人； 其友也，雖有數十年之交情，不妨絶之以大過。若而人者，吾猶喜其直也。若夫報之者，則不論其友不友，而但論其怨不怨。苟既有怨矣，過我門不入我室，其意積久而不能平； 則雖我友乎，茂爾惡必相爾矛，其勢一發而不可忍。若而人者，固不足言厚矣，抑猶不失爲直也，而奈之何其匿怨乎？ 夫古人有修怨者矣，修則顯而有形，匿則微而無迹也； 古人有蓄怨者矣，蓄則有時而發，匿則無時而宣也。其中藏之祕密，雖妻孥莫得其詳，挾腐心切齒之嫌，而不改其厚貌深情之素。乍與之接，而不聞其有怨言； 久與之游，而不知其有怨意。是何操術之甚工哉？ 而奈之何匿怨而友其人乎？ 夫友於我有恩，我必力爲酬之，何於我有怨而竟置之也？ 友於人有讐，我或代爲報之，何於我有怨而反忘之也？ 其外貌之周旋，視疇昔更形其密，當合尊促坐之日，而隱伏一撫劍疾視之心。其人而不知我有怨，我可逞其乘機之報復； 其人而微知我有怨，我可愧以大度之包容。無乃用心之太險哉？ 以云可恥，吾又將竊比古人矣。

少者懷之

志更在於少者，宜懷之以恩也。夫所謂懷者，亦以恩懷之而已。由老者、朋友而推之，子之志不更在少者乎？且昔吾之在陳也，極不能忘吾黨之小子矣。雖然，吾黨之小子固可念，而非吾黨之小子，亦未始不可念。『婉兮孌兮，總角丱兮』，殊令人念之而怦然心動也。豈特『老者安之，朋友信之』已哉？夫老者，則長於我者也，顧有長於我者，必有穉於我者，此其人固不在杖鄉、杖國之倫。夫朋友，則等於我者也，顧有等於我者，必有卑於我者，此其人更不在同術同方之列。所謂少者也，少者與幼者異，幼者未離提抱，少者已解唯俞，雖言少者可兼幼者，而少者尤笑啼之可愛。少者與壯者異，壯者血氣方剛，少者聰明乍啓，雖言少者可該壯者，而少者尤宛轉之相親。我將如此少者何哉？古人爲孺子之室，每嚴無事弗往之防，飲食寢興，不可擾也。則似少者，亦宜安之。然而待老者，非所以待少者也。古人於幼子之前，卽有常視毋誑之意，機械變詐，不可開也。則似少者，亦宜信之。然而待朋友，非所以待少者也。我惟時其懷之乎？懷之則必養之，夫保赤之道，不可以不誠也。煖寒之變，謹之以衣裳；饑飽之傷，節之以飲食。凡阿保所不及周知者，我將瑣瑣而代爲之計，而要不能悉爲之計也，則中懷何能釋然也。懷之則必教之，夫義方之訓，不可以不嚴也。知識未開，宜牖以詩書之理；性情易放，宜閑以孝弟之經。凡父兄所未能董率者，我必皇皇而代立之程，而要不能悉立之程也，則予懷彌覺殷然也。嗟乎，志學之年，恍如昨日，憶曩者嬉戲而陳俎豆，備蒙慈母之垂憐，則對此少者，追念夫顧我復我之人而能無動念？ 趨庭之教，具有深心，卽今者暮景而迫桑榆，尚有孤孫之在抱，則對此少者，更觸我恩斯勤斯之痛而豈得忘情？ 少者懷之，我之志畢於斯矣。

未能事人

責所事於人，未敢信其能矣。夫人不可不事，而實未易言事也。問事鬼神者，曷以事人自問乎？子謂子路曰： 吾嘗歷數君子之道，而事君未能，事父未能，事兄未能，不勝皇然而自愧矣。夫斯世各有當盡之職，而吾身猶多負疚之端，竊恐汝索諸冥漠，而未嘗返諸倫常，一審其能告無罪否也。汝問事鬼神乎？ 夫鬼神，依人而行者也，質旁臨上之嚴，不過在無臭無聲之地。吾與汝舍鬼神而言人，則父在爲子，兄在爲弟，實有率循之名分而不敢違。酒醴粢盛之奉，誰見有來歆來格之形？ 吾與汝舍事鬼神而言事人，則敬其所尊，愛其所親，有森列之規條而不可缺。然則事人不誠要哉？ 汝自問其能焉否？ 夫以汝之居家也，少而食貧，不辭負米之瘁； 長而養志，克承啜菽之歡。則善事一二人者，必善事衆人，謂汝未能，汝或有所不服也。且以汝之從游也，驅歷聘之車，爲吾執轡； 發望洋之歎，共我乘桴。則善於事我者，必善於事人，謂汝未能，吾亦有所不得也。雖然，事人未易言矣。卽如內而事父母也，汝果能竭其力乎？ 夫出告反面，弟子之恒儀； 夏清冬溫，家庭之小節。以此爲能，誰曰未能？ 然汝試思之，大舜之孝，猶懼其不可爲子，不可爲人； 武王之聖，僅謂之善繼人志，善述人事。豈區區小孝用力，中孝用勞，遂可謝其責乎？ 能乎？ 未能乎？ 卽如外而事君也，汝果能致其身乎？

夫旅進旅退，循辨色之常；佩委佩垂，表鞠躬之度。以此爲能，誰曰未能？然汝試思之，大禹八年勞苦，乃能奏祇承之績而平地成天；周公七載憂勤，乃能成誕保之勳而制禮作樂。豈僅僅進思盡忠，退思補過，遂謂單厥心乎？能乎？未能乎？夫人不可不事也，堯舜立人倫之極，不能外順親敬長之間。而事人實未易言能也，《春秋》爲忠厚之書，不能寬許止、趙盾之罪。苟事人而未能，勿遽言事鬼也。

無倦

以倦戒賢者，仍無加於先勞之外也。夫人所不易無者倦也，倦則不能先，不能勞矣。宜夫子爲子路戒之乎？若曰：誨人不倦，吾之所自信者也。則爾既求所誨於吾，吾豈有所倦於爾哉？乃轉展思之，覺前言之已盡，竟無他説之可參，竊願卽倦之一説爲爾箴也。如先之、勞之，爲政之要也，而爾乃請益乎。夫先、勞豈易言哉？嘗見有始而先、繼而不先者矣，豈先務之已無不務？豈先施之已無不施？蓋有間其先者也。此間其先者，何意也？嘗見有始而勞、繼而不勞者矣，豈已無不盡之勞心？豈已無不殫之勞力？蓋有奪其勞者也。此奪其勞者，何故也？所謂倦也。噫，爲政而可倦乎哉？且夫倦之生也，其故有二。一則生於畏事也。先所當先，而先不勝先；勞所當勞，而勞不勝勞。叢集百端，寢食皆形其不適，則以美錦之製，而視同治絲之棼矣，倦矣。此倦之生於畏事者也。好勇如爾，當不至負此愆也。一則生於喜事也。先未竟而已念及所宜勞，勞未已而又思及所當先。旁皇終日，精神反有所難周，則求天工之無曠於人，而轉嫌地道之不敏於樹矣，倦矣。此倦之生於喜事者也。兼人如爾，恐不免蹈此習也。尚其無之哉？則嘗觀於古帝王，而知倦之當無也。舜一年而周四岳，不憚協時正日之煩；禹八年而治九州，不辭刊木隨山之瘁。其無倦何如乎？至後之人君，殷王生則逸，不能比美於前人；穆王耄而荒，不免貽譏於後世。皆倦之爲害深也。汝宜以古帝王爲師，而被袗揮絃，勿浮慕中古無爲之治。又嘗觀于古大臣，而知倦之當無也。伊尹抱不獲一夫之懼，常惴惴於納溝；周公有思兼三王之心，每皇皇於待旦。其無倦何如乎？至後之人臣，夏羲和之曠官，天象昏迷而不顧；殷卿士之非度，小民攘竊而不知。皆倦之爲禍烈也。汝宜以古大臣爲法，而明堂負扆，曷敬披先公《無逸》之書。政之大者不可倦，政之小者亦不可倦。我讀《豳風》，農務卽爲王業；我觀《周禮》，細事亦設專官。倦之在事者宜無，倦之在心者亦宜無。我於商也，特垂欲速之箴；我於師也，兼及以忠之訓。女其勉之。

無見小利

利而小也，非爲政者所宜見矣。夫利亦非不可見，而無如其小也，宜夫子戒子夏以無見乎！嘗思樂其樂者，必繼以利其利，此前王所以没世不忘也。然則利亦何可少哉？顧其所謂利者，非一人之利，而一世之利；抑非一世之利，而萬世之利。若徒沾沾於目前，無乃其細已甚耶？如爲政所宜無者，豈僅在欲速哉？試進思之。欲速則有爭心焉，所爭者名也。顧人情不有與名而並爭者乎？吾知始而爭名，繼而所爭者又不在名矣。欲速則有貪心焉，所貪者功也。顧人情不有與功而俱貪者乎？吾知始而貪功，繼而所貪者又不在功矣。此其中殆必有見焉。所見惟何？曰：利也。且夫利，亦何不可見之有？利莫利於利國。吾觀古之人，有幹有年，周公定東都之邑；于疆于理，召公奠南海之區。此其利不上及於國乎？苟不見焉，何以利吾國？利莫利於利民。吾觀古之人，后稷播嘉穀，變上古茹毛飲血之風；大禹治洪流，拯一時上窟下巢之困。此其利不下及於民乎？苟不見焉，何以利吾民？而無如其利焉而小也。豈其農夫，惟篝車之滿是祝？豈其商賈，惟錐刀之末是爭？此在高瞻遠矚者當必視之無睹也，而不謂其小焉而見也。豈不知文王之囿，雉兔無私；豈不思獻子之言，雞豚不察。乃在貪多務得者轉謂棄之可惜也。噫，是直見小利而已，吾願汝無之。蓋利與義殊，義之所在，雖小而不可不辨也。試思千里之謬，止在於毫釐；一介之微，亦嚴其去取。吾人精義入神，不當如是耶？而利則豈其然乎無之哉？見義者，不可無尺寸不踰之則；見利者，不可有錙銖必較之心。吾願汝勿務此戔戔耳。且利與害反。害之所在，雖小焉而不可不防也。試思蜂也有毒，況在於人；虺也勿摧，難圖其後。吾人防患於微，不當如是耶？而利豈其然乎無之哉？見小害者，不可貽他日噬臍之悔；見小利者，不可起一朝攘臂之爭。吾願汝無爲此逐逐耳。夫小善勿謂無益，小惡勿謂無傷，是小固不可忽也。而利則不可援以爲例。利用可以厚生，利物可以和義，是利亦不可無也。而小則何妨置之勿言，汝慎無因小而失大也。

使子路反見之

以反見使賢者，情殷於隱者矣。夫丈人與夫子不相見也，而夫子欲藉子路以見之，故使之反也。其情不甚殷哉？昔子路辭丈人而反也，固曰：吾將反而見吾夫子也。丈人送子路之反也，亦曰：爾其反而見爾夫子也。於是載欣載奔，不皇啓處，一往而不復反，亦固其所，而不謂夫子之有後命也。如夫子既知丈人爲隱者矣，夫知其爲隱者，而夫子非甘於高隱者也，其志不同，何有殷勤之意？然知其爲隱者，而夫子固急於招隱者也，伊人宛在，能無洄溯之思？則夫子之有意於丈人，而欲見之也固也。然則吾夫子自往見之乎？夫有禮之少施，固親嘗其疏食；專權之陽貨，亦答拜其蒸豚。在夫子，非不屑屈尊者，而特在道路之間，決不能率從者後車而貿然一往。然則使他人代往見之乎？夫能言之端木，素爲四國之遨遊；束帶之公西，最善大廷之應對。在諸子豈無可將命者？而非有周旋之舊，轉令人訝連騎結駟之突如其來，則惟有仍使子路而已，此夫子所以使子路反見之也。將使之見，必使之反，遥望衡門之下，亦既相隔之迢迢矣，則見之必先反之。某水某山，雲樹之蔥蘢如故；半村半郭，桑麻之掩映依然。而犬吠雞鳴，悉是來時之路。其使之反，實使之見，周觀道路之間，亦既舊游之歷歷矣，則反之必可見之。熒熒燈火，室中之舊榻猶存；草草杯盤，席上之殘肴未撤。而黄童白叟，應爲道左之迎。夫歧路旁皇，備極旅人之困頓，幸清塵之既接，而復又奔馳於此疆爾界之間，子路或不樂有此使也。然一宵款洽，深蒙地主之殷勤，遵陳迹以重來，而又得追尋夫主獻賓酬之雅，子路必甚幸有此使也。孰意其不得見乎？

我則異於是

聖人自明其異，不欲與逸民同也。夫孔子之所爲，非逸民所可望也，自以爲異，誠哉其有異乎！且吾嘗使及門諸子言志，而一堂之上，已有異乎其撰者矣。夫以同門之友，猶未必爲同志之人，況乎地之相去，時之相後，乃欲強古人而謬附同聲，此實私衷所不敢出也。如夷齊以下諸人，我一一論定之如是。是有是之品，以品而言，高莫高於是也，處輓近之世，是已峻絶而不可攀。是有是之行，以行而言，潔莫潔於是也，居流俗之中，是又皭然而莫能浼。乃既以我而尚論乎是，則試由是而還念夫我。我豈嘗菲薄乎是？我豈嘗指斥乎是？就異代而論交，原不在彼哉之列。我亦嘗欽慕乎是，我亦嘗嘉許乎是，望高山而宛在，亦殊深仰止之思。則意者其不異乎？我而夷、齊，即夷、齊我矣；我而惠、連，即惠、連我矣；我而虞仲、夷逸，即虞仲、夷逸我矣。非矢、函之殊術，宛笙、磬之同音，古人可作，不且莫逆於心乎？抑或者有異、有不異乎？我不夷、不齊，我則惠、連矣；我不惠、不連，我則夷、齊矣；我不夷、齊，不惠、連，我則虞仲、夷逸矣。雖非合同之符節，猶爲節取之干旄，尚友有資，何必孤行一意乎？然而志之各別者，不能曲而從；道之不同者，不能合而化。且夫伯夷、叔齊與柳下惠、少連異，柳下惠、少連與虞仲、夷逸異，虞仲、夷逸與伯夷、叔齊、柳下惠、少連異。在當日各行其是，本未嘗有比而同之心，而何論乎後世？且夫學夷、齊者不必與夷、齊無異，學惠、連者不必與惠、連無異，學虞仲、夷逸者不必與虞仲、夷逸無異。在後世善法古人，亦自有神而明之之法，而何況乎吾徒？春風樂童冠之天，我與曾點；陋巷證行藏之志，我與顔回。是我在今人中，固有不必立異者，至於是則雖共處於一時，而不妨存匪我思且、匪我思存之意。文王演玉門之《易》，我見之於琴；周公傳『赤舄』之詩，我遇之於夢。是我於古人中亦有不敢自異者，至於是則雖緬懷乎千載，而不必有能是已足、善是已足之思。讀一十有五國之《風》，見夫碩人寤寐於澗阿，伊人溯洄於湄沚，未嘗不心焉儀之；而合之《關雎》、《麟趾》之正風，則固隱隱焉與之異其趣。修二百四十年之史，見夫公子託處於木門，大夫隱居於緜上，未嘗不慨然慕之；而揆之正月春王之大義，則又明明焉與彼異其途。我固無可無不可者也，異乎？不異乎？

子貢賢於仲尼

貶聖而尊賢，魯大夫之妄論也。夫子貢之不如仲尼，孰不知之？而乃以爲賢於仲尼也，何叔孫之妄哉！想其謂諸大夫曰：吾不解人之羣以仲尼爲聖也。夫聖，固仲尼之所不居，意者其賢乎？乃徐而察之，不特不可謂之大聖，并不可謂之大賢。即以賢論，而高出其上者大有人在，正不必求之異地也。今夫魯國之望，實惟仲尼；而孔門之材，首推子貢。仲尼則子貢之師也，固已從堯、舜、禹、湯、文、武以來，竊據斯文之統；子貢則仲尼之徒也，不過於德行、政事、文學之外，自成言語之科。故以仲尼之翕然交推也，方且謂過於堯、舜，而何有於子貢？且以子貢之歆然不足也，方且謂不如顔回，而何況乎仲尼？乃自吾思之，謂子貢不及仲尼，世俗之言也；即謂子貢亞於仲尼，亦世俗之言。謂子貢不及仲尼，忠厚之論也；即謂子貢匹於仲尼，亦忠厚之論。吾得而斷之曰：子貢賢於仲尼。夫人莫切於謀生，子貢貨殖擅長也，以視仲尼之飯蔬飲水、常虞匱乏者孰賢？夫人莫貴於用世，子貢從政可使也，以視仲尼之委吏乘田、自矜盡職者孰賢？子貢有料事之明，億則屢中，其見許也久矣；而仲尼則一困於匡人，再困於桓魋，何其無先幾之哲也！子貢有知人之識，莫之能禦，其自信也深矣；而仲尼則一失之子羽，再失之子我，何其無獨得之見也！仲尼之事功，莫大於夾谷之會，不過合兩國之好耳；豈如子貢之存魯、亂齊、強晉、霸越，收其功於一出之餘。仲尼之著述，莫大於《春秋》之書，不過成一國之史耳；豈如子貢之見禮知政、聞樂知德，定其等於百世之上。絶糧陳、蔡，仲尼幾不免菜色之憂；而子貢則吳、越遨遊，不聞有如是之窘辱。小試中都，仲尼已不免麛裘之謗；而子貢則信陽作宰，不聞有如是之輿評。是故譏子貢之比方人物，而曰我則不暇，是子貢之賢於仲尼，仲尼固深諱之；許子貢之善爲説辭，而曰我則不能，是子貢之賢於仲尼，仲尼已明告之。商羊能識，萍實能知，人或以爲仲尼賢，安知非結駟連騎、周游四國者有以助其見聞？富貴不處，貧賤不去，人或以爲仲尼賢，安知非廢著鬻財、家累千金者有以成其志節？吾故曰：子貢賢於仲尼，願諸大夫無惑也。

舜亦以命禹

觀虞帝之命夏王，其道同也。夫舜之命禹，當不同於堯之命舜，乃其所以命者亦然，不可見其道之同哉？嘗讀《虞書》，見舜目格於文祖之後，命棄、命稷，以至命夔、命龍，所命者九官，而其所以命者，言人人殊，甚矣，聖人之詳且悉也！不知臣之職異，則命之者宜異；君之道同，則命之者宜同。故觀重華之於文命，《書》所謂『若帝之初』者益信矣。如『允執厥中』，斯言也，堯所以命舜者也。乃無何而楬豆則易而玉豆矣，鸞車則易而鉤車矣，一代之典章，已隨獄訟、謳歌而改；乃無何而祭首則變而祭心矣，尚水則變而尚醴矣，一時之風氣，亦共徽號、器械而殊。於是乎堯有以命舜者，舜又有以命禹矣。而或者曰：是必有異。舜也，姚墟繼統，居五帝之終；禹也，安邑開基，列三王之始。帝王升降之時，帝有所以爲帝者，王有所以爲王，而豈必仍循舊說？舜也，納麓賓門，其取天下以德；禹也，隨山刊木，其取天下以功。功德淺深之故，德有所以爲德者，功有所以爲功，而豈必概執前言？不知舜受命於堯，非受命於堯，實受命於天也。天不變，命亦不變。堯承天意以命舜如是，舜承天意以命禹亦如是。舜傳堯之命，非傳堯之命，實傳堯之心也。心不異，命亦不異。堯出心法以命舜有然，舜出心法以命禹亦有然。斯命也，禹受之於舜，舜受之於堯，而堯未嘗受之於帝摯。由前而論，亦似微有參差，而此不必言也。自巢、燧、羲、軒而上，總不外此危微精一之傳，前有千古，可以一言蔽之。斯命也，堯授之於舜，舜授之於禹，而禹未嘗授之於伯益。由後而觀，亦似不無區別，而此不必計也。極元會運世之窮，不能創一通變宜民之説，後有萬年，可以片語賅之。以舜命禹，無異以堯命禹，故後嗣述皇祖之訓，必上及乎陶唐；以舜命禹，無異以舜命舜，故史臣載大禹之謨，卽附錄於帝典。自禹之後，若成湯，若周文、武，亦豈有異哉？

若是其甚與

疑大賢之言，若訝其已甚焉。夫孟子之言若是，猶未爲甚也，乃自齊王思之，能不以已甚爲疑哉？若曰：夫子嘗言仲尼不爲已甚者。夫既不爲已甚之行，亦必不爲已甚之言矣，乃不謂學於仲尼者，已甚之行則無之，而已甚之言則竟有之也。如夫子今者以緣木求魚爲喻也，不以鱗族待之，而以羽族待之，天下有若是之昧於觀物者乎？觀物之昧，莫甚於是矣。不臨深以取之，而登高以取之，天下有若是之疏於處事者乎？處事之疏，莫甚於是矣。乃以夫子所言，還按寡人所欲。以是而辟土地，土地不可辟也；以是而朝秦楚，秦楚不可朝也。夫辟土地而朝秦楚，誠哉其難也，然其難亦何至若是之甚與？以是而莅中國，中國不可莅也；以是而撫四夷，四夷不可撫也。夫莅中國而撫四夷，誠哉其勞也，然其勞亦何至若是其甚與？外而蘇秦、張儀之輩日至於齊廷，抵掌高談，不聞其言若是也，而夫子之言若是，約縱連衡者必將爲之動色矣；內而田駢、慎到之流列居齊國，著書立説，不聞其言若是也，而夫子之言若是，談天炙轂者亦將爲之失聲矣。夫權然後知輕重，度然後知長短。夫子之言，必有酌理揆情之準，夫子以爲若是之甚，敢不以爲若是之甚，是固無庸致疑也。然見秋毫而不見輿薪，舉百鈞而不舉一羽；夫子之言，亦有矯枉過正之時，夫子以爲若是之甚，竊恐未必若是之甚，是固未能遽信也。且夫子之在平日，嘗有王齊反手之談，何至於今而所言若是？是夫子之才略，亦將坐困於一朝也。甚乎哉，夫子自思，能無啞然而一笑！況夫子之於寡人，謬有足以爲善之譽，何至於今而所言若是？是寡人之惷愚，必已有加於前日也。甚乎哉，寡人不肖，能無皇然而一驚！若是其甚與？願夫子爲決斯疑也。

暴未有以對也

對必有所以，齊臣自明其未也。夫無所以而妄對，不可也。齊王語暴以好樂，暴將何以對哉？若曰：昔聖門弟子，有率爾而對者，嘗爲孔子所哂矣。夫師弟之親，猶不可以輕對；則君臣之嚴，更不可以妄對。雖明問殷殷，豈敢曰問言則答也，如王之語暴以好樂也？斯時也，王固望暴之對也，廟堂之上，詢及芻蕘，方且前席而聽正論，抑非獨王望暴之對也？殿陛之臣，職司記載，亦將執簡而紀嘉謨。顧對必有所以，以雅以南，非可妄騰夫口說；且對必以所有，有典有則，非可遽索之虛無。設也，暴起而對曰：王之好樂是也。揆之功成作樂之初，是誠得所以矣。然而甘酒嗜音，大禹並垂爲祖訓；酣歌恆舞，成湯特著爲官刑。使以好樂爲是，彼非樂之墨翟，何以得成爲一家之著述也？則以好樂爲是，暴未敢也。設也，暴起而對曰：王之好樂非也。推之樂勝則流之弊，是亦得所以矣。然而虞廷諮典胄之官，非無搏拊；周京起辟雍之化，不廢樅鏞。使以好樂爲非，彼觀樂之季札，何以得傳爲千古之美談也？則以好樂爲非，暴未敢也。故使王而語他人，則他人之能對者多矣。雍門處士，彈琴於孟嘗之門；南郭先生，吹竽於先王之側。度皆能鋪張美備，合一時趙瑟秦箏之技悉效於王前，而暴非其倫也。茫然失措，恨未嘗諮訪於同人。抑使王而語夫子，則夫子之善對也必矣。一車兩馬，證文王追蠡之形；玉振金聲，表孔子大成之盛。度必能推見本原，使先師翕純皦繹之微復明於齊國，而暴非所知也。茫乎若迷，悔未嘗奉教於君子。在當日咫尺天威，固不勝囁嚅之態；即今日從容事後，亦尚無獻納之方。好樂何如？願夫子明以教我。

或以告王良

以賤工之言告，亦或人之見而已。夫或以賤工之言告，不知王良固自有不賤者在也，其告也，亦止成爲或人之見耳。昔吾去齊而致尹士之譏，則高子以告；謂蚳鼃而貽齊人之誚，則公都子以告。是人之有所聞者，未有不驚相告者也。若夫藝事之微，何足輕重，乃聞人言之藉藉，即來告語之殷殷。是其據實以陳，固不得云以告者過也。如簡子使王良與嬖奚乘，而嬖奚以王良爲天下之賤工也。斯言也，嬖奚初未嘗以告王良也。不過在簡子之前，偶逞譏評之口吻，夫何至覿面而與談？斯言也，簡子亦未嘗以告王良也。即或信嬖奚之説，亦宜藏蓄於心胷，又何必抵掌而與語？乃無何而出於嬖奚之口者竟入於王良之耳也。此必有告之者，亦何待言？然而告之者誰也？意者其爲嬖奚之黨耶？夫以嬖奚之黨而聞嬖奚之言，則必從而爲已甚之辭，就王良而告焉，陽則示以相親，陰則爲之相笑，此亦事之所必有者也。而告之者固未必其爲嬖奚之黨也。意者其爲王良之徒耶？夫以王良之徒而聞嬖奚之言，則必發而爲不平之論，就王良而告焉，交淺者但抒其憤懣，交深者更益以慰安，此更情之所宜然者也。而告之者又未必其爲王良之徒也。則姑以爲或告之云爾。而吾乃甚幸有此告者也。夫嬖奚以良爲賤工，良不知也；簡子信嬖奚之言，亦以良爲賤工，良又不知也。處衆人皆惡之時，豈可以夢夢者不知夫趨避？則或人之告，不爲無功。而吾又甚惜有此告者也。嬖奚以良爲賤工，良無損也；簡子信嬖奚之言，亦以良爲賤工，良仍無損也。當一室獨居之日，何妨以悠悠者悉聽其低昂？則或人之告，轉爲多事。迨良請復之，爲之詭遇而求獲，良於是不賤工矣，良於是真賤工矣。

不以規矩

規矩而不以也，惟恃此明與巧矣。夫規也矩也，不可不以者也。不可不以而不以焉，殆深恃此明與巧乎？嘗聞古之君子，周旋則中規，折旋則中矩，此固不必實有此規矩也。顧不必有者，規矩之寓於虛；而不可無者，規矩之形於實。奈之何以審曲面勢之人而漫曰『舍旃舍旃』也？有如離婁之明、公輸子之巧，誠哉明且巧矣。夫有其明，而明必有所麗，非可曰睨而視之已也，則所麗者何物也？夫有其巧，而巧必有所憑，非可曰仰而思之已也，則所憑者何器也？亦曰：規矩而已矣。大而言之，則天道爲規，地道爲矩，雖兩儀不能離規矩而成形；小而言之，則袂必應規，袷必如矩，雖一衣不能舍規矩而從事。孰謂規矩而可不以哉？而或謂規矩非爲離婁設也，彼目中明明有一規焉，明明有一矩焉，則有目中無定之規矩，何取乎手中有定之規矩？而或謂規矩非爲公輸子設也，彼意中隱隱有一規焉，隱隱有一矩焉，則有意中無形之規矩，何取乎手中有形之規矩？誠如是也，則必無事於規而後可，則必無事於矩而後可。夫吾不規其規，何必以規？吾不矩其矩，何必以矩？而不然者，雖明與巧有存乎規矩之外，如欲規而無規何？如欲矩而無矩何？誠如是也，則必有以代規而後可，則必有以代矩而後可。夫吾有不規而規者，何必以規？吾有不矩而矩者，何必以矩？而不然者，雖明與巧有出乎規矩之上，如規之而不規何？如矩之而不矩何？夫人之於離婁，不稱其規矩，稱其明也；人之於公輸，不稱其規矩，稱其巧也。則規矩誠爲後起之端。然離婁之於人，止能以規矩示之，不能以明示之也；公輸之於人，止能以規矩與之，不能以巧與之也。則規矩實爲當循之準。不以規矩，何以成方員哉？

彌子謂子路曰

佞臣而有言，若欲使賢者轉達也。夫彌子與子路，則何言之有？其謂子路也，殆欲使之轉達耶？嘗聞「道不同不相爲謀」，是君子與小人，可以不交一言矣。乃有其人則顯判乎賢奸，其誼則實關乎姻婭，此不得謂之無因。而至前也，卽不能禁其有懷而欲白也。如子路之妻，與彌子之妻，旣爲兄弟矣。使子路之妻而有「問我諸姑，遂及伯姊」之思，則因子路之往，必使子路寄聲彌子以及彌子之妻。使彌子之妻而有「凡今之人，莫如兄弟」之意，則因子路之來，必使彌子存問子路以及子路之妻。是則以子路之妻謂彌子之妻，情也；以彌子之妻謂子路之妻，亦情也。乃當日俱不聞有此，而獨傳彌子之謂子路也，則曷故？夫彌子與子路，分居僚壻，原非萍水之交情，或慰其道路之風霜，或問其客居之眠食，是皆不可以無言，則彌子之謂子路，固在吾黨意中也。然彌子與子路，素不同方，幾等薰蕕之異器，一則爲尼山之高弟，一則爲衛國之諛臣，是又不必其有言，則彌子之謂子路，又出吾徒意外也。意者輕子路而有言耶？夫自君車矯駕以來，聲望日增其赫奕，與祝鮀、王孫賈之徒互相聯絡，各矜其權勢之隆；而忽見子路踽踽然來，不覺爲之目笑也，則其謂之也，蓋有鄙夷之意也，而盛氣相陵，幾等於與言之陽貨。意者重子路而有言耶？夫自餘桃邀寵之後，品望日卽於卑污，在史魚、蘧伯玉之輩絶不往來，久擯之清流之外；而忽見子路巖巖之象，不覺爲之心折也，則其謂之也，蓋有攀附之情也，而降心相就，更切於求見之封人。佛肸、公山之召，尚非志士所甘，而彌子者，乃更爲此無謂之周旋，子路能無憤甚？晨門、沮溺之倫，每以微辭相誚，而彌子者，尚不失爲有情之酬酢，子路或亦欣然？此孔子主我衛卿可得之言，子路所以爲夫子述之也，而不知孔子之安於命也。

國人皆以夫子

有皆以爲然者，齊人之望大賢切矣。夫孟子所爲，非齊國之人所知也，然因饑而有望於孟子，國人不皆有然哉？陳臻述之以爲，大則以王，小則以霸，此吾黨所期於夫子者也。乃吾黨所期於夫子者，未能如願以償，而外人期於夫子者，又且相偪而至，竊歎夫子一身幾爲人所左之而右之也。臻今者有以見國人之意矣。夫聊攝姑尤之衆，實繁有徒，在平日久乏撫循之司牧，故其於夫子也，如孩提之賴慈母，常切瞻依。而旱乾水溢之餘，饑饉荐至，在此日更覺啓處之不遑。故其於夫子也，如疾病之求良醫，倍形迫切。甚矣，通國之人之有待於夫子也！不且皆有所以哉？就國而言，近之則在國中，遠之則在郊外，其爲地不一矣。乃近者素所親炙，曰：吾見夫子有憂民之容也；遠者得自傳聞，曰：吾知夫子有救時之論也。蓋無論遠近，而當此饔飧不給之時，人人心目中有一夫子，或挽之於前，或推之於後，則遠近同也。就人而論，賢者則爲君子，愚者則爲小人，其爲類不齊矣。乃賢者之意婉，曰：夫子能如是，是吾所大願也；愚者之詞戇，曰：夫子不如是，是不爲大賢也。蓋無論賢愚，而當此年穀不登之日，人人夢寐中有一夫子，或挈之於右，或提之於左，則賢愚等也。夫國人之議論，亦多端矣。釁鐘之廢牛，皆以爲愛也；郊關之有囿，皆以爲大也。侃侃而談，幾若成爲風氣，而茲則夫子固已自開其端也，豈得諉咎於國人？卽國人之於夫子，擬議非一朝矣。伐燕之役，皆以爲夫子勸之也；蚔鼃之去，皆以爲夫子使之也。悠悠之論，可以置若罔聞，而茲則國人固非無因而至也，能不轉質之夫子？噫，好貨、好色之君，久無大略，齊之君無可以矣。正惟齊之君無可以，而人至無可如何，其責夫子也倍切。莊暴、陳賈之輩，豈有良謀？齊之臣無可以矣。正惟齊之臣無可以，而勢且坐以待斃，其望夫子也更深。蓋皆以夫子將復爲發棠也，可乎？不可乎？

不亦說乎有朋

說以學而深，卽可決其朋之有矣。夫說生於時習，卽生於學也，以學及人，而朋之有也，不可必乎？且夫人果能說諸心而研諸慮，則亦何至朋從爾思哉？雖然，津津有味，固足徵閉户之功；而落落無徒，奚以集出門之益？勿云適我願兮，遂不必云與子偕臧也。如學之貴乎時習也，昔吾門有參也，嘗以『傳之不習』與『爲人謀之不忠』、『交朋友之不信』一日之間三致意焉。習之，不可已如是夫？而今既習矣，且時習矣。斯其情，不覺其可厭，而覺其可欣矣。孜孜於學問之途，而優焉游焉，自有無形之判涣，雖錫以朋貝，未若此衷情之愉快也。斯其意，不覺其甚苦，而覺其甚甘矣。勤勤於行習之地，而怡然涣然，常多不盡之低徊，雖饗以朋酒，未若此意味之深長也。不亦説乎？甚矣，學之宜習，習之宜時也！顧吾思《周易》六十四卦，而説之象獨見於『兑』，故曰：『兑，説也。』又曰：『説言乎兑。』蓋一陰進乎二陽之上，有説之象焉？而吾爲《象傳》則曰：『麗澤，兑，君子以朋友講習。』然則説之生也固由於習，而習之講也又賴乎朋，惟然而朋之有也，可進念矣。以朋而淺言之，則縞紵之襟投可以説吾目焉，笙簧之並鼓可以説吾耳焉，苟非有朋，將處里巷而寂寥誰語？未免抱涼涼踽踽之悲。以朋而深言之，則感發吾善心所謂動而説焉，糾繩吾過舉所謂止而説焉，苟非有朋，將入修途而孤陋自傷，何以收切切偲偲之效？以云有朋，非説之後所不可少者哉？夫説非可倖致，宜先勤爾室之脩；而朋必以類招，乃可集他山之助。吾學成而朋之來也，無遠弗屆矣，又豈止説焉而已哉？

皆雅言也葉公

明聖訓之有常，而楚大夫又可記矣。夫雅言而曰皆，則《詩》、《書》、《禮》之外，夫子固不言也。彼葉公者，又何以書哉？且聖人出而一言爲天下法，豈南蠻鴂舌之人所可同日而語哉？雖然，衍洙泗之傳，固徵經訓； 而馳瀟湘之譽，亦具卿材。吾黨奉聖言爲依歸，而此外有人，未可以『彼哉彼哉』一例而外之也。如子所雅言，在《詩》、《書》、執禮，夫如是以立言，豈同葉公所謂以小謀敗大作者哉？吾黨覆按之，蓋皆雅言也。以此言而上承先聖，則《詩》登《商頌》，《書》首《堯典》，《禮》監夏、殷，皆先聖之所留遺也，可與周公、魯公之訓辭同藏於故府。以此言而下啓後人，則《詩》傳之商，《書》傳之開，《禮》傳之偃，皆後人之所法守也，豈比桓公、文公之霸業，不道於儒門？明其爲皆雅言，而《詩》、《書》、《禮》之教自此興矣。獨是夫子之雅言，固何所受之哉？昔韓宣子來聘，歎《周禮》之在魯，而所見者止《易象》、《春秋》，《詩》、《書》、《禮》無聞焉。憶我夫子將修《春秋》，先觀書於周史，子之雅言，其得於此乎？乃自魯昭公之二十六年，周王子朝奉周之典籍以奔楚，於是向也《周禮》在魯者，今也《周禮》在楚矣。自茲以來，楚之人文日盛，楚之人材日出，方城、漢水間，彬彬乎大有人在，如葉公者，殆亦其一乎？論葉公之早歲，免胄以見國人，素著循良之望，是其人固彼都所推重者也，豈如鬬縠於菟，但著方言之異。論葉公之晚年，致政而歸私邑，克敦退讓之風，是其人亦吾徒所深許者也，當與左史倚相，同登大雅之堂。然則葉公固楚之良也，吾夫子至楚之時，葉公或亦仰窺其丰采而竊聆其雅言乎？夫雅言傳於東國，獲麟絶筆之後，自成文學之宗； 而葉公來自南方，攘羊證父之談，曾奉聖人之教。此所以問孔子於子路耶？子路乃置之不答，殆以其人其言不過在南人有言之例，吾夫子之雅言，固不足以語之也。然而夫子又不能無言矣。

跋

余往歲所作《課孫草》，截搭題止二篇。癸未春，攜陛雲至杭，於舟中復作四篇，以濬發其心思。又作全偏、偏全二題文，以備截搭之法。至賦，亦小試所不可缺者，亦作四篇示之，以層次清晰爲主，蓋與作文無二法也。曲園叟識。

且格子曰吾十有五

格必有漸，聖人因追溯童年焉。夫格則不止有恥矣，非道德齊禮，何以至此？夫子追溯十有五時，殆亦有曲漸而致者乎？嘗思止於至善爲明新之極，此大人之道，所以異乎成童也。顧革民俗必要乎其終，而觀聖功必原乎其始。既由叔季而返之敦龐之世矣，盍由衰暮而思夫象勺之年耶？如道德齊禮，民既有恥矣，吾讀十有五國之風，惟《鄭》、《衛》爲最淫，抑何無恥實甚，乃終之以《豳風》，則由變而復於正矣。然則民既有恥，不又望其格於善乎？試起而觀斯時之民，則且變化而不自知矣。豈必有師友父兄力爲督率而歸其有極，恍若有十手十目之森嚴，則且鼓舞而不容已矣。非必有《詩》、《書》、《禮》、《樂》曲爲陶鎔而靡然從風，初無待五服五章之誘掖，格焉如是，豈但有恥已哉？獨是格亦未易言矣。善人則期於百年，王者則待之必世。我周自文武至於成王，世變風移，已及三紀矣，而商俗靡靡，餘風未殄。夫一紀者十二年也，然則由有恥而至於格，豈如十年生聚、十年教訓可以取，必於十數年之内哉？雖然，胥一世而振興之，固當徐觀乎其後；就一生而實按之，又當追溯乎其先。曰者夫子嘗自言曰『吾十有五』。十有五則年齒尚幼，格人之名未敢副也。然在女子且十五而笄矣，豈其爲桑弧蓬矢之身，而竟忘此十有五之日？十有五則知識未充，格物之功未敢信也。然在國君已十五生子矣，豈其出圭竇蓽門之族，而遂忽此十有五之時？夫子之回思十五，殆亦有以漸而格者乎？夫敝俗難仍，貴有新民之道；而髫年不再，先端作聖之基。子之志學，於是乎始，異日之立，道綏動合，斯世斯民，而存神過化，悉根於此矣。

與仁達巷

仁未易明，而巷以達稱者可記矣。夫仁，非利與命比，而子亦罕言之，殆以其不易達乎？彼達巷者又何以稱焉？嘗思『洵美且仁』，詩人所歎，固與『巷無飲酒』、『巷無服馬』而並詠者也。顧仁爲安宅，非可空談；而巷有專稱，不同虚邑。默然者，正所以全其天也；蕞爾者，又何妨指其地耶？如利與命，固子所罕言矣，顧有列於三達德之一而能好、能惡，合於《緇衣》、《巷伯》之義者，非仁乎？意者爲夫子所縱言及之者乎？而正不然。仁之量至公，公而私言之，則非利而近於利矣。子之罕言仁，猶之罕言利，而豈其私談仁術託之巷舞而衢歌？仁之理至實，實而虚言之，則非命而等於命矣。子之罕言仁，猶之罕言命，而豈其虚樹仁聲等之街談而巷議？仁爲子所罕言，而利與命更可知矣。特是夫子雖不輕以仁語人，而未始不以仁望人。諸弟子中，三月不違仁者，獨一顏氏，子夷考其人，言乎利則有屢空之歎，言乎命則有不幸之嗟，而獨至於仁，則克己復禮，天下歸之。迄今游昌平、登闕里、過顏子所居之陋巷，每令人低徊留之，不能去焉。彼達巷之達，或轉不如陋巷之陋矣。而《魯論》乃大書達巷，何居？上達、下達，以品詣定之，固有智愚賢否之别。若巷而達焉，特其淺者耳，而何爲錫以嘉稱，儼若里仁之爲美？四達、五達，以康莊言之，必在通邑大都之内，若達而巷焉，特其小者耳，而何爲視同樂土，居然由義而居仁？巷以達稱，殆其中有可以言仁者乎？夫仁之量大，勿宜褻此四德之元；而巷之地微，不過等諸十室之邑。乃觀黨人之言，達巷中正未始無人矣。

疾固也子曰驥

聖人疾時人之固，而馬之良者可念矣。夫惟以固爲可疾，故栖栖而不辭耳。彼固者得無致遠恐泥乎？宜夫子之有念夫驥也。今使人苟凝滯於物，而不能與世推移，未免局促若轅下駒矣。夫人無通變之才，奚以任天而動；而物有權奇之質，乃能行地無疆。硜硜者所見自小耳，慎勿執策而臨之曰：天下無馬也。如佞爲夫子所不敢爲，則亦金玉爾音，以全空谷白駒之美，斯可矣，必勞勞於車塵馬足間，何爲哉？夫子於此蓋有所疾也。所疾惟何？曰固也。固則有所執，有所執，則執拗之譏不能免矣。方且蹙蹙靡騁，安能展驥足於四方？固則無所通，無所通，則邇方之美非可期矣。方且碌碌因人，安能附驥尾而千里？此夫子之所深疾也。特是夫子所疾在固，則必思大用於天下。天下果能用夫子，將見放牛歸馬，可追開國之休也；車攻馬同，可復中興之盛也。乃於魯則中都小試，旋聞文馬之歸；於衛則舊舘猶存，空隕脱驂之涕。數十年中，一車兩馬，奔走風塵，徒爲固者之所笑。我僕則既痡矣，我馬則既瘏矣，不得已，還轅息轍，歸老宗邦，夫子於是，殆不復膏我車而秣我馬矣。自茲以往，將與騏驥抗軛乎？抑隨駑馬之迹乎？又安能昂昂若千里之駒乎？宜夫子一日者，又慨然有念夫驥也。良馬四，良馬五，詩人所詠備矣，而驥則尤拔乎其萃者也。在坰之歌，可以徵立心之遠矣，而豈拘墟者所能同歟？爲老馬，爲瘠馬，《易》象所取廣矣，而驥則尤超乎其倫者也。法乾之健，不徒占利牝之貞矣，而豈膠柱者所能望歟？然則夫子之論驥，殆與疾固之旨有合乎！夫固者人之蔽，必非遠到之材；而驥者馬之良，大異拘牽之士。進觀稱德不稱力，可以人而不如馬乎？

子張書諸紳子曰直哉史魚

有謹識聖訓者，而遺直更可思矣。夫書諸紳，示不忘也，忠信篤敬，洵要矣。直如史魚，夫子能勿念諸？且古人於嘉言懿行必謹識之而不敢忘，此所以記動有左史而記言有右史也。乃奉師訓者，既以服膺爲要；而論人品者，更以抗節爲先。拳拳勿失，固已實有其物矣；侃侃不阿，能弗懸想其人耶？如子張問行，而夫子詳告之。夫言必忠信，可以言矣；行必篤敬，可以立矣。此即夫子之謂伯魚者，無以加焉。子張於此敢曰吾慭置諸耳乎？吾黨蓋見其書諸紳云。古名卿之受言也，有書諸筴者矣，然此猶煩乎披閱也。書諸紳則物由近取，不必借觀太史之書。古人臣之對命也，有書諸笏者矣，然此猶待乎取攜也。書諸紳則事在俯觀，不妨稍屈直躬之度。紳之書也，意深哉！獨是子張，生平固尊賢容衆、嘉善而矜不能者也，是其爲人，嚴於責己而寬於責人。紳之所書，亦以自警耳。至其於人也，則雖言不忠信、行不篤敬而無不可容。推是心也，魯大夫之逐莒僕，爲已過矣；晉大夫之戮揚干，抑又甚矣。乃世有以賢者不能進、不肖者不能退，身歿之後猶惓惓焉進諫於君，如史魚其人者，得無傷於直乎？然而史魚之直，夫子固嘗稱之矣。『直哉魚』，而『史』也，其殆所稱書法不隱者乎？得夫子以表其直，而直言不諱之名，已足表異於縉紳先生之列。『直哉史』，而『魚』也，其殆所稱骨鯁之臣者乎？得夫子以美其直，而直情徑行之概，誰不仰慕其垂紳正笏之風？蓋史魚者，敬以直內者也，與子張書紳之意，殆有合乎？夫紳之書也，儼然銘帶之恭；而魚之直也，允矣從繩之正。兩以如矢擬之，彼世之枉道事人者，曷取而書之紳也？

諸侯之寶三土地

爲有國者示所當寶，土地其一也。夫寶而有三，則皆諸侯所當寶也，而土地尤其所重者，故首列之。嘗讀《儒行》之書，而知儒有忠信以爲寶者，此所以不祈土地而立義以爲土地也。顧在有國之君，非可徒珍夫一善；而按有國之實，先當慎守夫四封。蓋其拳拳勿失者，固各有在，而一念夫國之所以爲國者謂何？夫固尺地莫非其有也。昔天子列爵分土而大啓侯封，至後世地醜德齊，而遂成戰國久矣。夫諸侯之失其所寶矣。抑思諸侯所寶者固有三乎？使所寶而可不足乎三，則如伊尹之陳戒，守此一德可矣。然而三者之中不可缺也，豈得援天無二日、土無二王，概以少之爲貴？使所寶而或不止乎三，則如箕子之陳《範》，分爲九疇可矣。然而三者之外不必加也，豈得執天之數九、地之數十，遂欲多而取盈？爲諸侯者，尚其寶此三者哉？且夫所寶有三，則諸侯之寶固當舉其全。念自承家開國以來，何在可將以玩忽？豈徒厥土白墳、厥土黄壤、厥土青黎、厥土赤埴，辨其土物，謹稽神禹之書。然而所寶有三，則諸侯之寶尤當舉其要。念自食税衣租之後，何者不取之膏腴？奈何公邑甸地、家邑稍地、小都縣地、大都畺地，載在地官，勿考司徒之籍。夫不有土地乎？諸侯所寶，此爲首矣。蓋土地，受之天子者也，今日割五城，明日割十城，如朝命何？寶之哉！賜履猶存，勿負此帶礪河山之意。且土地，傳之先君者也，昔也日闢百里，今也日蹙百里，如祖制何？寶之哉！挈瓶勿失，宜念此雨風櫛沐之遺。土地之可寶，在三者中爲尤重哉！夫諸侯而不知所寶，必將失其侯服之尊，寶而不先以土地，何以守此土田之賜？進而求之，則人民、政事，又與土地並重矣。

政事寶珠玉者

終以政事爲寶，而寶非所寶者可異矣。夫政事之與土地、人民，其可寶同也，爲諸侯者，寶此足矣，奈何以珠玉爲寶乎？嘗讀《盤庚》三篇，首以『圖任舊人共政』，而以『無總貨寶』終焉。蓋陳紀綱者，所以盡有土有人之責；而備物采者，適以開玩人玩物之端。盍亦思政貴有恒，而沾沾於珍異，何爲也？如土地、人民，皆諸侯所宜寶矣。或謂土地重而人民尤重。昔太王不忍以養人者害人，舉一國之土地與珠玉、皮幣而同棄之，非其明徵乎？乃進而求之，則更有政事在。政事，所以治土地也。無論爲沃土、爲瘠土，有政事以經理之，而土地不致於荒蕪，益呈韞玉懷珠之瑞。政事，所以治人民也。無論爲秀民、爲頑民，有政事以教養之，而人民益臻於和樂，不待珠槃玉敦之盟。得政事而三寶全矣。爲諸侯者，舍此更何寶哉？夫知政事之可寶，則寶在政，而政之大者畢張；寶在事，而事之小者悉舉。方且坐廟堂而表正，何暇歷山海而搜奇？且知政事之與土地、人民同寶，則以寶政事者寶土地，而土地闢；以寶政事者寶人民，而人民安。方且入故府而博考舊章，何暇入外府而廣求新異？珠也玉也，豈足道哉？而孰意有寶之者？軒轅氏之訪道也，赤水之珠，使罔象求之，乃以珠爲寶者，初不及此也，而但覺照乘之奇光，可與始和並布。穆天子之巡方也，鍾山之玉，惟河伯詔之。乃以玉爲寶者，并不知此也，而但覺連城之重價，可與方策俱珍。以珠玉爲寶，卽不復以政事爲寶，而土地、人民更可知矣。夫政事，則體國經野，益以成物產之饒；而珠玉，則川媚山輝，未足壯明堂之色。爲諸侯者，奈何寶所不當寶也？

春寒花較遲賦以題爲韻

天傳芳信，人盼良辰。何寒威之料峭，致花事之逡巡？淑氣已催乎黃鳥，晴光未轉乎綠蘋。深院有圍鑪之客，芳郊無攜酒之人。土鼓敲來，已送去年之臘；玉壺買到，猶賒此日之春。回憶夫風聲獵獵，雪井團團。積層冰之三尺，墮泠月之一丸。萬卉之芳俱歇，千林之葉皆殘。宜乎荒凉院落，寂寞欄干。柳絮漫天，空舞庭中之雪；　梅花破臘，難衝嶺上之寒。而何以春光已至，春信猶賒？　虛催羯鼓，莫報蜂衙。梨未堆乎艷雪，桃未吐乎晴霞。木筆一叢，空教掩映；　玉蘭幾樹，枉自槎枒。此非大造之無工，不能描成衆艷；　良由餘寒之未盡，因教勒住羣花。遂令綺席塵封，畫樓霧罩。佳人倦鬬草之嬉，詞客停尋芳之櫂。青旗迎到而仍虛，綵筆催之而不效。綠楊枝上，洩亦無多；　紅杏枝頭，意殊未鬧。料今年之花事，消息猶遙；　算定候於花時，錙銖難較。向使春韶一轉，寒氣先辭。無寒雲之羃羃，無寒雨之絲絲。晴日當窗而久照，和風繞樹而頻吹，則必繽紛滿樹，爛漫盈枝。定教翠翠紅紅，盡一日看花之興；　何至枝枝葉葉，等三年刻楮之遲。然而花縱遲開，春猶未暮。雖勝事之稍稽，豈積陰之久痼。人情爭盼艷陽，天意終歸和煦。三分春色，儘可流連；　一片春陰，正資調護。此日青燈耐冷，空齋勤映雪之功；　異時紫陌看花，上苑獻淩雲之賦。

夾竹桃賦以『布葉疑竹分花似桃』爲韻

淨掃朝烟，濃含宿露。積翠欲流，嬌紅能駐。移來湘水之枝，化作武陵之樹。一株素艷，大可移情；　兩樣春光，不煩分布。原夫竹也者，雨翦烟裁，青稠翠疊，嶰谷遙連，淇園近接。解翠籜而風輕，啓黃苞而露浥。叢生水次，不開紅蓼之花；　學舞風前，大似碧蘆之葉。至於桃也者，繽紛滿樹，爛漫盈枝，種分東海，春在西池。簇千堆之錦繡，烘一抹之臙脂。桃葉渡頭，情波欲活；　桃源洞裏，仙蹟休疑。之二者，丹素殊科，淡濃異族。一則以勁節驕人，一則以冶容悅目。一則與蒼松共其清高，一則與文杏同其醲郁。幾見王猷癖好，好此夭桃；未聞崔護留題，題茲菉竹。而何意化工弄巧，大塊呈文，迎將之子，配以此君。洗娟娟之翠玉，蒸艷艷之紅雲。從桃花扇底，招來清風幾許；向竹葉樽中，領取春色三分。蓋其爲葉也，疏疏密密，整整斜斜。既青葱之可愛，更蒼翠之交加。貫四時而不改，摹萬个而無差。大堪移傍綠天，拓清涼而成蔭；豈比染成紅樹，竟絢爛而如花。乃其爲花也，淡異臞梅，嬌同穠李。映午日而愈妍，染晨霜而更美。濃塗天半之霞，艷浸溪邊之水。湘夫人灑將紅淚，大有可觀；文湖州寫出墨君，轉愁不似。遂使游人蠟屐，詞客抽毫，嘉名持錫，驕寵頻叨。花國分夾振之勢，花王資夾輔之勞。蘭亭佐觴詠之游，茂林修竹；蓬島啓神仙之宴，雪藕冰桃。

雁字賦 以『一行斜字早鴻來』爲韻

整整斜斜，疏疏密密。不留印雪之痕，頗擅淩雲之筆。觀旅雁之來賓，異孤鴻之無匹。故擬以武，則陣圖森列，居然大國之軍三；而比以文，則字跡分排，宛若先天之畫一。原夫字也者，體沿斯、邈，法備鍾、王。或龍跳而虎臥，或鳳翥而鸞翔。吉了鸜哥，漸臻其妙；家雞野鶩，各效其長。溯造字之初，本取之於鳥跡；問象形之義，曷觀之於雁行？爾乃岡巒重複，巖穴周遮。日銜山而得月，雲出岫而蒸霞。忽有成行歸雁，儼然到處塗鴉。摹向懸崖，不費毛錐劖刻；題來絕壁，任從柔翰欹斜。又若紅蓼洲邊，白蘋水次，泊磯畔之漁舟，颺橋頭之酒幟。看遵渚之低飛，宛臨池之小試。倘遇鯉魚之便，可寄素書；若描蝌蚪之形，卽成奇字。至於古木成陰，茂林合抱，森森修竹之村，黯黯垂楊之道。

俄載飛而載鳴，覺亦真而亦草。間或赤文寫就，定知紅葉銜多；時而綠字書成，想見碧梧棲早。況乃黃沙大漠，紫塞秋風。聽邊聲之獵獵，看朔氣之朦朦。一行遠去，萬里長空。將無青冢明妃，曲譜倩傳別鶴；或者白頭蘇武，書箋遥寄飛鴻。彼夫鸞箋舊製，鳳紙新裁。鴿傳信至，燕寄詩回。要不過閑情之偶託，未若此有象之可推。此時遠遞雁箋，早見人間傳徧；他日高題雁塔，定從天路飛來。

南陽諸葛廬賦 以「三顧臣於草廬之中」爲韻

客有過南陽之墟者，見夫平疇莽莽，襍樹毿毿。山不深而亦勝，地雖僻而堪探。橋畔露酒家之旆，林間藏老衲之庵。萬古羽毛，莫辨雲霄之一；幾家烟火，猶通山徑之三。亭長來告曰：此諸葛之故廬也。陳迹雖遥，舊居如故，地以人傳，今猶古慕。此時存小築衡茅，當日記躬耕韋布。儒宮一畝，長留人望於南陽；王業三分，早卜天心之西顧。當其身居畎畝，迹託隱淪。同太公之釣渭，等伊尹之耕莘。於斯廬也，嘯歌適志，饘粥安貧。龍臥猶酣，未際風雲之會；蝸廬獨處，自稱草莽之臣。及其遭逢先主，載置後車，據蜀都之形勝，扶漢祚之淪胥。而是廬也，存留風月，藏弆琴書。每爲梁父之高吟，所思安在；應憶隆中之舊友，曾此相於。向使火井重興，赤符再造。奏奇蹟於祁山，定中興於蜀道。迄今過南陽者，拜遺像之清高，向舊廬而灑掃。應比召南方伯，長留勿翦之甘棠；豈同江左夷吾，見笑出山之小草。而惜也指揮雖定，恢復終虛。八陣圖壯猷消歇，五丈原遺恨欷歔。徒令人從盡瘁鞠躬之後，想長吟抱膝之初。弔西川之故祠，有終古不凋之柏；尋南陽之舊宅，有春光先到之廬。彼夫金谷園林之勝，平泉花木之奇。楊子之亭載酒，謝公之墅圍棋。雖傳爲千秋之名勝，未敵此三尺之茅茨。金虎銅雀之臺，何足道也；羽扇綸巾之度，如將見之。客乃詠懷古蹟，緬想英風。知蕭、曹之非匹，歎管、樂之相同。惜遭時之末造，徒遺恨於無窮。茲則堯天舜日之昌期，躬逢其盛；豈無鳳逸龍蟠之奇士，復出其中。

曲園擬墨

曲園擬墨

是以大學始教必使學者卽凡天下之物莫不因其已知之理而益窮之以求至乎其極

卽物而求其極，大學之始事也。夫物無窮也，而卽所已明之理，因而窮之，則可以至其極矣。大學之教，不以是爲始乎？朱子若曰：無極而太極之説，發於周子，謂一物各一太極乎？將分而求其極乎？謂萬物共一太極乎？將合而求其極乎？不知一物之極卽萬物之極，由分而合，學者可知所從事矣。理未明，故知未盡。盡者何？求至其極也。請就大學之教而原其始。自孔子殁而有申子、韓子之教引繩墨、切事情，綜天下之物而核其名實是非之辨，非大學之教也。自孔子殁而有莊子、列子之教一死生、齊物我，同天下之物而渾其大小輕重之差，非大學之教也。大學之教，其機在乎卽，謂卽物而具也。必如公孫龍子之説，左不可謂二，右不可謂二，左與右乃可謂二，泥矣。吾是以補一説，曰卽凡天下之物。大學之教，其事在乎因，謂因物而推也。必如墨翟子之説，一人則一義，二人則二義，十人則十義，煩矣。吾是以補一説，曰莫不因其已知之理。大學之教，其功在乎窮，其效在乎至，謂窮乎物之委，至乎物之原也。必如老子之説，恍兮惚兮，其中有物，惚兮恍兮，其中有象，窈兮冥兮，其中有精，虚矣。吾是以補一説，曰益窮之以求至乎其極。吾嘗注《參同契》之文，而知彼道家者未嘗聞大學之教也。故假萬物以濟其術，爲龍虎，爲鉛汞，納陰陽於鑪鼎。其爲教也，不主順而主逆，則其於物也，安能即之而善乎因？吾嘗學白骨觀之法，而知彼釋氏者未嘗聞大學之教也。故遁萬物而入於空，如夢幻，如泡影，泯色相於涅槃。其爲教也，不貴有而貴無，則其於物也，安能窮之而蕲乎至？是知天下之理，不外天下之物，吾已知者在此，吾未知者亦在此，不必别求其極也。先儒有邵康節者，以元經會，以運經世，立陰陽剛柔之名，以盡飛走動植之數。吾未嘗不推爲絶學也。而學者正不必舍大學之教，而喜觀經世之書。又知天下之物，實具天下之理，在今日所已知，在他日又爲未知，不可不求其極也。吾友有陸子靜者，謂吾耳自聰，謂吾目自明，恃無所欠闕之身，遂有不必他求之論。吾竊憂其流爲禪學也。而學者又安可棄大學之教而過信象山之説？貫而通之，必有此一日矣。

制藝，例不得用後世語，然此題出補傳，入紫陽口氣，則宋以前事宜無不可用矣。余作此文，爲制藝别開生面，然在場屋中仍恐非宜也。自記。

『子曰可與共學』至『夫何遠之有』

學貴達權，善反者斯不遠矣。夫由學而適道，而立，而權，權者，反經合道之謂也。子故引《唐棣》之詩，即偏反而明其不遠乎！且自堯舜至孔子，相傳以一中，而執中不可以無權。權者何？其始必由學而來，其繼必由思而得。思而不學，不足以行權，故探其原於學，所以植權之體。學而不思，不足以知權，故歸其功於思，所以妙權之用。昔孔子作《春秋》，使人處經事而知其宜，處變事而知其權。然則《春秋》一經，其聖人達權之書乎？乃三代以來詩書所載，未有言權者。夫子讀《唐棣》之詩而有會焉，曰：是詩也，不言權而權道存焉。且夫權豈易言哉？吾見有孜孜於學者矣，朝而考焉，夕而稽焉，未始不收好古敏求之益。乃遺經獨抱，雖勤閉户之修；而大路多歧，未合出門之轍。可與共學，未可與適道也，其去權尚遠也。吾見有循循於道者矣，周而規焉，折而矩焉，未始不徵循途漸進之功。乃亦步亦趨，雖有可遵之塗轍；而在前在後，仍無不易之範圍。可與適道，未可與立也，其去權亦遠也。若既可與立矣，其於權也，宜不遠矣。乃曰『可與立，未可與權』，則又何説？蓋立焉者，一定不易之方也。譬猶室也，宅身則謂之安宅，居心則謂之廣居，無論神聖與庸愚，皆以此卜立命安身之地。而權焉者，百出不窮之具也。譬猶『唐棣之華，偏其反而』也，在華則後合而先開，在人則終同而始異，無論倫常與日用，皆以此酌待人接物之宜。由學而馴致乎權，權則反經而合道矣，何遠之有？而《詩》既曰『偏其反而』，是可與權也。又曰『豈不爾思，室是遠而』，豈可與權、轉未可與立乎？夫子曰：在是乎思與不思，苟不能思，則反乎經而不能合乎道。所謂學而適道，適道而立者，皆茫然而失據矣，遠矣。猖狂妄行，不得率由之準，小者以阿世而貶爲曲學，大者以畸行而流入異端。苟其能思，則反乎經而無不合乎道。所謂學而適道，適道而立者，確乎其可憑矣，不遠矣。變通盡利，無傷中正之歸，深言之則對時育物，可以劑兩大之平，淺言之則酌理揆情，可以寡一身之過。三代下知權者鮮矣，非學也何以植權之體？非思也何以妙權之用？後世言權者，烏足知此。

古注合爲一章，故有反經合道之説，爲宋儒所訶。然江南闈中既以此命題，自宜宗漢儒舊説矣。

且反經合道之説，本無可議，朱子曰：『權而得中，是乃禮也。』非卽反經合道之謂乎？惟何氏《集解》於夫子引詩之旨未得真詮，多模糊影響之談，邢、皇兩疏，依注敷衍，亦無所發明，宜後人之不信古注矣。余作此文，洗發古義，似尚明白，未知果有當否。自記。

述而不作信而好古

聖雖作，而述、信、好深矣。夫孔子，固作者之聖，而自居於述者，由信古而好古也。自謙乎？戒人妄作乎？且自文治隆而學者皆思著一書以自見，亦世道憂也，夫有表襮後世之心，必有菲薄前人之意，始焉疑之，繼焉厭之，而文章日益盛，而師法日益衰矣。今夫人之從事乎古也，有作焉，有述焉，作則古人之事也，述則後古人者與有責也。上世神靈首出，多以開物成務爲功，故庖犧以一畫開天，而魚鳥龜龍皆出而佐百世文明之運會。後世典制詳明，惟以遠紹旁搜爲務，故樂正以四術教士，而蟲魚草木亦足以敝百年考索之精神。此作與述之異也。而世之人皆喜言作，恥言述，何也？一由於不信古，一由於不好古。古人之行事，非拘文牽義所能窺。文考終身藩服，何爲受命而改元？周公攝政明堂，何爲稱王而踐祚？此不信者一。古人之行文，非數墨尋行所能解。乾策二百，坤策一百，巧算難推；經禮三百，曲禮三千，大儒難讀。此不好者一。且目論之儒，不可以考古制。設官十四萬有奇，則疑畿内之田不足以祿之矣；建國千七百有奇，則疑海内之地不足以封之矣。不信者又其一。且章句之學，不可以讀古書。三代多能文之士，而《虞書》之來始滑、《商書》之優賢揚，近於不辭矣；六經多有韻之文，而《車攻》之『調』與『同』、《谷風》之『嵬』與『怨』，幾於不協矣。不好者又其一。不信如此，不好如彼，是以述者少、作者多也。吾則異是。載籍之極博也，吾循循乎其有述焉，信之故也。知封建之天下與後世異，則湯武之放伐，不必深諱其文；知揖讓之天下與後世同，則堯舜之拘囚，不妨姑存其説。信之至，而《禹本紀》之神奇，《穆王傳》之怪誕，《山海·大荒》之悠謬，《乾坤鑿度》之支離，無不可爲臨文之佐證。吾猶懼不能述也。後之儒者，謂《周禮》可廢，謂《鄭風》可删，奚爲者也？名理之無窮也，吾謹謹乎述而不敢作焉，信而好之故也。知假借爲羣經所常有，則破假字而從本字，自無詰籥爲病之憂；知訓詁爲六藝所必資，則用今言而釋古言，自有觸類旁通之樂。好之至，而新附之《爾雅》，後出之《考工》，郭公夏五之闕文，豕亥己三之誤字，從無可以割愛之文章，吾又將何所作也？後之儒者，著一經擬《周易》，頒一書摹《大誥》，奚爲者也？吾安得起老彭而從之游乎？

《論語》此二句，爲我輩一生極好考語。浙闈以此命題，余因成此一篇，俟揭曉後，當質之主試馨伯同年，不知將飲我墨水否。自記。

夏后氏五十而貢殷人七十而助周人百畝而徹

取民之制，三代可考也。夫夏貢，殷助，周則以徹，爲五十，爲七十，爲百畝，在孟子時不尤可考哉？孟子若曰：昔與君言性善，必稱堯舜。堯舜遠矣，是故證心理之同，以堯舜爲主；而稽經制之異，以三代爲歸。請論三代取民之制。夏后氏以貢。九州方物之來，則以貢書於史；萬民粟米之征，亦以貢入於官。五十而貢，夏制也。殷人則以助。助之字，或作『莇』，俗有從草之文；助之意，通於耡，沿爲合耦之所。七十而助，殷制也。周人則以徹。徹有徹去之義，故歌於廟有徹詩；徹有徹取之義，故斂於田有徹法。百畝而徹，周制也。然而有可疑者二。『信彼南山，維禹甸之』，後王莫能易也。而何以或五十、或七十、或百畝？一王之始，必變其畛涂，移其溝洫，則匠人之規畫不勝其勞，而黄帝之成規遂無可考，可疑者一。魯用田賦，《春秋》譏之，古法不可變也。而何以爲貢、爲助、爲徹？一代之興，必改易其名，更張其制，則愚民將無所措其手足，而奸吏轉有以恣其重輕，可疑者二。而不知此，未明乎三代田疇有爰易之法也。天下之地力不可盡，故必有休而不耕之田，使土膏衍溢而物產滋豐。夏分百畝之田而二之，今歲耕其半，明歲耕其半，則判之爲五十畝也。殷分百畝之田而三之，所休者三分之一，所耕者三分之二，則約之爲七十畝也。然如夏之制，是胥天下而皆爲一易之田矣；如殷之制，是胥天下而皆爲再易之田矣。周人曰：不有三易者乎？故在『遂人』之職，有田百畝、萊五十畝以及百畝、二百畝之差，都鄙之制與鄉遂不同，而以百畝爲率則同，此周人之所以百畝也。然則爲五十，爲七十，爲百畝，同此先疇，何嘗變易哉？此又未明乎三代制度有變通之利也。天下之情僞不勝防，故必有神而明之之用，以去其積弊而參以新法。貢者，酌乎輕重厚薄之一定，而立爲經常、垂之永久者也；助者，懼其肥磽雨露之不齊，而但資民力、不税民田者也。然如夏之制，則恐其時有年常在官，而無年常在民矣；如殷之制，又恐其民盡力爲己，而以其餘力爲上矣。周人曰：盍亦權之於上也乎？故在『司稼』之職，有巡野視稼，以年之上下而出斂法之制。取民之數，與二代無異，惟以臨時徹取爲異，此周人之所謂徹法也。然則爲貢、爲助、爲徹，原其美意，不皆良法哉？其實皆什一也。

此浙闈三藝題也。傳至吴下，客有歎其難者，曰：此大典制題也。余曰：《四書》中惟《鄉黨》有一二真典制題，餘皆假典制題也。卽如此題，夏五十、殷七十皆無可考，然則何典制之有？作者惟在自抒議論，以發明古人制作之意而已。客退，因走筆成此篇，惟兩後比議論皆卽拙著《羣經平議》中之説，固未敢信爲然耳。自記。

『子曰孝哉閔子騫』兩章

類記兩賢，皆重其行也。夫閔子之孝，人無間言，南容慎言，子謂可妻，非皆重其行哉？蓋孔門之論人也，論其原，在孝弟之際，而論其大，在言行之間。有自孔氏之鄉來者矣，云其鄉有謠諺曰：孝哉閔子騫！不知始自何人，而洙泗間盛傳之。推其所以來，實自其家始，其父母言曰孝哉損，其昆弟言曰孝哉損，及人言之，則不欲直斥其名，故氏之曰閔而字之曰子騫。嗟夫，世俗多不樂成人之美，閔子騫則父母昆弟言之，同時之人，咸無間然。夫子聞之，爲歎息也。又有自孔氏之家來者矣，曰：子不爲夫子賀乎？蓋夫子之兄孟皮遺有一介女，今者以適南宫氏。夫以孔氏之淑媛，歸魯國之公族，亦云盛矣。特不知夫子何取乎南容也？及與之遊，聞其日誦《詩》，於『白圭之玷』一日之中三致意焉。南容，其古之慎言人乎？夫子取之，殆必以此。則試比其事而論之。百行皆屬尋常，惟此纏綿至性之真，乃可以感天地、通神明而動人。歌泣百年，豈無缺陷？有此謹慎小心之意，亦足以守宗祊、保禄位而完我圭璋。蕭條風雨之廬，聲稱闐焉，豈有風流文采輝映一時者乎？乃入其家，長奉槃，幼奉水，一門之内，從無違言，則有當代名流雅負人倫之識鑒者，述其家庭瑣事。上而黄髮，下而垂髫，皆怡然自樂，是亦青史中一佳傳矣。士大夫讀書仕宦，盛名遠及乎蠻貊，而遺憾近在乎庭闈。如閔子騫者，不出户庭而自成馨逸，孝乎惟孝，斯人之謂矣。縱横冠蓋之場，戈矛伏焉，蓋有酒食語言釀成大故者矣。乃如之人，夕也惕，朝也乾，一語可銘，陳之坐右，則雖終身謙退有虚門第之高華乎，觀其俯仰從容。左對孺人，右弄稚子，有終焉之意，是亦濁世内一佳公子矣。士君子高論放談，其幸則以口舌得官，不幸則以文章賈禍。如南容者，無傷白璧而克附青雲，玉者自玉，斯人之謂矣。是故當日傳《孝經》者則在曾子，而後世稱孝子者則在閔子，其事無可考，其言有自來也。若夫不根之語，流布丹青，亦等之曾氏耘瓜之逸事矣。公冶長可妻，以其非罪，而南容可妻，以其可以無罪。聖人固一無所私，聖心實兩有所取也。異日孟氏之裔篤生亞聖，其猶屬孔氏門楣之餘慶乎？

此二章，頗難以意聯貫。舟中走筆作此文，如題分還而已。想闈中五花八門當不如此也。自記。

冉有曰既庶矣又何加焉曰富之曰既富矣又何加焉曰教之

既庶謀加，皆本務也。夫庶而不富，不如其寡；富而不教，不如其貧。冉子請加，告之以此，非皆本務哉？且後儒論治，至纖至悉，井田學校，世遂議其迂闊而不可行。大聖人撫殷繁之衆，商保聚之方，落落兩言，而千古治術括其中。然使舍其本而事其末，又雅非聖意也。子適衛，而有庶哉之歎，意在衛而不僅在衛也。祖宗樂利之遺，尚存於今日；天地生成之責，實屬於吾徒。喜此庶乎？惜此庶乎？胥一國之人而聚而作，則一人之力寡，不如十人之力多也；胥一國之人而聚而食，則十人之費多，又不如一人之費寡矣。夫攘往熙來之衆，而囂然無以遂其生，固有國者之大患也。衆寠人聚而語，不過飢寒嗟歎之聲，無他圖也；衆富人聚而語，必有淫泆驕奢之舉，不可問矣。夫暖衣飽食之餘，而漫然無以善其後，亦有國者之隱憂也。彼冉有者，殆默窺夫子所未言之意，而乃爲之殷殷然一再請加乎？既庶何加？富之而已。既富何加？教之而已。然而富與教，正自有説。先王分上地下地以授民也，畫百畝之田以爲井，使之耕鑿乎其中，良亦勤勞而寡獲。至於逐什一之利，以操奇贏，以來珍異，則多方以抑之。繁其科條，苛其税斂，儳然使不得自列於齊民，若是者何也？富必富之以其本，重農貴穀，三代之所同也。後世則不然。良賈操居積之術，入以至賤之價，而出之以貴，則貨殖之傳成，而爲富之一途；計臣工龍斷之謀，立一至公之法，而行之以私，則平準之書出，而又爲富之一途。已使負耒之民輟耕而歎矣。又其甚者，求金巉巖，采珠深壑，兩閒未出之儲；南通閩越，北走幽燕，立萬國交通之市。遂使販夫販婦之賤，挾其心計，而與官爭；異言異服之人，操其利權，而爲我難。豈聖人所謂富之者哉？然則保庶之道，殆不在此。先王設小學大學以化民也，奉一先生以爲師，使之服習乎其訓，實亦平淡而無奇。或有創一家之説，異其訓詁，離其章句，則衆起而攻之。禁絶其學，焚毀其書，羣然皆相詫而以爲異物，若是者何也？教必教之以其本，經正民興，百王所莫易也。後世則不然。谷神不死，託之黄帝，至人無爲，本之老聃，其説主乎清静，是爲異教一大宗；穆王之世，化人來游，莊王之時，異人誕降，其説遁於空虚，是又爲異教一大宗。已使好古之儒抱書而泣矣。又其甚者，溯造物權輿之始，謂生天生地別有主宰之人；竊疇人子弟之傳，謂極遠極高皆有推求之法。於是以吾之舊術，爲彼之新術，變其名目，遂擅神奇莫測之名；以彼之邪説，奪吾之正説，廣其招徠，遂成盜賊逋逃之藪。豈聖人所謂教之者哉？然則保富之方，殆不在此。吾故曰：既庶謀加，皆本務也。

舟中無事，走筆成此，借酒杯，澆塊壘而已。場屋中遇此等文，棄擲惟恐不速也。自記。

舜有臣五人而天下治

敬記帝臣，意不在帝臣也。夫舜有五臣，以治天下，何必記？記五臣，豈爲五臣哉？且《論語》一書，記言也，非記事也。而《微子》一篇，首及殷之三仁，終及周之八士，意此篇備載至聖行藏，故以勝國高蹤、興朝遐軌後先輝映乎？乃《子罕》之篇，大書『舜有臣五人而天下治』，則又何説？夫一年成聚，二年成邑，舜在耕稼陶漁之日，已具治天下之材，豈必籲盈廷而求襄贊？抑百揆時敘，五典克從，舜在賓門納麓之初，已包治天下之量，豈必集衆策而奏平成？且既言臣矣，則以舜命九官十二牧考之，一廷之上，二十有二人焉，何獨五人？且既言有臣矣，則以舜時州十有二師計之，九州之大，一百有八人焉，何有五人？噫，我知之矣。曰舜有者，後人尚論之辭，舜未嘗言之以自侈也；曰有臣者，史臣紀實之語，舜未嘗錫之以嘉名也。陳古以諷今，《小雅》之義也。曰五人者，約言之也，取其爲成數，爲生數之兩兩相當而不欲踰之也；曰五人者，又夸言之也，見其此一時、彼一時之僅僅得半而已足敵之也。比事而屬辭，《春秋》之法也。然則後世有以暮齒而鷹揚者，舜有之乎？無有也。乃陶子生五歲而佐文命，則彼也暮齒，此也神童。然則後世有以后父而從龍者，舜有之乎？無有也。乃大費娶姚姓而得玉女，則彼有后父之尊，此有館甥之美。昆弟而獨高輔弼之勳，後世尊爲家相，乃五人，則禹、稷以下並出軒轅，一昆弟之寡，不如衆昆弟之多；父女而並在臣鄰之列，後世傳爲美談，乃五人，則皋、益兩人相承堂構，父女之迹奇，不如父子之名正。後世之臣，有誕保七年躬踐天子之阼者，其聖矣乎？乃五人之首有禹焉，肇開王業，實爲三代盛王之祖，下啓商周。後世之臣，有享年百八十猶居太保之官者，其神矣乎？乃五人之末有伯益焉，大顯靈奇，至今百蟲將軍之碑，長留天壤。吾爲五人幸矣。他人治天下，干戈而不足；五人治天下，揖讓而有餘。吾又爲舜有五人異矣。後人不止有五，轉以偶而成奇；舜止有此五人，適以參而配兩。宜乎孔子讀武王之言，而追溯唐虞之際也。然後知《魯論》大書『舜有臣五人而天下治』，爲孔子之言而記之也。不然，舜之五臣，何爲書於《魯論》哉？

此題有西堂之作，崔顥題詩矣。余作此文，處處爲下節立竿見影，以題理論，似宜如此，未知與官錦行家花樣如何也。自記。

賦得『遥飛一琖賀江山』得『遥』字，五言八韻。

其一

我爲江山賀，昇平事未遥。百年資潤色，一琖試招要。典憶南巡盛，恩從北闕邀。六飛曾此駐，萬壑盡來朝。瑞氣連龠赭，春波煖汐潮。翠屏馳道築，緑水御舟搖。慶此千秋運，直堪百榼消。至今懷聖澤，歌詠徧漁樵。

其二

我爲江山賀，烽烟舊夢遥。廿年空戰壘，一珓慶熙朝。已過紅羊劫，重乘白馬潮。雕戈湔碧血，玉斝泛黄嬌。三折形仍曲，雙峯勢轉翹。怒曾驅鐵馬，笑又解金貂。但覺雲霞活，原無塊壘澆。謳吟偕父老，比户息征徭。

其三

我爲江山賀，清時雅化遥。禮宜飛一珓，數恰滿三蕉。欲訪文瀾閣，爰停聖水橈。源淵真接漢，突兀上千霄。竊願香分瓣，欣看酒在瓢。汗青千古事，浮白幾回邀。綠蟻濃芳溢，金牛瑞氣饒。使星逢舊雨，湖畔暫停軺。

其四

我爲江山賀，皋比廿載遥。千秋非敢望，一珓或能消。潮落桐廬暮，陽升葛嶺朝。琴書來此寄，杯勺向誰邀。烟雨聊乘興，峯巒漫獻嘲。滿浮名士酒，稍折老夫腰。逝水休同感，閑雲好共招。樂天佳詠在，借以賦長謠。

借題發揮，於詩題本意不必求合也。自記。

有若對曰盍徹乎

足國無他圖，法古而已。夫徹者，周之成法也，有子以是爲哀公勸，非欲其法古乎？且《論語》次章卽載有子之言，重本也。顧人知其孝弟兩言爲爲人之本，而不知其徹之一言尤爲爲國之本。承一時之問，立百世之經，仍不外本朝之成法而已。其對哀公曰：君何患不足乎？亦法古焉耳。頭會箕斂之法，豈其不足以贏餘？然後人苟且之謀，非先王正大之道。金玉錫石之藏，豈其不堪以采取？然計臣興利之術，非儒臣謀國之經。臣爲君計，莫如行徹。且夫徹之不行久矣，徹之爲説亦不一矣。則有謂：畫九百畝爲一井，分一井於八家，除公田二十畝爲廬舍外，各以百畝爲私，而以十畝爲公。此非古法也。臣聞古法什之中税一，未聞什之外税一也。則有謂：畿内用夏之貢法，邦國用殷之助法，而邦國郊内、郊外亦如之。在民或九而税一，或十一而税，在官則總爲十而税一。此亦非古法也。臣聞古法以十一爲定率，未聞以十一爲通率也。以臣所聞，《周官》『司稼』之職有云『巡野觀稼，以年之上下出斂法』者，此周初取民之制，卽所謂徹也。蓋俟三時既畢，百穀告成，命司稼巡而觀之，取其十之一以爲税，而命之曰徹，與宗廟之徹同義。耕畢而徹取之，祭畢而徹去之，其義一也。而臣因國用不足，而勸君行徹，則自有説。夏后氏之爲貢法也，豈非不易之良規？然既懸爲定額矣，設遇水旱偏災，饔飧不給，有司如數以取盈，追呼在所不免矣。至於樂歲既逢，餘糧棲畝，而貽寡婦之利者，有無窮之穧秉；抱司農之籍者，無可益之錙銖，亦殊負此風雨之和甘也。何如周之徹法，朝與野同憂同樂乎？

殷人之爲助法也，亦見急公之至意。然既借資民力矣，其在古初樸茂，上下交孚，公田無憂其不治，倉庾自可常充矣。至於大道既隱，六合皆私，則在下之田疇，無不勤之穮蓘；而在上之畎畝，有不闢之汙萊，轉坐失此膏腴之沃衍也。何如周之徹法，公與私如取如攜乎？周先王，鑒二代之弊，定一朝之制，法良意美，百世可師。魯今日，乘災荒之後，籌樂利之方，法祖遵王，一言可蔽，『盍徹乎？』君誠行之，國計幸甚，民生幸甚。

順天己丑鄉試以此命題。聖意深矣，草莽之臣，不足窺測，謹就經義平日孳求所得者作此一篇。

曲園自識。

『君子有三畏』一節

君子有畏心，天人交勵也。夫君子所畏，首在天命，因天而及大人，因天之命而及聖人之言，是謂三畏。且以吾人之藐然中處也，夫不有昭昭焉森列於上者乎？夫不有諄諄焉宣布於下者乎？森列於上者不可忽也，而德位之兼尊者不同其赫濯乎？宣布於下者不可誣也，而典謨之垂示者不同此精詳乎？顯微一理，而兢業百年，吾思其心，吾見其人矣。其人何人？君子人也。君子之宅心也大，一呼一吸，皆與帝座相感通，而勢位固不受其挾持，文義亦不憂其牽制。鳶飛魚躍，隨在皆見優游泮渙之休。君子之律己也嚴，一話一言，皆奉乾符爲準則，而在下則以倍上爲戒，居今則以述古爲難。虎尾春冰，何時不存震動恪恭之意。所謂畏也，爰有三焉。今夫皇穹之高高在上者，原有攀援俱絕之形，而君子則謂，自地以上，至於無窮，皆天也。寢興食息，一一在機緘運轉之中，而敢褻越承之乎？君子其畏天乎！今夫帝謂之落落難通者，已造聲臭皆無之域，而君子則謂，受天之中，以有此生，皆命也。雨露風雷，時時有聲欬相聞之迹，而敢玩忽將之乎？君子之畏天非畏其命乎？由天而推之，淵穆而無形者，在天之天；尊嚴而有象者，在人之天。太清之表，有天存矣。抑思一人首出，以臨莅我者，獨非天乎？是大人也，君子畏之猶畏天也。由天命而推之，無文字而傳者，天之所以命我；不星雲而爛者，聖之所以命我。率性之初，天命之矣。抑思一言爲法，以啓牖我者，獨非命乎？是聖人之言也，君子畏之猶畏天命也。是故君子有三畏。然而要其歸，則尤以聖言爲重。璇璣玉衡，上帝不能自齊其七政；夏時殷輅，匹夫可以上等夫百王。則有聖人之言，而天心觀其復，不徒陳符命之休徵；皇極建其中，不第抱球刀之虛器。然而原其本，則必以天命爲尊。五德代興之主，皆奉泰元之神筴而來；六經治世之書，亦根河洛之苞符而出。則有天命，而爵、齒、德達尊有三，分壇壝之馨香，而彌昭其嚴重；《詩》、《書》、《禮》雅言者再，發圖書之義蘊，而益見其精微。君子畏之，君子蓋知之矣。

此題似易實難，初不敢下筆，而友人強使作之。麻衣如再著，墨水真可飲矣。曲園自識。

此章三畏，古注疏本平列，後賢擘求文理，因下節『一也』字，謂小人不畏大人、聖言，由於不知畏天命。此以後世文法讀古書，其實未必然。『巍巍乎其有成功也，煥乎其有文章』，豈文章必以成功見乎？『故舊無大故則不棄也，無求備於一人』，豈無求備卽就故舊言乎？然則此章三畏，自以從古注平列爲是。但科場功令，務在遵朱，朱注此節已云『大人、聖言，皆天命所當畏』，則作文者稍稍側重天命，亦似無礙。至文中將天字、命字折開，究屬非是，姑趁一時筆機之順而已。幸尚有『君子之畏天，畏其命』一句，不至説成四畏也。曲園又識。

『君子之道』至『區以别矣』

道有先後，可譬之物矣。夫有後傳者，則見爲先矣；有先倦者，則見爲後矣。此本末之别也。不知君子之道，曷觀草木乎？且自有本末而先後之説起，人皆知本之在所先，而末之在所後也。不知先本後末者，天道自然之序；先末後本者，人事强勉之功。吾不言天而言人，請不觀人而觀物。甚乎哉！言游之過也。是徒知有本末，而未知本末之别也，則未足與言君子之道也。君子之道，根乎心而發，自有一貫之功。故有教則無類可分，非如叢物宜原隰，皀物宜山林，竟成遷地勿良之勢。君子之道，因其候而施，妙有因材之篤。故求益與速成相反，亦如鳥星中而種稷，火星中而種黍，務守一成不易之期。是有宜先焉。孰宜先？吾不論道而論傳道。今夫性道之微言，子貢聞焉而歎其不得；幽明之至理，季路問焉而謝以不知。是其傳之，皆有待也，後焉者也。若夫數與方名之教，則習之於舞勺之前；順爾成德之辭，則戒之於加冠之始。孰謂君子之道無先傳者乎？先傳者，君子之小道也。又有宜後焉。孰宜後？吾不論我之傳與不傳，而驗人之倦與不倦。今夫童子箕帚之賤役，成人而不復躬親；文人鞶帨之浮詞，垂老而亦將唾棄。是其倦也，蓋已久矣，先焉者也。若夫衛武公以自戒而賦《詩》，八十歲依然抑抑；我夫子思寡過而學《易》，七十年未改孜孜。孰謂君子之道無後倦者乎？

後倦者，君子之大道也。吾譬之以草。草之爲物也，雨露甫加，已燒痕之盡活；根荄乍茁，俄秀色之可餐。是亦可謂先傳者矣。然而一經暑雨，已憂燒薙之無遺；再遇秋風，不免菸邑而同盡。吾是以知先傳者之歸於先倦也。吾譬之以木。木之爲物也，春秋緜邈，常存希世之大椿；霜雪凌兢，不改參天之古柏。是亦可謂後倦者矣。然而豫章之奇質，及九歲而後知；度索之靈根，歷千齡而初實。吾是以知後倦者之由於後傳也。故曰區以別矣。區者品物之所藏也，草有草品，木有木品，而人能別之。君子之道，則賢者有不知，無怪乎厚誣君子，胥夫人而聖之矣。

先傳後倦之義，古注今注均不明白。草木之譬，亦自來無人領會。作此以代義疏，然亦未知是否。曲園自識。

子曰觚不觚觚哉觚哉

聖人寄慨於一物，存古也。夫觚而不觚，非古之觚矣，觚哉一歎，殆猶欲存古乎？聞之窮則變，變則通，是變焉者，聖人所不得已也。自洪荒至唐虞而一變，故删書斷自唐虞。自唐虞至春秋之季而又將一變，大聖人處不得不變之時，有不欲遽變之意，於一物之微三致意焉。夫子若曰：觚之爲物，小焉者也。然自喜新厭故之習深中於人心，藝事之微，工師之賤，皆欲出其新製，以奪制器尚象之功，而卽於一觚乎試之。抑自毁方爲圓之風盛行於世俗，耳目所習，手足所便，皆將剗其廉隅，以明循環無窮之妙，而因於一觚乎發之。此觚之所以不觚乎？夫此不觚之觚，人之所喜也，必欲奪其所喜而予以所憎，於勢固有所不能。且此不觚之觚，人之所利也，必使舍彼之利而用我之鈍，於理亦似乎不必。則亦聽其不觚而已矣。雖然，竊有説，作車以行陸，作舟以行水，先王之制所以利天下者，以爲如是足矣。今乃以舟車之常式爲不足用也，駕崑崙之巨舶，歷滄海而如夷；借奇肱之飛車，干青雲而直上。遂使江湖之險，盡失其憑依；夷夏之防，終歸乎決裂。則何如循舟車之常式，而中外之大閑，猶不至乎盡軼哉？此亦不觚之流弊遠也。弦木以爲弧，剡木以爲矢，先王之制所以威天下者，以爲如是足矣。今乃以弧矢之長技爲不足恃也，青天行辟歷之車，非復翔膾雲輣之利器；黑水鼓祝融之燄，遠過火半燧象之奇謀。遂使奮一擊之勢，城池無可固之金湯；煽一炬之威，原野有長流之膏血。則何如守弧矢之長技，而天地之元氣，猶不至乎大傷哉？此亦不觚之流毒長也。且夫宮室之安吾身也，衣服之章吾身也，此乃日用飲食之常，賢愚莫能外，非如觚之可以自我創之也。何有於不觚也？而乃變易其衣冠，以男子而襲婦人之服；投棄其俎豆，以中夏而同異域之風。徒使老師宿儒，抱其愚拙，而耳聞目覩，竟無故物之留遺。慨然曰：我生之初尚無爲，我生之後，逢此百罹也。而能無痛哭流涕於此觚也？且夫日月之照臨於下也，星辰之布列於上也，此乃造化陰陽之事，智力無可施，非如觚之可以自人爲之也。何有於不觚也？而乃移寅宮之星爲丑宮之星，列宿亦遵其新定；準北極之度測南極之度，方輿頓改而渾圓。遂使疇人子弟，喜其新奇，而極遠窮高，度宏規而大起。毅然曰：非常之原，黎民懼焉，及臻厥成，天下晏如也。而誰其沈吟反復於此觚也？一觚也，而亦若隱寓夫不相沿禮、不相襲樂之微權。則人人有非堯舜、薄湯武之意，二帝三王之大法，且從此而湮，而詩書亦憂其將廢。一觚也，而亦別運夫合矩爲方、環矩爲圓之妙用。則人人有鑿混沌、破鴻濛之意，五行百物之菁華，將同歸於盡，而天地何恃以長存。嗟乎，至於今而變局成矣。吾觀《春秋》筆削之終，星孛於東而麟獲於西，知氣運必將一新矣。封建之天下，安知不郡縣之乎？井田之天下，安知不阡陌之乎？造物者別開一境，以自顯其生民未有之奇，而觚特爲之先也，是未可以口舌爭也。然變之極而生民盡矣。吾觀乾坤屯蒙之後，不爲火地晉，而爲水天需，知理數皆宜有待耳。穴居野處而猶足以爲安，聖人不必遽易以棟宇也；茹毛飲血而猶足以爲養，聖人不必遽予以饔飧也。有心人遠計百年，冀稍挽其滄海橫流之勢，而不觚何太驟也！曷亦爲之深長思哉？觚哉！觚哉！

借題發揮，實則以文章游戲而已。曲園自識。

賦得『與君約略説杭州』得『州』字，五言八韻。

其一

約略前朝事，蒼茫不可求。與君稽禹跡，從未説杭州。慶忌虚留塔，秦皇實繫舟。傳疑存石佛，獻瑞溯金牛。趙宋偏安日，錢唐最勝秋。笙歌酣葛嶺，燈火誤樊樓。欲訪千年舊，難憑一筆收。龍飛兼鳳舞，望氣總悠悠。

其二

約略熙朝事，時巡盛典修。與君浮浙水，最好説杭州。南服嘉謠徧，西湖勝概收。雙隄開蹕路，十景愜宸遊。突兀行宮建，淋漓御墨留。金經參佛法，玉印贊神庥。欲記當年盛，須憑故老求。自慙生太晚，未得話從頭。

其三

約略庚辛事，烽烟處處愁。妖氛興桂管，厄運訖杭州。釁自南闈伏，兵從北路偷。一時城暫復，兩載餉空籌。未築江邊壘，難通海上舟。糧真窮雀鼠，援并絶蜉蝣。劫運紅羊過，荒阡碧葬留。至今餘痛在，欲説又還休。

其四

約略年來事，民勞汔可休。和甘逢聖世，歌舞又杭州。再建文瀾閣，重新鎮海樓。香烟三竺市，花月六橋舟。士女仍繁薈，湖山更讌游。疆臣來仗節，星使此停騶。主極璇機正，人材鐵網收。小詩陳大概，高唱未能酬。

許星臺方伯同年寄示擬作四首，并言此題重在上四字，相題有識，足見老眼無花。蓋題是『約略説』，不可做成子細説也。走筆成此，似尚未失此意。曲園自識。

「子貢曰夫子之文章」兩章

聖教由聞入，而智勇窮矣。夫智如子貢，而有得聞，有不得聞；勇如子路，而未之能行，惟恐有聞。甚矣，聖道之大也。且吾人幸而得見聖人，孰不願尊其所聞哉？雖然，見之易，聞之難，智者挾其智以求其所未聞，勇者挾其勇以赴其所已聞。及未聞不可求，始愧所聞者之少也，而智者窮；及已聞不可赴，轉驚所聞者之多也，而勇者亦窮。然而天下之智者則且曰：吾已徧觀而盡識也，微論燦陳於耳目者，斷無不盡之藏，即胚胎未兆之先，聲臭俱無之表，亦莫不旁皇周浹，爲古今盡洩其苞符。然而天下之勇者則且曰：吾已心體而力行也，第恐珍祕於圖書者，容有未宣之藴，若一往無前之意氣，百年不敝之精神，又何至瞻顧咨嗟，爲名教稍留其缺陷。噫，是殆謂文章可聞，性、道亦可聞乎？曷觀子貢乎？夫子貢，可謂智者矣。然而詩書六藝，可得習其文；禮樂百王，可得詳其制。而性命之紛綸，天人之微妙，殊覺尼山精藴，迥非凡俗所能窺。文章可聞，性與天道不可聞，智者如是。是殆謂有所聞，即無所不行乎？曷觀子路乎？夫子路，可謂勇者矣。然而一堂授受，有未悉之源流；一世步趨，有未窮之軌轍。而前所聞未去，後所聞又來，轉冀函丈哀矜，勿出新奇以相眩。有聞未能行，而惟恐有聞，勇者如是。然後知至理之無涯也，智者所得者半，智者所未得者亦半。彼自恃其智者，謂文章不足言也，則且進而言性，又進而言天道。始也跖蹻異趣，品之而爲三；蒼赤殊方，帝之而有六。猶或本其從古相承之師説。逮其後，而張皇幽渺，家傳復性之書；窮極高深，士挾窺天之管。遂使異端之士，自外其形骸，獨抱靈臺之妙；化外之人，自多其測量，盡違乾象之常。流弊尚可言乎？則何如《詩》、《書》、《禮》、《樂》，遵樂正之恆規；《易》象、《春秋》，秉宗邦之成憲。由文章而馴至性與天道，下學漸臻於上達，爲善用其智也哉？修途之至遠也，勇者所到者多，勇者所未到者亦多。彼自恃其勇者，謂於行無不能也，則且不求其能行，而務求其有聞。始也山巖屋壁，搜輯遺書；絶代輶軒，訪求異語。猶不失爲抱殘守缺之盛心。逮其後，而循蜚疏仡，傳異聞於羲爻未畫之前；豎亥大章，紀新聞於禹跡所經之外。遂使朝廷之上，日進更張之策，而高論風生；學校之中，别行格致之書，而疇人雲集。隱憂不更甚乎？則何如日用飲食，循循行習之途；子友弟臣，勉勉倫常之地。未能行而不遽求有聞，溫故以冀其知新，爲善用其勇也哉？夫智、勇，皆入德之門，而智、勇究不如仁。子貢智也，子路勇也，顔淵其仁乎？《公冶長》一篇，歷論諸弟子，而於顔氏子有『不如』之歎。聞一知十，庶幾得聞性與天道乎？語之不惰，庶幾能行所聞乎？然則，回也其庶乎？

會試題由電報傳來，於三月十一日到杭，余適在右台仙館。鎮青中丞鈔錄見示，交余親家宗湘文觀察傳遞山中，則『子貢曰夫子之言性與天道一章』也。次日，潘嶧琴學使書來，勸作擬墨，余遂走筆成文三篇。正擬錄寄學使，而湘文觀察又來，言滬上所傳會試題實是兩章，而非一章，電局誤二爲一耳。則余所擬者非矣，因又成此一篇。山中筆墨，不合時趣，文亦冗長可厭。麻衣如再箸，墨水真可飲。山人亦自知之，幸毋笑也。曲園居士自識。

『子貢曰夫子之文章』一節

其一

聖教無隱，聞、不聞異焉。夫夫子之文章，卽夫子之言性與天道，然而有可聞，有不可聞，學者審諸。且孔子之立教也，嘗自明無隱，而不知其至隱者卽在乎至顯之中。學者苟能由至顯而推之至隱，則無隱而不顯也。亦卽隱而卽顯也。不然者，聖教顯矣，聖教又隱矣。子貢至是恍然若有會也，而又竊怪夫向者之何以未始有聞也，乃喟然而歎曰：甚乎哉，夫子之與我者深也。甚乎哉，夫子之愚我者又甚久也。今夫天道之無窮也，四時有所以行，百物有所以生，而芸芸者仰視穆清，則徒見其日月星辰之燦著。今夫聖教之無方也，仁者見之謂之仁，智者見之謂之智，而沾沾焉循求成迹，則徒驚其百官宗廟之森嚴。嘗試登其堂，入其室，周觀其衣服禮器之所存。夏時殷輅，羅四代於一堂；玉振金聲，集大成於羣聖。蓋莫不旁皇而周浹也，曰：是夫子之文章。及乎誦其詩，讀其書，默體夫祖述憲章之微意。山梁偶爾登臨，而時哉之行藏具見；川上無端流覽，而逝者之意境可參。乃不禁俯仰而流連也，曰：是夫子之言性與天道。然則性與天道固不在文章外矣。後儒淺陋自慙，摹擬古人而求其畢肖。學《周易》者，非圖畫而難明；倣《大誥》者，雖訓詁而莫解。夫子無是也。宮牆萬仞，何嘗絕斯世以攀援？儀邑之封人，一晉接而卽深觀感；闕黨之童子，久周旋而亦受裁成。見文章卽見性與天道也。而一話一言，何在不領魚躍鳶飛之趣？然而文章不必卽以性與天道名也。後儒靜觀有得，標舉數字而傳之其徒。道問學者，自矜其切實；尊德性者，自詡其高明。夫子無是也。刪訂六經，不過導斯人以下學。《春秋》有終始元麟之妙，及門竟莫贊一辭；《大易》洩苞符河洛之奇，雅言乃未嘗一及。性與天道，不離文章，文章非即性與天道也。而千秋萬世，亦惟循誦《詩》、《書》、《禮》、《樂》之文。蓋此其中有因人而異者。此一人聞之，見爲性與天道；彼一人聞之，則僅見爲文章。聞、不聞，存乎人也。未得其人，則漆雕傳《書》，西河傳《詩》，姑守爾專經之學而已矣。蓋其中有因時而異者。後一時聞之，見爲性與天道；前一時聞之，則僅見爲文章。故聞、不聞，視其時也。未值其時，則參乎一貫，回也屢空，亦俟其真積之久而已矣。『夫子之文章，可得而聞也。夫子之言性與天道，不可得而聞也。』子貢蓋至是而始恍然有會也。

此下三篇，題目爲電局所誤。然既已作之，則亦錄出，博同人一笑，所謂過而存之也。曲園居士自記。

其二

以可聞不可聞告萬世，學術卽治術也。夫世有并文章而不聞者，有必欲聞性與天道者，學術壞而治術因之矣，子貢故爲萬世正告之。且孔子嘗言『民可使由，不可使知』，此言治術也。吾謂學術亦然。其可使由者而不使其由焉，則聖人之道不著；其不可使知者而必使其知焉，則聖人之道不尊。聖道不著，而天下後世無孔子矣；聖道不尊，而天下後世皆孔子矣。學術之誤在是，治術之敝亦在是。子貢於是正爲萬世告焉，曰：夫子之道，外焉者爲文章，而內焉者爲性與天道。何謂文章？見乎外者皆是，不獨《詩》、《書》、《禮》、《樂》之文也。何謂性與天道？存乎内者皆是，不必精一危微之説也。然而文章可得而聞焉，性與天道不可得而聞焉，此夫子爲萬世計，至深遠也。吾竊由子貢之説而推之。古者氣運昌明，而文治遂因之大啓。閭閻婦子，亦嫺歌詠之詞；介冑武夫，亦被詩書之澤。此先生所以柔天下之人，而隱以化萬方血氣之粗，亦顯以養兩大和甘之福，有妙用存焉矣。至於後世，富國强兵之策日上於廟堂。其始也，不過以農桑爲務，不暇措意於絃歌；以法律爲先，不復留心於學校。猶不失爲補偏救敝之良規。逮其後，而恣睢暴戾之君，挾自我作古之心，搜六藝之文而盡投灰燼；法術刑名之學，懸以吏爲師之令，空諸儒之籍而概付誅鋤。遂使千里之内，絃誦無聞，大學之中，荆榛不翦。而化外侏㒧之俗，轉得挾其心計之新，廢我圖書之古，豈非吾人所大懼乎？夫子若預知有此也，而示人以文章；子貢亦若預知有此也，而以文章之可得而聞者告天下後世。使知天以日星爲文，地以草木爲文，豈可以佩玉鳴鸞之彦，而下等椎埋屠狗之夫？將見國學分乎東西，鄉塾列於左右。朝廷之上，雍雍乎多華國之才；庠序之中，彬彬乎盡横經之士。先王樂淑禮陶之盛美，其尚可復覩乎？古者世風樸茂，而士習不涉於浮夸。日用飲食，安其夫婦之愚；孝友睦婣，守我師儒之教。此先王所以靜天下之人，而上以渾噩存皇王之樸，亦下以中庸束豪傑之心，有微意寓焉矣。至於後世，著書立説之儒布滿天下。其始也，不過閉朋牖而養靈根，苟全其性命；小泰山而大豪末，自廓其胷襟。猶未至乎近似亂真之太甚。逮其後，而太極之先，推原無極，陰陽黑白，溯兩儀未判之形；後天之上，别創先天，南北坤乾，易八卦已成之位。遂使名山壇坫，各定規條，國史儒林，區分支派。而方外材智之流，轉謂吾教中祕爲精微之説，皆彼教中視爲唾棄之談，豈非吾儒所深恥乎？夫子若預知有此也，而不輕示人以性與天道；子貢亦若預知有此也，而以性與天道之不可得而聞者告天下萬世。使知言性者非一說，談天者非一家，豈可矜靈臺獨得之奇，而轉失素位而行之正？將見布帛菽粟守吾常，子臣弟友安吾分。窮而在下，則以風雅涵養其性情，不必高談微妙圓通之體；達而在上，則以政事挽回夫氣數，不必侈陳元會運世之書。後世明心見性之空談，庶幾其一掃乎？

隨園作『民可使由之』一節文，自注云：觀此，知秦人燔詩書、宋人講道學，皆非治天下之道。愚此作卽本此意。曲園居士。

其三

聖教有聞有不聞，經顯而緯隱也。夫六經，皆夫子之文章，而性與天道，則往往於緯明之。當孔子時，經出而緯未出，故有聞有不聞云。昔天命孔子以制作定世符，而六經興焉。有經斯有緯。經也者，天下之常道也。若夫性命之故，夭閼紛綸，七政之占，變動不一，則於經無之而於緯有之。當孔子之時，經已傳播及門，緯猶深藏不出，於是有聞有不得聞。乃謹載端木氏一言以見例。子貢曰：我夫子六經成，告備於天，有虹玉之瑞。自是厥後，商瞿傳《易》，漆雕開傳《書》，卜商傳《詩》，言偃傳《禮》，左邱明傳《春秋》。盛乎哉，夫子之文章乎！至如性者生之質，木神則仁，金神則義，火神則禮，水神則信，土神則智，而於經無文焉。又如上帝爲北辰耀魄寶，主持天道者也，青帝靈威仰，赤帝赤熛怒，黃帝含樞紐，白帝白招拒，黑帝汁光紀，分司天道者也，而於經亦無文焉。若此者，不見於經而見於緯，誰謂緯可廢哉？然而端門受命，立爲素王，既不敢以血書之詭異驚駭於凡人；圖籙既成，垂爲赤制，又不欲以水精之典章試行於亂世。此當孔子之時，所以經出而緯不出也。於是乎有可得聞者焉，夫子之文章之存於經者是也。樂正久傳爲正術，自尼山崛起，而經術益見其昌明。有《易》，而《連山》、《歸藏》無傳書矣；有《書》，而《丘》、《索》、《典》、《墳》皆虚設矣；有《詩》，而大庭軒轅之謳吟不堪存錄矣；有《禮》，而衢室合宫之制度不必討論矣；有《春秋》，而晉《乘》、楚《檮杌》之流傳不煩筆削矣。後世之文章，非無典麗裔皇之美，而夫子之託諸經以垂示來兹者，實與日月星辰並輝煌於宇宙。卽問爲邦之顔氏子，亦能羅列夫夏時、殷輅、周冕、韶舞之全。於是有不可得聞者焉，夫子之言性與天道之存於緯者是也。聖教本妙於無言，至内學淵微，淺人更無從窺測。讀《易》不讀緯，而卦氣起中孚之古説，太一行九宫之舊法，莫能通矣；讀《書》不讀緯，而帝堯同天之號，文王受命之年，無能説矣；讀《詩》不讀緯，而《大明》水始，《四牡》木始，《嘉魚》火始，《鴻雁》金始，皆駭爲異聞矣；讀《禮》不讀緯，而春分地正中，夏至地下游，秋分地正中，冬至地上游，或竊爲新説矣；讀《春秋》不讀緯，而文王似元年，武王似春王，周公似正月，均不知爲何語矣。後世之言性與天道，空有張皇幽渺之功，而夫子之藏諸緯而不爲宣布者，實與苞符河洛同珍。閟其機械，雖傳吾書有董仲舒，亦且徐俟之蒼姬告謝、炎漢既興之後。此文章所以可聞，而性與天道所以不可聞也，經顯而緯隱也。後世恣睢不學之主，乃并緯書而盡焚之，則性與天道，不得聞於後世矣。吾安得蒐羅載籍，采輯緯書，而稍稍删其蕪穢，剌取其有涉於性與天道者，勒爲一書，使人知經與緯同爲夫子之文章也。是亦一盛舉也夫！

《禮・王制》疏引鄭康成説，孔子雖有聖德，不敢顯然改先王之法，若其所欲改，陰書於緯，藏之以傳後王。《穀梁》『四時田』者，近孔子故也。《公羊》當六國之時，去孔子既遠，緯書見行於世，《公羊》既見緯文，故以爲『三時田』。據此，則孔子之時，經出而緯未出。愚卽以説此章之義，讀者將賞其新奇乎？抑斥其詭異乎？均所不計也。山中無事，姑以筆墨自娱耳。曲園居士。

『子曰桓公九合諸侯』一節 辛卯江南題

聖人深許霸佐之仁，知春秋之將爲戰國也。夫至春秋之季，而兵車之禍烈矣，有能如管仲之不以兵車者乎？故因子路之問而深許其仁乎？且聖人有萬世之計，有一時之計。爲萬世計，期於無弊；爲一時計，期於勝弊。期於無弊，則以尊王黜霸爲心，故管仲天下才，而孔子小其器；期於勝弊，則以休兵息民爲事，故管仲霸者佐，而孔子許其仁。如子路疑管仲爲未仁。夫子曰：由乎！爾亦知今日之天下爲兵車之天下乎！自材智之士出，而人喜談兵。陣法本諸黄帝，《陰符》託諸太公，直欲探兵車之原而張其説。自揖讓之局更，而世皆尚力。晉鄭皆有徒兵，吴楚兼工水戰，直欲極兵車之變而出其奇。管仲之相桓公不然。夷考桓公衣裳之會凡十有一，而吾謂兩會鄄可并爲一，兩會幽亦可并爲一，則衣裳之會凡九。九合諸侯，以衣裳而不以兵車，誰爲爲之乎？管仲之力也。且夫晉駕之有三也，楚廣之有兩也。舉世正當尚武之時，而管仲之在齊，乃以文德輔之也，如其仁。且夫前乎此則有僖公之小霸矣，後乎此則有莊公之代興矣。在齊亦非無事之國，而管仲之輔桓公，乃以柔道行之也，如其仁。而吾乃深惜當今之世莫能爲管仲也。自晉霸既衰，蕞爾諸小邦，皆有苞稂見傷之懼，而西陲之發憤爲雄者，毅然招八州而朝同列。其所尚則首功，非復賢能之選也；其所教則技擊，非復禮射之遺也。而兵車之害乃方興而未艾矣。卽有伏軾摶銜之上客游説其間，排難解紛，亦或談言之微中。而要之縱人言縱，橫人言橫，仍不外乎蒼頭奮擊之兵威。爭王爭帝，延及旣衰，竟使喑啞叱咤之武夫，出而宰制乎六合。吾歎其時無管仲也。不然，鄭七子之賦詩，猶如昨日；吳公子之觀樂，獨絶千秋。風流儒雅，尚有可觀。何至爭地以戰，殺人盈野，爭城以戰，殺人盈城，雍容壇坫之乾坤，一變而爲戰國哉！而吾乃深望天下後世之有能爲管仲也。自姬籙告終，遷流數百世，竟有江河日下之形，而遐荒之乘虛而入者，居然以鱗介而亂冠裳。其器械之精，弧矢不能制也；其心思之巧，韜畧不能該也。而兵車之利，乃迭出而不窮矣。卽有勳高望重之老臣主持其事，形格勢禁，不免俯首以相從。而惟以外慙清議，內疚神明，隱示人以清夜撫膺之深痛。言富言强，迄無長策，仍藉玉帛輶軒之膚使，從而維繫乎四夷。吾謂其人皆管仲也。不然，海内之膏腴，日形其罄；中原之伏莽，日見其多。兵凶戰危，談何容易！竊恐可以支一時者，積久不能支；可以敵一國者，寖至不能敵。堯舜三代之遺民，或者竟無噍類矣。此夫子所以仁管仲也。

九合之説不一，詳見《穀梁·莊二十七年》疏。余并兩會鄄爲一，兩會幽爲一，其數適九，或較簡捷也。曲園自記。

曾文正公辦天津教案，旣蕆事，每與人書，必云『内疚神明，外慙清議』，與余書亦云然。夫辦事必如彼者，公之爲一時計也；語人必如此者，公之爲萬世計也。烏呼！此所以爲文正公歟！此文後比，隱用其意。曲園又記。

子曰攻乎異端斯害也已辛卯江西題

不攻異端，異端不爲害矣。夫攻者，攻擊之也。孰知攻擊異端，適以成異端之害乎？子故正告之。昔倉史製『攻』字，從攴工聲，而聲亦兼義。工師攴擊，此攻金、攻木之説也。於是凡有所擊，皆謂之攻。吾黨譔述《論語》，攻字屢見：曰『攻其惡無攻人之惡』，曰『小子鳴鼓而攻之』，皆主攻擊之義。攻乎異端，何獨不然！竊因攻字之本義，推闡聖人之微言。若曰『不爲已甚』，吾之本懷也；『有教無類』，吾之大願也。世之斷斷與異端辨者，吾惑焉。古者道一風同，並赴蕩平之路，會其有極，歸其有極，雖有奇材間出，不過以日用飲食儕伍羣黎。後世支分派別，各營門户之私。彼一是非，此一是非，雖以天子考文，不能與律度量衡概歸一律，於是乎有異端焉。外而觀之當世，國異政，家殊俗，各奮其材力聰明，而徑途判焉。陰陽家一流，名法家一流，縱横家一流，悉數難終，或且區之而爲九。内而稽之吾徒，性相近，習相遠，並列於門牆几席，而趨向歧焉。有顓孫氏之儒，有漆雕氏之儒，有仲良氏之儒，其餘不數，亦已判之而爲三。朝廷大度包容，方且就其宜而各爲政教，道並行而不悖，物並育而不害，萬國衣冠而下拜，不妨各適其天。師儒量材造就，方且因所近而曲予裁成，知者見之謂之知，仁者見之謂之仁，百家騰躍乎環中，適足自形其大。斯固不足爲害也，害則在乎攻之者。偏見之士，各護其私。以我爲正，必以彼爲邪；以我爲直，必以彼爲曲。始而以口舌爭，繼而以筆墨爭。於是異端之人懼其理之不足勝也，侏離之説附會乎儒書，汗漫之游駕言乎天外。甚者謂生人生物，惟我獨先。洪荒未判之前，别有主持之真宰，而天地父母盡失其尊嚴，其理益不可究詰矣。斯亦攻之者所意不及料已。好勝之夫，各營其黨。一君子興，衆君子附之；一小人出，衆小人和之。在朝廷則朝廷亂，在天下則天下亂。於是異端之人懼其力之不足以敵也，假讖緯之文以聳動乎衆聽，施錐刀之惠以收拾乎人心。甚者挾異服異言，乘虚而入。主客相持之際，稍成齟齬之微嫌，而玉帛兵戎兩窮於肆應，其勢益莫可挽回矣。斯又攻之者所力不能爭已。噫！斯害也已。並吾世者，則有墨子，聞其説者，幾以爲神禹氏之遺教。吾意後世必有荒外之人拾其唾餘。其始以布衣蔬食自别於冠帶之倫，其繼以善果福田盡奪我農桑之利，斯亦墨子一端之爲害長也。而吾不攻也。觀其守城之方，或亦爲兵家所取，至《經説》上下，則姑存其旁行文字，以付諸若明若昧之中而已矣。與我游者，則有老子，見其人者，幾以爲陶唐氏之舊臣。吾意後世必有方外之士師其故智。愿者以吐納爲導引，修性命於山林，黠者以符籙逞神奇，弄威權於宫禁，斯亦老子一端之爲害大也。而吾不攻也。考其議禮之説，或亦於經義有關，至《道德》五千，則姑聽其流播窮荒，以化彼無父無君之衆而已矣。天生祥麟瑞鳳，而虎狼亦褫出乎其間；地産壽木嘉禾，而荆棘亦叢生於其際。竊願世人之於異端視此。泰山之大，豈必與土壤爭高；江海之深，豈必與細流爭潤。竊願吾黨之於異端視此。彼有所言，而我付諸不聞；彼有所爲，而我付諸不見。竭么麽之伎倆，立見其窮矣。不與角力，彼何所用其力；不與鬬智，彼何所施其智。游清淨之乾坤，久而自化矣。敬以告攻之者。

何氏《集解》於此章云：『攻，治也。』而『攻其惡無攻人之惡』邢疏亦云：『攻，治也。』然則『攻乎異端』與『攻人之惡』，兩『攻』字固同義。曲園自記。

『子張學干祿』一章 辛卯浙江題

賢者學《詩》而及干祿，聖人示以成周取士之制也。夫干祿之義，見於周《雅》。子張學《詩》而及之，非問之也。至以言行取士，則成周之舊制，故爲學干祿者告之。且吾讀《旱麓》之詩，有曰『干祿豈弟』，讀《假樂》之詩，又曰『干祿百福』。是知干祿者，頌禱之美談，流傳之古語。學者諷誦其詩，因而講求其義，未始非爲學之道。然而先王懸祿以待天下士，則總不外乎言行之樞機。舍是而求焉，非所以來百福而成豈弟也。昔子張問行，夫子告以言忠信、行篤敬，意子張必能致謹於言行者，乃日者以學干祿聞。夫『白圭』一章，有爲之三復者矣。吾謂：南容復白圭，保身之旨也；子張學干祿，用世之思也。《抑》、《雄雉》兩言，有誦之終身者矣。吾謂：子路誦『不忮不求』，以無求者守道也；子張學干祿，以有求者行道也。夫子曰：祿者，先王所以待士也。夫先王所求於天下士者，無他也，言行而已矣。先王所求於天下士之言行者，無他也，寡尤而已矣，寡悔而已矣。則且進天下士而誨之曰：爾毋陋。內史外史，備五帝之遺書；形方職方，羅四方之名物。見之多也如是，聞之多也如是。則又進天下士而戒之曰：爾無鑿。八《索》九《丘》，遠而無徵者勿讀；八儒三墨，歧而易惑者勿從。疑者闕之如是，殆者闕之如是。則又進天下士而勉之曰：爾毋縱。父言慈，子言孝，無馳騁之詞華；道弗徑，舟弗游，有森嚴之矩矱。慎言其餘如是，慎行其餘如是。如是而言寡尤矣，如是而行寡悔矣，祿在其中矣。後世理學之儒，怠於博覽，讀書稽古，亦以玩物喪志爲虞。自摽一宗旨，而六藝不能貫通；

獨守一先生，而百家不能囊括。其甚者，抱未闢之鴻濛，謂道之大原端由無極；捐有形之象數，謂心之本體卽是真師。是未知見之宜多也，是未知聞之宜多也，非古者干禄之道也。先王養人材以爲天下用，斷不以明心見性開異學清靜寂滅之端，後世賢豪之士務爲宏通，俯察仰觀，每以致遠鉤深爲事。先聖之書，以爲平易而不足讀；先民之矩，以爲淺近而不足遵。其極也，恣荒唐之説，而文章之禍更烈於兵刑；習通脱之風，而衣冠之族遂淪於鱗介。是未知疑與殆之宜闕也，是未知言與行之宜慎也，非古者干禄之方也。先王建中和以爲天下先，斷不以弔詭矜奇敗本朝正直蕩平之路。《周書·官人》之篇曰：『復徵其言，以觀其精；曲省其行，以觀其備。』可知言行兩端乃周初官人之資格，卽周初干禄之科條。後王本此意以立成均之法，而干禄之途嚴；後儒用此説以箋《大雅》之詩，而干禄之義備。子張誠有志於學干禄乎！所以來百福而成豈弟者，無不在其中矣。

旅酬下爲上辛卯浙江題

旅酬之禮，有二説焉。夫旅酬使下者爲上，此一説也；以下者爲上，又一説也。是可具説之。且自經師有長言、短言之别，而音隨義轉之字益以多矣。卽如一『爲』字也，長言之，則『乾爲天』之『爲』，短言之，則『臣爲上爲下』之『爲』。蓋重輕之讀異，而虛實之義分，竊嘗本此以説旅酬之下爲上。旅者何？衆也。酬者何？勸酒也。凡飲酒，主人飲賓曰獻，賓飲主人曰酢，主人又飲賓曰酬。然酬也，非旅酬也。宗廟之禮亦然，至祭畢之時，使一人舉觶之後，乃始行旅酬之禮。自古相傳，有旅酬下爲上之說，而其說則有二，蓋即『爲』字長言之、短言之爾。短言之奈何？則使下者爲上也，卑之也。考《特牲》之篇，主人既獻長兄弟、衆兄弟，衆賓弟子則於西階，兄弟弟子則於東階，各舉觶於其長。蓋既使得襄夫盛典，即使得效其微忱，則是下者之各爲上也。先王若曰：爾弟子奉盤奉水，本有服勞奉養之常。今日奔走廟中，乃缺然無以自伸其情誼乎！洗爵而興，亦如歲時上壽之儀，而於弟子之心乃盡。異日萬鍾之奉，五鼎之陳，當不徒區區博長者歡也。此旅酬之禮使下者爲上也，就『爲』字而短言之也。長言之奈何？則以下者爲上也，尊之也。考《鄉飲》之禮，主人實觶酬賓，必先自卒觶，則弟子舉觶於長，亦必先自飲。蓋雖廁階除之末，而得霑斝瀝之先，則似下者而反爲上矣。先王若曰：爾弟子佩觿佩韘，本在隅坐隨行之列。今日恪恭祀事，曷嶄然稍見其頭角乎！引觴自酌，亦如飲食先嘗之例，而於弟子之分何嫌。異日子可克家，孫能繩祖，安知不赫赫迪前人光也。此旅酬之禮以下者爲上也，就『爲』字而長言之也。考《春秋》之義，名不若字，字不若子，而鄉射之禮，司正相旅，作受酬者曰：某酬某子。稱酬者之字，而稱受酬者爲某子，是受酬者尊而酬者卑矣。此二說也，自以前說爲允。然如後說，則於逮賤之義尤有合焉，亦未始不可以備一說也。

鄭注但云：『賓弟子、兄弟之子各舉觶於其長。』此即朱注所本。但朱注又增益『而衆相酬』四字，則因《鄉飲酒義》『終於沃洗』之文，而誤『終於沃洗』自『兼無算爵』言，非謂『旅酬』也。賈公彥《鄉飲篇》疏已糾正矣。至孔穎達此疏，則先引經文『旅酬下爲上，所以逮賤也』，而釋之曰：『卑下者先飲，是下者爲上，賤人在先，是恩意先及於賤者，故云「所以逮賤」。』然後再依鄭注而釋之。其『卑下先飲，下者爲上』之義，實非鄭注所有，或自唐以前相傳之古說乎？余以鄭義爲一說，孔疏所云又自爲一説，未識闈中諸君有見及者否。曲園自記。

序者射也 辛卯浙江題

以射詁序，古音也。夫序之爲射，與庠之爲養、校之爲教稍隔矣，而不知古音同也。非通古音者，孰知序之爲射乎？嘗讀《周禮》，至『射人』之職而有疑焉。夫以射人名官，宜乎專主射事，而乃以掌三公、孤、卿大夫之位爲先。説者謂，位卽射位，殆非然也。蓋古人官聯之相繫，卽古書字義之相通。射之爲言序也，故立射人之官，先使序諸臣之位，然則序之爲序，其義亦從可識矣。庠者養也，校者教也，請進而言序。《書》有序，《詩》有序，内外史之體裁也，而茲非必襲其名。東有序，西有序，左右个之制度也，而茲非必同其義。意者序之爲言舒乎？教士以寬柔爲主，宜乎有取於舒徐。意者序之爲言抒乎？取士以通達爲期，或者無嫌於抒泄。乃稽之古訓，則曰序者射也，此何謂也？夫庠從羊聲，養亦羊聲，其聲本屬相同。庠之爲養，猶翔之爲祥、漾之爲瀁也，而序之爲射何居？抑校從交聲，教從爻聲，其聲亦非相隔。校之爲教，猶駮之爲駁、較之爲較也，而序之爲射何説？不知古音有異乎今讀，如慶之必讀爲羌，下之必讀爲户，在當時固耳熟而能詳。且轉音實本乎雙聲，如戎之轉而爲汝，調之轉而爲同，至後世猶推尋而可得。試以序而言。序通作敘矣，而《禹貢》『三苗丕敘』與『三危既宅』爲韻，序與射，猶敘與宅也；又通作緒矣，而《魯頌》『太王之緒』與『于牧之野』爲韻，序與射，猶緒與野也。此聲同之一證也。且以射而論。《詩》不云『叔善射忌，又良御忌』乎？射與御協，故射與序亦協也；

《禮》不云『以燕以射，則燕則譽』乎？射與譽諧，故射與序亦諧也。此聲同之又一證也。嘗讀《崧高》而有悟矣，『于邑于謝』，或作『于邑于序』，夫序與從射聲之謝相通也，則序與射何不可相通乎？又嘗讀《爾雅》而有會矣，《爾雅》『無室曰榭』，《儀禮》則云『豫鈎楹内』，夫從予聲之豫與從射聲之榭相假也，則射與從予聲之序何不可相假乎？孔門之序點，或爲徐點矣，序亦有異文之錯出，而古讀皆同。《春秋》之射姑，或爲夜姑矣，射非無別體之可參，而古音不別。今請推而言之。古伶倫之定律，有無射焉，則讀如亦矣；今秦國之命官，有僕射焉，則讀如夜矣。音隨義轉，本變動而不居。又請旁而證之。《豳風》以『七月在野，八月在宇』爲韻，宇與序類也，野與射類也；《小雅》以『四月維夏，六月徂暑』爲韻，暑與序同也，夏與射同也。觸類旁通，更隨取而即是。雖然，吾於射之爲義，猶有疑焉。弧矢之制，固先王所以示威，然未聞誦《詩》讀《書》之士而責以挽強命中之能。禮射之容，固古人所以觀德，而士有百行，必責其全，豈教以六藝止取其一？則或讀如『仰者射』之『射』乎？『仰者射』之『射』，其義爲繹，春夏禮樂，秋冬《詩》、《書》，要使有尋繹無窮之妙。則或讀如『璋邸射』之『射』乎？『璋邸射』之『射』，其義爲剡，千人爲英，萬人爲傑，皆使成剡然上出之材。且絃誦之區，學者之所止舍也，則訓射爲舍，《禮》有明文，或亦可以互證。抑《詩》、《書》之味，儒者所宜厭飫也，則訓射爲厭，《雅》有定詁，當亦可以旁參。夫序之舊制有可考，略如成周宣榭之規；而射之本義不必拘，非同後世曲臺之制。序者射也，以意説之如此，然而未敢質言矣。

『是故君子必慎其獨也』至『其嚴乎』 癸巳順天題

有所鑒而加慎，惟其嚴也。夫獨之宜慎，鑒於小人，而其故更可知矣。不然者，如十目何？如十手何？盍思曾子之言？今將謂幾微之慎，必借鑒於他途乎，則臨質之嚴，轉不存於爾室矣。顧境以對勘而明，《易》著震鄰之懼；機以相乘而迫，《詩》垂屋漏之箴。勿曰與我無關也，隱微予警已；勿曰與人未接也，天曰我臨已。如揜其不善而著其善，小人之嚴憚君子如是。君子曰：吾惜其嚴憚之心，用之不早也。人情好逸而惡勞哉，揜之勞，著之勞，不如慎之似勞而實逸也。人言暗室，我曰明廷。與其修容飾貌，爲無益之周章，不如杜漸防微，作無形之檢束，是故暗室焉，而不啻明廷也。人情避難而就易哉，揜之難，著之難，不如慎之似難而實易也。人謂寢興，我云賓祭。與其百密一疏，作隨人之擾擾，不如百年一日，存在我之惺惺，是故寢興焉，而如臨賓祭也。獨之必慎焉，其故何也？誠畏其嚴也。一室而嘯歌乎，一堂而宴樂乎，疇不曰不我覯也哉？未幾而鼓鐘聞外，於巷於衢也。昔閟藏於奧窔，今流播於垣墻，奈何安坐而旁或睨之，徐行而後或跡之，於此乎，於彼乎，吾防閑之力窮矣。聚處者妻孥歟，追隨者子弟歟，疇不曰莫余毒也哉？未幾而事變叢生，於觴於豆也。始談笑於嬉室，終倉皇於瞰室，奈何咫尺而萬類環之，瞬息而百靈鑒之，吾師乎，吾師乎，其垂戒之意深矣。蓋嘗聞之曾子矣，十目所視，十手所指，其嚴乎。青史之昭垂，無憑之袞鉞也；丹書之森列，有限之科條也。最不可堪者，有目視我，有手指我耳。一爲所視，較唾面而更羞；一爲所指，比剝膚而尤痛。我衾耶，我影耶，衾影内之情形，我史我監也。有形之目與手在，衆者猶可逃；無形之目與手在，獨者不可遁。俯仰非不從容，稍不慎而仰焉愧、俯焉怍也，何持吾之太急乎？師友之糾繩，拒之以不受也；鬼神之鑒察，諉之以不知也。最無如何者，此視我之十目，此指我之十手耳。目而有十，前與後受困無窮；手而有十，左與右側身無所。爾嚬耶，爾笑耶，嚬笑中之罪狀，爾劓爾黥也。衆之中有十，十之數猶可稽；獨之中有十，十之數無可核。天地豈真偪仄，偶不慎而天爲跼、地爲蹐也，豈於我而稍寬乎？其嚴如此，觀曾子之言，益知獨之不可不慎矣。

此等題，無可矜才使氣矣，勉爲此文，意在趨步時賢，恐仍非官錦行中花樣耳。曲園自記。

『子曰巍巍乎舜禹之有天下也』兩章 癸巳江南題

不有其有而有寓於無，可以觀帝王矣。夫不與焉者，舜禹之不有其天下也。若則天之堯，於無能名之中而見其有，又見其無有，不更極其大哉？嘗於《易》而得『大有』之卦焉，惟其有也，所以大乎！顧人知有之爲大，而不知不有其有之爲大；人知不有其有之爲大，而不知不有其有而即無即有之更爲大，是可以論古帝王焉。今夫雲雷之事業，即宵旰之精神也；日月之光華，皆廟堂之制作也。有天下者，孰不曰吾有成功，吾有文章？然而泥矣。巍巍乎！其惟舜乎！二十功之建立，悉歸元愷之儔；十二章之昭垂，不耀山龍之色。其有天下也，自循其被袗鼓琴之素焉。巍巍乎！其惟禹乎！功莫隆於兩大平成，而猶若有未安之昏墊；文莫盛於兩階干羽，而猶若有未格之苗頑。其有天下也，自率其胼手胝足之常焉。所謂有天下而不與焉，然而未足以配天也，則猶未足以言大也。請進舜禹而觀之。堯請不侈言其有天下，而實驗其爲君。大哉！堯之爲堯，猶天之爲天也。天無言，而自主行生之運；堯無爲，而自成於變之休。乃知崇效卑法，猶煩擬議之勞。巍巍乎！堯卽天，天卽堯，實脗合而以之爲則。大哉！民不知有堯，猶不知有天也。天之於民，不聞有噢咻之及；堯之於民，不見有施濟之加。乃知頌德歌功，猶屬鋪張之迹。蕩蕩乎！民忘天，亦忘堯，竟渾淪而莫之能名。於是乎不得不觀其成功矣。岳牧之所不能助，共驩之所不能傷，雖帝典所書，自羲和之外無命，而卽此閏月定時一事，已爲後王千萬世不易之章程。則且虛而擬之曰：『巍巍乎！其有成功也。』然而成功竟安在乎？又不得不觀其文章矣。上古之草昧自此終，後世之聲明自此始，雖《書》缺有間，并《大章》之樂無傳，而卽此『曰若稽古』一言，已費小儒千萬語無窮之訓詁。則請實而指之曰：煥乎其有文章！噫，成功不可見，而見之於文章，則其有也，卽其無也。吾故曰：人知有之爲大，而不知不有其有之爲大，舜禹是也。人知不有其有之爲大，而不知不有其大而卽無卽有之尤爲大。其惟堯之爲君乎！

只是一篇行機文字，在場中，當自有典麗裔皇之作，此則小考卷而已。蓋欲每句還清實義，不能作籠統門面語也。曲園自記。

『成功』句有『也』字，『文章』句無『也』字，此義自來無人見及，竊爲拈出。蓋成功亦不可見，但見煥乎其有文章耳，上句用『也』字一宕，并成功亦化爲烟雲矣。曲園又記。

孝弟也者其爲仁之本與癸巳河南題

仁本乎孝弟，可悟相人偶之古訓矣。夫相人偶者，人與人相交接也，人與人交接之道，必自孝弟始，有子以是爲仁之本，不可悟仁之古訓乎？昔倉史制字，從人從二，命之曰仁，仁從二人，則仁非一人之事，而人與人相人偶之事也。人有親疏，宜由親而及疏；人有遠近，宜自近而及遠。故自己而及人，自人而及人，人必自至親至近之一二人始。吾因君子之務本，而竊以所謂孝弟者推而至於仁也。夫仁之不明久矣。後儒高語虛無，從人生而靜之初尋求本體，仁中無孝，仁中無弟，太極本無極，炯然虛靈不昧之真；吾儒討論實際，於相感遂通之始切究本原，卽孝卽仁，卽弟卽仁，天理本人情，大哉物我同春之量。仁也者，人與人相人偶也。夫人與人相人偶，必自孝弟始矣。則試驗之一身：童穉之無知，自率嬉游之素，必使之入則孝、出則弟，而後官骸手足有溫文爾雅之風。則試驗之一家：勃谿之時作，將開乖離之端，必與之子言孝、弟言弟，而後兄弟妻孥有保合太和之象。而一國可知矣：朝懸一令，暮讀一書，將謂庶民丕變乎？不然也。庠序學校之制皆屬具文，必申以孝之義，必申以弟之義，而後十室之邑皆存忠信，一闤之市不競錐刀。極之，耕者讓畔，行者讓路，處蜩螗沸羹之世，而亳岐片壤常留未没之黄農。而天下可知矣：東南一尉，西北一候，遂謂舉世平康乎？不然也。家國天下之推原無殊致，必使人人孝而親其親，人人弟而長其長，而後椎埋之俗亦變絃歌，鑿倮之鄉亦知拜跪。極之，貉與獸言，夷與鳥言，化魍魎魑魅之頑，而瀛海九州盡屬有情之宇宙。孝弟也者，其爲仁之本與！有王者應運，必世而後仁，仁不遽言也。降明詔而下有司，歲舉孝子若而人，歲舉弟弟若而人，以是握化及萬邦之要。我夫子設教，所罕言者仁，仁果何物哉？入門庭而衡士品，一則曰宗族稱孝焉，再則曰鄉黨稱弟焉，以是端士有百行之原。嗟乎，隱桓以降，事變日繁矣。沿文勝之弊，專尚詞華；承霸顯之遺，務崇功利。示之以孝弟，則本原所在，元氣自存，三代郅治之隆，庶幾去人未遠。春秋以後，遷流難測矣。譯異域之言，侏㒧莫辨；竊疇人之學，機變無窮。示之以孝弟，則根本既深，枝葉亦茂，一切不根之説，何從乘間而來？有子之意如此，親親長長而天下平，固萬世之本務也。

此章『仁』字對上節『犯上作亂』言，不必深説。孔子曰：『如有王者，必世而後仁。』卽此『仁』字。孟子言，人人親其親、長其長而天下平，正有子之意。後人看『仁』字太深，轉疑有子之言爲支離，此皆宋後儒者持論過高之弊也。曲園自記。

『吾猶及史之闕文也』二句 癸巳福建題

追述所見，知能皆實也。夫史闕文，不以不知爲知也；馬借乘，不以不能爲能也。夫子猶及見之，能不追念及之？且夫婦之愚，可以與知者，而聖人有不知焉，則不知何病？夫婦之不肖，可以與能者，而聖人有不能焉，則不能何病？古之人不強不知以爲知，是謂真知；不強不能以爲能，是爲真能。竊追溯生平而得一二事焉。其不強不知以爲知者，史闕文是也。先王萃千二百國之寶書，七歲諭言語，九歲諭書名，稽之故府，宜無不備之典章。明明有文，闕將焉在？然而趙或誤爲肖，齊或誤爲立，偏旁之缺略已多；人持十爲斗，馬頭人爲長，俗體之變更彌甚。則存其本有之文而付之闕如之例，蓋古人不強不知以爲知，類如是也。且夫人不強不知以爲知，豈惟是闕疑云爾哉？夫固有所不必知也。上古荒唐難詰，而攝提、合雒、連通、敘命諸紀，吾不必讀其書；遐荒遼闊無徵，而平林、質沙、義渠、曲集諸邦，吾不必考其地。溯文字之初，最先者右行，稍後者左行，吾但守象形、指事之常，而佉盧之文章付之以不習。講聲音之道，長於音者從聞入，長於文者從見入，吾但明疊韻、雙聲之理，而字母之紐弄謝之以不知。恣睢之主，創造神奇，地則變爲埊，臣則變爲思，吾不必附會而謂於古書合；博古之士，講求金石，周姜敦之冏，毛伯敦之邠，吾不必援據而謂於小學有功。由是而有典有則，朝無自作之聰明；不識不知，野有相安之耕鑿。膠庠之內，無嚮壁虛造之人；搢紳之門，無載酒問奇之客。則史闕文之爲功大也。吾猶及見者，此其一也。其不強不能以爲能者，有馬者借人乘之是也。先生總十有二士之物產，其畜宜六擾，其畜宜四擾，掌於有司，應無不詳之品物。區區一馬，乘又何難？然而七尺則爲騋，八尺則爲龍，既秉賦之各異；肅霜進於唐，小駟入於鄭，更遷地而勿良。則假借他人之力而俾施乘習之功，蓋古人不強不能以爲能，類如是也。且夫人不強不能以爲能，豈惟是持重云爾哉？夫固有所不必能也。貉之爲豸種，羌之爲羊種，吾不必強同之於冠帶之倫；貉能與獸言，夷能與鳥言，吾不必盡列之於苑囿之內。上古之世，有駕龍以爲御者，吾但修七騶之法而不必效其神；遠方之國，有驅象以臨戎者，吾但演八陣之圖而不必師其智。渥洼之駒，從天池而出，吾不曰此奇物也，而頓改我從前馳道之常；奇肱之軫，從天外而來，吾不曰此神器也，而一新我此後考工之制。由是逐水曲而舞交衢，自中馳驅之範；騁邱墟而涉豐草，不貽銜橛之憂。吉行五十，師行三十，而廐不畜驊騮騄駬之良；戎馬一物，田馬一物，而史不書師子狻猊之貢。則有馬而借人乘者之用意深也。吾猶及見者，又其一也。

不曰『與人乘之』，而曰『借人乘之』，則包注視朱注爲長，邢疏以爲舉喻，不合語氣，則皇疏視邢疏爲勝。此文詮題似乎得旨，但文則興到妄言，殊非正軌。曲園自記。

『孔子曰見善如不及』一章 癸巳浙江題

卽古語以驗今人，聖心有見不見之感焉。夫好善惡惡，其律己嚴矣，而求志達道，更有進也。此所以有見有不見乎？且鄉原不可與，而狂狷尚焉。人所不能赴，而我必赴之，狂者之志乎？人有不必絶，而我必絶之，狷者之操乎？波靡世俗之中，得此一二人以爲磨世勵鈍之資，亦未始非世道人心之一助。然而高則高矣，未極其大，介者介矣，未觀其通，則論人者猶未滿志焉，而聖意深矣。孔子曰：士習日卑，而吾人始以氣節見。其至性所存，覺宇宙間別有懷抱，而千秋節義，足增青史之光。大儒一出，而天下皆以公輔期。其遠謨所蘊，覺韋布中自有皋夔，而一室嘯歌，早裕黄農之業。古語有之：見善如不及，好善之真也；見不善如探湯，惡惡之至也。吾以所聞證所見，而喜其相符也。古語有之：隱居以求其志，息之者深也；行義以達其道，措之者遠也。吾卽所聞求所見，而歎其未得也。三代下無全材，刻以相繩，夫豈平心之論？五百年有名世，懸以相待，豈非屬望之情？風塵溷濁之中，有一士焉，其志潔而行芳，非俗流所能望也。一行之可取，則折節下之，爲歌詩以傳之；一冠之不正，則割席避之，戒子弟以遠之。有時正色立朝，則正士望而彈冠，宵人見而側目。卽使終身伏處，而受其陶鑄，門羅將相之材；畏其聞知，里絶豆觴之訟。倘所謂白玉慚貞、朱絲讓直者，非其人耶？而何幸今所見者，猶昔所聞也。自夷、齊抗首陽之節，而頑廉懦立，長爲百世之師。縱世運日卽淩夷，而乾坤之清氣猶存，則世俗之緇塵難浼。先生之風，山高而水長乎！予欣然慕之。風雨晦明之際，有一人焉，其尸居而龍見，非下士所能窺也。彈琴詠風，樂先王之道，始而若將終身矣；垂紳正笏，錯泰山之安，繼而若所固有矣。當其草廬抱膝，而閉户不獻太平之策，藏篋不留封禪之書。及至際遇休明，而施霖雨於蒼生，天下想望其風采；被冠裳於異域，遠人敬問其起居。所謂才爲王佐、學爲帝師者，非其人耶？而何意有所聞者，竟無所見也。自管、晏策齊國之勳，而急功近名，遂成一時之俗。卽吾徒私相講習，而室内有長留之絲竹，世間無暫假之斧柯。三代之英，有志而未逮也！予感慨係之。

上一節行芳志潔，激濁揚清，東漢之士也，朱注以顔、曾、閔、冉當之，氣象似未盡合。下一節伯仲、伊吕，皇疏以夷、齊當之，更非矣。竊謂夷、齊是上節人，顔、曾輩是下節半箇人，以此詮題，未知是否。曲園自記。

子曰必也正名乎 癸巳四川題

聖人正名之説，不專爲衛發也。夫正名者，一則正物名，一則正書名也，豈區區爲衛發哉？昔孔子至衛，而衛有人倫之變，祖孫父子，攘臂而爭。説者謂夫子必有以正之。不知聖人之處家國，非如後人之議大禮也。且使聖人之意如此，則聞其説者，將慮其太切於事情矣，轉病其不切於時務乎？嗟乎，古義不明，聖言遂晦。竊因古義，敬闡聖言。夫子曰：衛君果待我爲政，吾將奚先哉？必也正名乎！是其義有二。一則正物名也。自黄帝審定百物，於是取之『離』以爲網罟，取之『益』以爲耒耜，取之『涣』以爲舟楫，取之『睽』以爲弧矢，取之『小過』以爲臼杵，取之『大壯』以爲棟宇。一任後人之創造，而皆有可以指目之端，名之正也久矣。乃弁一而已，夏則以收焉，殷則以冔焉；爵一而已，夏則以琖也，殷則以斝焉。既因一王之制度而肇錫以嘉名。鍑一而已，楚謂之錡焉，吴謂之鬲焉；甖一而已，周謂之甗焉，秦謂之甑焉。復因方俗之語言而變更其舊號。傳之後人，不且紛紜而難詰乎？其小焉者，蘇與菽莫辨，栮與榿不知，流播詞章，笑學士見聞之陋；其大焉者，麃與麟相同，鶡與鳳相類，薦陳朝右，貽國家典禮之羞。異日者，安知無以鹿爲馬、以素爲青，眩亂時人之耳目而播弄其大權者乎？我觀周公之爲《爾雅》也，釋草、木各一篇，釋鳥、獸各一篇。雖珍奇之犀象，概就驅除；而瑣屑之蟲魚，猶煩箋注。物名顧不重乎？必也正之！吾庶幾無慨於觚不觚乎！一則正書名也。自倉史始制六書，於是『上』、『下』之類爲指事，『日』、『月』之類爲象形，『江』、『河』之類爲諧聲，『武』、『信』之類爲會意，『考』、『老』之類爲轉注，『令』、『長』之類爲假借。一任後世之變通，而總無可以混淆之處，名之正也久矣。乃覺、學之從與也，泰、恭之從小也，匱、匠之從走也，巢、藻之從果也，既因簡策流傳而沿訛其點畫；百念之爲憂也，不用之爲罷也，追來之爲歸也，更生之爲蘇也，又因嚮壁虚造而別創其形聲。著爲新説，不且儻怳而難憑乎？其一望而可決者，齊之誤爲立，趙之誤爲肖，不過費儒臣讐校之勞；其聚訟而不休者，霸之通爲魄，荷之通爲河，乃寖開經學異同之論。異日者，安知無以魚爲魯、以帝爲虎，私改内府之圖書以自成其私説者乎？我觀《周禮》之撫邦國也，七歲而屬象胥諭言語，九歲而屬瞽史諭書名。雖官府之科條，務崇寬大；而文章之體例，不厭謹嚴。書名顧可忽乎？必也正之！吾庶幾無慕於史闕文乎！

聖人所過者化，必不如宋之議濮園、明之爭大禮也，以祖禰爲言失之。此題宜從古注。如古注，故子路見爲迂；若如今注，子路宜病其太切矣。古注有馬、鄭二説，皆可從也。曲園自記。

『子曰齊一變』四章癸巳廣西題

變有可不可，折衷於君子也。夫齊魯宜變者也，然變而不觚，則又不可。兩舉君子，意深哉！且春秋之天下，一將變之天下也，雖聖人於此，亦有不能不變之勢。然仰惟國勢，俯察物宜，變不變，實有未易言者，則亦以君子爲歸而已。君子者，守其常者也。然而有不可不變者，齊魯是也。齊不變無以至魯，魯不變無以至道，聖人深望其變也。然而有不可變者，觚是也。不變則成其爲觚，變則不成其爲觚，聖人深慨其變也。當變者如彼，不當變者又如此。君子曰：吾於當變之時有不變之道在。則有如井有人焉而從之乎？事之至變者也。君子可逝不可陷，可欺不可罔，事所不可從，勿以徇世俗張皇之論。若夫畔之云者，變之尤甚者也。君子博我者有文，約我者有禮，理所不可畔，勿以奪平生篤信之心。綜而言之，有萬世之計，有一時之計。國勢值中衰之日，不有轉移之術，無以振起其規模。觚焉者，固可使先正之典型不墜；不觚焉者，亦可使斯民之耳目一新。爲一時計，吾黨原無執一不通之論。人情當叵測之時，不有持重之心，或至自投於罟擭。文焉者，六經具在，日星河嶽之昭垂；禮焉者，五典咸遵，規矩準繩之森列。爲萬世計，儒者自有守先待後之常。變耶？不變耶？請問之君子。

四章不倫不類，題之至無情者也。燈下走筆，姑以意馭之，未必得命題之意耳。曲園自記。

賦得『班都護遣掾甘英臨西海』得『班』字，五言八韻。癸巳廣西題。

其一

見説甘英掾，曾隨定遠班。東都符節使，西海指麾間。近自蒲昌發，遙從栗弋還。問途通佛國，回首渺陽關。冒暑經沙度，衝寒到雪山。漢官前校尉，夷俗故阿蠻。投筆心初慰，乘槎事等閑。至今披范史，勳業尚斒斕。

其二

西海無人識，中天到亦艱。未曾留禹跡，可見比苗頑。遙溯成周盛，同遵正朔頒。北征襄獫允，南伐定荆蠻。獨至流沙境，稀聞唱凱還。出車勞召虎，款塞少侯狦。蒲類何方水，昆崙絶域山。不圖千載下，有此虎頭班。

其三

一自甘菟後，繩行許共攀。輿圖來詭誕，賈舶去回環。未見朝中使，能游化外山。經惟玄奘取，詔只鄭和頒。南海陶珠返，西天法顯還。流傳興景教，煽惑起神姦。像易休屠毁，書難利瑪删。不知諸將帥，誰是漢廷班。

其四

聖世能柔遠，共球聚百蠻。北宸瞻帝闕，西海亦人寰。疊見頒金節，時聞貢玉環。傳書馳列缺，獻技幻黎軒。方物時充牣，輶軒歲往還。衣裝紛錦毲，市集盛華鬘。東汜飛來艓，南荒獻到鸞。謳歌羅四極，豈羨漢梁班。

西戎卽敘載於《禹貢》，然云西被於流沙，是禹跡未嘗至西海也。《小雅·出車》篇「薄伐西戎」，而下云「玁允于襄」、「玁允于夷」，不及西戎，可知西戎迄未大定。故《周官》有四翟之隸，而西戎不與也。説詳《茶香室經説》。第二首卽本此意。曲園自記。

甘英，《續漢書》作「甘菟」，見《後漢書》注。「菟」字有平有側，此是名人，似當讀平聲。曲園又記。

主忠信乙未會試題

得主有常，本務也，夫忠也信也，萬事之本也。古之君子，以是爲主，知本哉！今以天人之對待也，天勝乎？人勝乎？曰天勝，彼人事之日出以嘗我者，雖紛紜萬變而不可終窮。而天之所與我，則自有其肫然者，而非習俗所能漓也；又自有其確然者，而非權利所能奪也。執天以御人，任人事之紛紜萬變，而我終寬然其有餘，其道無他也，一曰忠，一曰信。嗟夫，今天下亦多故矣。自大樸之不完，而運會所趨，非復商慤民敦之舊。骨肉之間，私分門户；豆觴之地，潛伏矛戈。就域内而觀，已非皇古之鹿聚麕居所能擬。自異端之蠭起，而遷流所極，竟有日新月異之形。株離之樂，别有文章；氅惈之雄，自成風俗。就化外而論，更非中原之乾文坤典所能齊。然則奈何曰有主在？所主維何？亦曰忠信而已矣。主與客，常相對也，分庭而立，實有與接爲搆之緣。然有客而無主，則客將競起而爭長。今夫天下之説之不一也，名法之家以刻深爲事，道德之士以清靜爲宗，而不知此皆客也，非主也。有忠信以爲主，則百家騰躍，不能出我之範圍，而周旋折旋，莫不敬奉此神明之規矩。忠信所以爲大道干城也。主與輔，每相成也，出門而交，實有相需甚殷之勢。然有輔而無主，則輔亦退處於無權。今夫天下之理之無盡也。喜於著作者，謂禮樂不可以不興；急於功名者，謂法度不可以不變。而不知此皆輔也，非主也。有忠信以爲主，則一氣渾淪，自能化彼之畛域，卽爲貪爲詐，亦或助成吾雷雨之經綸。忠信所以爲萬事綱領也。然則何謂忠？曰無所苟而已矣。天下事，密益求密，精益求精，豈可淺嘗而卽止？乃自躁妄者爲之，則曰能是已足矣，善是已足矣。取辦於一日，而不復計及百年，涉獵所資，徒供華屋高談之助。致飾於外觀，而不復求其内藴，規模粗具，浸成大瓠無用之材。甚者户牖任其飄搖，器用聽其窳弊，未至危急存亡之時勢，已兆潰敗決裂之情形。君子曰：是不忠也。主乎忠者，舉一事必求一事之成，任一人必得一人之用。封疆之吏，察吏安民，不僅鋪張於章奏；郡縣之官，興利除弊，不徒諉諈於簿書。將帥之臣，殺敵致果，不以冒濫爲功；學校之師，敦品勵行，不以速成爲教。斷不使豪髮間尚有未能無憾之端，倉卒補苴，貽笑於天下後世。然則何謂信？無所欺而已矣。天下事，誠之於中，形之於外，豈容致飾以求工？乃自虛憍者爲之，則曰吾且盲爾也，吾且聾爾也。於是太山爲小，豪末爲大，物類之一成而不可易者，抑揚任意，謂斯人之耳目爲可塗。昆吾爲鈍，鉛刀爲銛，日用之至切而不可離者，取舍從心，置異日之成虧而不問。甚且青素可以變其色，馬鹿可以易其形，竟積彌縫粉飾之精神，而成否塞晦盲之宇宙。君子曰：是不信也。主乎信者，進一言不以利己爲心，行一致不以罔民爲事。獄訟之爲曲爲直，是非具在，不周納以深文；戰陣之爲罪爲功，賞罰分明，不稍參以私意。廊廟之足食足兵，本本原原，不以空言蒙君父；家庭之聞詩聞禮，誾誾侃侃，不以戲語誑兒童。斷不使方寸内尚有不可告人之隱，靦顔掩覆，得罪於天地神明。夫子此言，豈獨爲學者言乎？國家萬年有道之長基，此矣。

乙未會試，孫兒陛雲不赴公車，余亦憂時感事，心緒闌珊。會試題至，走筆成此，聊以鼓動意興，於題理了不合也。曲園自記。

春在堂尺牍

春在堂尺牘卷一

與肅毅伯李少荃同年前輩〔一〕

頃閲邸抄，知承恩命，攝篆兩江。朝廷以節鉞付重臣，東南顧而金湯萬里；幕府以詩書爲韜略，上下江之壁壘一新。不特鍾阜烟雲，有資管鑰，抑且珂鄉父老，都拜旌麾，遡聽之餘，墫墫起舞矣。樾僑寓津門，又將三載。今年承崇地山同年延修《天津府志》，而苦無經費，未能設局；不過從故書中鈔撮，終朝伏案，勞而無功。因思金陵爲名勝之區，又得閣下主持其間，未識有一席之地可以位置散材否。近世以浙人而作白下寓公者，惟隨園老人，至今豔稱之。其人品、其學術，均非樾所心折，然其數十年山林之福，實爲文人所罕有。而非尹文端爲制府，則亦安能有此耶？樾之薄福，固不敢希冀隨園；而閣下勛名，則高出文端萬萬矣。企予之私，率爾布陳，伏惟惠詧〔二〕。

【校記】

此第一卷稿本存於華東師範大學圖書館藏《俞曲園手稿四種》中，書衣題『俞曲園墨蹟（尺牘）』，卷端無書名，用作校本。

〔一〕稿本此題爲第一篇。

〔二〕『簪』後，稿本多『再有瀆者』一段，詳見詩文輯錄。

上祁春圃相國〔一〕

自違函丈，十載於茲矣。恭聞東山養望，勛德日隆。姚崇救時，是稱賢相；桓榮稽古，親爲帝師。海内綴學之士，無不依附龍門，冀得一言以自壯。而樾迂拙之才，甘爲時棄，故未嘗奉尺書以干左右。惟己未〔二〕歲曾寄呈詩稾十卷，亦未知得登鈞覽否。嗣後東南淪陷，航海北來，旅食津門，忽又三載，杜門息轍，妄以譔述自娱。所著《羣經平議》三十六卷，觕有成書。其第十四卷專論《考工記》世室、重屋、明堂制度，津門有好事者取以付梓，而獨得之見，終未敢自信。伏念吾師以經術倡導後進，凡治經者舍函丈無所折衷。古之人或一面未謀而負書車下以自獻，況樾幸出大賢之門，得附門下士之末，乃鰓鰓焉懼不當意，而不敢求教於大君子，無乃自棄之尤者歟？謹寄呈一本，倘賜覽觀，有以正之，幸甚幸甚〔三〕。

【校記】

〔一〕稿本此題爲第二篇。

〔二〕己未，稿本原作『戊申』，圈改爲『己未』。

〔三〕稿本此後附祁氏覆書一通，已收入《袖中書》卷一，以非俞氏之作，不再補録。

再上春圃相國〔一〕

樾前寄呈《羣經平議》一卷，惴惴焉懼根柢淺薄，意義麤疏，不足當大君子一盼。乃于二十七日奉到還書，猥以小子之斐然，上博夫子之莞爾，殷殷奬掖〔二〕，情見乎詞，甚媿甚媿！樾此書已算觕成，惟家貧，乏人鈔寫，止有稾本。今年宋雪帆前輩來津，見其一二，頗爲許可，小助刻資。見在已將《儀禮平議》二卷寄京，交舊徒汪儀卿水部校刊，一俟畢工，卽當寄奉。至此外各種，尚在匧中，深恐將來徒飽鼠蠹，頗擬集眾擎之力次第刊行。而時方多故，當路諸公未遑留意于此。且此道闇淡，好之者希，叩寂求音，未必有同聲之應。或將來癡願有成，尚求玄晏一言，爲《三都》增重，想吾師以裁成後進爲心，不嫌妝嫫費賸也。

【校記】

〔一〕稿本此題爲第三篇。

〔二〕掖，稿本作『借』。

與王補帆親家〔一〕

來示有歸里種桑之意，古人稱『千畝桑與萬户侯等』，然則老弟勛名，可以方駕湘鄉矣，一笑。寒家蠶事，惟先祖母最擅其長，家母杭人，已不能嗣音，内人姪從其姑，更可知矣，又何論乎小女輩？承問甚媿。抑兄有一説，蓄之已久，請因閣下種桑之意而發之。夫蠶桑之利，興自西陵，由來久矣。然蠶之作繭，本以自藏，必糜爛之於鼎鑊而繅取其絲，無乃不仁之甚！自唐以來，木棉之利日盛一日，又變木本爲草本，而其種益蕃，衣被天下，駕蠶絲而上之，豈造物者有意以彼易此乎？吾湖蠶事，甲于海内，而兵興以來，受害最酷，菱湖、荻港等處，向稱蠶桑淵藪，而村落化爲丘墟，人民轉于溝壑，幾乎靡有孑遺焉。意者積數百年養蠶之孽而發之一旦乎！不然，吾湖風俗循良，諺云：『湖州人苦腦子。』有何獲罪于天而酷烈至此？是故廣種桑樹，不如多植木棉。天地之間，生命至重，凡蠕蠕者，無非與我竝生之物。兄近來雖食瓜果，中得一蟲，必捉置青草間，明知未必能生，要使吾不見其死也。迂闊如此，老弟以爲何如？

【校記】

〔一〕　稿本此題爲第四篇。

上曾滌生揆帥〔一〕

樾自庚戌歲幸出大賢門下，而不才之木，有負栽培，故廢棄以來，未嘗敢以一箋瀆陳鈞聽。比聞手定東南，勛高中外，民望僕射，有如父兄，天生李晟，原爲社稷，真儒事業，亘古無儔，瞻望龍門，如在天上。頃至金陵，晤李少荃前輩，述知去歲尚蒙齒及，垂問殷殷。乃歎文中子門羅將相，而不肖如樾者，門生之籍，尚未刪除，景仰之餘，良深慚媿。樾自中州罷歸，自惟迂拙，無補于時，閉户穿經，妄事撰述。所著《羣經平議》三十六卷，粗有成書，其第十四卷專論《考工記》世室、重屋、明堂制度，天津有好事者取以付梓。謹寄呈一本，未知羽書旁午之時，尚能流覽及之、俯賜繩墨否。回憶庚科覆試，曾以『花落春仍在』一句仰蒙獎借，期望甚殷。迄今思之，蓬山乍到，風引仍回，洵符『花落』之讖矣。而比年譔述，已及八十卷，雖名山壇坫，萬不敢望，然窮愁筆墨，儻有一字流傳，或亦可言『春在』乎！小子狂簡，不知所裁，恃愛妄言，聊博一笑。

【校記】

〔一〕稿本此題爲第五篇。

與浙撫馬穀山中丞〔一〕

小住武林，得瞻山斗。軍門深邃，因下士而晨開；賓席從容，共高朋而夜集。歸舟循省，爲幸良多。自别以來，想節鉞清嚴，帶裘輕緩，爲朝廷宣德意；人在春臺，與父老起瘡痍。民歌冬日，大賢臨莅之地，卽福星照耀之方。樾因故里無家，不得躬庇宇下〔二〕。梅子真作吳門市卒，遠不如湖上林逋、江東羅隱矣。臨穎神馳，不盡萬一。

【校記】

〔一〕稿本此題爲第六篇。

〔二〕『下』下，稿本原有『耳』字。後并多『悵惘良深。見于月之二十日順抵姑蘇。鷦鷯一枝，聊定自適，惟是回首鄉山，甘棠萬樹，然而』。均圈去。

與蔣薌泉方伯〔一〕

游子歸故鄉，得大君子垂愛拳拳，既叨杯酒之餘歡，又辱兼金之厚賮，感甚亦媿甚。伏惟閣下以文經武緯之才，運海立雲垂之氣。豐功駿烈，固已焜耀中興，而又置驛通賓，築宫禮士，一時物望，爭附龍門。樾以部下書生，去作吳中殘客，登胥臺而南望，所依依不釋者，固不獨湖山之美矣。惟願垂天之雲，隆隆日上，大開廣廈，以庇寒儒，俾樾得于西湖山水窟中受一廛而爲民，與故鄉父老進中和樂職之篇，以詠歌盛德。閣下此時當必爲蓋公而築堂，因穆生而置醴矣。企予望之，故坿及焉。

【校記】

〔一〕稿本此題爲第七篇。

與杭州劉笏堂太守〔一〕

前承招飲，得親言論丰采，雖古循吏，無以遠過，私心所饜飫者，固不徒在尊俎之牒嘉也。臨行又承厚賜，俾將拙著《羣經平議》三十六卷廣集鈔胥寫成定本，以便付刻。而所賜實從借貸而來，令人感歎不已。伏念閣下，實心任事，清德傳家，所示琴莧一圖，允足千古，將來史傳中添一佳話，駕昔人一琴一鶴而上之矣。弟詩不過率直語，未足揄揚。采南聞作長謌，惜未之見，琴西計必有佳搆也。茲因琴西以琉球國紙見贈，輒篆書『琴莧圖』三大字奉寄。筆力疲茶，不足觀也，慙媿慙媿。

【校記】

〔一〕稿本此題爲第八篇。

與補帆〔一〕

游子歸故鄉，適老親翁駐節是邦。適館焉，授餐焉，臨行又饋贐焉。朝廷爲吾浙置一賢大夫，實則造物爲巾山設一賢居停耳，何幸如之！兄雖于望日登舟，然是日仍泊大關，至次日始解維而去。舟行甚遲，私計若繞道亭子村，竟須二十外方可到蘇。雖癡兒不解候門，然老妻望眼穿矣，是以亭子之行迄不果也。今日略有順風，明日或可望到。舟中將致謝諸當事書寫好，寄去，乞爲分送。因亦作一書，布謝老弟，不敢遲滯尊公祖也。歸寓後若別有説，當續寄。

【校記】

〔一〕稿本此題爲第九篇。

與李少荃前輩〔一〕

紫陽一席，辱承訂定，借講席之清閑，養山林之疏嬾，爲幸多矣。因適有旋浙之行，故未及以一箋陳謝。比來玉梅花下，將交三九，閣下以趙衰之冬日，擁羊祜之輕裘，樂可知也。樾自十月下旬買棹武林，住補帆署中旬有五日。適琴西同年主講杭州之紫陽，不期而遇，彼此歡然，一時遂有『兩紫陽』之目。老前輩聞之，得無詫庚榜之闊乎？見在自杭回蘇，舟窗殀色，頗宜筆硯，手書布謝，不盡萬一。

【校記】

〔一〕稿本此題爲第十篇。

與吳和甫前輩〔一〕

辱手書，知輶軒所至，以經術倡導後進。因定海諸生黄以周解《考工記》『世室』與樾説合，遂詢所自來，而得其先德薇香先生《明堂步筵説》一篇，録寄，甚善甚善。樾受而讀之，其據《宇文愷傳》證《記》文是『堂修七』，非『堂修二七』，洵與樾合。惟解『廣四修一』及『三四步四三尺』，似皆不及鄙見之塙。且如其説，夏后氏堂室全基廣如干步，究未明白；説周制，較明白矣。然《記》文明言：『五室，凡室二筵。』乃謂『止説四隅之室』，義亦未安。老前輩以爲何如？此外各種，想必流覽一周，未知都若干卷、卷若干言。定海，海外一島耳，乃有此通經之士，殊不易得，宜老前輩惓惓欲刻其書也。李少翁重刻段《説文》未成〔二〕，不知其能料理及此否。竊謂薇香先生之書，如果卓卓可傳，可否先爲設法，令其子孫寫副本寄存尊處，將來或集貲刊刻，或假活字版排印，似較僻在海外易爲力也。其《論語後案》，聞有印本，能覓寄尤感。

【校記】

〔一〕稿本此題爲第十一篇，題下多小字『存義』。

〔二〕未成，稿本作『亦未成功』。

〔三〕『孫』下，稿本多『先』字。

與李蘭生同年〔一〕

前閲邸抄，知恭膺寵命，筦〔二〕領樞廷。以公才公望之隆，任斯謀斯猷之寄，桓榮稽古，原是帝師；陸贄在朝，斯稱内相，儒臣勛業，自此遠矣。甲辰同年，内有閣下，外有少荃前輩，非皆所謂『天生李晟，以爲社稷』者乎？斯中興之盛事，亦同譜之美談，雖樾之不肖，與有榮施焉。樾僑寓天津，已逾三稔，今秋因二小兒在蘇大病，不得已浮海南旋。適蘇州紫陽書院主講乏人，當事者遂以鄙人承乏，借壇坫之清閑，養山林之枯槁〔三〕，前塵昔夢，久付飄風。或爲樾誦白香山《聞李尚書拜相因寄賀微之》詩，曰：『憐君不久在通川，知己新提造化權。』樾亦誦香山《渭村退居寄崔侍郎》詩曰：『提攜勞氣力，吹播不飛揚。』千里寄知，以博老同年一笑。

【校記】

〔一〕 稿本此題爲第十二篇，題下多小字『鴻藻』。

〔二〕 筦，原作『莞』，據《校勘記》改。

〔三〕 『槁』下，稿本原有『不足爲知己道也』，後圈去。

與崇地山同年〔一〕

十月下旬，曾寄一箋，布陳近狀，未知已達左右否？臘鼓聲中，又交六九。老同年玉帳高搴，冰壺清對。寫便宜之表，天語溫多；張吉利之旗，軍門春滿。裘輕帶緩，樂可知也。樾因二小兒病魔纏繞，不得不在蘇照料，近已遷居紫陽書院，屋雖寬大，而兵燹之後窗户不全，殊苦廓落耳。拙鳩既不善營巢，窮鳥又安能擇木？竊比於衛公子荆，以一『苟』字處之，然彼之苟，苟其所有；樾之苟，苟其所無，或較古人更進一籌乎？所著《羣經平議》，已集人寫定副本，杭州太守劉君笏堂擬集〔二〕貲刊刻，未知果否。前塵昔夢，久已坐忘，而敝帚千金，不能舍去，要不離乎書生之見，可笑也！關河修阻，不獲如在天津時得以時相過從。聊藉〔三〕管城子，粗陳大略，不盡欲言。

【校記】

〔一〕 稿本此題爲第十三篇，題下多小字『崇厚』。

〔二〕集，稿本作『匃』。

〔三〕藉，原作『籍』，據《校勘記》改。

與女壻許子原〔一〕

得嘉平望日手書，知侍奉康娱，閨房清吉，慰甚。二令兄、四令弟已回京否？山東事行查原籍，作何了結？念之念之。僕今年主講蘇州之紫陽書院，歲入四百金，不敷所出。全家已遷居書院，其地在閶門内梵門橋，以後書來，竟寄此處可也。二小兒癡頑如故，不知是病是魔，醫巫並進，迄未見功。固由吾德薄，或亦由彼孽重，付之浩歎而已。其婦于去歲舉一女，門衰祚薄，又何得雄之敢望？尊處西席，是否仍舊？惟望足下，努力下帷，明歲文場，一戰而霸〔二〕，庶鄙人得開口一笑乎？

【校記】

〔一〕稿本此題爲第十四篇。

〔二〕霸，原作『覇』，據《校勘記》改。

與次女繡孫〔一〕

書來，知目疾未愈。每日用鹽擦牙齒，即以漱口水洗目，久之自有驗矣。《水仙花詩》，寄託遥深，格律清穩，極爲可喜；《詠古》諸章，無甚深意，且詞句過涉悽惻，閨中少年人不宜作此。以後作詩，宜以和婉爲宗，歡愉爲主，方是福慧雙全人語也。吾前以『福慧』名汝樓，慧則付之自天，福則修之自我，汝宜深思吾言矣。汝姊吉期已定于三月二十六日，而衣飾至今未辦，固由無錢，亦由爲汝二哥哥病魔纏繞，舉家都無心緒也。幸吾與汝母俱平善，勿念。吾所著《羣經平議》已寫副本寄杭州，浙中諸當事者謀集貲付刻，《字義載疑》亦寫寄金陵，託友人校刊，皆未知能成否。『生前富貴應無分，身後文章合有名』，此白香山詩，吾常誦之。

【校記】

〔一〕稿本此題爲第十五篇。

與戴子高〔一〕

四月十一日接正月二日書，知起居佳勝，慰甚。居停主人周君季貺，好尚風雅，洵冠蓋中不可多得者。相與賞奇析疑，亦天涯之一樂也。今年二月十三日曾致一函，未知收到否。承示，以爲拙著各書宜隨作隨刊，此固見愛之雅意，然其事何可易言？僕《羣經平議》中《易》、《詩》、《書》、《論語》、《孟子》如干卷，在前兩年視之，似乎既竭吾才矣，今更讀之，又頗有未安者。然則僕近年所著《春秋三傳》、《外傳》及《周禮》、《儀禮》諸經《平議》，數年後，安知不自見其罅失乎？學問無窮，蓋棺乃定。必欲毫髮無憾，誠恐畢生無此一日。然見在諸經尚未卒業，或者因此及彼，尚可隨時增益，且俟全書成後再刊以問世，未晚也〔二〕。此道衰息，已非一日，庸〔三〕庸者姑勿論矣，其高者亦不過拾宋人之唾餘，貌爲理學而已，七十子之緒言、兩漢經師之家法，其有聞焉者乎？僕學術淺薄，又不得位，豈足以振起之乎？足下年少氣盛，力足有爲，斯文未喪，勉之而已。又示《論語解》一事，僕頗不以爲然，『五十學《易》』，舊〔四〕有以宋人《河圖》『五十居中』解之者，此任啓運《周易洗心》之説〔五〕，固不足據，然其謂『用五用十以學《易》』，則與足下同也。《易》言『參五以變』，不言『五十以變』，足下此説，又何以勝于彼説乎？『大過』作卦名解，聞青田端木舍人説如此，僕未見其書，無以知其同異。僕説經務求平易，故與足下此論不合，希更審之。僕眠食無恙，近因遣嫁次女入京，小住月餘，亦不出應酬，惟同年至好如叔芸輩間一往還而已。得暇輒至留離廠舊書攤頭隨意坐坐，又或興酣潑墨，率爾塗鴉，以應好事者之求。至于玉堂舊夢，付之雲烟之過眼矣。俟昏嫁畢後，兩兒稍能成立，便當斷棄人事，不復相關矣。二兒自去年來心境蘊結，將成心疾，今春延醫治之，僕來京時似有小驗，今大兒信來，言已霍然，未知其審。大約亦不能讀書，亦擬捐一官與之，俾得自謀生計足矣。必欲科第世家，詞林接武，此又世俗之見也〔六〕。

【校記】

〔一〕稿本此題爲第十六篇，題下多小字『望』。

〔二〕『也』下，稿本多『僕所著書已不少，若皆成就，或不下百卷，刻貲亦正不易耳』。

〔三〕『庸』上，稿本多『輩下諸老先生』。

〔四〕舊，稿本作『記前人』。

〔五〕『此任』至『之説』，稿本作『忘其人及書名矣，此』。

〔六〕『也』下，稿本多『足下以爲何如』。

又與子高〔一〕

松泉舍姪來，交到手書，知爲學日益。又知近來得力于《老子》之學，以此治心，以此處世，甚善甚善。《老子》書每言唯其如此，故能如此，極是利害。世但言其『和光同塵』，非知《老子》者也。《論語解》六十三事，極有發明。『五十學《易》』之解〔二〕，鄙見不以爲然，已詳前書。『何事於仁必也聖乎』若作一句讀，則句中當加『而』字。鄙意，《爾雅》曰：『事，勤也；勤，勞也。』『何事於仁』猶言『以是爲仁，何其勞乎』。『勿欺也而犯之』，阮相國《校勘記》曰：『皇本「也」作「之」。』然則『勿欺之而犯之』，猶言『勿欺之與犯之』。古人之文，凡兩事相連而及者，多用『而』字。昭二十年《左傳》『齊豹之盜而孟縶之賊』、《韓子·説林篇》『以管子之聖而隰朋之智』，皆其例也。『欺』與『犯』，皆非事君所宜，故並戒之。此二義，足下以爲何如？僕自都門旋津，仍事譔述，藉以銷夏。所著《羣經平議》、《三禮》、《三傳》粗有成書，似乎所見較塙。其《易》、《書》、《詩》諸經，皆數年前見解，不逮多矣，今年諸經卒業後，尚須通覽一周，方可出以問世耳。來書辱有親炙學者之稱，不敢當，不敢當。僕爲學觕略，不足爲足下友；若足下，真吾畏友也。數十年來，吾道衰息甚矣，無往不復，必有起而張之者。足下勉之，僕則無能爲矣。

【校記】

〔一〕稿本此題爲第十七篇。

〔二〕之解，稿本作『一章』。

又與子高〔一〕

自去年九月朔得惠書後，久不得書，未知今年究館何處。念之念之。僕廢門養拙，仍以譔述自娛。《羣經平議》〔二〕中又增《公羊》、《穀梁》各一卷，《國語》二卷，《周禮》二卷，見在從事《儀禮》，未卒業也。承索觀《論語平議》〔三〕，但此〔四〕書二卷，寫錄一通，亦頗不易，且其中尚多未定之處，故不克寄奉。約計一二年間，此書必可告成，大都《周易》二卷，《尚書》四卷，《周書》一卷，《毛詩》四卷，《儀禮》二卷，《周禮》二卷，《大戴記》二卷，《小戴記》四卷，《公羊》一卷，《穀梁》一卷，《左氏傳》三卷，外傳《國語》二卷，《論語》二卷，《孟子》二卷，《爾雅》二卷，此其大略矣。書成後，卽當付之棗棃，以質海内諸君子。此外尚有《羣書訂義》一種，未定如干卷。僕所譔述，此二種最大矣，餘若《字義載疑》等書，卷帙無多，隨時寫定，尚易爲力。區區之意，五十以前此數種書均當寫〔五〕定，此後天假之年，未卽委化，或精力尚強，不妨續有所著，否則涵養性真，爲道日損矣。年來厭棄人事，屏絶應酬，入道之基，或卽在此乎？胡氏《燕寢考》，僕處有之，然謂『燕寢東房西室，室東壁有户以達于房，其南面有牖無户』，此實大不然者。果如其説，則由堂入室，必先由房矣，以《左氏傳》所載東郭姜事觀之，是時公拊楹而謌，則在堂可知也。姜與公始皆在堂，欲出避之，若房有户而室無户，則姜入房中，便當自北堂而出矣，何必入室，多此轉折乎？胡氏所説，殊不足據。洪氏頤煊《宫室問答》一卷，已深以胡説爲非，然而〔六〕所説必牽合《考工記》明堂之數以定丈尺，亦未免過泥，且改古人五架之屋爲七架之屋，亦無塙據。足下若欲治《儀禮》，孔氏顨軒有《廟寢異制圖》，其《寢制》一圖姑且〔七〕勿論，其《廟制》一圖，可據以治《禮》矣。且其所説，亦頗簡明，其謂『棟後爲室，棟前爲堂』，雖所據《士喪禮注》未免誤會鄭意，然古制實是如此。僕治《禮》竟，亦當爲《宫室考》一卷，他日南中肅清，得歸臥鄉山，擬于南埭舊居改造先祠，卽依古制爲之，計所費亦不多，未知能如吾願否？聊書此，以博一笑。

此三函，久已無稿，而子高處尚存原書，因錄存之。《羣書訂義〔八〕》卽《諸子〔九〕平議》之舊名也。同治五年正月樾記。

【校記】

〔一〕稿本此題爲第十八篇。

〔二〕羣經平議，稿本作『經訓弼𣪊』。

〔三〕平議，稿本作『弼𣪊』，圈改爲『平義』。

〔四〕『此』上，稿本多『序目一卷』。

〔五〕寫，稿本作『𥡴』。

〔六〕而，稿本作『其』。

〔七〕且，稿本作『置』。

〔八〕羣書訂義，稿本原作『經訓弼𣪊』，圈改爲『羣書訂義』。

〔九〕諸子，稿本原作『羣經』，圈改爲『諸子』。

與蔣薌泉方伯〔一〕

辱賜書，未答，聞奉命赴粵。象郡珠崖之地，虎符玉節而臨，以方、召之壯猷，而范、韓之威望，雙圻重任，五等崇封，指顧間矣。惟是六橋三竺，不克久駐旌麾，區區之心，雖爲中興得人賀，而未始不爲桑梓惜也。拙著《羣經平議》，承許爲付梓。啓行後，交何人經理？甬東一席，能爲代謀之否？樾寄跡吴中，不及至武林言別，惟望閣下至粵後，福星所照，燧息烽銷，或踵阮文達故事，重開學海堂，招延海内名流。樾雖不才，而古人有言，『請從隗始』，尚當不遠千里，躡屩來游。前書所云『爲蓋公築堂，爲穆生設醴』者，其在斯時乎！

【校記】

〔一〕稿本此題爲第十九篇。

與高伯平〔一〕

聞先生名久矣，懷願見之，誠亦久矣，未克一見，良用悵惘。德車結旌，翩然南返，六橋三竺，文酒燕游，有資矜式，無廢歗詠，甚善甚善。樾自幼失學，溺于詞章，身廢不用，始謀譔述，鑽孯經義，冀有一得，困而學之，極可憫笑。所著《羣經平議》，根柢淺薄，意義闊疏，誠無足觀，誠無足觀。薌泉方伯，謀付剞劂，乃煩高明，代爲讎較，布鼓雷門，寔所媿恧。伏求是正，無吝抨擊。

【校記】

〔一〕稿本此題爲第二十篇。

與談仲修〔一〕

前在武林，得讀大集，欽遲之心，怦怦曷已。時從子高詢悉近狀，用慰飢渴。今歲子高回浙，屬其轉借章氏《文史通議》。子高報稱，足下此書，時置按頭，晨夕相對，車裘可共，而此或難。不揣冒昧，竊有所請，倘集鈔胥，寫本見賜，百朋之錫，殆未足喻。寫書之費，卽當寄奉，可否裁覆，引領以冀。外拙書《文〔二〕廟祀典記》一篇，文既疲苶，字更醜惡，無足觀覽，聊以將意。爲道自重，不盡萬一。

【校記】

〔一〕稿本此題爲第二十一篇。談仲修卽譚獻，字仲修。

〔二〕『文』上，稿本多『奏定』。

上祁春圃相國〔一〕

樾自去年八月間因二小兒在吳下大病，不得已航海南歸視之。其時倉卒啓行，未及以一箋聞之左右也。今年二月二十九日，由津門寄到賜書，奬借溢詞，讀之顔汗。雖吾師誘掖〔一〕之盛心，寔非樾所敢當也。入春來，南中雨水頻仍，春寒殊劇，未知都下如何？想平泉花木，造化甄陶，元老起居，璽書存問，無邊春色，都歸杖履間矣。樾南歸後，因二兒痁疾積久不痊，坐是因循，未能他去。適蘇州紫陽書院主講乏人，當事者遂以樾承其乏，皋比虛擁，無狀可言。所著《羣經平議》，浙江蔣薌泉方伯許爲付梓，因寫副本寄去，而至今尚未開雕，未識何時可以蕆事。比來又從事周秦諸子之書，將舊著《諸子平議》再爲寫定，然卷衺亦頗煩重，今年能否卒業，未可知也。伏念聖人之道，具在于經，而周秦諸子亦各有所得，雖申、韓之刻薄，莊、列之虛誕，要皆本其心之所獨得者而著之書，非後人剽竊陳言、一倡百和若應聲蟲者也。國朝經術昌明，掃虛浮而歸之寔學，諸老先生發明古訓，是正文字，寔有因文見道之功。數十年來，此事衰息，獨吾師以經學受主知，倡後進，海内治經者奉爲圭臬，乾嘉一脈，庶幾未隊。今又引疾去位，然則登高而提唱之者誰乎？樾以不才，爲時所棄，窮年兀兀，不過聊以自娱，其無與於斯道也宜矣，其不足振而起之也審矣。率意直陳，勿罪其狂言，幸甚。承寄賜王氏篆友書二種，尚在天津大小兒處，秋間王補帆南還，必可帶到，先此陳謝，不宣。

【校記】

〔一〕稿本此題爲第二十二篇。

〔二〕掖，原作『挾』，據《校勘記》改。

與蔣薌泉中丞〔一〕

二月七日曾布一箋，未知已達典籤否。嗣聞浙中人士有攀轅之請，私冀行旌或可少留。乃昨者恭閱邸抄，知朝廷念嶺表初平，倚大賢爲重，頒九天之節鉞，鎮百粤之山川。昔周室中興，而疆理南海之功，非召穆公不可，詩人歌詠，流播篇章，以今方古，閣下即其人矣。惟是六橋花柳，久在春風披拂之中，一旦玉節金符翩然南去，想賢者多情，亦必有羊叔子峴首徘徊之意，不獨吾浙人之戀戀于清塵也。樾因嫁女事即在此月中，不克至武林言别，悵惘良深，聊藉〔二〕管城將意，伏希垂督。

【校記】

〔一〕稿本此題爲第二十三篇。

〔二〕藉，原作『籍』，據《校勘記》改。

與李少荃同年前輩〔一〕

正月下浣，接展惠書，猥承獎借之溢詞，彌媿皋比之虚擲。江南三月，草長鶯飛，老前輩順時布化，合三江之黎庶，而以春風披拂之，又以夏屋帡幪之，熙熙焉民氣和、頌聲作矣。前聞議舉鄉試，嗣又不果。然令士子得多讀一二年書，人文自當益盛，未始不于大典有光也。樾承乏紫陽，已于三月七日補行二月望課，至本月望課亦卽〔二〕舉行。吳下爲人才淵藪，兵亂以來，不無荒廢，殊尠佳文，未識老前輩甄别正誼，得有績學能文之士否？昌黎有言『文章豈不貴，經訓乃菑畬』。吾人作秀才時，或侈言時務，或空談心學，二者皆不無流弊，總以經史寔學爲主。省會書院，宜存貯《十三經》、廿四〔三〕史及周秦諸子之書，諸生中有篤學嗜古者，許其赴院讀書，師友講習，以求寔學，或亦造就人才之一助乎！興到妄言，老前輩以爲然否？

【校記】

〔一〕稿本此題爲第二十四篇。

〔二〕『卽』下，稿本多『當』字。

〔三〕四，稿本作『二』。

與應敏齋同年〔一〕

昨由潘玉翁交到惠書，拳拳之意，溢于言表，何愛我之深也！弟自廢棄後，頗承海内諸巨公垂念窮交，不以盛衰有異，然真摯如閣下者，亦不可多得矣，感甚感甚！又承示龍門書院章程，及顧訪翁所定功課，洵體用兼備之學。以閣下之樂育人材，而又得訪翁以躬行爲之倡導，賢嘉相遇，良非偶然。他日文經武緯，光輔中興，不獨爲東南多士幸也。弟章句陋儒，所主紫陽講席又專課時文，虚擲皋比，一無禆益，視閣下與訪翁之以道自任者，不啻走且僵矣。課程已細閱一過，學術粗疎，無所獻替。惟有一事，特其小小者，于私心竊有所疑。按課程第五條：每月朔望，師長西南面立，諸生以次東北面揖，師長答揖。此師、弟子之位，未知所據何典？古之君子，席不正不坐，推之於立，何獨不然？今朔望相見，師、弟子各據一隅，此何義也？考古師、弟子之位，經無明文。惟《大戴記》載：師尚父進丹書，武王東面立，師尚父西面，道丹書之言。《禮記・學記》《正義》引皇氏之説，以此爲王廷之位。若尋常師徒之教，則師東面，弟子西面，與此異也。執是以言，師、弟子宜東西相鄉矣。然東西相鄉，或疑非所以尊師，《戰國・燕策》載郭隗之言，曰：『詘指而事之，北面而受學。』是古禮，弟子北面。《漢書・鄭康成傳》，汝南應劭自贊曰：『故太山太守應中遠北面稱弟子。』是漢時弟子亦北面。今若用皇氏説，師長東面；又依古禮，弟子北面，較之各據一隅，或少勝乎？夫一揖之位，其時甚暫，其故亦甚微，然閣下刱立此書院，四方學者將于是乎觀禮，禮得則無思不服，禮失則退有後言。觀瞻所繫，不可不慎，乞與訪翁更詳之。

【校記】

〔一〕稿本此題爲第二十五篇，題下多小字『寶時』。

與李少荃前輩〔一〕

三月中曾布一箋，託松巖中丞官封郵寄，未知已達否。自交庚伏以來，想老前輩牙旂嚴肅，羽扇從容，招來天上薰風，播作人間甘雨，兩江黎庶，拜賜多矣。樾承乏紫陽，倏又半載，如期開課，裨益毫無。

自慙絳帳之虚懸，莫副青衿之疑問。所著《羣經平議》已刻于浙中，尚未畢工，比來又著《諸子平議》，得二十餘卷矣。章句陋儒，終朝伏案，劉歆謂楊子雲曰『空自苦，恐後人用覆醬瓿』，每念斯言，時復自笑。樾非不知儒者讀書當務其大者，特以廢棄以來，既不敢妄談經濟以干時，又不欲空言心性以欺世，并不屑雕琢詞章以媚俗。從事樸學，積有歲年，聊賢于無所用心而已，固不直大人先生一笑也。中州捻勢，近日何如？聞海外又起微波，中原蛾賊，尚未掃除，能措意于鱗介乎？小詩二首，興到妄言，勿示他人，幸甚。

【校記】

〔一〕稿本此題爲第二十六篇。

與孫琴西同年〔一〕

頃由譚君克仁交到手書，書無月日，然云：到杭後補行二課，則作此書當在六七月間，遠哉遙遙矣。天下事多有名無寔，而山長必看文章，誠哉怪事！雖然，其名山長，其寔止看文章，是亦有名而無寔也。樾在此已舉六課，每課卷約計三百左右，率以六日了之，一月之中，尚有二十四日可以讀我書也。承示《紫陽十六詠》，洵足爲浙紫陽生色，然蘇紫陽竟無一可詠者，不太減色乎？昔元、白以州宅相誇，今孫、俞講舍則縣絶矣，如何如何！拙著《羣經平議》究已刻成幾卷，笏堂調嚴州，伯平臥病，無人經理其事。若將未刻者寄吳下刊刻，有三便焉：省刻貲，一也；速時日，二也；便校讐，三也

〔二〕。有此三便，老兄何不爲吾力言之？

【校記】

〔一〕稿本此題爲第二十七篇。

〔二〕「省刻」至「三也」，稿本原作「吳下刻一百字止用泉一百四十，其費較省，一便也；吳下手民多于杭，不難刻期蕆事，二便也；樾在吳，可自校定，三便也」，圈改爲今文。

與吳和甫前輩〔一〕

春初布復一箋，託補帆作寄書郵，計已早達。自春徂夏，軺車行部，延攬人材，未識得有一二經明行修之士否〔二〕。伏思乾隆間，文治武功，震鑠千古，而士大夫亦皆鑽孯樸學，實事求是，無虛浮之習。數十年來，老成凋謝，後生小子，又厭實學而喜空談，而海内亦適多故，羣盜如毛，至今未靖。意者學業之盛衰，關乎世運歟！方今中興伊始，在位之大人君子，宜如何振起之歟？樾學識淺薄，無所發明，所著《羣經平議》雖已刻于浙中，而告成尚杳無時日，見在又草《諸子平議》，已寫定者《管子》六卷、《晏子》一卷、《老子》一卷、《郇子》四卷、《商子》一卷、《韓非子》一卷〔三〕、《呂氏春秋》三卷、《賈子》二卷、《董子春秋繇露》二卷、《楊子法言》二卷、《太玄》一卷，因乏人傳寫，故無副墨，不克寄呈大教。日來擬治《墨子》書，而莊、列之書亦思以次及之，惜未得善本，不知老前輩處有其書否。德清戴子高茂才望，好學深思，治經具有家法，後來之秀，斷推此生。其先德琴莊孝廉，丁酉同年也。向因執事尚將按試湖郡，引嫌未敢謁見，茲湖郡試畢，故以此書爲之先〔四〕。

【校記】

〔一〕 稿本此題爲第二十八篇。

〔二〕 『否』下，稿本原有『黄薇香先生《論語後案》曾以活字版排印，未識尚有存留之本否？能覓一本見寄否？均深念之』，後括去。

〔三〕 『呂』上，稿本多『鬼谷子一卷』。

〔四〕 『先』下，稿本原多『進而教之，幸甚』，後括去。

與應敏齋〔一〕

《夏小正》一書，唐以前自有專行本，不僅附見于《大戴記》也。宋傅崧卿得其外兄關澮所藏《小正》，卽隋唐以來相承單行之舊本，與《大戴》本頗有異同，足資稽考，是傅氏于此書不爲無功。滬上諸君子請照前溫州府教授金衍宗詳定章程入祀經師祠，自爲允當。《孝經》在秦時爲河間顏芝所藏，漢初，其子貞出之，凡一十八章，是爲今文。而其後又有古文《孝經》出自孔氏屋壁，凡二十二章，安國爲之作傳。然唐開元時，國子博士司馬貞疑古文《閨門章》文句凡鄙，又譏孔傳淺僞，是古文《孝經》真僞難明。言《孝經》者，當以今文爲正，明皇據以作注，宋邢昺據以作疏，迄今列于學官，士林誦習，皆今文也，顏氏之功，洵不小矣。至劉向、鄭衆、盧植、服虔，唐貞觀時從祀孔子廟廷，明嘉靖時始罷，顧氏《日知錄》深以爲非，諸君子請與顏芝竝祀經師祠，自是公論。閣下宜從其請，以報先儒抱殘守闕之功。若夫《孔叢子》，則僞書也。雖託名孔鮒，而《漢志》初不著錄，近孔顨軒氏疑是孔子二十二代孫名猛者僞造，猛從王肅學，承肅意而爲之。然則《孔叢子》一書，雖孔氏之裔亦未能篤信矣。至孔壁之書，初不知爲何人所藏，無從塙證其爲孔鮒，未敢因其爲孔子九世孫稍從遷就也。滬人請以孔鮒祀經師祠，似可無庸置議。辱承垂問，故縷縷言之，閣下以爲何如〔二〕。

【校記】

〔一〕稿本此題爲第二十九篇。

〔二〕『如』下，稿本多『而樾更有請焉：經師之祀所尤不可緩者，莫如大毛公，今文廟從祀有小毛公萇而無大毛公亨，揆之先河後海之義，不其闕如，未識彼都人士已議及否』。

與楊石泉方伯〔一〕

前月得覆書，承眷注殷殷，甚感甚感。日來九九圖中，寒消大半，閣下承流宣化，抱德煬和。坐上春風，播朝廷德意；境中瑞雪，聽父老謳歌，樂何如也！樾虛擁臯比，又將卒歲，一鐙靜對，況味蕭然，治經之外，兼及諸子。梁江總詩云：『聊以著書情，暫遣他鄉日。』如是而已。惟鑒察不宣。

【校記】

〔一〕稿本此題爲第三十篇。

與潘玉泉觀察〔一〕

承詢『卣』字，《説文》所無。議以『酉』字代之，然于經典無徵。近人有〔二〕謂『卣』字卽《説文》『鹵』字者，據『𠧟』字隸書作『逌』爲證。然隸體變易，多未足憑，𠧟字從鹵從乚，隸變從卣從辵〔三〕。若謂卣是篆文鹵，豈辵是篆文乃乎？竊謂鹵、酉二字，其形與音皆與卣相近，與叚借之例皆合，而求之經典則皆無據。《周官·鬯人》職『廟用修』，鄭注曰：『修，讀曰卣。』又『司尊彝』職，鄭注引《爾雅》『彝、卣、罍，器也』之文，陸氏《釋文》曰：『卣，本亦作攸。』然則古人書『卣』字，有作『修』作『攸』者，較之作『酉』作『鹵』，或稍有據乎〔四〕？

【校記】

〔一〕稿本此題爲第三十一篇。

〔二〕有，稿本作『又』。

〔三〕『隸變』句，稿本原作『乚卽乃字也』，圈改作今文。

〔四〕『乎』下，稿本多『尊意以爲何如』。

與戴子高〔一〕

春來三接手書，而不一答，非嬾也。自正月二十一日至滬，二月十三日還蘇以至于今，無須臾之暇，計此四十日中，止于舟中讀《列子》一過而已，其碌碌可想，故不暇作書也。《羣經平議》已刻成，尚有誤字，須寄杭州改正。《諸子平議》亦擬集貲刻于吳市，未知果否。都下方大開同文之館，招致西賢，使海内士大夫摳衣受業，而吾儕乃窮年兀兀，抱遺經而究終始，咥其笑矣，想足下助我撫掌也。日本士人，僕于上海亦見其一，然不足談，蓋非足下所見者。近得彼國人安井仲平《管子纂詁》，足下亦得之否？其書似不及物君之《論語徵》，然僕實未及細讀。惟記其訂正《戒》篇之『里官』爲『鼇宫』二字之誤，頗自〔二〕有見。又時引古本，僕未嘗詳校，未知與今本孰勝也。《管子》在諸子中爲最古，然實是襍家言。僕于諸子，獨喜《墨子》，其言切實有用，而文亦反覆詳明，漢人以孔、墨竝稱，想尼山外斷推此老矣。《莊子》書，僕不甚解，亦不甚喜，要其大旨，不過能外生死而已，其精義微言，尚不及《列子》，即以文論，《莊子》雖汪洋自恣，然不如《列子》之曲盡事理也。此僕之偏見，不足爲外人道者。

【校記】

〔一〕稿本此題爲第三十四篇。

〔二〕自，稿本作『似』。

與李肅毅伯〔一〕

正月間得覆書，藻飾有加，甚媿甚媿。嗣聞恭承恩命，節制兩湖，又聞令兄小荃中丞移節三吳，攝臨全楚。蜀龍吳虎，並佐中興；金友玉昆，迭爲交代〔二〕。歷觀載籍，無此遭逢，洵竹帛之美談，衣冠之盛事。前史所稱大小馮君、前後夏侯，方此蔑如矣〔三〕。捻勢近日如何？想旌麾所至，不難指日肅清也。樾承乏紫陽，皆出閣下之賜，遙瞻大樹，深用依依。惟望惠顧寒儒，不以在遠而遺之。曲賜久語、懷刷之恩，區區之心，無任延企。

【校記】

〔一〕稿本此題爲第三十三篇。其上多『又與玉泉』一札，詳見『詩文輯錄』。

〔二〕『蜀龍』至『交代』，稿本作『惟幕府于國事家事無異視，故朝廷倚公權公綽如一人』。

〔三〕『前史』至『如矣』，稿本無。

春在堂尺牘卷二

與談仲修〔一〕

去歲至武林，不謁一客，止于王補帆廉訪署中小住數日，并作西湖之游而已。高賢在望，而不求見，疎嬾之罪，可勝言耶〔二〕！乃辱手書，不加譴責，拳拳推重，有願學之稱，不敢當，不敢當。僕自少不學，于治經不識涂徑，中歲讀書，妄思譔述，先儒舊説，或有未安，輒以己意，有所辯訂，歲月既久，云云遂多，既已作之，不敢自秘，詒癡四方，貽笑大雅，甚無謂也。黄君元同，海外佳士，學使吳和甫同年昔歲書來曾述及之。所著《經禮達詁》，先覩爲快。其先德薇香先生《論語後案》如有印本，亦望寄讀也。戴子高仍館金陵礟局，今歲兼書局讎校。李少翁移節兩湖，書局中止，甚望曾侯相來復舉之也。因問，故附及。

【校記】

此一卷稿本存於華東師範大學圖書館藏《俞曲園手稿四種》中，書衣題『金鵝山人尺牘』，卷端無書名，用作校本。

〔一〕稿本此題爲第一篇。按：談仲修即譚獻。

〔二〕耶，稿本作『邪』。

與沈吉齋〔一〕

訂交文字，二十五年矣，雖未謀一面，然未嘗一日忘也。朱采蓀來，忽奉手書，知著述名山，自有千古，春華秋實，學與時增，甚善甚善。苕上至吳中，郵筩甚便，大著能寄示一二否？僕自幼不學，溺于詞章，罷官以後，無所事事，既不敢高談經濟以干時，又不敢虛言心性以欺世，杜門息轍，惟日讀書，不自揣量，妄有譔述。《羣經平議》三十五卷，已鏤版武林，《諸子平議》亦三十五卷，擬開雕吳下，未知果否。僕所譔述，此二種最用力，卷袠亦較繁，其外尚有《字義載疑》四卷，去歲曾錄副本寄京師，就正祁春圃相國，適相國薨逝，今未知在何所矣。又有《金石瑣談》一卷、《春秋名字解詁》二卷、《史漢襍志》二卷，其《易貫》一書，未定卷數，不知能卒業否。《賓萌集》亦未定卷數，隨時尚有增益，《外集》四卷，皆駢體文，已刻於吳市，今寄去一部，博賢郎一笑而已。古今體詩十一卷，舊作居多，近作寥寥，自同治建元以來未盈一卷也。古人詩文無異集者，惟合編爲《賓萌集》，則嫌文少而詩多，不甚相稱，或別編爲《春在堂詩錄》。然拙詩無家法，亦不足傳也。他若《春在堂隨筆》、《金鵞山人尺牘》，皆其瑣瑣者，因承垂問，故縱筆及之。春寒，惟自愛。

【校記】

〔一〕 稿本此題爲第二篇。

上曾滌生爵相〔一〕

前歲秣陵舟次敬肅一箋，託少荃前輩寄呈，未知得登鈞覽否。比聞恭承玉詔，還鎮金陵，以使相之威儀，壯江山之形勝。謝太傅十五州都督，郭令公廿四考中書，光輔盛時，比隆往籍，龍門在望，鶴跱爲勞。樾南歸後，僑寓吳中，承乏紫陽講席，前塵昔夢，久已坐忘。所惟日孜孜者，治經之外，旁及諸子。每念國朝經術昌明，超踰前代，諸老先生發明古義、是正文字，實有因文見道之功。而樾所心折者，尤在高郵王氏之學。嘗試以爲，讀古人書，不外乎〔二〕正句讀、審字〔三〕義、通古文叚借，而三者中通叚借尤要，故王氏之書，用漢儒『讀爲』、『讀曰』之例，破假借〔四〕而讀以本〔五〕字者居半焉。樾雖無似，竊不自揆，私有譔述，所著《羣經平議》、《諸子平議》各三十五卷，妄思附《經義述聞》、《讀書襍志》之後，王氏〔六〕已及者不復及，一知半解，掇拾其間。家貧，又無書籍，如《白孔六帖》、《太平御覽》、《藝文類聚》諸書，皆不能具，唐宋人援引異同，未由考證，比之原書，真如碔砆之與美玉矣。見在《羣經平議》已刻於武林，因有訛字，尚須刊正，俟刷印後卽當寄呈函丈，恭求鑒定。自惟樗櫟之材，得附門牆之末，大懼草零木落，有傷知人之明〔七〕。是以竭熒燭之末光，效眇緜〔八〕之微力，夜以繼〔九〕日，纔有成書，雖詅癡四方，爲識者所鄙，然辱愛如吾師者，或爲之莞爾而一笑乎。

【校記】

〔一〕 稿本此題爲第三篇。

〔二〕不外乎，稿本原作『莫要於』，圈改作今文。

〔三〕字，稿本原作『古』，圈改作今文。

〔四〕假借，稿本原作『本字』，圈改作今文。

〔五〕本，稿本原作『叚』，圈改作今文。

〔六〕王氏，稿本原作『其所』，圈改作今文。

〔七〕明，稿本原作『名』，圈改作今文。

〔八〕眇緜，稿本原作『蕢撮』，圈改作今文。

〔九〕繼，原作『冀』，據《校勘記》改。

與柳質卿〔一〕

承示《横金志》二十四卷，詳明而有法，甚善甚善。惟弟四卷《鎮村志小序》〔二〕引《姑蘇志》云：『商賈所集謂之鎮。』此非塙論也。鎮之名，實起于古之鎮將，雖大小不同，然名由此起，有可考也。宋談鑰《吳興志》曰：『鎮戍置將，起于後魏，唐高祖嘗爲金門鎮將是也。唐制，每五百人爲上鎮，三百人爲中，不及三百人者爲下。置將副，又置倉曹、兵曹參軍，掌倉庫、戎器之類。自藩鎮勢强，鎮將之權日重，以至五代，爲弊益甚，縣官雖掌民事，束手委聽而已。國朝平定諸國，收藩鎮權，諸鎮省罷略盡，所存者，特曰「監鎮」，主烟火，兼征商。至于離縣稍遠者，則有巡檢寨』云。以是言之，今所稱鎮者，本于宋之監鎮，而宋之監鎮，實元魏鎮將之餘波。談《志》此條最爲詳悉，《姑蘇志》云云，近于臆説矣。又按，今所稱鎮者，皆設官鎮防之地，横金非巡檢司治所，已不得稱鎮，其附屬諸村更可知矣，宜易其名曰『村聚』，于義爲〔三〕合，名亦甚古。《史記・五帝本紀》『一年而所居成聚』，注曰：『聚謂村落也。』然則村聚連文，不嫌牽合矣。『村』字，《説文》所無，宜作『邨』。然《説文》曰：『邨，地名。』則亦非村落之謂也。蓋古字止作『屯』，《漢書・陳勝傳》注曰『人所聚曰屯』，是也。作『邨』者，假借字。《一切經音義》卷一引《字書》曰：『屯，亦邨也。』是其明證。今相沿既久，不必定從本字，惟村則俗字，不可從耳。

【校記】

〔一〕稿本此題爲第四篇。

〔二〕『序』下，稿本原有『尚宜斟酌』四字，圈去。

〔三〕爲，稿本原作『更』，圈改作今文。

上曾滌生爵相

金陵晉謁，小住節堂，一豫一游，叨陪末座，窮園林之勝事，敘觴詠之幽情，致足樂也。憶袁隨園《上尹文端啓事》云：『日落而軍門未掩，知鐙前尚有詩人；山游而僚屬爭看，怪車後常攜隱者。』樾以山野之服，追隨冠蓋之間，頗有昔賢風趣。而吾師勳業，高出文端之上，奚啻倍蓰！則樾之遭際，亦遠越隨園矣。至于玄武湖上，麟趾洲邊，屈使相之尊嚴，泛輕舟之容與，紅衣翠蓋，掩映其間，此樂尤爲得未曾有，每欲作小詩紀之，而竟不成〔二〕，亦見詩脾之澀也。幕府諸賢，未識誰工繪事，能傳之丹青，以識雪泥蹤跡否？樾已于〔三〕十四日抵滬，即擬還蘇，敬奉箋陳謝，不盡萬一〔四〕。

【校記】

〔一〕稿本此題爲第五篇。

〔二〕竟不成，稿本原作『卒未果』，圈改作今文。

〔三〕『于』下，稿本原有『二』字，圈去。

〔四〕『一』下，稿本多『局中諸友』一札。無上款，詳見『詩文輯録』。

與曾樞元同年〔一〕

前由補帆處寄到惠書。數千里外，簿書鞅掌之餘，猶惓惓于故交如此，白香山詩云：『惟有蔚章於我分，深于同在翰林時。』可爲閣下詠矣。嗣閲邸抄，知拜黔撫之命，同譜中膺疆寄者自閣下始，從此乂安邊徼，光輔中興，遡聽者與有榮施焉。惟黔事當萬難措手之時，宜如何宏此遠謨，以副隆遇，山川悠遠，企望爲勞。每念吾榜落寞，介丁未、壬子間，未免『蜂腰』。近年稍稍生色，蓮衢閣學矣，補帆亦可望節鉞，湘吟、汴生，浸浸嚮用，榜運其日亨乎？樾自夷門罷歸，中更離亂，仍以筆耕餬口。前塵昔夢，久付飄風，而文士名心，不能自已。窮年兀兀，妄借譔述自娱，所著《羣經平議》已刊于浙中，其《諸子平議》亦將于吳市開雕，此外零星各種，尚數十卷，敝帚自珍，不足易市兒之一餅，而欲與諸公揚分道之鑣，咥其笑矣。頻年主講紫陽，虛擁皋比，了無裨益。明歲移席浙江之詁經精舍，從吾所好，古訓是式，湖山壇坫，其鄙人坐老之鄉乎！來書乃有東山強起之言，固非所克當，亦雅非鄙意也。手書奉復，惟爲時自重，不宣。

【校記】

〔一〕稿本此題爲第七篇。

與黃元同〔一〕

承示《經禮通詁》二册，其弟一册已讀一過。援引詳明，議論通達，洵近今之傑作也。鄙人記問粗疏，不足副來意，甚媿。惟以啓蟄爲祈穀之常時日，此未知所據。《月令》云：『天子乃以元日祈穀于上帝。』注曰：『謂以上辛郊祭天也。』無以證其爲啓蟄之日。且古曆亦未必有二十四氣名目，二十四氣見《周書·時訓》篇，其曰『立春之日，東風解凍。又五日，蟄蟲始振。又五日，魚上冰。驚蟄之日，獺祭魚』云云，疑後世既立二十四氣名目，而取古曆三微一著附屬之，是以蟄蟲始振在立春後五日，而不在驚蟄之日也。內外《傳》所説：曰龍見，曰火見，曰水昏正，曰辰角見，曰天根見，如此之類，則以星記之；曰日至，曰日中，曰日在北陸，如此之類，則以日記之；曰啓蟄，曰閉蟄，曰獺祭魚、豺祭獸，如此之類，則以物記之。可知古無二十四氣矣。不然，桓五年《左傳》既云『啓蟄而郊』矣，何不云小滿而雩，秋分而嘗，小雪而烝乎？又《尚書》『六宗』，言人人殊，尊意從《大傳》説，而僕則以鄭説爲然。上云『肆類于上帝』，卽包地在内，《中庸》篇『郊社之禮，所以祀上帝也』，卽其例也。蓋圜丘方澤，分祭天地，常典也。舜攝位而告祭，則天地自可合祭，故止言上帝，統于尊也，非遺之也。日月已于祭天時祭訖矣，其餘星也、辰也、司中、司命、風師、雨師則别祭之，是謂『禋于六宗』，六宗者，天之屬也。又曰『望于山川』，山川者，地之屬也。自是而又徧于羣神焉，則咸秩無紊矣。伏生以天、地、春、夏、秋、冬爲六宗，是再祭天也。若謂上帝是五帝而非天，則天更尊于五帝，當先禋六宗而後類上帝矣。其説恐未可從，希更酌之。

【校記】

〔一〕稿本此題爲第八篇。

又與黄元同〔一〕

拙著《世室重屋明堂考》，據《隋書·宇文愷傳》改『堂修〔二〕二七』爲『堂脩七』。既而學使吴和甫前輩寄示尊公《明堂步筵考》，亦以『二』爲衍文。地之相去，時之相後，而所見則同，爲之狂喜！及足下作《經禮通詁》，則不以爲然。善哉！在尊公爲有諍子，在鄙人爲有諍友，學問之事，豈尚苟同乎？惟足下謂『二』非衍文，止據鄭注及馬宫説，則仍未足以破之。夫鄭注云：『令堂脩十四步。』若經文明言二七，則是實數如此，何必爲假令之詞？拙著《世室考》已及之矣。至馬宫謂『夏后氏益其堂之廣百四十四尺』，足下謂『馬意，堂脩二七，謂十四丈，廣四脩一，爲又加四尺』。初讀之，頗以爲然，但馬宫說周制云：『大夏后氏七十二尺。』夫百四十四加七十二爲二百十六尺，與東西九筵不合矣。今按，馬說云：『夏后氏世室，室顯於堂，故命以室；殷人重屋，屋顯于堂，故命以屋；周人明堂，堂大於夏室，故命以堂。夏后氏益其堂之廣百四十四尺，周人明堂，以爲兩序間，大夏后氏七十二尺。』以文義論之，馬宮既論三代之制，不應獨不及殷，且所云『夏后氏益其堂之廣』者，果益何代之制乎？愚意『夏后氏』下有闕文，當先論夏制，至益其堂之廣者乃是殷制，益卽從夏〔三〕制而益之也。馬說殆別有據，與《考工記》文本不符合，而欲據以定『二』字之有無，恐不然矣。非敢護前，蓋曰求是，恕之恕之。

【校記】

〔一〕稿本此題爲第九篇。

〔二〕修，稿本作『脩』。

〔三〕夏，稿本原作『殷』，圈改作今文。

與沈吉齋〔一〕

去歲辱惠書，并賜讀《尚書彙解》六卷。樾於經學，至爲粗疏，雖有撰述，真所謂不知而妄作者，視閣下綜貫羣書，斷以卓見，迥不侔矣。乃拳拳下問如此，所謂問道於盲者與！適其時旋里營先人窀穸，躬親畚挶，未遑披覽。至歲底始還吳廨，新正又至武林，正月下旬又還吳。僕僕往返，無一日之暇。然而雅意未敢久虛也，是以此次來杭，攜之舟中，窮日之力，伏讀一過。以蹄涔之力，而欲測學海之津厓，有望洋向若而已。且舟窗無書籍，未由獻一得之愚，甚媿甚媿。惟『君牙』或作『君惟』一條，恐是據誤本爲説。考《尚書釋文》曰：『君牙，或作君雅。』而《禮記・緇衣》篇引《君牙》，正作『君雅』。鄭注曰：『雅，《書序》作「牙」，假借字也。』蓋『雅』本從『牙』聲，故古書『牙』、『雅』通用。《呂氏春秋・本味》篇伯牙，高誘注曰『牙或作雅』，卽其證也。『君惟』當是『君雅』之誤，刻本麻沙，不足爲據。此條雖無關要義，然是錯誤之顯然者，當刪去之，免爲全書之累。至因《書疏》引『由也喭』證『叛諺』之義，而痛詆孔穎達，此自爲聖門高弟効捍衛侯遮之力，然實亦可以不必。叛諺也，畔喭也，卽吸喭也。豈獨如此而已，《皇矣》篇之『畔援』、《卷阿》篇之『伴奐』、《訪落》篇之『判渙』、《君子偕老》篇《毛傳》之『伴延』，雖美惡異詞，而意義皆同。蓋古書中雙聲、疊韻、形況之言都無定字，宜依聲以求之，勿泥形以求之。閣下因其字偶作『叛』、作『畔』，遂謂孔穎達坐吾子路以大逆無道之名，大聲疾呼，義形於色，而古人或不受也。請於治經之暇，略及周秦古書，必自得之。又因晁以道責侍子之説，而以御案從之爲非，私家著述，原不必拘，然何敢昌言非之，宜刪此句爲是。恃愛妄言，幸勿罪其狂瞽。

【校記】

〔一〕稿本此題爲第十篇。

與黃元同〔一〕

昆弟子婦之服，經無明文。宋《政和禮》『爲兄弟之子婦、爲夫兄弟之子婦，並大功』，此蓋本乎唐制。《開元禮》云『爲夫之伯、叔父母，報』，此卽爲兄弟之子婦服大功之明證也。尊著以『適婦大功，庶婦小功，昆弟之子與衆子同服，昆弟之子婦宜與庶婦同服』，而以唐制爲非，殆不然乎。按，『不杖期』章《傳》云：『世父、叔父，何以期也？與尊者一體也。然則昆弟之子何以亦期也？旁尊焉，不足以加尊，故報之。』是昆弟之子服世、叔父以期，而世、叔父卽報之以期。然則昆弟之子婦服世、叔父母以大功，世、叔父母宜亦報之以大功。『大功』章有『夫之世、叔父母』，而不言報，義固可以互見矣。唐人之制，自有所受，若如尊説，以庶婦小功例之，非旁尊報服之義也。希高明更審之。

【校記】

〔一〕稿本此題爲第十一篇。

上湘鄉相國〔一〕

五月朔自蘇廣寄到賜書，感關愛之逾恆，愧期望之過當。昔靖郭君相齊，與故人久語，則故人富，懷左右刷，則左右重。今吾師拳拳於樾者，豈止久語、懷刷之恩！惜樾老大無成，而兒子輩景升豚犬，不足當孫陽之一顧，遙望門牆，愧恧而已。樾自香山别後，返棹胥門，偵探不明，謂旌節不駐姑蘇，徑臨滬瀆，是以不克追隨，至今悵惘。見在已抵武林，仍寓湖樓，西湖山水之勝，自非吳下所可及，凴欄眺望，心目開爽，惜不得從吾師作十日游也。吳南屏先生竟未之見，昨問之楊石泉方伯，知已在山陰道上矣，謹附及。

【校記】

〔一〕稿本此題爲第十二篇。

與肅毅伯李少荃同年前輩〔一〕

去秋以來，因萍梗浮蹤，遷流不定。而老前輩旌麾所指，亦轉戰靡常，是以久未通候，當不罪其闊疏也。比聞玉帳牙旗，馳驅畿甸，扼黄、運兩河之要，抒紫宸三輔之憂，偉烈豐功，隆隆日上。想金甌名氏，不久儲以有待矣。軍書旁午，帷幄賢勞，餐衛奚如？伏惟萬福。樾自乙丑歲承延主紫陽書院，臯比絳帳，忝竊兩年。一從大樹遠移，便覺孤根難託。適馬穀山制府以西湖詁經精舍見訂，遂〔二〕辭蘇而就浙。且喜令兄小荃中丞移撫是邦，甘棠兩樹，原是同根，初〔三〕不異躬庇宇下也〔四〕。今年以講席而兼書局，丁禹生中丞又推屋烏之愛，吳門書局，許挂虚名〔五〕，筆墨生涯，比往年腴潤，頗擬稍稍積蓄，爲將來入山之計〔六〕。又拙著各書，已刻者四十八卷，未刻者尚五十餘卷，倘橐中積有五百金，便可盡刻之。然二者恐不可得兼也。廌樓雨坐，寂寥寡懽，拉襍布陳，伏希照察。

【校記】

〔一〕稿本此題爲第十三篇。

〔二〕『遂』下，稿本原有『決』字，圈去。

〔三〕初，稿本原作『仍』，圈改作今文。

〔四〕『也』下，稿本原有『惟故里無家，雖主講浙中，仍寄孥吳下，往返殊僕僕耳』字，圈去。

〔五〕虚名，稿本原作『腴潤』，圈改作今文。

〔六〕『計』下，稿本原有『然此事殊未易言也』字，圈去。

與潘伯寅侍郎〔一〕

一别春明，五更寒燠，遥瞻槐棘，時用依依。前歲壽陽相國寄到安丘王氏《説文》，有閣下所製序。今年王子莊孝廉從京師來，攜贈金誠齋先生《求古録補遺》，亦閣下所刻。乃知近來垂意斯文，孼求實學，乾嘉一脈，庶幾未隊，甚善甚善。伏念數十年來斯事衰息，非在位之君子，安能振而起之？區區之心，竊爲左右望也。僕窮老著書，聊以自娱，于斯道絶續之交無所裨〔二〕益。兹奉上拙刻三種，其一種刻而未成。自公退食，俯賜覽觀，有所訂正，幸甚。

【校記】

〔一〕稿本此題爲第十四篇。

〔二〕裨，原作『禆』，據《校勘記》改。

與李少荃撲帥〔一〕

夏間曾肅寸牋，託小荃中丞寄達，未知入照否。頃閲邸抄，知捷書飛奏，優詔褒揚，以枚卜之金甌，作酬庸之鐵券。仰惟德望，允副具瞻。猶憶昔歲，金陵八騶，下訪小舟，促膝情話移時，深以早出玉堂爲憾。樾率爾言曰：他年以大學士還朝，則仍是本衙門也。三稔未逾，片言果驗，虎符絳節，新試沙隄。于介圭入覲之餘，重莅芸香舊署，集庶僚之黻佩，瞻使相之威儀。此禮唐人於拜命後三日行之〔二〕，故劉禹錫詩云：『猶有當時舊冠劍，待公三日拂埃塵。』惜樾跧伏草茅，不獲身逢其盛。然自此甲兵淨洗，吾儕得安耕鑿之常〔三〕，拜賜多矣。手此布賀，惟爲時自重，不宣。

【校記】

〔一〕稿本此題爲第十五篇。

〔二〕『之』下，稿本原有『卽謂之三日』，圈去。

〔三〕『常』下，稿本原有『則』字，圈去。

上曾滌生使相〔一〕

秋初曾上一箋，計已得邀鈞覽。比者恭聞朝廷以畿疆重地，必得德威兼著之大臣雍容坐鎮，特移節鉞，以壯郊圻。雖經綸〔二〕南國之功，正資謝傅，而保釐東郊之任，尤賴畢公，瞻望慈雲，從此遠矣。樾以不才，挂名門下，謬承盼睞，叨預讌游。私冀旌麾長駐金陵，則或者江檥海檝，附便而來，玄武湖中，藕花香裏，尚可接續墜歡。驟聞大樹之將移，便覺孤根之難託，自惟菰蘆伏處，蒲柳早衰，既無聞長安樂而西笑之心，安有乘下澤車而北來之事？黄扉在望，未卜何時何地再登夫子之堂，興言及此，能不依依！惟願吾師，出爲方召，入爲伊呂，駿業豐功，隆隆日上，直至中書二十四考之後。開綠野堂，從赤松子，然後白髮門生，追陪杖履，重尋昔夢，再話舊游，吾師於此，或更有『吾與點也』之契乎〔三〕！

【校記】

〔一〕稿本此題爲第十六篇。

〔二〕綸，稿本原作『理』，圈改作今文。

〔三〕『乎』下，稿本原有『手此布賀大喜，惟鑒不宣』，圈去。

與馬穀山制府〔一〕

夏間自蘇旋浙，于石門水次望見旌旗，因時已昏黃，未遑奉謁。擬俟八騶南返，再叩龍門，而旋聞移節金陵，殊增戀戀。伏念兩江重地，爲朝廷注意之區，允賴大賢，用資坐鎮。湘鄉相公以旋乾轉坤之略規畫于前，閣下以經文緯武之才恢張于後，兩賢接踵，若羊叔子之繼元凱，李臨淮之代汾陽，後先焜耀，三江黎庶，拜賜良多。而浙水東西，亦仍是餘光所及照，雖借寇公而不可，然瞻召父其非遥，翹企清塵，又未始不私相慶幸也。樾今年承延主詁經講席，湖山壇坫，叨竊爲慙，惟是故里無家，故仍寄孥吳下，而以扁舟往返其間。倘還蘇寓後有金陵之便，尚可附之而來，以舊部民，覲新德政也〔二〕。

【校記】

〔一〕稿本此題爲第十七篇。

〔二〕『也』下，稿本原有『先此布賀，不宣』，圈去。

與丁禹生中丞〔一〕

月之二日，買棹武林，恐勞臨送，且暫別也，故未走辭。乃接蘇寓來書，知是日適蒙招飲，護世城中，必多美饍，老饕不獲饜飫，深歎口福之慳矣。旌旆聞有金陵之行，未知果否。馬穀翁曾否南來？湘鄉公何時北上？便中幸示及。樾還蘇當在十一月中，官梅將放之時，正詩興大來之日，尚可補領盛情也〔二〕。

【校記】

〔一〕稿本此題爲第十八篇。

〔二〕『也』下，稿本原有『一笑』二字，圈去。

與杜小舫方伯〔一〕

別後由蘇寓寄到手書，知台候勝常爲慰。僕于九月初攜老妻至湖上小樓，倚檻坐對，全湖晴好雨奇，隨時領略。至夜則月色波光，上下照耀，兩三漁火，明滅其間，光景尤清絶。前日乘籃輿至天竺、靈隱禮佛。天竺大殿新建，無可觀覽，一路山色頗佳，然舊時修篁夾道，今則若彼濯濯，美哉！猶有憾矣。靈隱則勝境天成，不以盛衰有異，山洞幽邃，山上老樹，亦未盡摧殘，泉流瀌瀌，清逾絲竹。是日爲月盡日，香客稀少，游屐亦罕，與内子坐冷泉亭上，仰觀山色，俯聽泉聲，一樂也。亭中懸平齋所書『泉自幾時冷起』一聯，内子謂：『問語甚雋，請作對語。』僕因云：『泉自有時冷起，峯從無處飛來。』内子云：『不如竟道：泉自冷時冷起，峯從飛處飛來。』相與大笑。隨筆及之，博〔二〕故人撫掌也。

【校記】

〔一〕稿本此題爲第十九篇。

〔二〕博，原作『搏』，據《校勘記》改。

與杜蓮衢同年〔一〕

京華一别，五易暑寒〔二〕矣〔三〕。聞旋里之餘，即抗歸田之疏，一疏高迹，復見于今，惜無昌黎大筆以張之耳。惟吾榜介丁未、壬子間，舊有『蜂腰』之誚，其不爲榜運所限者，樸山將軍外，内惟汴生、湘吟，外惟樞元、補帆諸君，落落可數，而閣下爲之領袖，雖欽恬退之高風，實乖企望之宿願，所期謝傅東山，乘時〔四〕復出，不惟蒼生之幸，抑亦同譜之光。閣下儻有意乎？僕跧伏林下，忝竊皋比，妄以譔述自娛，不知老之將至。月初自蘇至浙，廌居湖樓。明年擬於城中覓屋數椽，爲移家之計。果能如願，則一江之隔，相距非遙，不難雪夜買舟，來訪戴安道也〔五〕。

【校記】

〔一〕稿本此題爲第二十篇。

〔二〕暑寒，稿本原作『歲華』，圈改作今文。

〔三〕『矣』下，稿本原有『老樹著花，淩霄直上，軺車遠駕，珊網高張』。

〔四〕乘時，原稿作『斯人』。

〔五〕『也』下，稿本原有『先此布候，不一』，圈去。

與李少荃參知〔一〕

九月廿六日得六月四日書，雅意拳拳，讀之增感。七月廿七日曾肅寸箋，奉賀金甌枚卜之喜，託禹生中丞作寄書郵，未知已達典籤否？比者恭聞玉節小駐金陵，軍府多閑，慈幃伊邇，于劍履〔二〕趨朝之後，修槃匜適寢之儀。開戲綵之堂，衣披一品；住鳴珂之里，車擁八騶。韓魏公晝〔三〕錦之榮，方斯蔑如矣，不勝欣羡之至。樾庽居湖上，仍以圖籍自娱，明歲承〔四〕令兄筱泉中丞推愛，一枝之借，仍許〔五〕蟬聯，精舍數楹，聊以藏拙，借湖山之勝地，養蒲柳之衰姿，餔啜如常，足慰存注。仲冬中浣，擬還蘇庽，以後書札，仍託吳中當事諸公爲便。前者惠書，郵筒徑遞，鄙人江湖蹤跡，本是萍蓬，驛使一枝，無從持贈，以致日月久稽。白香山詩云：『何意使人猶識我，就田來送相公書。』戲爲相公誦之，以博一笑。

【校記】

〔一〕稿本此題爲第二十一篇。

〔二〕 劍履，稿本原作『虎節』，圈改作今文。
〔三〕 晝，原作『畫』，據《校勘記》改。
〔四〕 承，稿本原作『想』，圈改作今文。
〔五〕 許，稿本原作『必』，圈改作今文。

與喬鶴儕中丞〔一〕

昨由少仲處交到惠書，知前年因奉題《含飴授經圖》，有寄復之函，而未獲拜讀，不知浮沈何所矣。兹當小園梅信初回，想謝傅東山，興復不淺，披一品仙衣而踏雪，攜上尊御酒以尋春，較吾輩竹屋紙窗得少佳趣者，迥不侔矣。然而四海蒼生，正思霖雨，恐司馬君實不能久留獨樂園中。明年旌麾北上，定在何時？但願虎符玉節，翩然南來，俾野鶴閑雲，亦得飛傍軍門，藉親君子之光，以慰生平之願，區區之心，實所企望。樾于十一月底回吳下寓廬度歲，臘鐙如豆，凍筆無花，仍藉〔二〕故書，以消短晷。前爲少仲捉刀，代書齋額，乃承見愛，授簡命書，草草報命，殊無足觀，勿罪爲幸。

【校記】

〔一〕 稿本此題爲第二十二篇。
〔二〕 藉，原作『籍』，據《校勘記》改。

與孫琴西〔一〕

昨少仲同年言〔二〕，兄已抵金陵，東山復出，爲同譜光，幸甚。吾榜雖落寞，然頗多盛事，湘吟以中允得學士，補帆以編〔三〕修得臬使，樞元以候補道得巡撫，皆近來所罕見，繼之者，其在老兄乎？龍生九子，應龍好飛，鴟吻好望，各成一種。諸君子飛而鄙人望焉，可也。弟〔四〕今年主講浙中，而仍寄孥吴下，頗擬于武林覓屋數椽，爲移居之計，而不可得。吴下有潘文恭公舊居，玉泉觀察屬弟修葺而居之，果從其議，竟作吴下阿蒙矣，兄以爲何如？拙詩〔五〕删存六卷，楊石泉方伯刻之于杭州，明春可以畢工。《諸子平議》已刻成小半，明年得二百金便可全付剞劂矣。此外零星各種，尚頗不乏，區區醬瓿上物，豈亦吾榜之盛事乎？書至此，啞其笑矣。子高在金陵書局，想常見。聞伊近患末疾，頗念之。金陵近年來名流翕集，得老兄爲敦槃長，是亦一盛事也。隨筆書布，天寒，幸自愛。

【校記】

〔一〕稿本此題爲第二十三篇。

〔二〕昨、同年，稿本無。

〔三〕編，原作『偏』，據《校勘記》改。

〔四〕弟，稿本原作『樾』，圈改作今文。

〔五〕詩，稿本原作『刻』，圈改作今文。

與李筱泉中丞〔一〕

元旦手肅一箋，奉賀春祺，定已照入矣。二月初吉爲太夫人覽揆良辰，洪惟我國家中興伊始，應五百年名世之期，適當太夫人龐褫延洪，届七十載古稀之候，閣下與少荃相公任兼將相，威鎮東南，而哲弟觀察、都轉諸公又皆鳳舉鴻軒，同佐熙朝景運，門望甲乎海内，歌頌徧乎人間。雖浙水東西，未得安輿戾止，而慈雲一片，覆露無垠。大君子景星福曜所照臨，卽太夫人冬日春風所煦被。吾浙士女，瞻拜南陔，天竺燒香，不如軍門獻壽也。樾以小事，句留吴下，不克先期趨赴，歌《白華》三章，爲太夫人壽，輒撰楹帖一聯以獻，詞旨淺薄，不足揄揚萬一，甚媿甚媿。

【校記】

〔一〕稿本此題爲第二十四篇。

與勒少仲同年〔一〕

昨席上談及古時金價，因記憶不真，故未詳述。歸而考之《漢·食貨志》，曰『黄金重一斤，直錢萬』，是金一兩直錢六百二十五也。按《管子·輕重戊》篇『桓公使人之楚買生鹿，楚生鹿當一而八萬』，當作『楚生鹿一而當八萬』。此八萬，蓋以錢計，言一鹿直八萬錢也。下文云『令中大夫王邑載錢二千萬，求生鹿於楚』，是其證也。又下文云『管子告楚之賈人曰：「子爲我致生鹿二十，賜子金百斤。」』是一鹿直金五斤。以上文證之，則黄金五斤直錢八萬，每金一斤直錢一萬六千，蓋金一兩而錢一千也，視漢時金價較貴矣。昔人未見及此，拙箸《諸子平議》始及之。又，古書言黄金，每以金計，高誘注《戰國齊策》曰『二十兩爲一金』，此説是也。趙岐注《孟子・公孫丑》篇曰『古者以一鎰爲一金』，而注《梁惠王》篇曰『二十兩爲鎰』，則一鎰爲一金，仍是二十兩爲一金耳。漢儒説鎰皆與趙氏同，惟《文選注》有『一鎰二十四兩』之説，恐誤衍『四』字，不足爲據〔二〕。

【校記】

〔一〕稿本此題爲第二十五篇。

〔二〕『據』下，稿本多『率書所見，惟閣下教也』，圈去。

與馬穀山制府〔一〕

辱手書，知春初有賜覆之函，迄未領到，不知浮沈何所矣。薰風南來，時有養日，大君子順時布化，令聞嘉暢。三江黎庶，既登熙熙之春臺，又庇渠渠之夏屋，何樂如之。遥聽頌聲，良用欣抃。刻史之舉，金陵書局直任至《隋書》而止，不特見嘉惠來學之盛心，抑且徵舉重若輕之大力。卽攜尊函與筱泉中丞共讀之，同深歎服。計自《舊唐書》以下，尚餘九種，雨生中丞允刻《遼》、《金》、《明史》，則又去其三矣。見在與筱翁議定，浙江刻新、舊《唐書》及《宋史》，而以薛、歐兩《五代史》及《元史》請合肥相國於湖北刻之，三四年間，全史可以畢工，偉然大觀矣！ 樾去年承招致浙局，樂觀厥成，實喜且幸。 尊意全史格式宜求一律，請將金陵新刻前、後《漢書》樣本寄一二本來，俾各局知所法守，幸甚。

【校記】

〔一〕稿本此題爲第二十六篇。

與彭雪琴侍郎〔一〕

西湖講舍，得識荆州，飫之以清尊，寵之以妙墨，何幸如之！ 比想旌旆，已在越中，探禹穴之幽深，攬蘭亭之清朗，較西子湖頭，風景又勝矣。 樾登舟後，于二十日抵蘇，肺疾已愈。 出月下浣，又可放棹武林。 望從者于湖樓從容小住，再當追陪觴詠，接續墜歡也。 茲有湘鄉相公一書，代爲寄奉，乞察入。

【校記】

〔一〕稿本此題爲第二十七篇。

與彭麗崧孝廉〔一〕

前年得手書，并賜和章，去年又于金陵節署得書，知杖履優游，起居佳勝，并承降達尊齒德之重，訂異姓昆弟之歡，且喜且幸！ 吳楚暌隔，無從寄復，雙魚尺素，遲滯至今，良用媿恧。 屬篆墓表額，弟翰墨積唐，姓名微末，不足增先德之光，重違來意。輒已書就，適貴同宗雪琴侍郎來游西湖，一見如舊，即託其攜致左右，然恐緩不及事矣。弟自去年春從蘇州紫陽書院移主杭州詁經精舍，其地在孤山之麓，有樓三楹，足攬全湖之勝，風晨月夕，倚欄俯瞰，不減賀季真之在鑑湖矣。老兄倘不遠千里惠然肯來，頗可於此中作十日飲也。

【校記】

〔一〕稿本此題爲第二十八篇。

與朱伯華比部〔一〕

辱手書，知京寓清吉，甚慰。僕主講浙中，寄孥吳下，去冬以青蚨千貫典得馬醫巷潘文恭舊第而居之，從此其長爲吳下阿蒙乎？比年以書院而兼書局，歲入不爲瘠薄，而家用日見紛繇，漏卮之命，無可如何。《傳》云『君子有遠慮，小人何知？』得過且過而已。老妻病體，緜歷數年，今春加劇，氣血竝虧，醫者或議滋陰，或議扶陽，服之皆對，而迄不能奏功。僕亦精力衰積，迴非昔比，看來皆非長壽身也。大兒仍擬令其至直隸候補，小兒痁疾難瘳，只可聽之。幸其已有一子，頗覺茁壯，笑言啞啞，聊供愚夫婦眼前一樂。我躬不閱，遑恤我後乎？足下近況，知亦不甚佳，京曹清苦，自昔然矣，惟望努力，青雲再進一步耳。

【校記】

〔一〕稿本此題爲第二十九篇。

與壬甫兄〔一〕

二月之末曾寄一書，未知到否？弟于三月二十日自杭還蘇，而蘇寓將吾兄來書先四日寄杭，至今尚未折回，想監院校官留與本月望課卷同寄也。弟眠食如常，寓中亦平順，惟弟婦比年多病，日見衰老，迥非前年紫陽書院與吾兄相見光景矣。弟終朝碌碌，亦微覺精力不支，著述之興，久已頹唐，惟將舊著各種絡繹校付手民。窮愁仰屋，有此百餘卷書，已足自豪，自茲〔二〕以往，爲道日損矣。今春李筱泉中丞謀合各省會書局刻二十四史，屬弟商之江南督撫。因先與丁禹翁商量〔三〕，許刻遼、金、明三史。嗣于三月中得馬穀翁回書，金陵書局從《史》、《漢》起直任至《隋書》而止〔四〕。遂攜〔五〕書與筱翁面議，浙江刻新、舊《唐書》及《宋史》，而以兩《五代》及《元史》請少荃伯相於湖北刻之。三四年後，全史告成，一鉅觀也。弟忝書局總辦，實則總而不辦，深愧素餐。惟此事稍有參贊之功，然全史成後，自問精力已不能讀，即能讀，亦不過如彈詞、院本，消遣白日而已。若早十數年，或者春蠶食葉，尚能稍吐新絲也。學問無窮，歲月有限，宣尼所以有假年之歎乎！

【校記】

〔一〕稿本此題爲第三十篇。

〔二〕 茲，稿本原作『此』，圈改作今文。

〔三〕 『量』下，稿本原有『江蘇書局定見』，圈去。

〔四〕 『止』下，稿本原有『可謂踴躍之至，因』，圈去。

〔五〕 攜，稿本原作『移』，圈改作今文。

與王補帆〔一〕

三月初在武林，兩得手書，適因肺疾還吴下廑廬，未及奉復，想不罪也。粤事故不易爲，非閣下分風劈流之手，不能董而理之。能者多勞，自所不免〔二〕。然計閣下不久節鉞矣，或者總其大綱，優而游之，以節賢勞而養威重乎！兄肺疾已愈，去年以青蚨千貫典得馬醫科巷潘文恭舊宅，今年四月中遷入居之，屋不甚多，而聽事、便坐頗亦具體，内屋五間，尤爲軒敞，鷦鷯巢林，暫焉棲息。天地吾逆旅也，又何擇蘇杭乎？從前蹤跡，宛若浮萍，屈指生平，居然與宣尼相似，蓋未嘗有所終三年淹也。此屋潘玉泉觀察本以五年爲約〔三〕，兄請從小國之例，期以七年。然趙孟視蔭，不能待五，何論七乎？姑存此説而已。廑中均平善，惟山妻多病，日形衰老，兄亦自覺精力不支，人事牽挽，未能休息，而著述之興衰矣。《諸子平議》集資刊刻，未竟厥功，《詩集》已爲梨棗災，乃楊石泉方伯一人之力。秋間擬至滬上，用西法聚珍版排印《文集》，未知果否。廓護其臍，犀藏其角，在達人聞之，奚足一笑乎？

【校記】

〔一〕稿本此題爲第三十一篇。

〔二〕免，稿本作『宜』，圈改作今文。

〔三〕約，稿本作『期』，圈改作今文。

與彭雪琴待郎〔一〕

舟中别後，卽作越中之游，五月朔始還西湖講舍。使人入城偵視，則台旌發矣。瞻望不及，我勞如何。吳門未知有幾日句留，若能遲至月底，尚可於銷夏灣頭奉陪觴詠也。越中山水殊勝，大賢游覽於前，賤子登涉於後，相距不過旬日，而稽山鏡水間，籠鶡雲鵬，後先翔集，亦一奇也。所游如禹陵、南鎮、蘭亭，皆擬作一詩〔二〕，而力不勝題，大有秦武王舉鼎之懼。因别尋題目，避重就輕，庶幾齊王用三石弓便自稱十石也。其《蘭亭》一章，卽以奉懷，輒錄博一笑。

【校記】

〔一〕稿本此題爲第三十二篇。

〔二〕詩，稿本原作『書』，圈改作今文。

與曾樞元中丞〔一〕

數千里外，忽奉惠書，百朋之珍，誠未足喻。以閣下節旄坐擁，羽檄交馳，而猶惓惓故人，以時存問，卽此一端，而裘輕帶緩，布置從容，可概見矣。承示黔事，具徵成竹在胷，有迎刃而解之妙。想數年來綢繆户牖之内，周旋主客之間，不知費幾許心力矣。賢者多勞，如何勿思？樾今歲仍主講詁經精舍，借湖山之勝地，養樗櫟之散材，風雨小樓，大有終焉之志。來書乃以鵬圖再展爲言，竊謂相愛雖深，相知或猶未悉也。士之處世，豈不自揆？如樾者，文不足以陳俎豆，武不足以執干戈，徒以遭逢聖世，忝竊科〔二〕名。昔年曾充先皇帝蟣蝨之微臣，今茲猶稱太史公牛馬之下走，封疆大吏，許作賓氓，後生小儒，謬推祭酒，私自循省，爲幸多矣。兼之窮愁著述，已及百卷，雖不足以傳後，而頗足以自娱。設再入長安而索米，則阿婆老矣，其能與三五少年爭東塗西抹哉？若乃改絃更張，易内而外，則無論素乏吏才，且鄙人之脱略形迹，笑傲公卿，爲日久矣，一旦腳韡手版而來，曲跽雅拜，自稱下官，有不驚而且笑者乎？窮達命也，固不足言，吾生有涯，姑從所好。閣下霄漢鳳鸞，鄙人江湖鷗鷺，雖升沈異路，尚無傷乎昔日接翼同飛之舊。若必與雞鶩爭食階除，則鳳鸞其必羞之矣。因承摯愛，率布所懷，惟鑒察不宣。

【校記】

〔一〕稿本此題爲第三十四篇。其上多『與李筱泉中丞』一札，詳見詩文輯錄。

〔二〕 科，稿本原作『微』，圈改作今文。

與孫琴西〔一〕

客臘致一書，而不得復函，忙歟？忘歟？頃得吳中信，知攝行方伯事。因思樞元同年亦先攝藩條而旋〔二〕拜節鉞，閣下必與同之，弟前言爲有驗矣。夫人魚軒，聞適於前三日戾〔三〕止，慰農山長因以爲戲。弟謂行中書省止是先爲之兆耳，他日右丞大拜，其亦由夫人裙帶乎！此善頌善禱之詞，勿以戲言爲罪。弟四月中來杭，卽作山陰之游，旬日而返。日内仍厲湖上，或乘籃輿，或棹扁舟，放浪於西湖山水間，以自娱樂。此月之末，仍回蘇州，西湖雖好，銷夏灣固在吳中耳。

【校記】

〔一〕 稿本此題爲第三十五篇。

〔二〕 旋，稿本原作『卽』，圈改作今文。

〔三〕 戾，稿本原作『莅』，圈改作今文。

與丁禹生中丞〔一〕

昨在吳平齋觀察處見陳稽亭先生《明紀》一書，共六十卷，起自洪武，訖于福王、唐王、桂王，仿溫公

《通鑑》之例，首尾完全，詳略有法，頗擅史才。尊議欲刻《明史》，補畢氏《通鑑》所未及，使學者不必讀二十四史而數千年事犂然大備〔二〕，此意甚盛。但《明史》與《通鑑》體非一律，若刻陳氏此書，則與《通鑑》體例相同，合成全璧，洵可於《二十四史》外別張一幟。且向來並無刻本，爲海内所未見之書，若及此時付之梨棗，會見不脛而走，傳播藝林，未始非吾局之光也。此書尚是草稿，訂作十四本，卷帙頗厚，刻成裝訂，與畢氏《通鑑》多寡不甚縣殊。書中雖有塗乙處，而字跡分明，稍加整理，即可上版，頗不費手。又有《考異》十二卷，則尚非定本，編纂稍難，或刻或不，再議可也。鄙見如此，尊意以爲何如？稽亭先生是乾嘉間人，篤行君子，吳中人士擬請崇祀鄉賢。其著此書，聞積數十年心力而成，而未獲行世，沈珠淪玉，鬱而未彰，或者有待于大賢乎？

【校記】

〔一〕稿本此題爲第三十六篇。

〔二〕『備』下，稿本原有『加惠藝林』，圈去。

與王補帆〔一〕

六月中得手書，并《皇清經解》全部，感甚。惜年來精力衰頽，得之不能讀，讀之不能有悟入處，有負盛意，爲可惜耳。西法活字版，兄親至滬上訪之，惟金山錢氏文富樓書坊其值較廉，然止有小字耳，大字尚未全，以明春爲期，未知果否，所費亦殊非細也。拙著《賓萌集》，承許爲刊刻，感何可言！前聞馮景庭前輩言，粤中每刻百字止須錢七八十，拙〔二〕集幸較五萬字，然則刻費約計在四五萬錢之數矣。兹將草稿寄上，并求明眼人視之果可刻否。敝帚千金，文人習氣，兄近來并此勘破，不過既已作之，不得不以一刻了事。自入世來，百齡將半矣，來日無多，宜早爲出世之計。所以寫定著作、刊刻詩文者，亦猶人久客思歸，預先料理貲財、清釐薄籍也。

【校記】

〔一〕稿本此題爲第三十七篇。

〔二〕拙，稿本原作『文』，圈改作今文。

春在堂尺牘卷三

與胡荄甫農部

比年從事武林書局，得晤貴族子繼廣文，知閣下精研經學，具有家法，不勝欽佩。輒託瘦梅水部致拳拳之私，而疏慵成性，未獲奉尺書達左右也。乃承不棄衰庸，遠詒芳翰，推許過當，非所克當，慙媿慙媿。伏念閣下承累代傳經之業，好學深思，實事求是，豈鄙人所敢望歟？拙著《平議》中有與高明朐合之處，不過千慮之一得而已。辱以《素問》見詢，《素問》乃上古遺書，向曾流覽，憚其艱深，且醫學自是專門，素未通曉，若徒訂正於字句之間，無關精義，故未嘗有所論譔。閣下爲《校義》，未知所據何本，樾所見者，宋林億、孫奇、高保衡等奉敕校定本，多引全元起《注》及皇甫謐之《甲乙經》、楊上善之《太素》校正王冰本之異同。如首篇《上古天真論》『食飲有節，起居有常』，全《注》云『飲食有常節，起居有常度』，則知原本是『食飲有節，起居有度』，故以『有常節』、『有常度』釋之，而『度』字固與上句『和于術數』爲韻也。又如《六節藏象論》于肝藏云：『此爲陽中之少陽，通于春氣。』全元起本及《甲乙經》、《太素》並作『陰中之少陽』。據《金匱真言論》云：『陰中之陽，肝也。』則自以『陰中』爲是。凡此之類，裨益良多，想明眼人自能別擇之。樾年來蘇杭往返，殊少暇日，若得數月之功，將此書再一玩索，或一知半解，尚可稍補高深也。

與李少荃相國

前得手書，知玉節金符，聯翩西上，想韋皋所至，蜀道難化爲蜀道易矣。但長路迢遙，未識何時返旆武昌。西望旌麾，勞勞曷已。樾自六月初回吳下，以事久留，見在定于九月下浣買棹武林。于吳中爲雁户，于浙中爲雁臣，往來僕僕，可一笑也。兒子紹萊，材輕年幼，寸效豪無。在鄙人懷舐犢之私，都忘冒昧，乃大賢推屋烏之愛，曲予成全，猥以凡庸，濫邀獎敘，既感且慚。謹奉書陳謝，不盡萬一。

與汪謝城廣文

越中一别半年矣，爲學日益，諒如所祝。尊著《廿四史月日考》已有成書否？今有一二事，輒求教于左右。直隸永年縣婁山有石刻云：『趙廿二年八月丙寅，羣臣上酹此石北。』沈西雍觀察謂是石虎建武六年所刻，上溯石勒之年而并記之，故云『趙廿二年』。此殊不足據。劉寬夫侍御謂『漢侯國得自紀年，此趙王遂之廿二年也』，較沈説爲得之。然考兩《漢書》，前漢有趙敬肅王彭祖、共王充，後漢有趙節王栩、頃王商、惠王乾，竝享國長久，得有廿二年。侍御只據魯卅四年石刻上冠以『五鳳二年』，謂此不冠以漢年，明是文帝時未有年號之故，遂斷以爲趙王遂，此亦未必然。漢侯國得自紀年，初不必冠以王朝之年，魯卅四年石刻未可執爲定例。鄙見以爲，欲知趙廿二年之爲何王，當求八月丙寅之在何年。足下講求有素，請詳考兩《漢書》趙諸王之廿二年，何年八月有丙寅日，則此碑庶可定矣。又餘姚客星山有漢碑新出土，所稱『三老碑』是也。其文有云：『建武十七年歲在辛丑四月五日辛卯。』據《光武紀》，是年二月晦乙亥，四月有乙卯，則四月不得有辛卯，亦祈一核之，明以教我。

與陸存齋觀察

吳下廛廬，接讀手書，知履道康娱，甚善。大著《正紀》二卷，議論持平，考訂該洽，如摘盧刻《大傳》之譌，論北宋以前《史記集解》與《索隱》、《正義》無合刻本，辨楊誠齋不以黨禁罷官，皆塙鑿有據。僕史學荒疎，未由贊一詞，重違來意，聊識數語于上方，不足以裨補高深也。惟鄙意竊有所未安者，《提要》雖紀文達手筆，而實是欽定之書，觀其《進簡明目錄表》，有曰：『元元本本，總歸聖主之權衡；是是非非，盡掃迂儒之膠柱。』則固有以閒執後人之口矣，非如楊氏《丹鉛錄》，私家著述，陳氏耀文不妨有《正楊》之作也。世道多囏，人言可畏。吾輩生平又不爲俗人所喜，得無有持其後者乎。此鄙人彭祖觀井、蔡公過航之私見，未識高明以爲何如？因叨摯愛，故爲左右陳之。

與吳平齋觀察

承示《古私印人名》一册，幾及二百人，無一相識者，亦可云落落寡交矣，慙媿慙媿。謹錄副本，置案頭，以待采獲。其『王紹』一印，雖《魏書》有其人，然篆文明是『緕』字，《説文》糸部：『緕，治敝絲也。從糸，音聲。』此印是王緕，非王紹，不知何許人也。又『徐』一印，當是『奡』字之省。『奡』與『傲』同，《説文》夰部：『奡，嫚也。從自，從夰，夰亦聲。《虞書》曰：「若丹朱奡。」』今《虞書》作『傲』。《釋文》曰：『字又作「奡」。』是『傲』、『奡』同字。《漢書·儒林傳》有徐傲，虢人，爲右扶風掾，傳《古文尚書》者，豈卽其人乎？『李調』一印，《禮記·檀弓》篇恰有李調，侍晉平公飲酒者，然年代太遠矣。『任福』一印，宋時有任福，又嫌太近，想皆非也。其『莊宣』等八印，漢時避明帝諱，凡遇『莊』字，多追改爲『嚴』。如《漢書·古今人表》『魯嚴公』卽魯莊公、『楚嚴王』卽楚莊王，而《儒林傳》之『嚴彭祖』，《公羊疏》作『莊彭祖』，蓋本是莊姓而《漢書》改爲『嚴』也。儻漢時有嚴姓之人與此八印同名者，卽可引之爲證。拉襍書布，惟裁察之。

與馬穀山制府

頃楊石泉方伯交到前、後《漢書》各一部，傳述尊意，嘉惠陋儒，拜受之餘，不啻鄴騎到而賨玦來也。

昔人云，『寫得一部《漢書》，便是貧兒暴富』，今班、范兩家，雙雙俱至，寒窗坐擁，富可知矣。所惜年來精力就衰，著述都孏，春蠶食葉，未必再吐新絲，雖感持贈之情，益增荒落之懼。略一展玩，其字體工整，格式大方，洵爲海内善本。即函告浙局諸同人，新、舊《唐書》照此刊刻，使成一律，亦蓺苑之巨觀也。惟得隴望蜀，食熊思魚，人之常情。將來《史記》、《三國》諸書告成，竊更有發棠之請，公其許我否？

與王康侯女壻

辱手書，以八股文字爲問。僕於此事，入之不深，又吐棄已久，不足副來意。且輪扁不云乎，『斲輪徐則甘而不固，疾則苦而不入；不徐不疾，得之於手而應之於心。口不能言〔二〕，臣不能以喻臣之子，臣之子亦不能受之於臣』，斯言真實不虚，非英雄欺人也。然則僕又何以爲足下告乎？雖然，竊有一淺近之説，凡人欲立言傳後，不必作八股文字；凡作八股文字，不過鄉、會兩試借作敲門甎耳。僕從前治舉業時，每代閲文者設想：夫闈中閲文，猶走馬看花，想其夜闌人倦之後，燭光搖蕩，朱字麻茶，且又同此題目，同此文字，千篇一律，其昏昏欲睡久矣。故作文者，須有呼寐者而使覺之法，使一展卷，眼目一醒，精神一提，覺此卷文字與千百卷不同，自不覺手之舞之矣。其法，第一在命意，同一題目，而我之所見深人一層，高人一籌，讀者自歡欣鼓舞而不自知；次之在立局，雖意思猶人，而局陣縱横，有五花八門之妙；又次之在造句，雖格局猶人，而字句精卓，有千鎚百鍊之功，亦足以逐去睡魔，引之入勝。凡此皆是代閲者設想，所謂『古之學者爲己，今之學者爲人』，雖非聖賢之道，而作八股文字，不得不爾。若徒向紙上捉摸，不向闈中揣摩，此是『古者爲己，不求人知』之學，竟不如閉户著書爲妙也。近來時文家爭言『揣摩』。夫揣摩，自以蘇秦爲鼻祖，觀蘇秦，揣摩成而曰『此可以説當世之君矣』，然則蘇秦當時，亦是揣摩人主之意，如何可以動聽。今作文，不揣摩閲者之意，如何可以動目，而徒自揣而自摩，則何益之有乎？率書所見，爲足下揣摩之一助，幸勿示人，恐爲高明笑也。

【校記】

〔一〕『言』下，《莊子・天道》篇多『有數存焉於其間』。

與李筱荃中丞

前得仲冬中浣溫州來書，知旌麾所至，浙東山水，爲之生色，甚善甚善！近聞又拜恩命，代令弟少荃相公節制全楚。惟幕府於國事家事無異視，故朝廷倚伯氏仲氏如一人，此曠世之遭逢，亦中興之盛事。昔人有東川西川對持虎節者，未足喻此恩榮矣。惟浙人方欣冬日之可親，又送春風而遠去，西湖花柳，當亦爲之黯然。而樾以部下編氓，謬承知遇，猶憶秋風湖舫，半日句留，登傑閣而看雲，步長橋而問水，此番一別，未卜何時再共清游。來歲徙倚湖樓，翹瞻鈐閣，《召南・甘棠》之愛，而重以渭北春樹之思，依依之情，當比壤叟轅童而更切也。節鉞何時過吳？樾明年正月擬附輪船至閩中省視老母，往返約須月餘，未識能于吴中祗候八騶否。少荃前輩聞有經略黔中之命，賢者多勞，自所不免，而偉業豐功，亦因之益遠矣。

與彭麗崧孝廉

去年在西湖廪樓託貴同宗雪琴侍郎攜致一函，未知得達左右否。千里而遙，企望清暉，如何弗思？今年正月八日，與李質堂軍門會飲于友人所，始知去歲有賢女之變，然不得其詳。翌日軍門招飲，出示賢郎所撰《行狀》，一再讀之，不禁廢書而歎曰：『賢女之死，極激烈，極宛轉，所謂「慷慨赴死」、「從容就義」兼而有之，雖古烈丈夫，何以加茲！』然此《狀》也出，輶軒之使不能據以聞于朝，柱下之臣不能據以登于史，而賢女于是爲徒死矣。夫賢女所以千古不朽、萬代瞻仰者，全在三月二十七夜一事。此一夜，狂且入室，肆行無狀，賢女必有握拳透爪、齧齒穿齦、勃勃不可磨滅之氣，必有大聲疾呼、動天地、泣鬼神之言，載筆者宜謹書而備錄之。今按《狀》，止云『妹侍姑湯藥，以寒疾歸寢室。嗣遠是日適以問疾至，假宿外廂，而變作矣』，又曰『久之始得其顛末』。然所謂『變作』者，既不詳敘于前；所謂『始得顛末』者，又不補敘于後。徒載賢女之言曰『若有一豪生理，我當不死』，又曰『我當夜求死不得』，使讀者不知此夜情事如何，以意縣揣，反至失真而過實。夫嗣遠既闌入寢室，或以言語調戲，或以威力逼脅，皆所必有之事。即或不幸而至于失身，而既以一死自明，則仍不失爲完人。朝廷功令，初不因此而奪其旌表，秉筆者何所用其忌諱歟？況賢女當夜未必不幸而至此，乃《狀》中不用據事而書之直筆，反用諱莫如深之曲筆，如畫龍然，東雲見鱗，西雲見爪，卒莫知龍爲何狀。設大吏以此事入告，其能以『變作』二字鶻突上聞乎？設史館爲賢女立傳，海内士大夫爲賢女作碑碣，其能以『得其顛末』一言爲包括之辭乎？夫死者爲賢女，狀其死者爲賢郎，賢郎胷中自不免有爲親者諱之意，然此事實不必諱，且不可諱，諱之是諱賢女之烈也。嗣遠以功服夫兄爲禽獸之行，法當竿首，今聽其自死，倖逃顯戮，賢父子已不免深負賢女。惟有籲告朝廷，表揚泉壤，及徧求當代名人文字垂信千秋，而此《狀》又不可據。烏呼，賢女爲徒死矣！弟承兄不棄，有異姓昆弟之誼，故不敢以煩嬻辭，伏求惠我數行，詳示賢女死事狀，弟雖不才，請執筆以待。

與王補帆

得手書，知今年三度執訊，皆達左右矣。賢郎歸應鄉試，卽奉夫人魚軒，暫還珂里，於計亦得，而老弟遂與鄙人有西湖浮梅檻之約。粤事故不易爲，賢者多勞，倦而求息，此亦人情。但浮梅檻尚未成，盍稍待之乎？昔郗嘉賓好聞棲隱，然招隱與反招隱各成一説。閣下懷抱利器，未竟所施，善刀藏之，似乎可惜。想造物者必有以位置之，或仍來浙中，與巾山作賢居停，未必竟令作浮梅檻中之客也。率筆布復，幸勿疑吾有王荆公一壑自專之意。

與卞頌臣中丞

榕城小住，敬謁清塵，言語麤疏，衣冠草野，乃承念孔李通家之舊，極杜萱相遇之歡，車騎辱臨，珍羞遠錫，歸舟循省，爲幸良多。滬上得讀邸抄，始知陳情之表，已達朝端；破格之恩，特頒天上。在臣子切報劉之願，簪紱情輕；而朝廷鑒借寇之忱，縶維意重。詔歸梓里，迎奉版輿，此古今僅有之遭逢，實忠孝兼全之福分。中興盛事，逖聽爲榮。樾于三月八日還吳下寓廬，頃又買舟至浙，開詁經之課。小樓風雨，於焉逍遙。未知旌麾何日啓行？將來道出蘇杭，當迎候八騶，拜南國福星，并瞻北堂慈蔭也。

與傅星源觀察同年

同譜弟兄，一别十許年矣。日下分襟，而天南把袂，萍蹤暫合，亦是前緣。乃承雅意，殷勤授餐焉，餽賚焉，瀕行又高軒臨況，話别依依，賢者多情，于斯可見。伏念積貯繫蒼生之命，觀察分節度之權，同譜中得意者尟如，閣下遭際，不爲不優。雖尊齒視弟十年以長，然伏波矍鑠，還似曩時，小有清恙，未足爲累。在弟輩宜窮且益堅，在吾兄則老當益壯也。舟窗鐙火，手書奉候起居，且博千里一笑。

與袁小午同年

長安一别，十有八年矣。閣下以禁中頗、牧作軍中韓、范，奉承先志，振揚國威，廁名中興元功之列，甚善甚善！伏念吾榜介丁未、壬子間，舊有『蜂腰』之誚。然同館諸君頗有膺異數者，樞元以候補道拜黔撫，補帆以編修授浙臬。蓋不飛不鳴者雖多，而一飛一鳴，未始不沖天而驚人。而閣下者，則尤其上擊九千里者也。陝甘軍務，近日何如？數十萬健兒環而待命於閣下一人，胷中轉漕，筆底量沙，賢者多勞，深以爲念。樾自大梁罷歸，中更兵亂，流離轉徙，幸獲安全。忝竊皋比，妄事撰述，年來從吳下紫陽書院移主浙中詁經精舍，將舊著各書先後校付剞劂。已刻者，《羣經平議》三十五卷，《諸子平議》亦三十五卷，《賓萌集》五卷，《外集》四卷，《春在堂詩》六卷，《詞》二卷。每一校閲，時復自笑，夫蚓竅蠅聲，其細已甚，豈足與公等爭鳴哉？然執莊生《齊物》之説，則籬鷃之與雲鵬，原自各適其適，固無傷乎昔日接翼同飛之雅也。用敢以書，布達左右。軍書旁午之餘，或亦一破顔乎。

與魏稼孫

閩中小住，得接清談，兼讀《非見齋金石文字》，考訂之勤，蒐羅之富，一時無兩矣。僕此次來閩，除敬問老母起居外，不過冠蓋往還，酒食徵逐，真成一俗客。幸足下時相過從，一雅可醫百俗也。《金石萃編補正》寫定幾卷？書名及體例想已有定見矣。王氏原版見在滬上，僕言之吴中當事，擬補刻完全，移置書局，未知果否。尊慈《兩太孺人傳》謹已譔就，詞旨淺薄，名位卑微，不足表章潛德，聊副仁孝之意而已。兩母自以合傳爲宜，將來附入《家乘》，或分録之，亦無不可也。

與孟蘭艇

課卷閲定，送還，乞即榜示。附去題名一紙，敬藉游屐入山之便，爲我相度可刻之地，付石工深刻之。其地不妨稍僻，鄙意在數百年後，嗜奇愛古之人洗苔剔蘚而得之，不在一時有目共見也。文士名心，可笑可笑。

與汪蓮府

至好弟兄，久不相見，又久不得書，離索之感，可勝言乎？聞年來謝事家居，優游桑梓，亦足自娱。但未審精力何如，步履飲食均如前乎？《禮》云『五十始衰』，弟今年適届五十，乃信『始』之一字。攬鏡自照，須髮未蒼，而只覺精神不能，運其肢體，舉動皆累，讀書未終卷早已厭煩。有生客來，與坐談良久，輒忘其姓名，客去又索閲其刺。老母在，固不敢言老，然衰則從此始矣。所著之書，已刻成者八十七卷，曾賦《高陽臺》詞，首云：『早歲詩歌，中年箋注，句銷鐘鼎旂常。』言之亦可笑也。今年至閩，省視八十五歲老母，起居康健，可冀期頤。吾兄篤念師門，定亦聞而色喜。惟家兄壬甫，貧而且病，一官落拓，後路茫茫，竊爲慮之。弟此行輪船往返，頗爲順速。然大險卽伏乎其中，信乎子夏之言『死生有命，富貴在天』也。眷屬仍寄吳中，弟則自來西湖精舍，小樓高踞，平視湖山，時復棹一葉扁舟，放浪六橋内外。昨乘籃輿入山，至天竺、靈隱禮佛，徧探紫雲、金鼓諸洞，又踰棋盤嶺，於山頂佛廬試龍井雨前新茗，亦一樂也。兄能來此同游乎？

與許星叔京卿

頃得手書，知贊襄幾務，倚畀日隆，甚善甚善。僕于五月下旬還吳下寓廬，一病月餘，至今未愈。《禮》云『五十始衰』，今其時矣。屬擬表文二道，極感知愛之深，但駢儷之文，久已輟筆，況此等大文章，自宜大手筆爲之，臺閣中不少造五鳳樓手，乃問之江湖之野老，不亦左歟？病中未能握管，口占，授舍姪奉復，不盡一一。

與李筱荃制府

兩接手書，備承存注。入庚伏來，想車前甘雨，扇底仁風，坐鎮從容，興復不淺。黄鶴樓頭，當遠勝金牛湖畔也。樾于五月十九日自湖隄精舍還吳下寓廬，至廿二日卽患大病，臥牀月餘，至今尚未出房。

終日在房中扶杖而行，古人『五十杖於家』，洵不誣矣！拙著已刻者六種，有便當寄奉大教。鄂局所刻《國語》及《經典釋文》甚佳，便中望各賜一部爲幸。浙局見刻《通鑑緝覽》，蘇局見刻《明紀》，派刻各史，均未開雕。伏念合刻全史之議發自臺端，而事關數省，議同築舍，未知何日觀成，良可喟也！力疾布復，不盡欲言。

與丁雨生中丞

日前承存問，草草就名紙作數行奉復，定照入矣。病中偶思得一事，輒以聞諸左右。王蘭泉先生《金石萃編》版見在上海道署，去年杜小舫觀察曾印一部見贈，止缺一百七八十葉耳。此書雖不免有錯誤處，要是國朝言金石者一大宗，若不及今收拾，必至零落無存。閣下何不移置書局中，覓初印善本，將所缺葉翻刻補全，計其費不及二百千，而局中又得成一巨觀矣，亦蘇局之光也，閣下其有意乎？

與劉叔俛

去歲承寄示所撰《論語正義》弟十九卷，受而讀之，視邢《疏》詳備，視皇《疏》謹嚴，真不朽之盛事矣。惟説『蕭牆』一事，引方氏觀旭説，與鄙見未愜。而適有閩中之行，其還也，又如杭州，及杭州還，又臥病兩月有餘，故遲之又久而未及復，想不罪也。今病小間，輒粗陳所見，以副下問之意。方氏據《禮》

『天子外屏，諸侯内屏，大夫以簾，士以帷』，謂『季氏之家不得有蕭牆』，固也；因謂『蕭牆之内，斥言魯哀公』。若然，則是夫子此言，正所以啓君臣之猜嫌，而以危言悚之，使爲篡竊之事矣。方氏亦意有未安，故自圓其説曰：『此夫子誅奸人之心。』若謂季氏非憂顓臾而伐顓臾，乃憂魯君疑己而伐顓臾也，然則經文『吾恐』當易爲『吾知』，於文義乃合。是故方氏之説不足據也。按《國語》『自卿以下，合官職於外朝，合家事於内朝』，韋《注》：『外朝，君之公朝也；内朝，家朝也。』以《考工記》證之，『外有九室，九卿朝焉』，鄭《注》曰：『外，路門之表也；九室，如今朝堂，諸曹治事處。』然則韋《注》自塙。陳氏祥道謂『卿大夫二朝皆在家』，非也。蕭牆之内，所包者廣，卿大夫外朝亦卽在此，季氏與諸大夫朝夕治事，無不於斯，不均不安，内變將作，或同列謀之，或僚屬謀之，皆可發於蕭牆之内，不必定斥魯公也。鄙見如此，未知有當否。

與勒少仲同年

前辱手書，并佳墨佳茗之賜，卽於病中草草復數行，定達左右矣。嗣又於平齋處交來大著《詞》一本，又屢承寄聲存問，甚感甚感。弟五月下旬在吴中大病，臥牀月餘，至今雖愈，而未復元。《禮》云『五十始衰』，樾今年五十，衰自此始矣。病之初起，起於瘧疾。平齋遣人來問，而厲中閽者是揚州人，其言瘧疾似乎熱癤，故由平齋處譌傳，有弟患外症之説，其實非也。春間承以宣紙索書，而弟已赴杭，其還也又病，是以竟未及書。而又重之以後命，屬書大字楹帖。伏念拙書至劣，閣下乃深嗜之，『心誠憐，白髮玄』，其信然乎！病後腕弱，小字尚可勉强，大字未能握管。然必有以報命，不敢虚雅意之拳拳也。拙著已刻者六種，謹寄求是正。内有《詞》二卷，於律未諧，聱牙不免，方之大作，是謂小巫，不足辱紫霞翁點定也。

上曾滌生爵相

秋間曾上一書，定登台覽矣。壤叟轅童，引領北望；金符玉節，渡江南來。當沙隄税駕之時，正海屋添籌之日，九五福曰『壽』，六十歲爲『耆』。公與物爲春，故縣弧適當陽月；天爲公置閏，俾稱觴再届生辰。百年之曲，唱遍三江，不獨門下小生竊竊然頌臺萊、祝黄耈者也。樾于西湖廎樓小住兩月，湖山坐對，宿疴頓除，兹于月之廿日仍還吴下，幸雁户之未更，望龍門而不遠，或有佳伴，尚擬同來白下，重謁黄扉也。

與謝夢漁同年

去年由費芸舫庶常寄到手書，知養望兵垣，優游清吉，太夫人在堂，侍奉康娱，甚善甚善。至於官之落託，有不足言者。閣下嘗言，學問與科名各是一事，科名與官禄又各是一事。既達斯旨，復何憾乎？弟窮愁著書，聊藉自遣，先後災之梨棗者八十七卷，承閣下有嗜痂之愛，謹寄上全函，都凡廿有六册，伏求惠存。弟今年五十一歲，精力早衰，著述之興，亦復闌珊，惟將匧中舊稿鈔撮成書，又得九種，名之曰《第一樓叢書》。第一樓者，弟主講西湖詁經精舍所庽樓名也。今年擬付之剞劂，未知果否。家兄新遷福寧太守，然亦多病，後路茫然。家母年已八十有六矣，去歲至閩省視起居，精力雖尚康強，究竟年高，未免喜少而懼多耳。兒子紹萊奉檄署大名府同知，惟望其今年得補一官，鄙人甘心爲子叔疑矣。頃閲邸鈔，乃知有徐壽蘅侍郎之疏，雖承其拳拳之愛，然多事極矣。弟著述足以自娱，筆耕足以自食，雖無當時之榮，或有没世之名，豈復作再入軟紅之想哉？倘不知者，謂壽翁此疏鄙人實慫臾之，則寃矣寃矣！閣下知我，想不以此言爲甕也。

與王補帆中丞同年

承示《應元書院章程》，措置周詳，規模宏遠，即此一端，而閣下之嘉惠粤士者無量矣！惟每月膏火以官課爲定，則鄙人竊有不能無言者。夫以區區膏火之資，爲鼓舞人才之具，其意固已末矣。然今日而設立書院，其勢不得不出於此，是故立法不可以不詳，要使盡一日之長，即獲一日之利，然後操觚之士有所勸誘，而不致鹵莽滅裂以從事。向來書院章程，每月膏火之資以内外課爲差等，而所謂内外課者，以春初甄别爲定，則是終歲所得，取決於甄别之一日也。後人知其法之未善，於是有改，而以每月官課爲定者，視舊章稍密矣。然一取決於官課，則士子於師課必至於敷衍成文、茍且完卷而後已，何者？利所不在也。是故，中興以來江浙興復書院，率皆隨課升降，官師一律，譬如每月膏火銀三兩，則官課、師課各得一兩五錢。如此，則盡一日之長，必獲一日之利，而鹵莽滅裂以從事者寡矣。聞直隸蓮池書院亦以官課爲定，其師課不到者扣除之，故師課人數不下於官課，而文則黄茅白葦，無一可觀，山長徒費目力，不見佳文，勞而且厭，恣意塗抹，甚或付子弟句讀之，若曰『吾課非所重也』。夫自校官之職不脩，其略存學校遺意者，惟有書院，乃使爲弟子者率爾而出之，爲師者率爾而應之，豈非立法之未善乎？閣下旌節所至，剏設書院必多，故敬陳所見，幸裁督焉。

與沈三三

接手書，始知尊公已於前年歸道山。憶是年之夏曾致一函，并附還《尚書管見》二册，小有獻替，久而不得復書，以爲區區之愚，未蒙採納，不意已作古人也！訂交文字，垂三十年，不獲一面，而今已矣！遺書手澤，想必什襲珍藏。伏願足下勉承先志，努力顯揚，使數十載寒窗心血大顯於時。不獨九京之下爲之一慰，抑亦神交老友之所大快也。

與李少荃爵相

前月得復書，知敏齋同年攜致一函已登記室矣。南中自庚伏以來炎歊特甚，未知津門何似。想諸葛君綸巾羽扇，自與下土蟣蝨不同也。聞於西沽新築一城，鐵關銅廓，扼要襟喉，洵足壯日畿而控月竄，較李贊皇之築禦侮城、柔遠城，規模當遠過之矣。從此角飛城外，風景一新，惜不克浮海北來，登高而賦之也。樾近狀如恆，畏暑杜門，經月不出，柳州云：『無能常閉閣，偶以靜見名。』殆鄙人之謂乎？惟爲衣食所累，不免癡擁皋比，外則毀譽交乘，内則心力坐秏，甚無謂耳。秋暑猶酷，幸自愛，不盡所懷。

與王補帆同年

辱手書，并以李次青廉訪所撰《國朝先正事略》見贈。其書考核詳明，敘次有法，李君此作，爲不朽盛業矣。兄從前在天津時，亦思訪求中興以來名臣名將事蹟纂成一書，彼時精力猶可也，今則無能爲矣。讀書未終卷輒厭倦，今日置一物，明日便忘之，有生客來，與久坐遂忘其姓名，憒憒如此，尚可言著述乎？乃信宣尼假年之歎爲不虛也。承詢近事，兄亦不自知開罪之由，大約此老爲人捉刀，兄偶失照，未置前茅耳。昔年視學中州，爲曹薌溪前輩一劾而罷；今主講西泠，又得罪於魏武之子孫，豈鄙人前身是禰正平乎？浙中當事諸公頗未厭棄，院中生徒亦無閒言，兄亦不必急急求去西湖也。

又與補帆

七月之望，杭州詁經監院寄到惠書，即從貢甫大令交來者。讀之，知前所陳《書院章程》已見之行事矣。區區芻蕘之獻，何補高深？閣下從善如流，邇言必察，卽此一端，而他事之集思廣益、舍己從人，概可見矣。又承示於書院常課外別設一課，專考經濟有用之學，美哉斯舉也。夫通經而不足致用，何貴通經？經義治事，固胡安定之成法也，使士子知上之所求不徒在八股試帖，而孜孜講求於其大者遠者，洵爲國儲才之要務矣。然鄙人竊有所過慮者。賈、董之才，曠世間出，豈易責之？尋行數墨之陋儒，恐亦不過掇拾陳言、敷衍了事而已。其甚者，浮浪之子，巧以行其嘗試之端；健訟之夫，陰以佐其攻訐之術。處士横議，由此而起，於治道無益，而轉於政體有妨，此亦不可不防者也。兄嘗謂師儒之教，總以經史實學爲主，苟於經史並通，卽於體用兼備。今於書院增此一課，鄙意請以史事命題，凡政治得失之由，形勢成敗之迹，理財治兵之策，建官取士之規，或統籌全局，或試論一事，觀其斷制乎古者不謬，則其施設於今者可知。數年以後，父子兄弟，互相磨究，人材輩出，必由此塗矣。迂拙之見，高明以爲何如？

與沈仲復觀察

閲邸抄，知拜移節之命。伏念滬上一隅，爲中興來旋乾轉坤之樞紐，比年轉漕南北，貫串華夷，皆賴觀察之得人，以維中外之大局，乃朝廷第一注意之區。今得閣下臨隸是邦，文章動蠻貊，忠信格豚魚，儒臣勛業，從此遠矣。樾精力積唐，學植荒落，迂闊之見，不知其他。惟望旣樹英略，益振文教，鄙人雖衰病，尚將來游來歌，與觀其盛也。

上曾滌生相侯

前月寄呈吳仲雲前輩詩集一部，定塵記室矣。際金風之颯爽，想玉賬之清閑，迎將天上恩光，播作江南秋色，庾亮南樓，不足言也。樾吳中消夏，忽又經秋，本擬月内買舟還浙，而聞綠軿朱幰，不久臨逮吳中。回憶著雍之歲，金陵謁别，星霜荏苒，三載於兹，自應迎候清塵，藉親霽月，拜昌黎北斗，勝於訪和靖西湖也。江寧書局見刻何史？自《史記》、兩《漢書》外，樾均未之得見，如蒙惠賜《三國》以後諸史各一部，俾治經之餘略及史學，庶免如《顔氏家訓》所譏『俗閑儒士，不涉羣書，至不知漢有韋玄成、魏有王粲』者，尤鯫生之大幸矣。

與李少荃伯相

秋間，敏齋同年自津門南返，交到惠書，備承眷注。即由敏齋述知，來年正月五日，恭值崧生嶽降之辰，運佐中興，算符大衍。屆五十服官之歲，而入相已及五年；應五百名世之期，故誕降適逢五日。此乃熙朝之盛事，豈惟同譜之美談？況畿畺之水患初除，知幕府之賢勞尤甚。富鄭公境内，屋廬衣服皆全；鄧仲華車前，斑白垂髫盡樂。以數百萬人㤼幪之所託，卜二十四考福報之攸隆，請歌《鴻雁》三章，代《南山有臺》一什矣。樾因道阻且長，不獲躋堂介兕，謹獻楹帖一聯，詞旨淺陋，未足揄揚，伏求惠存，并賜是正。

與李筱荃制府

頃從何子永中翰交到惠書，發緘爛然，古香四溢，如誦神泉詩，如觀峿臺銘。初疑幕府中必有精於玉箸者，及讀手畢，乃知佳公子所爲。憶前在武林，甫逾幼學，今歲未知妙齡幾許，而篆體工秀乃爾，且皆《説文》正體，無一鄉壁虚造之字，知其致力於汶長書者深也。循誦再三，愛不忍釋。藉悉騶從於夏初旋鄂，韡畺靜謐，軍府清閑，看佳兒問字而來，佐慈母含飴之樂，屈指中興名臣，勛名、福澤如公者稀矣。承賜鄂局所刻書四種，皆以善本而精刻之，洵足嘉惠來學。樾今年又刻《弟一樓叢書》三十卷、《褉文》二卷、《尺牘》三卷、《隨筆》四卷，俟刻成再呈大教。茲先附去拙書木刻搨本二種，書既不佳，刻手尤劣，不足供賢郎一笑也。

與彭雪琴侍郎

前歲西湖講舍得接英姿，不勝執鞭之慕。嗣得途中所寄書，并賜讀佳章，樾亦嘗寄上七言古詩一首，乃是年游會稽蘭亭有懷左右而作者，想已入青睞矣。兩載以來，未通音問，不知在綠野堂中優游歲月乎？抑或從赤松子輩笑傲烟霞乎？功成不居，長揖歸山，真英雄也！求之古人中且不易得，況今人乎？樾詁經主講，仍借湖山養拙，無足言者。去歲貴同鄉徐壽蘅侍郎畫蛇添足，殊屬多事，然在樾亦無所損益耳。本無出門西笑之心，何有留滯周南之歎？但得饘粥粗給，伏臘有資，豈獨前塵昔夢，概付飄風，并山長頭銜，亦謝勿受矣。樾今歲行年五十有一，精力積唐，意興消耗，蒲柳早衰，天所賦也。湘鄉師言，本朝經生，多享大年者。然樾則學問既不逮昔賢，精神又不如遠甚，殆無能爲役矣。湘鄉師重蒞江南，矍鑠更甚於前，龍馬精神，固自不同乎！閣下有興，何不來作秣陵游，并再探西湖之勝。樾仍當于弟一樓頭迎候清塵也。

春在堂尺牘卷四

與楊石泉中丞

辱手書，猥蒙不遺在遠，存問殷殷，感甚。又承示，知明歲擬選刻《叢書》，不特嘉惠方來，抑亦表章前哲，甚盛舉也。惟既稱『叢書』，體大物博，宜乎無美不收，如經學、史學，以及天文、地理之書，兵家、法家之言，六書、九數、醫卜、襍技，上而朝章典故、名臣言行，下而草木蟲魚之名、琴棋書畫之譜，蒐羅宜廣，選擇宜精，不可執一己之見，自狹其門户，又不可徇友朋之請，濫費夫棗棃，庶幾美而且富，傳播藝林，成一鉅觀。每種之後，宜仿《提要》之例，撮其大指，刊附簡末，亦或考證異同，辨別得失。如樾譾陋，不足以任斯役，謬承垂愛，許援古人書局自隨之例，殊增媿恧。或當從諸賢之後，稍參末議，助成盛事耳。

與世襲一等侯曾劼剛

三月四日，樾在福寧望海樓與諸同人讌集，忽有人傳述，一月以前吾師已騎箕天上，不禁投箸失聲，猶冀此信或未必真，乃越數日而見之邸抄矣。憶去冬在吳門謁見，并承枉駕春在草堂，精神矍鑠，談笑從容，竊謂雖有微疴，猶未足慮，富貴壽考，自當媲美汾陽。不意此別之後四閱月而大星遽隕也。東坡之哭歐陽文忠也，曰『上爲天下慟，而下以哭其私』。吾師豐功駿烈，旋乾轉坤，豈僅六一先生之比！而樾之不肖，辱吾師知遇之厚，視蘇之與歐，其感激更當何如！木壞山穨，吾將安仰？龍門在望，悲不自勝，又何以慰大孝之創巨痛深乎？迢迢千里，不獲躬詣金陵，與於執紼之役，負疚殊甚！謹寄呈一聯，聊表微意。伏念從前以文字受知，每蒙吾師許可，茲則廣桑山上，隔絶塵寰，雖小子斐然，未必夫子莞爾矣。書至此，曷禁漣如。

與壬甫兄

月之二日曾去一書，仍附補老信中，已到否？起居定必佳勝，庭中花事，近日何如？吏隱之福，實所豔羨。弟已于三月廿八日還西湖精舍，雖託江湖之名，未免褦襶之累，遠不如福寧太守之清閑自在也。南莊府君手批《四書》精細，可以當著書。弟在蘭溪舟中手自鈔錄《大學》一書，已及傳之九章，略以意貫穿，使成片段，以小字雙行夾寫，附於每節之後，其有及注文者，摘錄注文，亦以小字書其下。自還精舍，未遑從事，然稍有空閑即當卒業，不敢輟也。還杭後，聞人言曾文正師事，乃知真靈位業中人，來去分明，固自不同，其身後事，皆手自料理楚楚，然後歸真。二月朔，梅方伯入見，勸暫請假，公笑曰：『吾不請假矣，恐無銷假日也。』至誠前知，豈不信夫！弟途中補作《福寧褉詩》十二首，內一首云：『海色山光逼晝檽，何殊觴詠在蘭亭。無端忽墮風前涕，一月前頭隕大星。』爲文正發也。又自福寧還杭州，得襍詩十四首，内一首云：『子陵臺在暮雲端，兩岸山光已飽看。安得於潛問遺老，重尋石室古嚴灘。』則據《水經》疑漢晉時所謂『嚴瀨』者在桐廬至於潛一路，而非今之七里瀧也。及晤楊石泉中丞，語及之，石翁曰：『桐廬至於潛，昔嘗經由其地，分水以下，淺瀨急湍，不容舟楫過；分水後，涓涓細流，并不成溪澗矣。然巖岫複沓，子陵石室當有可訪，惜彼時軍旅悤悤，無暇尋幽選勝耳。』此事在福寧曾與兄共檢《水經注》，故附以報兄焉。

與次女繡孫

得正月廿七日書，知汝無恙爲慰。吾於正月廿八日在錢唐江首塗，由嚴州、金華、處州、溫州而至福寧。祖母今年八十有七，惟步履艱難及重聽較甚耳，飲食起居，與前年無異，期頤可望也。伯父之病仍未脱體，幸公事清閑，頗足養病。吾在彼小住二十七日，仍由原路而還。水陸兼程，行殊不易，然泉聲山色，頗足娛情，已於三月之末至西湖精舍。筆墨叢襍，賓客紛緐，遠不如福寧太守之清閑自在矣。汝南旋之計，聞又不果。在都固無佳況，還南亦乏良圖，觸藩之歎，誠有如汝所言者。眼前既不成行，宜隨時排遣，勿鬱結成病。汝有生以來尚無大拂逆之境，此日稍嘗辛苦，亦文章頓挫之法。昨得彭雪琴侍郎書，有詩云：『欲除煩惱須無我，歷盡艱難好作人。』此言有味，故爲汝誦之。吾嘗言，人生須分三截：少年一截，中年一截，晚年一截。此三截中無一豪拂逆乃是大福全福，未易得也。三截中有兩截好已算福分矣。但此兩截好須在中、晚方佳，若晚年不好，便乏味也。必不得已，中一截不好，猶之可耳。汝少年總算順境，但願以中年之小不好，博晚年之大好，仍不失爲福慧樓中人。善自保重，深思吾言。

與彭雪琴侍郎

四月二日，在西湖精舍接惠書，知去年所致之函由曾文正師五百里火票飛遞，一十四日而達。左右羽書，星火送到山人詩瓢，是亦千秋佳話，而不意瓊瑤報我之時，已在文正師箕尾歸天之後。緬懷知遇，曷勝泫然！伏讀來書，語長心重，旨遠詞文，令人有雲中白鶴、天半朱霞之想。所鈐小印有曰『兒女心腸，英雄肝膽』，樾請益以二語，曰『書生面目，神僊骨相』，便足盡君之爲人矣。和章如行雲流水，隨筆抒寫，風韻神味，無一不勝，真天才也！惟揄揚之過，在所不免，然亦見賢者之多情矣。樾正月之末至閩中省視老母起居，在家兄福寧郡齋小住一月，於三月廿八日仍還西湖，補行課事。文正師之喪，不克躬與執紼之役，於心歉然。聞素車白馬，飛隷金陵，閣下風義甚高，篤於師友，古之人，古之人也！未識能便道至蘇杭一游，訪名山兼尋舊雨乎？此間當事諸君皆言，已有詔書趣公出山，不知此信果否？伏念功成身退，長揖歸田，自是大丈夫行徑，然近者朝廷雖號治平，而西北軍事猶亟，東南伏莽未清，吾師柱石忽摧，未免厪聖明南顧之慮。閣下上念朝廷倚畀之隆，下念蒼生屬望之切，綸巾羽扇，再出東山，以成文正師未竟之志，至海内晏然，中外無事，然後歸從赤松子游，度天下後世必不以馮婦笑公也。閣下儻有意乎？

又

前覆一函，并紀行小詩五十八首，定入照矣。比聞綸巾羽扇，横大江而揚舲，以整暇治兵，以德威馭將，文正師騎箕之後，有此替人，不特紓朝廷南顧之憂，且以繼文正東山之志，翹瞻大樹，良用欣然。惟未識虎節朝天之後何日南來，須知望軍門而企踵者，將佐、蒼生而外，更有漫郎孳叟也。樾於五月中還吳下寓廬，杜門經月，幸辭褦襶之譏，伏案終朝，殊乏蕭閑之致。八月後，擬仍至西湖講舍。前年賜書聯額，尚縣第一樓中，每瞻妙墨，如挹英風也。

與壬甫兄

聞服附、桂等劑，未知投否。醫家各執一理，其稍讀醫書者言之必娓娓可聽，求其實效，茫如捕風。近時岐黄家宗黄坤載扶陽抑陰之説，往往喜用桂、附，亦有利有弊，未可偏執。惟中年以後火氣已衰，藥之涼而膩者，殊不相宜。桂、附之弊，究屬君子之過。弟近服粱公百歲酒，頗似佳也。來書言臨平先達一事，惜未言明出《晉書》何傳。考《漢書·地理志》，鉅鹿郡有臨平縣。而劉昭《續志》已不見，則久經併省，《晉書》亦無此縣。其爲今之臨平人無疑，然不知何以書臨平人而不書錢唐人也。《福寧郡志》曾否舉行？吾浙有修省志之説，或議以弟總其事。然弟經生，疏於史學，修志一事，不獨煩心，且易爲怨府。昌黎，文章鉅公，猶不敢修史，況我輩乎？當事者或果有此意，當婉謝之。

與金眉生廉訪

承賜觀大著，崇論閎議，洵足拓開萬古心胷，推到一世豪傑。閣下其今之陳同父乎？及讀《遷居》諸詩，萃一門之風雅，作平地之神仙，又令人神往不已。竊謂閣下天生逸才，一時無兩，才人學人，均不足以望下風。匧中舊稿，多雍容大篇，有關中興全局者，宜及時刊刻，使海内知半野樓中有絶大經濟，與吾輩閉户草《玄》徒供覆瓿者迥不同也。尊意欲刻性理、經學、經世三書，此誠不可緩之巨舉。僕從前嘗與曾文正議續刻《皇清經解》而卒不果，文正薨逝，事更難矣。敏老志在引退，意興闌珊，未必能料理及此也。所擬序文三篇，實有所見，自是傳作，存此文於集中，將來必有舉行其事者。吾人立言，原不爲一時也。惟鄙意言經學必以漢儒爲主，亦猶言性理必以宋儒爲宗，所謂『離之兩美，合之兩傷』。即以《周易》論，宋儒所説，必及先天後天，然則一部《十三經》，開卷便錯矣。阮文達《學海堂書》，謂未足以盡本朝之經學則可，謂止是訓詁之學則不可，其中天文、地理、典章、名物無所不有，一代説經之書，雖不盡於此，然亦可謂集大成矣，後有作者，但當踵事而增，不必別開門户。此則區區私見之不與尊意同者，輒布陳之，以附孔門『盍各』之義。

與吳平齋

承示古器銘，第一字不可識，《説文》篆下有籀文，豈卽此字乎？『日工』二字亦未知何義。《堯典》『允釐百工』，《史記·五帝紀》作『信飭百官』，是『官』與『工』義同。《左傳》稱天子有日官，此日工或卽日官也。末一字，更不可識，横看則成字，頗與『四』字相佀，《説文》『四，象四分之形』，是其中止取象分形，横竪皆可。四者，紀其數也。漢器銘多記第幾，如好畤鼎第十、孝成鼎第一之類，其取法於古乎？三者皆臆説，聊以質之高明。

與李少荃相國

承惠書，并賜額『德清俞太史著書之廬』九字，魄力沈厚，結體謹嚴，如對垂紳正笏氣象，從此銀鉤鐵畫，照耀蓬廬，不獨圭蓽之光，抑亦子孫之寶也。又以流覽拙著《春在堂全書》，嘉許殷殷。自惟閉户著書，徒費歲月，得大君子一言以自壯，醬瓿上物，價增十倍，雖奬借之情或過，而慰藉之意良深。伏而誦之，墫墫起舞矣。畿輔仍荒於水，而高原幸尚有秋，福曜所臨，自足迓和甘而消疹癘。然勞來安集，以奠民居，疏瀹決排，以除水害，又費一番經畫矣。昔禹抑洪水，周公兼夷狄，公以一身任之，天生李晟，豈偶然乎？樾吳中消夏，一住四月，紙勞墨瘁，無可言者。重陽後三日，買棹武林，西湖秋色，早又闌珊矣。回憶詁經承乏，於今五年，當事諸公，頗未厭棄，精舍生徒，亦無間言。而杭州一傖父，自恃其老，無理取鬧，肆口謾罵，殊覺咄咄逼人，意者鄙人湖山緣盡乎？今春於壬甫家兄福寧郡齋得先祖手批《四書》一部，雖止爲初學設，而逐章逐節逐句逐字，從白文、注文一一擘求，可見老輩人讀書精細，無一字輕易放過，蓋不僅八股家指南鍼而已。然其書蠅頭小字，朱墨襍糅，猝不易讀。樾手自寫定，以意聯貫，粗有條理。恩竹樵、應敏齋、杜小舫三君子見而好之，集貲刊刻，已在吳下開雕，不揣冒昧，欲求椽筆題簽，以爲光寵。想表揚耆舊，嘉惠方來，大賢其必許我也。

與曾樞元中丞

夏間曾寄一函，山川悠遠，未知得達典籤否。比聞旌麾所指，上下游以次肅清，播凱唱於黔中，馳捷書於闕下，膚功疊奏，温詔遙頒，逖聽之餘，爲之起舞。伏念黔事處萬難措手之時，閣下悉心經畫，全力擔當，東扼五溪，西控六詔，奠安彫敝之區，聯絡主客之勢，十數年中，不知費幾許心力，而後告此成功。乃歎熙天耀日之勛，端由動心忍性之學，不圖吾榜，有此偉人，叨附驥旄，與有榮幸。樾跧伏林下，忝竊皋比，妄以譔述自娛，不知老之將至。今因人便，寄呈《全書》一部，想軍府就閑，結習故在，祭征虜不廢雅歌，曹武惠惟收圖籍，此醬瓿上物，或亦玉帳中所不可少乎？

與彭雪琴侍郎

臘八前一日，承惠顧吳下春在草堂，敘數年契闊，甚善。而鄙人竟未嘗登艫一送，知游於人外者，必不責形迹之往來也。日内想雲裝烟駕，已至西湖六橋風雪中，氈笠芒鞋，倘佯自得，韓蘄王後，五百年無此樂矣。嘗讀左太沖詩曰：『功成不受爵，長揖歸田廬。』此二句，誦之似口頭恆語，而一部廿四史中克副此語者，實難其人，乃今於閣下見之。以兩宫眷念之篤，舉朝仰望之隆，敝車羸馬，翩然南歸，一僕兩僮，寄居烟水之鄉，非所謂『連璽耀前廷，視之如浮雲』者乎？以當代第一流，居西湖第一樓，是謂人地兩宜。而僕忝爲第一樓主人，因得冒爲第一流主人，私自循省，實爲萬幸。湖上嚴寒，風景蕭索，而冷淡中自有佳趣，非公不足領略。吳下寄奴，不獲與孤山梅鶴同侍清游，思之又自惘惘也。小詩二首，卽用春間見贈韻，聊博一笑。

又與彭雪琴侍郎

前致一函，并小詩二首，已照入否？聞吳中别後，旌斾又作吳興之行，而後至武林。蒼弁山邊，碧浪湖畔，得謝屐經臨，山川生色矣！西湖歲晚，風景何如？孤山梅花，南枝開未？三潭印月是前年從者去浙後新脩，平橋九曲，精舍三楹，視平湖秋月更爲有致，其東北隅尚餘隙地，似可仿邵康節先生安樂行窩之例築屋數椽〔一〕，題曰『西湖退省庵』，爲巡視長江兩年一往來鸞裝鶴轡暫駐之所，則西湖又增一名蹟矣。公以爲何如？秋間有客自中州來，以高廟御筆梅花小幅搨本見詒，敬以轉贈。前所惠梅花横幅，如行篋中尚有存者，求更賜數紙，以便分詒同好也。僕二月中有五湖之游，公如有興，可鼓棹而來，同探莫釐、縹渺兩峯之勝，或視南北兩峯所見更空闊乎？

【校記】

〔一〕椽，原作『掾』，據文義改。

與孫琴西廉訪同年

自湖上歸，始知拜皖臬之命。此時陳臬之邦，即昔年領郡之地，皖公山色，青蒼如故，回憶十五年前之事，可以掀髯一笑矣。平生讀書不讀律，驟居刑名總會之區，似乎耳目一新。然大才宜無所不可，且臬事、藩條，亦皆借徑耳，異日坐鎮封疆，主持運會，宏獎風流，此兄之所優爲而鄙人所望於兄者也。入覲何時首塗？雨雪北轅，幸自愛。

與彭雪琴侍郎

獲讀手書，并《大婚恭紀》七律十章，音節諧和，注釋詳備，如設交杯宴，唱交祝歌，用團欒膳，進子孫餑餑，服龍鳳同和袍，以及奉迎時置如意於輿中，親題『龍』字，入宮時安蘋果於檻下，上覆馬鞍，皆足考見典章，傳爲故事。又如匳中大鏡一方，進乾清門不得入，去架乃入，亦足見天家富貴，使山澤之癯眼界一開也。元旦以來，風日晴和，恭逢親政之年，喜覩昇平之兆，雖耕鑿野人，亦爲鼓舞，況閣下爲國股肱者乎！湖樓嘯傲，意興何如？登眺雖佳，春寒猶勁，積病之餘，千萬珍重。

與張振軒中丞

前布寸牋，知塵青睞，春韶初轉，恩命遙來。奉九陛之絲綸，領三吳之節鉞。胥臺風景，表裏江湖；幕府勛名，後先李郭。不特吳兒竹馬爭迓使君，即鄙人牽舟岸上，久作寓公，篛笠荷衣，又得向軍門長揖。漢諺云：『張君爲政，樂不可支。』非虛語矣。劉副將來，又承惠我《晉》、《魏書》各一部。佔畢經生，疏於史學，自茲以往，請分剛日誦之。

與張嘯山唐端甫

二月下旬自滬還蘇，得手書，卽寄復一函，未知收到否。及至杭州，晤施均父孝廉，知子高已作古人，不勝傷悼。伏思子高，溺苦於學，具有師法，秀而不實，未見其止。僕與子高有中外之戚，又其學術，素所傾倒，曾不能先爲設法招歸鄉井，又不獲執手一訣，憑棺一慟，九原有知，慙媿逝者。昨從蘇寓又寄到惠書，知其身後諸事，由公等料量妥協，篤於風義，今之古人，感怍無已。又均父言淩君子與自維揚趨赴，并託人護送其柩南來，此事果真則大妙矣。俟其喪歸，當與均父商量，卜地安葬，立石表墓，并將其行誼寫送吳興志局，以盡後死者之事。均父言子高於六極竟得其五，止缺惡之一極。僕亦言子高於五倫竟缺其四，止得朋友之一倫。合此兩言，其坎坷一生，可以概見。又子高實是有家而無家，數年來，未嘗言及家事，聞臨終以家事見託，不知其説云何。如有遺言，幸寄知一二，不欲負其將死之哀鳴也。

與吳煥卿

得手書，知已謝事還省垣，甚善甚善。惟如足下者，古所稱學道愛人之君子也。雖於時下官場不甚合宜，然仕途中實不可無此一二人，於熱鬧戲場，存書生本色。遽聞解組，鄙意惜之。雖欽知足之高風，實乖期望之夙願，幸未開缺，尚是藕斷絲連。果得闈差，且至闈後徐定行止，彼時僕亦必來杭，湖樓小飲，再商出處可也。嘗謂讀書人出而作官，惟上而督撫、下而州縣，實能有所建樹，行其所學；此外若觀察、太守，官秩雖崇，皆因人成事者也。足下撫字有餘，肆應不足，蘭溪緐宂，或非所宜。若得一邑，政簡民良，可以弦歌而治，爲之導揚風化，勸課農桑，數年以後，必有可觀者。吏民愛戴，卽是生徒，官廨清閑，便同講舍，正不必歸三家邨作邨夫子，或染指苜蓿槃中，然後謂之秀才風味也。

與孫歡伯

秋風起矣，正有蒹葭伊人之思，而天外郇雲，飛來吳會，發緘循誦，蘭藻紛綸，無泛問之寒暄，有過情之推許，老杜所謂『來書語絶妙，遠客驚深眷』者也。僕頻年閩中往返，徧歷浙東，地主之賢，無逾公者，不特維縶之私情，實亦循良之公論。漢世於賢二千石之久於其任者，璽書褒美，增秩賜金，公卿有缺，卽以補之，求之今世，公卽其人矣。黄堂在望，無任欣盼。僕自五月下旬還吳下寓廬，畏暑杜門，又逾庚伏。承惠野朮，真扶衰之妙品也。古諺云：『必欲長生，當服山精。』僕何修而得此？請誦庾肩吾《謝賚朮啓》之辭，曰『味重金漿，芳逾玉液』，謹以爲謝。外附去《春在堂全書》二部，一以奉贈，一請留存九峯書院中，妄借名山，希圖不朽，儻許我乎？

與李黼堂中丞

去歲湖隄講舍，深以臨況爲榮，嗣又辱書，并賜讀先集，具感惠愛之深。修復稽遲，非盡疏嬾，緣私心欲以拙著就正左右，而《全書》印訂需時，直至今年正月始竟厥功。僕卽由蘇而滬而杭，又以家兄在福寧郡齋病故，由浙而閩，奉母北歸。舟車跋涉，筆墨倥傯，一紙之書，未遑布復，想知我者必不責此形迹之闊疏也。頃又奉手翰，并示我紀游詩百三十首，題名三紙，《三山歸櫂圖》石刻模本一幅，詩格清巖，字體雄渾，想見烟霞雲水中，興到揮豪，洵天際真人也。僕從前避地舟山，頻年往返閩浙，於天台、雁蕩、普陀皆有可到之緣，而竟未一蠟游屐，清才清福，兩不如公。輒題七言古體詩一章，悔前事之蹉跎，冀後游之彌補，未知山靈許我否也。

與王子莊孝廉

頃由陳桂舟茂才交到惠書，詞旨貶抑，稱謂謙卑，不敢當，不敢當。辱以先德行狀屬爲志銘，夫表微闡幽，必待道德文章之士，僕非其人也。重違來意，輒撰一篇，未知可用否。如須刻石，請示知廣狹修短之度。按狀有云，長不滿六尺，此本《晏子傳》語，然古尺今尺不同，今人而不滿六尺亦云長矣，非所以言短也，故虚其字，以待酌定。又有『四書六經』語，自《樂經》亡而六藝止存五矣。若以今列學官之『十三經』而論，則除《論語》、《孟子》入《四書》外，尚有十一，不知此『六經』何指？鄙意漢武立五經博士後，相沿至今，場屋命題，經亦止五，不如竟云『四書五經』，較無語病。蓋《四書》既實舉今制，則『六經』不宜虚設古名也。迂拙之見，高明裁度。

與汪柳門太史

昨晤楊石泉中丞，知文旆已發矣。不及一送，良用悵惘。惟望今歲軺車北去，明年使節南來，相别亦不久也。乾嘉學派，衰息已久，他日執掌文衡、主持風會，幸留意於此，振而起之，臨別贈言，必蒙嘉納。縉雲《阮客洞詩》所謂李蕃者，《新唐書・宰相世系表》有其人，在《漢中李氏表》內，高宗朝宰相李安期之元孫，其父名泳，有兄名嵤，但不言爲縉雲令，石墨流傳，足補史闕。昨偶檢得之，因足下有《阮客洞詩考》，故以附聞。行色悤悤，尚及釐正乎？

與彭雪琴侍郎

西湖一別，寒暑環周，昔柳而今雪矣。讀致石泉中丞書，知已旋節衡陽，宿疴有瘳，舊廬無恙，惟三徑松菊，小需修葺，想竹頭木屑，又費陶公一番運甓精神矣。誦至末幅，垂念鄙人，寄聲存問，感在遠之不遺，愧無狀之可述。自與公別後，卽遭先兄福寧太守之變，馳赴福寧，奉母北歸，以八十八歲之高年，行千八百里之長路，水陸舟輿，幸叨平順，曾有句云：『回首長途心轉悸，二千里路九旬人。』想閣下爲我動色也。歸來仍寓吴中。自惟向來山野之服，可以傲公卿，不可以奉老母，適兒子紹莱去年在大名署任內由道銜爲請二品封，遂靦然受之。六月初三，山妻生日，卽服其服，戲爲小詩云：『頻年韋布謝簪纓，忽荷推恩意轉驚。此日承歡當綵服，將來借重到銘旌。蓬瀛舊籍三朝遠，雲水閑身二品榮。聊與山妻作生日，笄珈重爲換釵荆。』千里寄知，博故人撫掌。『蓬瀛舊籍』二句，頗可作楹聯，得暇能爲書之以輝蓬壁乎？西湖退省庵尚未落成，遲至明年，必可畢工。記文已寫一通，交黎蒓松太守。此記皆記實語，文尚不甚劣，而書頗不工，未足張此名蹟也。庵成後，尚須製一小舟，往來雲水間，亦宜先事謀之。

與李少荃相國

客臘一箋，定照入矣。樾田間伏處，西清故事，久已茫然，竟不知黄閣尊嚴，不當復論玉堂行輩。年來奉致書函，仍稱年侍生，荒謬極矣。昨偶與補帆同年言及，始知之，謹貢寸牋，以贖前咎，想山林疏放者，必蒙海量包涵也。補帆又言，凡致書相國，并不當稱前輩。此説於翰林掌故未見明文。樾竊以爲，朝廷之宰相固尊矣，而本衙門之前輩亦未始不尊，義可竝行，理不相背。若必不稱前輩，轉似乎尊而不親，且何以别於不翰林而宰相者？區區愚見，是否有當，伏候裁示。

與王補帆同年

得惠書，并和詩二章，乍抛節鉞，便事嘯歌，自兹以往，山水方滋，令人豔羨不已。至辭氣之瀟灑出塵，自是君身有仙骨，宜乎碧幢紅旆間不足久溷公也。聞十二日又須拜疏，想一月假滿即請開缺矣。彼芃芃黍苗，欲沾郇伯之膏雨者，無不意在攀留，而兄則久在山中，方喜林泉添一佳伴，必不以世俗之言來相勸勉。然亦有一説，不能無詞。竊聞數月以來巖廊之上深以臺灣爲意，在江南諸君子，尚且勞心敝舌，冀紓朝廷南顧之憂，而閣下適於其時抗疏歸田，彼不諒者，或以爲知難而退，或以爲見機而作，轉與執事引疾之初意不甚相符。此事得無尚宜一斟酌乎？出處事大，不厭詳求，聊布區區，伏惟裁度。兄望後必歸吴下寓廬，當可相見。承索近作，無以報命。吾弟初入山，故喜作詩，兄久在山中，轉不甚作詩也。率筆及之，聊發一笑。

與杜蓮衢同年

西湖精舍，咫尺講堂，乃以課事尚遲，德車未至，暮雲春樹，良用依依。未知杖履何如，伏惟萬福。補帆在吴中相見，決計引疾歸田，聞汴生亦有此意，何庚榜中高尚者之多，得無老同年爲之倡始乎？爲蒼生計，少一人則可惜；爲林泉計，多一人又有光也。三江閘事，曾否畢功？江風海雨中，千萬珍重。去年越中爲陶文節前輩請建專祠，乞録示顛末，因若上欲援例爲趙忠節同年建祠也。又省垣諸同人請建阮文達公專祠，借重閣下列名，屬弟轉達，想無不可。弟所主詁經精舍，由文達創始，是亦吾教中開山祖師也。

與鍾子勤孝廉

前承談及荀卿年歲可疑，頃偶讀《鹽鐵論·毁學》篇曰：『方李斯之相秦也，始皇任之，人臣無二。然而荀卿爲之不食，覩其罹不測之禍也。』是李斯相秦，荀卿及見之。考《李斯傳》，斯相始皇在既并天下稱皇帝之後。上溯齊宣王末年，據《六國年表》，已一百有四年。而劉向《敘錄》稱荀卿以齊宣王時來游稷下，《史記》又稱其五十始游齊。然則，李斯相秦時荀卿之年在一百六十内外矣，事誠可疑。先生何不博考羣書，證明荀卿年歲，亦一快事也。

與蒯子範太守

伻來，辱惠書，并賜讀大箸《四書義》，理法清真，格律遒上，猶見先正典型，非時下東塗西抹者比，亦名山一盛業矣。來書以劉蕡不第自謙，然韓昌黎《顔子不貳過論》、白香山《漢高祖斬蛇劍賦》，在當時皆是不第落卷，而至今傳誦，文之傳不傳，豈視名場得失乎？周、呂二君爲閣下徵六十壽言，於龔、黄治行，敘述頗詳。樾近來遇友朋生日，貧不能具禮，往往以一文爲壽，刻入《春在堂襍文》者，不下數十篇矣。閣下大壽，亦擬獻一小文。乃使者遠來，值鄙人外出，由蘇而杭，由杭而滬，由滬還蘇，則使者已將遄反矣。悤悤不獲屬稿，當補譔奉寄，亦不過一紙之書，費『春在堂五禽箋』數幅而已，無所謂錦屏十二也。

與楊石泉中丞

湖船一别，又將兩月，昨得詁經監院書，知大旆已回浙右，而良辰恰近天中，旌節花紅，菖蒲酒緑，薰風南來，比春臺更上一層矣。前承示及，唐、宋三史刻成，將刻諸子，此誠經史後不可不刻之書，具見嘉惠來學之盛意。惟諸子之書譌脱較甚，議者或謂宜訪求宋本影寫而精刻之。然亦有難者，影寫之功，既非容易，雕刻之費，亦必倍常。且宋本疏密大小每不一例，宜於單行，不宜於彙刻，又其存者，今亦無多。局中既欲彙刻諸子，不精固不足言善本，不博亦不足成巨編。竊謂宜博求周秦兩漢之書，汰除其僞託者，尚可二十餘種，如《管子》、《晏子》、《老子》、《列子》、《莊子》、《墨子》、《商子》、《韓非子》、《荀子》、《孫子》、《吳子》、《呂氏春秋》、陸賈《新語》、賈誼《新書》、董子《春秋繁露》、淮南《内篇》、桓寬《鹽鐵論》、劉向《新序》、《説苑》、揚雄《法言》、《太玄》、班固《白虎通義》、王充《論衡》、王符《潛夫論》、荀悦《申鑒》、應劭《風俗通義》、徐幹《中論》、蔡邕《獨斷》之類，購覓家藏舊本，寫樣校刊，亦藝林一盛舉矣。尊意以爲何如？都下榜後，不第諸君子即可南旋，如黄以周、潘鴻，皆局中知名士，想可蟬聯，將來校勘子書，亦必得力。此外如尚須羅致，則馮一梅、徐琪均其人也。孫瑛才氣殊佳，或傳其灌夫罵坐，然實不飲酒，并以附陳。

與應敏齋方伯

承詢葛賢墓事，弟戊午之秋泛舟山塘，於五人墓畔見一土阜，視其碑，知爲葛賢墓。歸而檢長洲褚稼軒《堅瓠集》，得其本末，作詩一章，存集中，今録奉清覽。《堅瓠集》未知桉頭有其書否，今亦録寄。葛事在萬曆二十九年，五人事在天啓六年，相距二十五年。葛遇赦得出，又十餘年而死，則其繫獄中必近十年矣，故得死於五人之後而葬其墓側也。褚稼軒又稱，康熙中於山塘見其猶子，因得瞻其遺像。或其家卽在此，亦未可知矣。

與王補帆同年

得手書，并詩數章，想見一路停橈覓句，策杖尋僧，興復不淺也。惟誦别紙所示，乃知申屠因樹之屋尚未經營，陸生使粵之裝已將悉索，山中一枕，似亦未甚相安，而朝命又賞假兩月調理，則可見平時治蹟上結主知，以朝廷注意之厚，或未便翛然歸去，高臥邱園。竊謂天之所助者順也，流行坎止，總宜聽之自然，有意求進，不可也，有意求退，亦不可也。聖人絶四，第一在毋意，然則此必欲求退之意，儻亦非所宜有乎？以鄙人愚見，似乎兩月假滿仍宜束裝北上。至閫垣清苦，輦下諸君子諒亦深知，此時求退不得，勉强出山，與南宫敬叔載寶而朝者光景迥别，人事應酬，損之又損，未必不見諒於人。朱修伯所謂『江東子弟足以了之』者，或亦確有所見乎？閣下歸興方濃，而鄙人以此言進，得毋格格不入。然田園清況如此，而又有慰留溫詔，出處事大，或者尚宜三思。非山林中人，不欲以風月分貽也。

與吳仲宣制府

雲泥阻隔，音敬闊疏。然西望峨岷，輒有但願一識韓荆州之意，不謂瑤椷瓊藻，從錦江玉壘而來，以微末之姓名，蒙高明之甄錄，發函莊誦，且感且慚。閣下龍文虎武，光輔中興，春羽秋干，宏開講舍，俾多士沈潛乎經義，爲朝廷振起其人文，文翁雅化，復見今兹，想梁益間喁喁嚮風矣。樾章句陋儒，無能爲役，乃承不棄，延主臯比。當韋臯坐鎮之年，蜀道之易，易於平地，原不難躡屩西游，以舊部民觀新德政。惟老母今年八十有九，晨昏奉侍，未敢遠離，不得不賦張司業還君明珠之句。臨穎惘然，伏惟垂察。

與張香濤學使

吳門一别，五易暑寒。聞軺車四出，延攬人材，所至以實學倡導後進，阮文達有替人矣！爲吾道喜，爲多士幸，非徒爲執事諛也。蜀中刱設受經書院，俾多士從事根柢之學，甚善甚善。臯比一席，宜得其人，羔雁所加，謀及下走，豈人才實難邪？抑姑從隗始邪？樾老母在堂，未便遠離，有負盛心，良用慚怍。然如樾者，章句陋儒，實不足膺經師之任也。拙著已刻者，一百四十二卷，此後有便，擬寄呈一二部，即求存貯書院中，雖不足質院中高材諸生，亦古人藏名山、傳其人之意也。

與王補帆同年

差弁來，得手教，并棗糕、桂元膏之賜，謝謝。兄在湖上句留未及一月，因老母病，悤悤還吳下寓廬。幸老母之病日就平復，今已行動如常矣，謹以告慰。康侯頻有信來，拳拳下問。兄所得本粗疏，今又荒落，不足爲師，已復一書，聊述一二。大意謂：《説文》不過字書，讀經固貴識字，而讀經要不徒在識字，若欲講求典禮，則宜就孔、賈《正義》中擇其成片段者，先逐段鈔撮，如《王制正義》可鈔者便不少，久久會通，自能貫串。若欲討論聲音訓詁，則莫妙於先熟讀高郵王氏《述聞》、《襍志》二書，門徑既正，自能深入。苟徒讀《説文》，恐九千餘字，如滿屋散錢，無收拾處也。尊意以爲何如？焦君事極可笑，兄止據其所自述，行篋中無同年録，冬烘頭腦，錯認顔標。然不奇於兄之誤焦君爲同年，而奇於焦君之子誤其父爲庚戌進士，豈焦君之子，亦諺所謂瓜皮搭李皮者乎？來書剿襲云云，未知其詳，大約欲就兄所作《自強論》中采擇數言，後知不果用，甚善。兄此論，乃下第落卷，非當行闈墨，不可鈔也。且鄙論亦近一偏。兄嘗言，當今不宜用兵，如有病不宜服藥，而病後卻宜多服補藥，此是確論。然所謂補者，有食補，有藥補，食補則兄所作《自強論》是也，藥補則當路諸君子所孜孜講求製造火輪船、鐵甲船及洋鎗洋礮是也，二者不可偏廢。然二者亦各有似是而非之處：大約食補則如《鄉黨》所云『食不厭精，膾不厭細』，推而至於『失飪不食，不時不食』，萬不可以塵羹土飯聊且塞責，甚而至療飢於附子，止渴於酖毒，非徒無益，而反害之。藥補則宜訪求真正道地藥材，參必遼參，朮必於朮，近來藥肆中工於作僞，花草子僞沙苑，蒺藜、香欒僞枳實、枳殼，此類甚多，不可不慎。兄非岐黄家，不能處方，閣下醫國妙手，請裁度之。

與李筱荃制府

玉梅花下，將交三九，想九陛恩光、兩湖春色，都在牙旗玉帳間也。承惠草堂之資，發函爛然，赤芾三百，不啻鄴騎至而竇玦來矣。弟故里無家，僑居吳下，而寓廬偪仄殊甚，今秋偶於馬醫巷西頭買得潘氏廢地一區，築屋三十椽，用衛公子荆法，以一苟字了之，而其旁尚有隙地，因於其中疊石穿池，褋蒔花木，地形狹長，自南至北修十三丈，廣止三丈，又自西至東廣六丈，修止三丈，似曲尺形，即名之曰曲園。一曲之士，聊以自娱，無當大方家數也。世兄篆書日進，可喜之至。天寒筆凍，呵豪裁覆，尖不成書。又因應敏齋招至大雲庵蔬食，迫欲赴之，草率殊甚，不足世兄一笑也。

與陶芑孫

承詢方響之制，坐間記憶不真，未及奉答。及求之載籍，則《樂府褋錄》所言最不足據，直以擊甌當『方響』，疑有脱文。其云：『武宗朝郭道源，後爲鳳翔府天興寺丞，充太常寺調音律官，亦善擊甌。』玩『亦』之一言，其有上文無疑，殆『方響』條本缺，『擊甌』自爲一條而文不全，後人鈔合之，遂成此誤耳。《舊唐書·音樂志二》載立、坐二部所用樂，有大方響一架，後又載其制云：『方響，以鐵爲之，修八寸，廣二寸，圓上方下，架如磬而不設業，倚於架上，以代鐘磬，人間所用者纔三四寸。』然則大方響者，別於三四寸者而言也，惟方響一架，其數如干，《志》未詳載。《文獻通考》云：『方響編縣之次，下格以左爲首，一黄鐘，二太蔟〔一〕，四中呂，五蕤賓，六林鐘，七南呂，八無射；上格以右爲首，一應鐘，二黄鐘之清，三太蔟之清，四姑洗之清，五中呂之清，六大呂，七夷則，八夾鐘。』始知方響一架分上下兩格，每格各八，共十有六，乃十二律外加四清聲也。考《朱子大全集》載『宋十六字譜』，合黄鐘、四下大呂、四上太蔟、一下夾鐘、一上姑洗、上仲呂、句蕤賓、尺林鐘、工下夷則、工上南呂、下凡〔二〕無射、凡〔三〕應鐘、六黄鐘清、下五大呂清、上五太蔟清、緊五夾鐘清，正於十二律外加四清聲，與『方響』同，而四清聲用黄、大、太、夾，則《通考》所云姑、仲二清，或傳寫誤也。

【校記】

〔一〕『蔟』下，《文獻通考》多『三姑洗』三字。

〔二〕下凡，《書蔡傳旁通》引《朱子大全集》作『凡下』。

〔三〕凡，《書蔡傳旁通》引《朱子大全集》作『凡上』。

與徐花農

得手書，知於中元得子，喜甚！又承述及夢中所聞姜白石『三生定是陸天隨』句，乃知天上玉麐，海中仙果，生有自來，良非偶然。甫里先生，亮節高風，自不可及。然際右文之世，生通德之門，此子必當以文學顯，昌大門閭，非徒筆牀茶竈，稱江湖散人而已。屬代擬佳名，鄙意竟取詞語，名以『定陸』二字，乳名則曰『隨元』，亦從『天隨』取義。《易》曰『隨，元亨利貞』，故配以『元』字，并爲足下發解之兆也。輒布陳之，俟晐名時酌用。

與李黼堂中丞

兩得手書，未及一復，不盡由疏嬾之咎，緣案頭筆墨頗亦叢襍。而今年八月又值老母九十正壽，以在國恤之中，乃借七月十二萬壽蟒服之期稱觴一日，雖止一日排當，頗費兼旬料理，故久而不及函也。金風玉露，按候而來；杖履清娱，定如所頌。弟因奉母寓吴，故湖上之游未能盡興。春初小住，只奉陪退省庵主一入山探九溪十八澗之勝而已。秋間必當再往，然須待槐花忙後，否則酬應煩也。江浙書局會刻全史已告成功，浙局見刻子書，蘇局刻《五禮通考》。承示何文安公所刊《宋元學案》原版燬於京寓，俟見江蘇諸當事者，當縱臾之。此書自是講學家所必讀，然弟譾陋，實未之見；亦因素研經訓於此事微分蹊徑也。將來從者重游蘇杭，如行篋中有此書，請借讀之。

與王補帆同年

讀手書，具見謀國之忠，任事之勇，欽佩無已。臺洋之事，非閣下之精心果力，不克當其任。海外風氣，待公而開，良非偶然。三代下，東南運會日闢，吴越蠻夷之地，今日居然鄒魯。赤嵌城邊，紅毛樓下，得閣下一番經理，安知他日不媲美蘇杭乎？惟是江浙膏腴腹地，尚有棄之不毛未盡開墾者，而必力闢此海外之荒島，此則諸巨公高掌遠蹠，度越尋常，而非氉趚小儒所能識也。兄奉母寓吴，幸叨平順。承詢曲園風景，日來柳陰藤蔓，青翠高低，亦小有景致。惟望閣下，功成身退，早賦歸來，爲小園評量花木，妝點林泉也。

與唐蓺農觀察

得手書，知元宵以後即將駐節南田，于疆于理，偉哉！日闢百里，公其今之召公乎！此山封閉垂二百年，風會所開，得大賢爲理，謝屐所臨，山川生色矣。來書云，山多鶴鹿，足爲好友。然鄙人則不敢因公而與之交。何者？曲園地窄，固不足以容之；賓萌力薄，更不足以養之也。此外，如有奇花異草，珍禽怪石，小而易致者，乞爲物色一二，幸甚。

與李少荃相國

得嘉平初七日手書，撫今感舊，略分言情，循誦再三，悵然曷已！雖然，閣下秉國之鈞，陶鎔萬類，春風所至，句萌茁達，豈當與山澤之癯同懷抱哉？兒子紹萊，駑鈍之材，謬承推愛，惟當令其勤慎服官，以冀無負培植。來示又云『敘補可期』，更深感荷。鄙人筆耕謀食，精力日衰，譬之其猶瓅蛣乎！

蟹如得食，蛣亦可以無飢矣。謹奉書陳謝，計郵筒遞到之時，正歲籥更新之候。伏惟勛名福履，與歲俱增，不盡萬一。

與吳平齋

昨承惠顧草堂，徘徊曲園。蟻垤之山，蹄涔之水，皆蒙欣賞，甚幸，甚愧。方今吳下諸君子大治園林，花木泉石，極一時之盛。竊願以『廣大』二字歸之諸君子，而吾兩家分取『精微』二字，公得『精』字，鄙人則得『微』字而已，一笑。

與丁禹生中丞

昨由馮竹儒觀察遞到手書，以公之惓惓於鄙人，知鄙人之不能忘公也。聞力辭閩撫之命，而臺洋之事，毅然自任，臧文仲云『賢者急病而讓夷，居官者當事不避難』，其執事之謂乎！然閩疆重任，非公莫屬，朝廷未必如所請也。補帆身後之事，委曲經營，無微不至，凡在知交，無不感歎，況樾與補帆兒女至親乎。已將尊意轉達其孤。晏、卞兩公，本是同鄉，又承鼎言力託，當必籌畫盡善。惟樾因老母在堂，不能渡江北去，如昔賢生芻故事，視閣下風義有愧色矣。補帆詩文不存稿，其奏議未知有如干篇，當向其家問之。其在臺時，凡民風土物、所見所聞，各紀以七言絶句，此則必有可觀，而未之得見，亦當問之其家也。

春在堂尺牘卷五

與楊石泉中丞

日前得惠書，知引疾之疏，天語慰留，想疆吏精神，卽朝廷元氣，不日自可復常也。承屬訪求子書善本，以備續刻。伏念《四庫全書》子部首列儒家《孔子家語》外，有宋薛據之《孔子集語》，今湖北已刊行矣。惟薛氏之書止有二卷，本朝孫淵如先生又續輯至十七卷之多，古書中所載孔子之言，無句不搜，一一注明出處，視薛氏之書，奚啻倍蓰，允宜刊刻，以廣其傳。又按，《四庫全書》中子書莫古於《黄帝内經》，而外間所有，不過馬元臺注本，於古義未通，故於經旨多謬。此書以王冰注爲最古，而宋林億、孫奇、高保衡等校正者爲最善，鄂局未刻。竊思醫學不明，爲日已久，江浙間往往執不服藥爲中醫之説，以免於庸醫之刃，亦無如何之下策也。若刊刻此書，使羣士得以研求醫理，或可出一二名醫，補敝扶偏〔一〕，銷除疹癘，亦調燮之一助乎。兵家之書，首推《孫子》，鄂局雖刻之，而未刻其注。此書有魏武以下十家注，似宜刻之，以補鄂局所未及，使佔畢之儒略窺兵法，庶知節制之師亦足制勝，不必規規焉以學於羿者殺羿，雖刻古書，而未始不切於時用也。率布所見，以副下問。

【校記】

〔一〕 偏，原作『徧』，據《校勘記》改。

又

杭城有張烈文侯祠，卽岳忠武之將張憲也。不知何時强以忠武幼女銀瓶爲之配，塑像其傍，并題名氏焉。考《宋史·張憲傳》，但云『飛愛將也』，不言爲其壻。嘉泰中，忠武之孫名珂者著《忠武行實》二卷，末言『先臣女安娘適高祚，隆興元年詔補祚承信郎』，亦不及憲，然則憲非王壻明矣。銀瓶之名，《行實》不載，據杭州志書及諸書所載，皆言是王幼女，而紹興十二年張憲已從王討曹成，據《行實》，王是年三十歲，距王之薨尚十年，則銀瓶此時當在繦緥也，與憲年齒縣殊，豈可以爲配乎？杭人多知此事非實，而流俗相沿，竟難釐正羣思，得公一言，以發聾振聵，庶不至誣古而瀆神。輒布陳之，惟裁察焉。

與馮夢香茂才

《七十二候考》承指示詳明，感甚。嚴鐵橋先生《唐石經考文》，僕曾見之，《月令篇》寥寥數條，止校其與鄭注本字體之小異者，而《唐月令考》則自有專書，僕求之坊間，未得，假之友人處，亦未得，如杭州有之，足下能爲一癡乎？《魏書·律曆志》兩載七十二候，均不合《周書》。不讀《新唐書》，不知其本於《易軌》也。《舊唐書》載《麟德曆》七十二候從《易軌》，《大衍曆》七十二候從《周書》，其更定之故，詳僧一行《卦候議》，自《五代史》以下悉從之。惟征鳥厲疾、候雁北、麥秋至、鷹始摯等，爲今憲書所本，不可不知。其外小有異同，亦不足校也。所異者，《魏書》《甲子元曆》大雪末候作『鶡旦鳴』，無『不』字。初意是傳刻之誤，而《隋書》載劉焯之曆亦然。又《舊唐書》《麟德曆》缺清明末候，其本然乎？抑傳刻失之乎？僕所據者，皆官局新本也，幸賢者爲我決之。

與陶柳門州同

得手書，知閑官無事，壹意讀書，所學必日進矣。賈公彥《儀禮疏》，文法冗長，殊不易讀，然其精處實足抗衡孔疏，補苴其間，恐亦未易言也。唐宋以來，小學荒蕪，僕近讀毛居正《六經正誤》，其書號爲『正誤』，而誤處甚多，僕又正其誤者數十事，存《曲園襍纂》中。《字原正譌》等書，其誤必不少，但縣許書爲鵠，則得失自見矣。完白山人書頗爲時尚，足下臨之數十過，以應求書者，必門限穿矣。其以爲不可學者，實正論也。雖然，吾儕皆八股時文出身，請以時文喻完白山人書，猶之乎周犢山、陳句山諸君時文也。推而上之，則有國初大家文，此神泉詩、峿臺銘也；又推而上之，爲前明之啓、禎，此石鼓文也；又推而上之，爲成、弘、隆、萬，此鐘鼎文字也。爲時文者，固宜取法乎上，然必謂周犢山、陳句山諸家之文當屏而不觀，得無持論過高乎？辱陳下問，拉襍布復，無以裨益高明，殊用慚愧。

與李少荃伯相

情通分隔，意密書稀，瞻望之誠，乃心北嚮。頃聞旌節遠指之罘，洞悉機宜，奠安中外。其出也，郭令公單騎以見回紇；其歸也，葉子高免胄以慰國人。想見謀國之忠，任事之勇，豈獨當代所希；求之古人，亦所罕覯者也。樾奉母寓吴，杜門無事，幸藉旋乾轉坤之力，海宇靜謐，仍以撰述自娱。近著《曲園襍纂》一書，已成者三十卷矣。蚓竅蠅聲，咿唔一室，視公之龍驤鳳舉，運量八荒，大小之不同蓋如此。

與胡梅臣茂才

得手書，并論太王遷岐之年，具見讀書細心。惟云文王九十七而終，武王九十三而終，歷年一百九十，此語殊誤。九十七、九十三乃其生年，非其享國之年也。《初學記》引《帝王世紀》云：文王年十五而生太子發。則并文、武二王生年計之，歷年止一百有七耳。太王因文王有聖德，遂欲傳位季歷以及文王，則太王在時，文王必已長成，若依《通鑑》，謂古公遷岐在小乙時，則自小乙至紂之末，尚有二百二十九年，不大遠乎？殷年本無定論，今就尊説所列者推算，則武乙元祀文王生，二十四年，其時太王固當尚在，且武乙在位，據《外紀》、《前編》，雖並云四年，而《後漢書·西羌傳》注引《竹書紀年》云『武乙三十五年，周王季伐西落鬼戎』，則武乙在位不止四年也。太王遷岐在武乙初年，文王之生在武乙中年，太王之薨在武乙末年，於事適合，似當仍從《後漢書》，以遷岐在武乙時也。

與馮竹儒觀察

西湖小住，二十餘日，以衣冠之酬應，而託以山水之清游，朝斯夕斯，甚矣憊矣。故屢得手書，而未一復，想不罪也。鐵路一議，慮周藻密，具見精心，出關之請，尤見仁孝之思。至情至性，可以動天地而泣鬼神，自必能安抵西陲，奉萋翣而南歸也。浙闈榜發，詁經知名之士，如馮孟香、吳祁甫皆入彀中，而舍姪祖綬亦得蝨於其間，未免慙媿。然先兄身後蕭條，得此子振其家聲，不特可以博老母之一笑，且免使人有廉吏不可爲之歎，亦可喜也。回思先君于嘉慶丙子領鄉薦，花甲一周，祖孫繩武，在科名中，或亦一佳話乎！

與方子箴廉訪

旌麾北上，音問有疏。頃閱邸鈔，知拜蜀臬之命，從此開藩開府，指顧間矣。又況錦江玉壘，宇宙最勝之區，自昔杜老、放翁壇坫相望之地，今得詩老隸臨，山川生色矣。《三蘇全集》刻於眉州，并及小坡，可云美備。而東坡詩乃從選本，非其全豹，殊不可解。鄙意宜補刻之。道光間，吾浙有王君文誥箋注蘇詩，搜羅宏富，遠軼王、施，如刻此本，亦佳也，莅蜀後能料理及之乎？樾秋冬之交又至西湖，適彭雪翁亦在彼，頗極山水友朋之樂。惜不獲從公於浣花草堂，與遨頭盛會，一醉郫筒之酒也。

與吴祁甫孝廉

前在湖樓，辱承枉顧，未及暢談，本擬以一樽相訂小聚，疲於應酬，遂復不果。昨接手書，并示我行卷，甚善甚善。計偕之期，想在明春。頻年同事研經，與足下有鍼芥之合，此一别也，去而爲金華殿中人，非復精舍中人矣，欣慰之餘，又覺憮然。仲冬望課，仍以大名置第一，敬爲明歲狀頭佳兆耳。

與楊鐵山

承示《湖樓史話》，内有《史漢優劣》一則，引晉張輔之言，曰『馬遷敘三千年事用五十萬言，班固敘二百年事用八十萬言』，以爲不深辨其優劣而優劣自見。此説也，鄙人不甚以爲然。史文古略今詳，亦由事勢使然，《史記》五十萬言，其敘漢以前事大約不過十餘萬言，敘漢事者，可得三十餘萬言，而所敘漢事止於武帝之世，設使史公一手敘至王莽時，恐亦須八十萬言矣，未可以此定《史》、《漢》之優劣也。假使以三千年五十萬言核算，則一百年止須一萬六千言有奇，而《左傳》紀二百四十年之事，幾及二十萬言，將謂《左傳》劣於《史記》乎？

與王夢薇

讀手書，知雲帆轉海，未獲同游。爲貧而仕，抱關擊柝，亦何傷於大雅乎？曩者湖樓小集，乃承諸君子播之丹青，形之歌詠，可謂妝嫫費黛矣，慙愧慙愧。雖然，繪圖題句可也，若以『俞樓』二字榜之精舍，則大不可。僕偶承詁經之乏，爲第一樓暫作主人，雁爪雪泥，十年寄跡。爾來學業日就荒疏，行且謀引去，數年後，樓猶是也，樓中人不知張王李趙矣，豈可妄據爲己有乎？此榜一縣，外間必有議論，務望轉致子喬，勿重吾咎。或者諸君妙繪妙詠，翰墨流傳，異時更有好事如諸君者補作小樓，以存舊蹟，則子喬所題之榜，頗可焜耀楹楣。然其事未必有，即有之，亦當在五百年後矣。聊發一大噱焉。

與日本儒官竹添井井

鶴望方殷，魚書忽賁，始知歸帆安穩，吟席清閑，遙企東瀛，良用欣慰。惟尊處發書於十月十日，而敝處得書亦十月十日，中東之朔不同，究不知相距幾日也。來書以尊夫人偶抱清恙，女公子又在弱齡，湖海豪情，爲之小減。想博望仙槎，再游禹蹟，當在明年春夏間矣。承寄贈安井先生《論語集説》，采擇精詳，傳作也。拙著各書，想貴國具有之，謹寄奉新刻之《曲園褉纂》五十卷，伏希鑒入。

與李少荃伯相

新歲得書，知勛猷福履，與歲俱新，遥望黄扉，無任欣慰。并承示知，晉豫奇荒，力籌拯濟，飢黎百萬，賴以安全，仁人之利溥矣。吴江沈㕓生中堅，好義樂善，出於天性，去歲曾糾同志，集錢萬貫，託其友謝綏之嘉福、李秋亭金鏞、淩麗生淦齎赴豫省，於濟源縣設局拯飢，今歲又續籌二萬以往矣。惟晉省相距較遠，未能兼籌，是以又出己貲白金四千兩，屬樾加函，寄達臺端，或徑解晉省，或託清卿太史買米運晉，悉候尊裁。㕓生陰行其善，初不求名，并屬勿以微名上達清聽，然樾既爲致書，自不容没其實也。

與杜小舫觀察

辱手書，知將拙刻詩文各集細閲一過。雖奬借太過，非所克當，亦見相愛之深也。承示四川新出土之《龍山公碑》，此碑無可考證，吴君定爲臧姓，有志書可據，或不誣也。其以嬖人臧倉爲始祖，在古人固不以爲嫌，如《校官碑》以楚太傅潘崇爲潘氏之祖，考之《左傳》，則固佐太子商臣弑君者，非端人也。刁氏之祖齊寺人貂亦然。惟臧氏乃魯公族，文仲武仲，世有聞人，舍之不舉而舉臧倉，且臧倉何以謂之司徒公？又何以隨宦在蜀？種種可疑，或别有其人，或并非臧姓，安得起古人而問之乎？

與王子獻孝廉

詩癡炫醜，正深慙恧。尺書遠賁，褒寵有加，發函爛然，珠零錦燦。並示五言詩四章，指麾曹、劉，塵埃徐、庾。感積流之誼襍，冀樸學之光昌。施之下走，固非其人，清藻芳風，良可玩味。樾自謝塵鞅，安研古訓，蜚聲無實，貽笑翰音。不圖吾賢，聆聲響附，雖感相知之深，實恧過情之譽。乃又重之以珍貺，錫之以上藥，合浦之桂，潛山之朮，金漿玉液，有苾其香，庶駐積齡，敬拜嘉惠。

與徐花農孝廉

前日一書，定收到矣。書中略言樓工宜停，未盡其說，今更詳之。夫露臺百金之產，漢文所惜也，況我輩蟣蝨乎！宜停者一。如果時局從容，則借此裝點湖山，未始不可；今西北奇荒，議者至欲捐諸生膏火以賑之，而鄙人忝擁臯比，乃於艱難之日，興此不急之工，是重吾不德也，宜停者二。所醵之資，並未齊全，而先取之錢肆，此日雖有取攜之便，異時恐成賠累之端，宜停者三。且物忌太盛，鄙人何德何能，而可據此湖山勝地。薛廬成而慰農去矣，恐俞樓成而鄙人亦將不來也，宜停者四。鄙意牆垣業經築就，則已籠有其地，請俟數年之後，足下大得意之時，爾時鄙人海山兜率，或已別有歸宿，足下抒懷舊之情，修踐言之信，再謀卜築，重起樓臺，則諸君子風義與樓俱高，而鄙人之姓名，亦庶幾與樓並永。較之此時，勉强圖成，以諸君子見愛之盛情，而或適以爲速謗招尤之地者，相去萬萬也。足下以爲何如？并請持商蘭舫、子喬諸君子，以爲何如？

與彭雪琴侍郎

别後久不得信，正以爲念，昨由蘭舫寄到十二日書，并書畫各一幅。清恙甫瘳，卽煩濡染，感荷良深。日來起居何似？想已安善如常。湖上天寒，朔風凜冽，游覽非宜，且俟春融，再蠟阮公之屐可也。岐黄一道，久已失傳，藥餌不宜輕試，總以養氣爲主。弟杜撰有三字訣曰：塑，鎖，梳。所謂『塑』者，力制此身如泥塑然，勿使有豪髮之動，此制外養中之要道也；所謂『鎖』者，謹閉其口，如以鎖鎖之，勿使氣從口出，不從口出，則其從鼻出者，亦自微乎其微，有緜緜若存之妙矣；所謂『梳』者，存想此氣自上而下，若以梳梳髮然，不通者使之通，不順者使之順，徐而至於丹田，又徐而至於湧泉穴，則自然水火濟而心腎交矣。此三字，至粗至淺，然當寒夜漏長，展轉反側，不能成寐，行此三字，俄頃之間，自入黑甜。若無論日夜，得暇輒行之，其功效當不止此。不敢自祕，謹布之左右，以爲湖樓養痾之一助。

與李少荃伯相

年前曾肅謝函，定塵記室矣。春日載陽，風和氣畹，恭值太夫人八旬設帨之期。斯時也，花濃鳥囀，觴舉顔和，桃三千年自西池獻到，餐十七物從北闕頒來，洵德門之慶，盛世之祥矣。憶從前太夫人七十慶辰，樾曾獻小文以介大壽，備述閣下稟承慈訓，光輔中興，福緒祥源，方興未艾，迄今又滿十祺矣。閣下緯武經文，隆隆日上，太夫人翔機集嘏，歲歲長春，此豈鞶帨之詞所能揄揚盛美哉？欲測高深之萬一，姑舉新近之一端。昔富鄭公自言在青州全活數萬人，勝二十四考中書令。比歲晉豫大無，閣下上承恩命，下軫飢黎，仁粟義漿，待於四境，男錢女布，澤及萬家，遂使晉豫間之赤子都慶再生，以視富鄭公在青州更加百倍。閣下仁風所廣播，卽太夫人慈蔭所周流，於以乘壽車而行福塗，豈有量歟！樾因在菲五五中，未敢以詩文爲壽，手肅蕪啓，敬祝太夫人千春，順候起居，不能宣備。

與江小雲觀察

承以梅溪居士縮臨唐碑歸之精舍，公之同好，甚盛舉也。惟碑石前後淩亂，其所列次弟全不足憑，未知何故，或當日只依上石先後爲次耳。謹依年號，一一審定，其《麻姑仙壇記》原單注慶曆年，慶曆乃宋仁宗年號，唐代無之，文中稱大曆三年，真卿刺撫州，末云時則六年夏四月也。是此碑應列大曆六年，梅溪原跋引黃山谷言：小字《麻姑壇記》，是慶曆一學佛者所書。此自謂宋人臨檇耳，今既云唐碑，不得列宋年，仍依魯公原文爲是。又《八關齋會報德記》，首云『大曆壬子』，則是大曆七年也，原跋云『大中五年重刻』，大中乃宣宗年號，去魯公遠矣，亦當依魯公原文列大曆七年方得其實。如嶧山秦刻，鄭文寶所摹，而金石家仍列入秦篆中，不以臨摹重刻之年爲主也。今將年號先後錄奉左右，想尊處必有揚存之本，卽可照此編排矣。梅溪《跋端州石室記》云，『畢公謌作旱公，今改正之』。乃樾讀諸碑中謌字尚多，如昭仁寺碑『翔入正道』，必是『翔八正道』。八正者，正見、正思惟、正語、正業、正命、正精進、正念、正定也，見《大品經》，今誤八爲入，既失其義，且與上文不對矣。擬逐一校正，或得一卷書，可刻入《俞樓襍纂》也。

與徐花農

連接十六、十七日手書，并承示以醫理，錫以靈符，惠以甘露，而內人已不及見矣。小人德薄，福過災生，回憶湖樓風景，昔日之歡腸，皆此時之愁料矣。然內人來去亦頗似分明。往年冬春間必病，病或五六日，或旬日，未嘗欲招大兒歸也。今年正月間，亦只如常小病，而力請鄙人作書，命大兒南返，此已可異。及其自浙旋蘇，雖面目浮腫，氣息急促，然一切如常；乃數日後卽謂僕曰『吾病不起矣』，頻頻作永訣語、處分家務語，當時猶不之信，孰知其真不起邪。臨危前數日，病容殊不可看；及小殮以後，面色腴白，轉勝於生，且口角微有笑容，或者已歸善地乎？平時自言，願再作西湖一游，今已如願。而子婦、女壻、內外諸孫，無不咸集，劍孫亦以前一日至，送行可謂熱〔一〕鬧，在逝者亦無遺恨矣。惟追念四十年夫婦，其始也，僕一年止有三十洋蚨館穀，內人赤手支持，以至今日。富貴貧賤患難，更迭嘗之，心血耗盡。年來小治生計，粗立園亭，皆其累年節省以成之也。僕拙於謀生，每事必諮之，今則已矣。手書二十八字，懸其繐帷，云：『四十年赤手持家，君死料難如往日；六旬人白頭永訣，我生諒亦不多時』。吾弟讀之，可知吾懷抱也。前者拆毀湖亭之議，乃無聊之思，不得已之策，於無如何中冀有挽回，亦古人請禱之意。事已至此，毀又何爲，如其未毀，則竟聽之，已毀則移置下面亦得，但恐又多費耳。內人戀戀西湖，病中有欲卜葬之意，吾弟若有熟識之堪輿家，託其爲吾相度，不求發財發秀，但願借湖山勝地，爲我兩夫婦埋骨之鄉。或數百年後，死士之隴，尚爲樵夫牧豎所識，亦可喜也。然入山太深，將來營葬不易，則亦非所宜耳。心緒惡劣，草草布泐。如晤蘭舫諸君問僕近狀，卽以此告之。

【校記】

〔一〕熱，原作『熟』，據《校勘記》改。

與彭雪琴親家

吳弁回，奉一箋陳謝，定照入矣。昨又得五月十九日書，愛我拳拳，有逾骨肉，誦之感泣。弟自問能達觀而不能忘情。能達觀，故早歲罷官，終身無介懷之日；不能忘情，故晚年喪耦，終身無忘懷之時矣。承勸我作西湖之游，然回憶春間與內人同舟泛水，聯步看花，再到俞樓，徒增悽悼耳。又大兒百日滿後仍須至直隸當差，未便以家事付之。內人亡後，米鹽瑣屑，均託一老友王濟川料理，而銀錢出入，弟總其成，如此則諸事井井，仍與內人在日無殊也。日內天時酷暑，既不欲出門作袘襶客，而入內則繐帷相對，殊覺傷心，是以終日在書房坐起。每念湖樓卜築，深費門下諸君子之力，而又得大力成之，故於《曲園襍纂》之後又撰《俞樓襍纂》，大約亦可五十卷，已成其半，絡續付梓，庶藉著述流傳，使海内外知有此樓，不負吾兄及諸君子一番雅意耳。此後敬當勉抑哀情，以副良朋至愛。亦望吾兄善自保重，一切視如行雲流水，萬勿激於忠愛，過涉焦勞。行旌所至，節宣寒暑，謹慎風波，爲國家保此柱石，支櫡東南。但願江海無波，明歲秋風，早來湖上，以續湖樓清話。興之所至，或芒鞋竹杖，從吾兄作天台、雁蕩之游，當可豁開眼界，消釋牢愁也。書至此一笑，讀至此亦當一笑。

與亡室姚夫人

一别之後，五月有餘，惓惓之情，不以生死有殊，想夫人亦同之也。自夫人之亡，吾爲作七言絶句一百首，備述夫人艱難辛苦助我成家，而吾兩人情好亦略見於斯，已刻入《俞樓襍纂》，流布人間矣。茲焚寄一本，可收覽之。葬地已定於杭州之右台山，葬期已定於十月二十五日，今擇於十月九日發引，先一二日在蘇寓受弔，卽奉夫人靈輀，同至湖上，仍住俞樓，屆期躬送山邱，永安窀穸。吾卽營生壙於夫人之左，同穴之期當不遠矣。日前曾夢與夫人同在一處，外面風聲獵獵，而居處甚煖，有吾篆書小額，曰『溫愛世界』，斯何地也？豈卽預示我墓隧中風景乎？蘇寓大小平安，勿念，西南隅隙地已造屋三間，屋外竹籬茅舍，亦楚楚有致。俟落成後夫人可來，與吾夢中同往觀之。

與孫琴西太僕

日前知内擢閣卿，卽擬函賀，而以旌旆不日當還過吳門，故未函也。嗣知航海而歸，不覺失望。比來計已安抵珂鄉，北上之期，想在來歲矣。從前吾兄在京師，注《易》至《明夷》，而出守安慶。《明夷·象傳》曰：『君子以莅衆，厥後踳歷藩垣。』此其兆矣。其六二爻辭曰：『用拯馬壯，吉。』或卽以太僕還朝之兆乎？既有吉象，此行必利，可預賀也。弟疊遭變故，精力衰頽，自問不復永年。弟視死生，不過如蘇杭之往返，初不以此挂懷，惟至好弟兄，多年暌隔，追惟疇曩，能弗悽然？明年如道出吳中，務必小住十日，弟新近於屋之西南隅築屋三間，種竹栽花，小有風景，卽可於此中下榻也。外附去新刻詩一卷，乃哀逝悼亡之作，如賜覽觀，可算弟一本行述矣。

與梅小巖中丞

昨由滬上傳來邸報，知新有内召之命。伏思古大臣宣力，初無中外之殊，想執事必不以此介懷，將來三接龍光，重持虎節，不久出領兼圻，固在意計中也。惟樾以部民，謬充坐客，賓筵醴酒，湖舫清茶，略分言情，推襟送抱，兹當遠别，能勿依然。此則借寇之情，較浙東西壤叟轅童而倍切者也。樾疊遭變故，精力衰積，未識異時節鉞重臨，尚能迎候道旁否。附去詩一本，乃黄門哀逝之辭，如賜覽觀，足知鄙人懷抱。想知愛有素者，必不嫌以荆布之私瀆陳清聽也。

與彭雪琴親家

五月中詳復一箋，未知得達青覽否。比想大旆已安抵退省庵中，今年夏秋間暑熱殊酷，舟行不勞頓否？舊疾不發否？甚以爲念。弟素性能達觀而不能忘情，雖承勸慰殷殷，終覺心胷鬱鬱。附去詩一卷，覽之可知鄙懷。伏念去歲老母見背，今年内人繼之，似乎鄙人行期亦當不遠。弟視死生，不過如蘇杭之往返，此亦何足挂懷。但思年來與閣下同住西湖，湖樓對宇，湖舫連檣，未知此樂尚能爲繼否。此亦弟能達觀不能忘情之一驗也。所最念者，小孫陛雲，荷蒙雅意，許訂朱陳，而吴楚迢遙，弟又日形衰老，初議壬午歲閣下巡江東下，攜令孫女俱來，癸未春再成大禮。然至今日，情事又殊，不識弟尚及相待否。伏念内人在湖樓時，尚癡望得與令孫女相見，今則泉臺永隔矣。昔人云：『既痛逝者，行自念也。』以弟自問，必不永年，即以老親家積勞久病之身，此等事亦宜早了爲是。不揣冒昧，輒敢瀆商，可否於明年巡江東下時，即攜令孫女同至西湖，在退省庵度歲，至辛巳之春，擇吉過門。是年令孫女妙齡十六矣。憶二小女完姻，亦止十六歲，是亦不爲過早。惟小孫則止十四，擬先完花燭大禮，俟一二年再擇吉圓房。如此辦理，雖似局促，然使弟目中得見令孫女過門，此後時至即行，一無遺恨矣。惟老親翁矜許焉。内人臨卒，留有金釧、翡翠釧各一事，遺言冢孫婦入門時答其拜見之禮。弟謹藏篋笥，俟見令孫女交付，以副内人九泉之意。書至此，又不勝泫然矣。

又

得十月二十四日書，又承勸慰殷殷。自非頑石，無不點頭，弟亦非全不知此理者，自應善保餘齡，以副雅愛。況内人一生，亦算全福，弟與爲四十年夫婦，無小虧負之處，異時相見黄泉，可無愧色，原不必過爲奉倩之神傷。乃自到湖樓，飲食減少，胷膈隱隱作痛，精力日見衰積，非坐情癡，良由數盡。數盡之故，厥有二端：其一則戊辰之春，内人在吴下，大病幾危，弟自西湖飛棹而歸，爲疏以禱於神，願將己壽與内人平分，此一事也。其一則癸酉夏間，奉老母自福寧北歸，甫出郡城，將入山徑，老母即在輿中歐吐，是午便不能飯，弟惶遽萬分，每過高山大水及道旁小小叢祠，默禱於神，願減己十年之壽，保老母平安到蘇，一日之後，老母果臻康健，登山涉水，了不知勞，此又一事也。此二事者，從前自内人外，雖兒女不使知之。今老母見背，内人又長逝，言之亦復無傷。老親家愛我有逾骨肉，故偶一及之。匹夫一念之微，未必能感動幽明，然實是弟之至願。以此減算，心所安也，是以衣衾棺槨，一一預備，今來爲内子營葬，即自營生壙，自題墓碣，并自撰輓聯，其上聯云：『生無補于時，死無損于數，辛辛苦苦著成二百五十卷書，流布四方，是亦足矣』；其下聯云：『仰不媿於天，俯不怍於人，浩浩落落歷數半生三十年事，放懷一笑，吾其歸乎』。今録奉老親家，同一笑也。自念生固不惡，死亦大佳，委心任運，時至即行，了無戀戀。惟區區之意，尚思一見孫婦，雖死亦瞑。而前書所請，未蒙許行，爲之悵惘。夫妝奩何足道，吾輩人家，不宜計校及此。弟從前遣嫁兩女，亦無妝奩也。即女功未習，亦是細事，蘇杭間婦女最逸，老親翁亦素知之，但須自製鞋耳，或年幼，并鞋未能製，亦所諒也。此二者，毋勞介意。惟少夫人母女之愛，未忍遽離，此則人之至情，最宜體貼。弟偶思得一妙策，明年老親翁巡江東下，竟請挈令孫女同來，擇吉先完花燭大禮，及從者自浙啓行，仍請偕還，只算嫁後歸寧，本是禮之所有。下届巡江，又請挈令孫女同來，若少夫人未能恝然，不妨再隨旌麾歸去，如此兩往返，令孫女與小孫年皆長成，便可擇吉圓房。此則女大須嫁，人事之常，少夫人亦可弗戀戀矣。此策也，有三善焉：少夫人母女以漸分離，相忘不覺，一也；令孫女往來吴楚，於寒家眷屬，日形浹洽，二也；老親翁高年多病，跋涉長江，得令孫女隨行，則軍旅之間，有家庭之樂，三也。思之狂喜，輒布陳之，幸力言於少夫人，曲從鄙意。

與吴平齋

承示《漢建安弩機》刻本，剞劂精工，考證明備，具見好古之誠。惟『市』字之義不可解。古兵器不粥于市，則『市』非市買，不待言矣。諸家或以爲弟字，或以爲制之半文，皆似是而非。尊説近之，而亦有所未盡。竊因尊説而推論之。『市』本『韍』之古文，韍者，韠也，而古文韍韠之『韍』與黼黻之『黻』，以聲近而通用，《禮記·明堂位》篇『有虞氏服韍』，《注》曰：『韍或作黻。』桓二年《左傳》『衮冕韍珽』，孔《正義》曰：『經傳作黻，或作韍，或作芾，音義同也。』『芾』卽『市』之後出字。此器『市』字，疑當讀爲『黻』。阮文達説『黼黻』之義曰：『黼與黻，同爲畫繪之形。黼形象斧，明矣，黻象兩己相背。

己何物邪？蓋黻形作亞，乃兩弓相背之形。言兩己者，譌也。《漢書・韋賢傳》師古《注》曰：紱，畫爲亞文，亞，古弗字。《説文》「弗」字從韋省。』阮文達以爲從弓。以此言之，黻形作亞，亞象兩弓相背，古卽以爲弗字。弗通拂，亦通弼。《荀子・臣道》篇『謂之輔，謂之拂』，楊《注》曰：『拂讀爲弼。弼，所以輔正弓弩者也。』然則此器云『建安廿二年四月十三日所市』，市讀爲黻，實爲弗，亦爲拂，其義爲弼，弼之言弼正也。凡弓弩初成，必弼而正之。《淮南子・修務》篇所謂『弓待檠而後能調』也。故於弓弩之成，記其年月日而云『某年某月某日所市』，讀市爲弗，而以爲弼正之義，殆其時工匠之恆言，後世古語日亡，故不能通曉耳。鄙見如此，大雅以爲何如？

又

昨得手書，適杭州許氏壻、女偕至，故有稽修復。燈下展讀，理曠而情真，何愛我之深也。《皇朝三通》一書，乃鄙人言於楊石泉中丞而刻之者，此書未成而浙撫屢易，每易一撫，必有所急之書，故遲遲至今，尚未告成。今歲如能畢工，必當代購一函也。赴浙之期亦未定，見西湖雖佳，而鄙意頗厭倦矣。近來精力日衰，意興日減，海内諸君子亦似知其不久人間，故乘其猶在，以筆墨諉諈者無日無之，極思逃入右台山中耳。來函有沈香刻像語，俞樓卻無此刻，惟去歲門下諸君爲設一位，曰『曲園姚夫人之位』。鄙人今歲擬於右台山中築屋三間，名曰右台仙館，并鄙人木主亦預立其中，左曰曲園先生，右曰曲園夫人，安知數百年後不卽成爲右台山中土地公婆乎？一笑。

與曾劼剛通侯

夏間由眉老交到巴黎行館手書，郇公五朵雲從海外飛來，誦之起舞。比想仙槎安穩，使節賢勞，仗忠信以涉波濤，挾禮義以爲干櫓，恢域中之聞見，係天下之安危。蘇老泉云：『丈夫生不爲將，得爲使，折衝口舌之間，足矣。』敬爲君侯誦之。樾章句腐儒，衰羸暮景，久無破浪乘風之志，虛有望洋向若之思。偶成小詩二章，聊發萬里一笑。

與楊子玉

連日流覽大著，體大物博，文繁事富，洵世間有用之書，爲之望洋向若而歎。昔溫公《通鑑》，能讀一徧者惟王勝之而已。僕章句陋儒，安能盡讀足下之書乎？惟博采諸書，宜有次第，大著則如隨見隨録，不加編次者，於體例稍有未善。抑或不以先後爲次第，而别有深意存其間乎？其中微疵，如《經部舉例》内謂《尚書》之『尚』，陸德明讀如『常』，然《經典釋文》但云：『以其上古之書，謂之《尚書》。』並不音常。又引《老學庵筆記》謂『《易·大傳》之名，蓋古人已有之，不始於歐公』。所謂古人已有者，宜申明其説。史公《論六家要旨》引『天下同歸而殊塗，一致而百慮』，謂之《易·大傳》，此其所本也。今不引此文，於義未備。如此之類，恐尚不乏，悤悤一覽，未足盡之也。足下積半生精力，成此大書，自當精益求精，庶足垂示後世，非我輩草草著述供人覆瓿之用者可比也。《農桑月令表》有關民食，而所采輯不及《齊民要術》，然所采《農桑輯要》諸書實自《齊民要術》來，未可數典而忘之。僕學問麤觕，不足裨益高明，聊貢狂瞽，用答雅意。

與汪柳門侍講

昨承言及大行慈安皇太后之喪，丁憂人員不當與哭臨之列。彼時弟意中止有三年之喪不弔一義，頗以尊説爲然。既而思之，三年之喪不弔，其義在《禮記·曾子問》篇，蓋只爲族姻朋友而言，若君親並重，分屬三綱，恐非可以尋常弔問爲例。因考《曾子問》本篇，其下文曰：『曾子問曰：「君薨，既殯，而臣有父母之喪，則如之何？」孔子曰：「歸居于家，有殷事，則之君所，朝夕否。」曰：「君既啓，而臣有父母之喪，則如之何？」孔子曰：「歸哭而返送君。」曰：「君未殯，而臣有父母之喪，則如之何？」孔子曰：「歸殯，反于君所，有殷事則歸，朝夕否。」』以此三條言之，知臣子並遭君、父之喪，未可竟因私而廢公。經文雖止就先遭君喪後遭父母喪者立論，然其理自可推知。是以孔氏作《正義》則申其説曰：『若臣有父母之喪，既殯而後有君喪，則歸君所。若父母之喪有殷事之時，則來歸家，平常朝夕則不來，恒在君所。』又曰：『父母之喪既啓，而有君之喪，則亦往哭於君所，而反送父母。父母葬畢，而居君所。』又曰：『臣有父母之喪，未殯，而有君喪，去君殯日雖遠，祇得待君殯訖而還殯父母，以其君尊故也。』以上三條，孔氏因經文而推闡之，至爲詳備。是人臣遭遇君喪，雖在未殯以前，尚宜奔赴。今足下居親之喪，已在既葬之後，小祥之外，以古禮論，仍宜與於哭臨。雖今之哭臨，朝夕兩集，似近乎古所謂朝夕哭者，不妨援『朝夕否』之例以自解。然人臣在外，於所謂殷事者皆不得與，則除朝夕哭臨之外，更何所盡心乎？《禮》曰『門外之治義斷恩』，《正義》謂：『既仕公朝，當以公義斷絶私恩，若〔一〕「父母之喪，既卒哭，金革之事無辟」是也。』國家遭逢大故，視金革之事，殆有過之。但弟處無《會典》諸書，古今異宜，未知本朝掌故如何，姑陳經義，以答下問。

【校記】

〔一〕『若』下，《禮記正義》多『曾子問』。

又與汪柳門

承示大著，引功令『列聖大事，凡有父母喪者，免其成服，無庸給予孝布』，又引雍正七年上諭『内外官員，有奉旨在任守制者，遇朝賀、宴會、祭祀、典禮齊集之處，委屬員代行』，援證詳明，比附精切，此論可以定矣。惟此乃古今事理之異，弟前説泥古而不通今，不可用也。尊説與今制合，而於古制微有不符，蓋《曾子問》所言，正普指在廷之臣，擬以今之恭理喪儀者，未必果得禮意。至三年之喪不弔，雖有明文，止可施之朋友之間。《襍記》云：『三年之喪，雖功衰，不弔，如有服而往哭之，則服其服而往。』《正義》謂：『有五服之喪，則往哭，不著己功衰，而依彼親之節以服之。』可知三年不弔之説，止可施之五服以外之人。君、父並尊，萬不宜援引此禮。至『君子不奪人之喪』，《注》謂：『重喪禮。』味其語意，蓋如王子母死，而其傅爲請數月之喪，是謂奪人之喪。若王子從其傅之請，卽爲自奪其喪。試以《注疏》反覆玩之，其義自見。若以服君之服釋親之服，謂之『奪喪』，然則父母相繼而喪，鄭君謂『虞祔練祥，各以其服』，豈得謂以父喪奪母喪，以母喪奪父喪乎？足下引《禮》諸條，宜更酌之。惟《曾子問》篇『朝夕否』三字，則可援爲不哭臨之確據。鄙人前函云云，固不足以破之也，請更援《穀梁》之説，爲足下證成其義。《定元年穀梁傳》云：『周人有喪，魯人有喪，周人弔，魯人不弔。』是周、魯並有喪，天子可使人弔魯，而魯君不得奔天子之喪，此與所謂『待君殯訖而還殯父母』義已不同，信如足下所云《曾子問》三條爲親臣、近臣言也。竊願足下執『朝夕否』三字爲據，又援引《穀梁》之説以成之，而斷以功令明文，則要言不煩，可無疑義。鄙人將此函與前函之稿，並刻《春在堂尺牘》中，亦禮家一重公案也。

又與汪柳門

承惠烏程嚴氏《上古至南北朝全文編目》一百三卷，甚善。但有錄無書，殊令人有眼飽腹飢之歎，安得取《全文》而刻之，恐須待吾兄建節矣。承詢私家譜牒所自始，鄙意《隋書·經籍志》所載，如《京兆韋氏譜》二卷、《北地傅氏譜》一卷，此卽私家譜牒之權輿。又如《楊氏血脈譜》二卷、《楊氏家譜狀并墓記》一卷，則其爲私譜而非官譜，更不待問矣。《舊唐書·經籍[二]志》載《韋氏譜》十卷，韋鼎等撰，《新唐書·藝文志》載《吳郡陸氏宗系譜》一卷，陸景獻撰，《徐氏譜》一卷，徐商撰，諸如此類，皆纂修家譜人之姓名見于史志者也。

【校記】

〔一〕籍，原作『藉』，據《校勘記》改。

與李黼堂方伯

讀手書，知女公子曇華一見，良可悼傷。然香山念金鑾子詩，其終歸於理，遣想達人，必能同之也。大箸《耆獻類徵目錄》，披覽一過，蒐羅宏富，體例精嚴，洵必傳之書也。昨日與文卿中丞書，縱臾其以此書付梓，然時局方窘，未知能料理及此否。弟見聞甚陋，不足裨益高明，甚媿甚媿。惟錄中如蔡文恭公新，似宜入《宰輔》，不宜入《儒林》。文襄公福康安既已入《宰輔》，不必更入《將帥》。徐文敬公潮，卽花農之六世祖，官至吏部尚書，似宜入《九卿》，不宜入《疆臣》。又所謂『九卿』者，卽《明史》之七卿，六部、都察院而益之以通政司、大理寺，然則沈端恪公近思官至左都御史，似宜入《九卿》，不宜入《臺諫》。所謂『臺諫』者，惟科道諸公而已。至於顧亭林、王船山兩先生，國史已入《儒林傳》，似不宜入《隱逸》。陸桴亭先生，近已從祀兩廡，亦宜移入《儒林傳》中。率書所見，惟公裁之。又如『孝友類』中黄洪元，此據《堯峯集》也，而《陸桴亭先生集》中則作『王洪元』。『卓行類』中宋釋之，此據《劉紹攽集》也，而彭端淑《白鶴堂集》中則作『宋石芝』。如此之類，似可附錄，以廣異聞。道光中，朱蘭坡先生所輯《國朝古文彙鈔》初、二編，未知案頭有此書否，其中可采者甚多。嘉興錢衎石先生有《徵獻錄》，自將相大臣以至儒林文苑，凡八百餘人，此書今當在子密樞部處。又宗湘文太守有《碑傳錄》之輯，聞馮竹儒觀察曾借鈔一通，用錢三十萬，其書亦必不少，能以此兩家之書補苴之，當更美備矣。柳門侍讀小有疾，久不見，尊書卽送去。弟近日又續成《筆記》四卷付梓，賢者識大，不賢者識小，此之謂也。

與譚文卿中丞

昨由夢薇寄到惠書，知此月上旬卽將臨莅嘉湖，舉蒐乘補卒之經，寓察吏安民之意，旌麾所至，景慶同瞻矣。承示中秋節後渡江，巡閲浙東，弟擬八月初來西湖，尚可於行前一接清談也。文瀾落成，卽派沈廣文管理書籍，甚善甚善。此後到湖上，可以縱觀未見書矣。吳下坊間所有《圖書集成》聞亦不全，且索價甚昂，亦無過問者，容再探聞。李黼堂方伯《耆獻類徵》多採官書，誠如尊論。然京官如詞臣、臺諫，外官如監司、守令，初不盡采自官書。惟所分門類，間有可議者耳。鄙意國史自爲金匱石室所尊藏，不必私家爲之刊布。吾人閉户著書，若欲網羅放失，以補柱下之缺遺，但宜從諸家文集中剌取其碑表紀傳，錄爲一書，字句悉依原文，不加增減，編纂概從時代，不別部居，庶可備後人之考鏡，而不貽外人以口實。然亦頗非易易也。

與朱玉圃同年

承詢資宗事，竟未知所出。《宋史》岳忠武本傳，於建儲事甚略，惟云：『紹興八年秋，召赴行在，命詣資善堂見皇太子。飛退而喜曰：「社稷得人矣，中興基業，其在是乎！」』又云：『十年，金人攻拱、亳，命飛馳援。將發，密奏言：「先正國本，以安人心，然後不常厥居，以示無忘復讎之意。」帝得奏，大褒其忠。』蓋本傳所言建儲事止此。建儲者，請立孝宗爲太子也。孝宗本太祖七世孫，而高宗選育于禁中，使讀書資善堂，而太子之名猶未正，三十年始立爲皇子。岳忠武於紹興八年見之於資善堂，十年請正國本，其意蓋欲早立孝宗爲太子而已。岳珂《籲天辨誣録敘》云：『方代邸侍燕間，嘗一及時事。檜怒之，輒損一月之俸。趙鼎以資善之議忤檜，卒以貶死。其謀危國本之意非一日矣。先臣誓衆出師，乃首進建儲之議，犯其所不欲』云云，代邸及資善，並指孝宗。代邸者，以漢文爲比，資善則其堂名也。疑《四朝言行録》所云『正資宗之名』者，『資宗』亦『資善』之誤耳。

春在堂尺牘卷六

與吳又樂大令

昨承枉顧，因今日適有小事，未及報謁，想所諒也。前所寄示史忠正公與薛韓城牘墨蹟，本擬題數語奉還，而衰病頽唐，因循未果。今日取而審視之，則疑義實多。牘中並未署名，不知何所據而定爲忠正公之筆。按忠正本傳，爲崇禎元年進士，授西安府推官，遷户部主事，歷員外郎、郎中，八年遷右參議，分守池州、太平，其秋改副使，分巡安慶、池州，監江北諸軍，自此以後，皆居封疆之任。是公生平未嘗一日讀書東觀，而牘中云『濫廁東觀，事繫職掌，不能忍默不言』，則與公歷官不合也。且薛韓城於崇禎十年拜禮部左侍郎，兼東閣大學士，入參機務，而是年公已擢右僉都御史，巡撫安慶等處，不在朝中。安得如牘中所云『約同諸詞臣，面爲剖陳』乎？聞此書舊有王良常、翁覃溪諸公跋，今未得見，不知其説如何。鄙意以爲，此必非史公書也，未敢附會題跋，謹封還左右，并乞轉致沈君伯雲，更詳審之。此書雖不出史公，要亦是明季人之遺墨，歷二百餘年而猶在，且味其詞意，亦必出於端人正士，仍宜什襲藏之，倘能考定其人，則大妙矣。

與日本國僧小雨上人

日前由松林上人交到惠書，并吟香居士所寄貴國詩集一百七十家。僕適臥病，未克披覽。今病小愈，扶杖出至書齋，陳篋發書而流覽焉，真有琳琅滿目之歎！未知衰病之餘尚能副諉諈之盛意否。鄙意選詩當以人分，不以體分，每人選刻古今體詩若干首，略以時代先後爲次，既有所寄年契一册，當不至顛倒後先。但僕披覽未周，不知各集中均有年號可考否。若圈點評語，古書所無。中華自前明以來盛行時文，乃以房社體例變古書面目，爲識者所嗤，鄙意似可不必。不如每人之下，就其全集中或評論其生平，或摘錄其未選之佳句，使讀者因一斑而窺全豹，且於論世知人不爲無補。請與吟香居士酌之。

復王韜甫比部

久不相晤，忽奉手畢，兼錫箴言，善哉言乎，皆俞樓諸子所未聞也。俞樓之築，本是諸君子借老夫以妝點湖山，華而不樸。職此之由，欲識山中真面目，請至右台仙館觀之，否則，登吳中春在堂，亦可見鄙人之質樸，古人風也。至以夢爲妄，似乎所見未達。人生皆夢也，僕與諸君子皆在夢中，安見此夢爲真而彼夢爲妄乎？蛙降於樹，尊意不信。昔人云，未到老夫地位耳！聊發一噱。若夫隨園居士，其人品，其詩文，不免失之流蕩，然其大節實無可指摘。以僕自問，經術既不足名學，詩文亦未足成家，徒以小有聰明，妄事撰述，虚名過實，海外皆知，遂使外人謬以隨園相比，方深慙愧。乃如足下云云，轉似以鄙人下伍隨園爲恥者，得無相待過高，與滿壁腴詞分謗乎？

與劉仲良中丞

前者西湖小住，適逢大斾莅臨，節署湖樓，兩瞻光霽。一别以後，兩月有餘，艾緑榴紅，又值天中令節，想薰風阜物，時雨宜民，兩浙東西，均在夏屋帲幪之下矣。樾自還蘇寓，宿疾日臻，累月杜門，無狀可述。自惟江湖病叟、章句陋儒，忝主皋比，謬兼書局，局中刊刻書籍，捔得與聞。見在議刻《續三通》，因原書尚須鈔補，未遽開雕，似宜先以他書一二種參之。鄙意朱竹垞先生《經義考》，實爲六藝之鈐鍵，唐宋以來説經諸家，於此可得其梗概。原版聞尚在禾中，殘缺過半，今未知存否？印存之本，日見其少，坊間偶一有之，索價亦昂。此本浙中鄉先輩之書，理宜於浙局重刊，未始非經學之一助。至二十四史，業已刊行，浙局新刊李氏《長編》，一時爲之紙貴。當時議并刻李心傳之《建炎以來繫年要録》，因循未果。此書久佚，國朝從《永樂大典》録出，其敘述宋高宗一朝之事，實與《長編》相續，宋室南渡，事在臨安，南宋之史書，即西浙之掌故，此亦宜在浙局刊行者也。浙局所刻子書，外間頗稱善本。此外諸子，駁襍者多，不必一一刊刻。竊謂諸子之中，其有益民生日用者莫切於醫家，宋元後，諸家師心自用，變更古義，立説愈多，流獘愈甚，宜多刻古本醫書，如《難經》、《甲乙經》、《巢氏諸病源候論》、《聖濟總録》等書，俾學者得以略聞周秦以上之緒言，推求黄炎以來之遺法，或有一二名醫出於世間，於聖朝中和位育之功，未始無小補也。至集部浩如烟海，且或不甚有裨實學，似可緩刊。惟道光中，仁和有王君文誥者，曾注《蘇東坡先生詩集》，遠出舊注之上，不特詩中故實略無遺漏，且於坡公一生事蹟考訂詳明，卷首載《年譜》數卷，幾於爲坡公作日記者。樾幼時讀其書，深爲歎服，今原版已燬，印本無存，似宜訪求其書而重刻之，不特讀蘇集者爲之一快，且使王君畢世苦心不致泯滅，亦盛德事也。拉襍布陳，統惟裁察。

與日本人竹添進一

岡鹿門來，得手書，并承惠《玉篇》一册，高句驪蔘二斤，足見在遠不忘之意，感謝之至。并知仙槎暫返東瀛，起居多福，幸甚！僕比年以來宿疴頻作，精力益衰，著述之事，殆將輟筆。去歲勉從貴國友人之請撰《東瀛詩選》四十四卷，未知已塵鄴架否？僕識見拘墟，而又走馬看花，草草從事，適爲貴國諸詩人所竊笑耳。此外又有《茶香室叢鈔》二十三卷，皆極小之考據，極僻之典故，不足登大雅之堂也。來書云云，崇論閎議，非時流所及。夢見以西法盛行，欲修周孔之遺法以勝之，大哉言乎！鄙意則謂，居今之世，只須《孟子》七篇，便是救時良藥。蓋孟子時有善戰者、連諸侯者、辟土地者，人人自以爲得富強之策，亦猶今人之爭言新法也。使孟子而亦操此説，則無以駕乎其上矣，故盡掃而空之，曰：『盍亦反其本矣。』所謂『反本』者無他，省刑罰也，薄税斂也，使耕者願耕於其野，商賈願藏於其市，久之并能使鄰國之人仰之如父母。誠如是也，在孟子之世，不過朝秦楚而莅中國；若在今日，則海外大九州，莫不來享，莫不來王矣。迂闊之見，因尊論而一發之，聊博萬里一笑。

與曾沅浦制府

往歲曾肅謝函，定登籤典。今春欣聞玉節來駐金陵，伏念六朝形勝之區，乃公百戰經營之地，溯咸、同之舊蹟，猶存龍脖之碑；拜文正之崇祠，應觸鴒原之感。深沈意念，定有不忘在莒之心；矍鑠精神，還如初破蔡州之日，而偉績豐功，從此益遠矣。樾以浙西下士，流寓吳中，前者吾師文正，曲垂懷刷、久語之恩，稍獲彈琴詠風之樂，近則宿疴頻作，家運多迍，因之興會頹唐，精神衰茶，著述之事，殆將輟筆。乃泰山梁木，方悵望於當年；而景星慶雲，又快覩於此日。敬瞻虎帳，還是龍門，聊藉尺書，略陳寸意。

與兄子祖綬

得來書，言欲與門下諸子爲我作《弟子記》，可謂多事，大可不必。以吾自問，一無足述，四十歲以前，并著述無之；四十以後，雖頗有著述，然豈能將吾所著之書連篇鈔入？則仍是無可記載。譬如作枯窘小題文，搜索枯腸，不成篇幅；又如貧兒學富家翁，雖竭力鋪排，不免捉襟露肘。爲之者甚勞，讀之者欲睡，壽陵學步，貽笑大方，吳楚僭王，獲咎當世，甚無謂也。老夫崦嵫暮景，不久人世。其生也，候蟲時鳥；其死也，草零木落而已。即或以所著之書，三百餘卷，生前已流播人間，旁及海外，則身後亦或不遽泯滅，數百年後，有好事者誦其詩、讀其書，以不知其人爲憾，徵文考獻，求其梗概，或如韓、蘇諸公，後人爲作年譜；或如韋應物，《唐書》無傳，而後人補爲之傳，不較諸君子此日所爲更有味乎？往年花農議築俞樓，吾請俟之五百年後，今亦猶此意也。如晤倬雲諸君，爲我致謝，并以此告之。

與曾劼剛襲侯

前年辱惠書，兼投佳什。因循未報，可謂疏嬾之至。然望卿月於天邊，占使星於海外，雖在異域，猶比鄰也。弟犬馬之齒，六十有五，論其年紀，未至衰羸，而積病之身，頽唐日甚，精神興會，迥不如前，兼之時事艱難，每誦《兔爰》詩人之詩，輒作尚寐無吪之想。生平不談世務，近日偶以杞人之憂，妄發芻蕘之論，著《磬圃罪言》一篇。今寄請教益，明知此事未必能行，然國家景運無疆，中興有日，則必當出此一策，惜我不及見耳。樓船横海，非公莫屬，此亦鄙人實見如此，非阿私也。外，《詠日本櫻花詩》四首，雖無好句，卻是新題，附博一笑。

與王夢薇

承寄贈骨牌草一小筐，青蔥如新擷者，已栽之瓦缶矣。惟骨牌草卽七星草，乃鴨腳金星草之小者，其葉如鴨腳，薄而大，背有點，似骨牌形，但缺五六一扇耳，其氣香烈，雖枯不變，功用極廣，亦謂之辟瘟草，真藥籠中佳品也。詳見錢唐趙恕軒氏所著《本草綱目拾遺》。今所寄來者，乃魚鼈金星草也。其葉一長而尖，一短而團，長者爲魚，短者爲鼈，魚葉老則背有金星，鼈葉無之，亦見趙氏《拾遺》。兄細驗此草，實與之合，故決爲魚鼈金星草。功用不如鴨腳金星，然亦能治鼓漲瘰癧，消痞塊，葉背之星，不能竟與骨牌同，可知非骨牌草。案頭如有趙氏書，請一檢閲，自悉也。兄前書所言横河橋許氏老桂樹忽生骨牌葉，此乃草木之異，不可以常論。其葉實肖骨牌，三四、三六、幺六最多，上下斜正，與牌無異，雖三十二扇亦不能全，然可湊成不同一副，惜此桂不久卽枯死，今不可得矣。拉襍書布，聊當葉子戲，消遣永日。

與許榴仙

承示張椁寮所書《金剛經》石刻搨本，佳甚。輒用别紙題數語，戲仿趙凡夫跋語筆意書之，卽所謂草篆也，聊發一笑而已。諸家跋語中，弟最喜董香光語，不但深得書法，抑且深得佛法。離合二字，卽無實無虛之旨，亦卽非法非非法之旨。其云『右軍靈和、大令奇縱、虞褚妍麗、顔柳剛方』，卽所謂一切法皆是佛法也。又云『以靈和還右軍、以奇縱還大令、以妍麗還虞褚、以剛方還顔柳，而自有靈和、自有奇縱、自有妍麗、自有剛方』，此卽所謂一切法卽非一切法，是名一切法也，亦卽所謂『我於然燈佛所』乃至『無有少法可得』也，亦卽如來所以滅度一切衆生而無一衆生得滅度也。書法如是，佛法亦如是，一切有爲法，無不如是。大善知識，以爲何如？

與林陰仰雪翁其人與余書，不著姓名，自云：生平於天下所最慕者，彭雪琴、俞蔭甫也。故自署所居云『林陰仰雪廬』。

兩得手書，如親言論風采。雖漫郎聱叟，姓名未許人知，而猗玗洞中，已可蹤跡，三十六鱗，不愁傳書無路矣。來書言孟獻子之友三人，或本不以名傳。僕謂姓名之傳不傳，亦自難料。即以《論語》所載諸隱士言之，荷蕢者之不傳姓名，宜也，如長沮、桀溺，亦宜不傳姓名者。此二人，問津且不告，豈肯自言其名？而至今沮、溺姓名炳然天壤，此不可料者也。又如荷篠丈人，此不應不傳姓名者，子路既與有一夕之雅，并其二子亦得見之，豈有不問其姓名之理？乃至今無聞焉，此又不可料者也。足下將爲沮、溺乎？將爲荷蓧丈人乎？僕固不足以知之矣。屬寫拙詩，草草書奉，再附去聯一額一，聊識愛慕，不足以挤草堂也。

與易笏山方伯

承示大作。因論公私，申論君子、小人，推闡至極精極細之處，而持論又極平正，洵關係學術與世道之文也。鄙意以爲，君子以偏心誤天下，小人以私心誤天下。然小人以私心誤天下，人人得而攻之；君子以偏心誤天下，則雖賢者，或從而附和之矣。是故爲天下人説法，則務在去其私；爲吾人自己立法，則尤在救其偏。孔子之教弟子，皆救偏之意居多，如『求也退，故進之；由也兼人，故退之』是也。『克、伐、怨、欲不行焉』，此則主乎去私矣，孔子以爲難，而不許其仁，可知聖門重在救偏，不在去私。以聖門諸弟子，固皆賢者也。推之以『非禮勿視』四語告顔淵，亦是救偏。蓋古聖人制禮如射鵠然，無不大中而至正，有一豪之偏，卽有一豪之不合於禮矣，故必復禮而後爲仁也。宋儒以克己爲『克去己私』，鄙意以爲不然。『己復禮』三字連讀，己者，身也；克者，能也；克己復禮者，能身復禮也。故下文卽曰：『爲仁由己，而由人乎哉？』『爲仁由己』之『己』，卽『克己復禮』之『己』，上下兩『己』字正相應，功在於己而效在天下。下『己』字對人言，上『己』字對天下言，皆謂己身也。不然，上文方使顔子克去其己，下文又告以爲仁由己，一時之語，不成兩橛乎？因論公私，縱言及此，高明以爲何如？

其二

前日談及考試正誼書院，以孔明自比管、樂命題，弟歸途於輿中思之，孟子以管、晏并稱，太史公亦以管、晏合傳，樂毅與管仲，人本不倫，從古無以并論者，孔明獨於春秋時取一管仲、戰國時取一樂毅，以之自比，此必當有説。蓋孔明生當漢季，草廬中自揣其才：若漢室未亡，羣公中有能用我者，則我必爲管仲，尊漢室以匡天下，計當時惟曹孟德可輔，而惜其不能爲齊桓公也，荀文若一誤，我不可再誤，則管仲已矣。又思：若漢室淪亡，則擇可輔者而輔之，興復漢室，還於舊都，我其爲樂毅乎？蓋爲管仲是一番事業，爲樂毅又是一番事業也。其後受知昭烈，輔相後主，拳拳以討賊爲事，蓋此時意中惟有一樂毅矣。觀其《出師》兩表，與昌國君《報惠王書》異曲同工，可知其瓣香有在，乃秋風五丈原，大星遽隕，不能爲管，又不能爲樂，而其自比管、樂之意，千古遂無知者，可歎也！閣下尚論古人，眼大如箕，未識以此説爲然否。

與李黼堂中丞

讀來書，知外觀雖杜，而内養自充。《説聱》一篇，真盲左以來未有之妙文也。至《明論》第十三篇，卽《儀禮》經文兩虛字看出絶大義理，有宋諸大儒均未見及，此可謂善讀書矣。竊就尊説推之，《經》云『爲人後者』，《疏》云『此文當云「爲人後者爲所後之父」，闕此五字者，以其所後之父或早卒，今所後其人不定，或後祖父，或後曾、高祖，故闕之，見所後不定故也』。賈公彦此疏，自謂補經文所未及，意義圓足。實則『爲人後者』，《經》文本無父名，何容增益？至所後者，則不必祖父及曾、高祖諸尊屬也。卽爲兄弟後、爲兄弟之子後，亦無不可。《公羊傳》曰『爲人後者爲之子』，此語有病，而意則未始不是。蓋以服制言也，雖爲兄子後，而仍以子爲父服之服服之，故曰『爲人後者爲之子』，漢儒語質故耳。大抵名稱是一事，服制又是一事。如以明世宗論，考興獻，伯孝宗，兄武宗，此名稱也；爲武宗持三年之服，此服制也。此議一定，後世或有君薨無世子者，大臣議所立，不必拘拘於倫序之問，任擇賢且長者立之，在故君，無莫爲之後之慮，在新君，無謂他人父之嫌，斬斷無數葛藤矣。子夏傳曰：『同宗則可爲之後。』此亦周公制禮以後之言。若以上古公天下而言，則不必同宗也。堯禪舜，舜卽爲堯後也；舜禪禹，禹卽爲舜後也。舜、禹爲堯、舜行三年喪，此卽持爲人後之服也。舜父瞽瞍而不父堯，禹父伯鯀而不父舜，此正名之義也。自後世私天下之心太重，漢高帝詔曰：『父有天下，傳歸於子，子有天下，尊歸於父。』於是視天下爲囊中私物，非父子不得授受，而議論自此多，事變自此滋矣。尊論一出，洵足掃千秋之浮議，定萬世之大經。不揣鄙陋，以意推闡，幸命侍史詳讀之。

其二

公在孤山所築芋禪並未摧頽，但西畔之墻危欲傾圮。弟擬拆低一二尺，而墻外作小廊護之，便無風雨漂搖之患。所費無多，弟忝附芳鄰，自宜力任，且與敝樓亦有益也。至久長之計，未易爲謀。竊謂佛門重一『無』字，最妙。有所有，卽有所累矣。弟初到西湖，一無所有，一無所累；旣而有俞樓，卽受俞樓累；有右台仙館，卽受右台仙館累。究竟一無善策也。去日已多，來日有限，無我卽無有矣，無有卽無累矣，然則受累或亦不久乎？

與張小雲明經

承示大著《龍興祥符戒壇寺志》，體例該備，援引詳明，傳作也。惟《僧伽表》首行於發心寺下大書『梁建初僧佑律師』，竊有所疑。夫僧佑，乃建初寺僧，非發心寺僧也。發心寺建於大同二年，首卷具有明文。而僧佑卒於天監十七年，《傳》中亦有明文。然則僧佑生前尚未有發心寺，安得卽以爲發心寺僧乎？《建置志》引《祥符古志》云：『大雄寶殿，梁大同二年僧佑造。』尊意以爲，因大同二年邑人鮑侃捨宅，遂誤以爲僧佑建寺亦在是歲。夫年號之誤，或紀事者一時疏忽，不足深論。惟鮑侃至大同二年始捨宅爲寺，則當天監時其地猶鮑氏之宅也。大雄寶殿建於何地乎？如曰：鮑氏宅旁先有佛寺，及大同二年，鮑氏捨宅，乃并入之而爲發心寺。然則發心寺之前當先有一寺名矣。今由龍興祥符戒壇而上溯之，爲中興寺，又上之，爲眾善寺，又上之，爲發心寺，至發心寺極矣。然則發心寺以前無寺也。無寺何有殿？又何有僧乎？此條與年號不符，與《傳》中事實不合，宜更酌之。

與沈穀人庶常

承示《東家襍記》二卷，敘述井然，頗有條理。惟卷首載《杏壇圖說》及《夫子琴歌》，頗爲全書之玷。此歌鄙俚，疑出《銜波傳》等書，與『南枝窈窕北枝長』四句相似，其僞不足辨。且『杏壇』之名，見於《莊子・漁父》篇，所謂孔子游於緇帷之林，休坐乎杏壇之上，本屬寓言，未必實有其地。《東家襍記》下卷有『杏壇』一條，云：『先聖殿前有壇一所，卽先聖教授堂之遺址。本朝乾興間，因增廣殿廷，移大殿於後，講堂舊基不欲毁拆，卽以瓴甓爲壇，環植以杏，魯人因名曰「杏壇」。』然則自《莊子》寓言之後，至宋乾興間始實有杏壇。孔世文言之鑿鑿，何得於卷首乃載此《杏壇圖説》，且述夫子之言，謂是臧文仲誓盟之壇乎？此必非孔世文原書所有，其爲後人竄入無疑。其下又載《北山移文》，甚無謂；又載石岨崍《擊蛇笏銘》及《元祐黨籍》，更無謂。愚謂卷首四條均可删也。影鈔舊籍，宜仍其舊，固不當有所删削，然此説則不可不知。尊意以爲然否？

與沈穀人庶常

昨面論那吒事。按，那吒乃毗沙門天王之子，見《開天傳信記》，似出梵書。而《夷堅志》載『程法師持那吒火毬呪』，則尊意疑出道家之書，不爲無見矣。那吒有火毬呪，則世傳那吒風火輪，疑非無因。國朝方氏濬頤《夢園襍説》載：伊犁某大臣遇異人，以三千金爲贄，傳得兩奇術，一爲風火輪，其法覓千年古瓦當，雕作兩小車輪，裝入鞋底，揑訣諷呪，其行如飛，日可八百里。則風火輪之術，今尚有傳也。又世傳那吒爲托塔天王之子，《宣和畫譜》有陸探微《托塔天王圖》，是托塔天王六朝時已見圖畫矣。又有展子虔《授塔天王圖》、吳道元《請塔天王圖》、范瓊《降塔天王圖》，此類甚多，其名義不知何取，佛家之説乎？道家之説乎？老而失學，惟怪欲聞。幸有以教我。

昨又談地藏王事，未畢其説。《圖書集成》所載地藏事，即引《地藏本願經》也。地藏王一世爲大長者子，又一世爲婆羅門女，是地藏之爲男爲女固不定矣。蓮社高僧《曇翼傳》云『感普賢大士化女子身，披采服，攜筠籠，至前相試』，是普賢大士亦見女子身矣。觀音大士爲男、爲女更無定論，《金剛經疏記》云：『羅漢性剛直，表爲善男子；菩薩性柔和，表爲善女人』，然則諸菩薩摩訶薩其，皆女子乎？拉襍書布，聊資一噱。

與李少荃相國

正月中一牋，託仰蘧觀察郵達，未知已塵記室否。頃聞榮膺丹誥，寵錫紫韁。伏思唐宋以來朝服用紫，向不知其義，及讀王逵《蠡海集》云：『天垣稱紫微，紫乃赤與黑相合而成，水火相交，陰陽相應，而萬物生焉，故爲萬物之主宰。』然則尚紫大有意義。又劉熙《釋名》云：『韁，疆也。』以是言之，紫之爲色，表相臣燮理之功；韁之爲物，重節使封疆之任。上符異數，下副具瞻，海内輿情，同深欽仰。樾山中老矣，衰病益增，遥望黄扉，虔修赤牘，敬問起居，不盡萬一。

與潘譜琴庶常

頃承檢示蘇詩，甚感。弟案頭止有《施注蘇詩》，此詩在第十六卷，詩云：『雲龍山下試春衣，放鶴亭前送落暉。一色杏花三十里，新郎君去馬如飛。』後二句與世所傳『一色杏花紅十里，狀元歸去馬如飛』不同。未知尊處所有馮注本如何也。又檢《古今圖書集成·山川典》載文翔鳳《徐州登雲龍山記》中云：『有亭於山際，曰放鶴臺，足鐫坡老《雲龍絶句》：「新郎君」爲「狀元歸」。蓋坡老於彭城送人春試，遂爲壯游賞意之什』云云，以此證之，《坡集》自作『新郎君去馬如飛』，而石刻改作『狀元歸去馬如飛』。其上一句之異同，當亦如是。此石刻爲坡老筆乎？抑後人寫刻乎？未見其拓本，不可詳矣。竊謂題是《送蜀人張師厚赴殿試》，則當作『新郎君去』爲是。蓋送之赴試，非試畢送之還蜀也，何得云『狀元歸去』乎？

其二

考漢壽有二。《前漢·地理志》『武陵郡』『索』下《注》引應劭曰：『順帝更名漢壽。』《後漢書》續志『武陵郡』『漢壽』下注云：『故索，陽嘉三年更名。』是後漢之漢壽縣，即前漢之索縣。此一漢壽也，今湖南常德府龍陽縣卽其地也。《晉書·地理志》云：『劉備據蜀，分廣漢之葭萌、涪城、梓潼、白水四縣，改葭萌爲漢壽，又立漢德縣，以爲梓潼郡。』是蜀漢之漢壽縣，卽漢之葭萌縣。此又一漢壽也，今四川保寧府廣元縣卽其地也。關公封漢壽亭侯，在建安五年，其時昭烈未帝，蜀尚未有漢壽縣，則公所封尚是武陵之漢壽。至《蜀志·費禕傳》『十四年夏，還成都，冬復北屯漢壽』，此則梓潼之漢壽矣。因承下問，率書奉復。

與宗湘文觀察

讀手書，知海水無波，天顔有喜，已邀特簡，卽拜真除。此朝野之幸，非止姻婭之光也。至於觀時甚審，借鑒非遥，深論危言，尤所敬佩。比年以來，其地風災、地震，層見疊出，未始非上天示警。然聖明天縱，宵旰憂勤，數年後，朝政必當改觀，時局亦宜可振起耳。弟病已愈，而氣分不足，易於阻滯，非藥力所能疏通。承示宜駕言出游，以寫我憂。然近來精神衰茶，意興頽唐，雖一曲小園中，自小孫女回尊府後，二十餘日來曾未一窺，何論其他乎？近作《曲園自述詩》，可得七言絶句二百首。有此一卷詩，則身後行述、壙中志銘皆可不必矣。附及一笑。

其二

冥壽非禮，寒家自道光甲辰先祖百歲以來相沿行之。今年六月三日，亡婦姚夫人七十冥壽，亦沿此例。其實並不舉動，子戴如未愈，竟不必來，雖小孫女不來，亦無不可也。子戴服何藥？虞山有高手醫生否？蘇城竟無其人。舍間遇有人小小感冒，但以家中所配合丸散酌量服之，又極信刮痧之説，用細甆盌或光潔之錢蘸油於背上刮之，百病皆解，重者卽輕，輕者卽愈。嘗謂：此卽古人砭法。古人治疾，先鍼砭而後湯液，今鍼法猶存，砭法竟絶，不知刮痧之法卽古人砭法之遺。古無『痧』字，雖《康熙字典》亦無之，實卽『沙』字耳。黄河之水天上來，爲泥沙所滯則不行，人身血氣爲風寒暑溼及飲食所滯，猶之沙也。五臟六腑，其係在背，故於背上刮之，則徐徐而解矣。士大夫家多不信刮痧之説，謂是村嫗之見，寒家歷試數十年，知其不謬，率筆奉聞。親家翁博覽羣書，深通物理，未識以爲然否？

與潘伯寅尚書

承示克鼎銘搨文，誠吉金中一鉅觀也。弟於金石考訂，最爲疏陋，既未聞高明所論定，又未見諸家所釋文，竟無從贊一詞。但不知諸家以克爲何人？《博古圖録》、《鐘鼎款識》並載有『克尊』，因文有『高克』字，遂定爲鄭文公時之高克。按，《詩序》云：『高克好利，而不顧其君。』若此鼎亦出此人，則不光矣。竊謂古人名克者甚多，周有王子克，楚有鬬克。鼎文既無『高』字，不必亦以爲鄭之高克也。其文云『王若曰克』，又云『克拜稽首』，則『克』是其名，而文又兩稱『善夫克』，『善夫』疑是其字。古人名字並舉，或先名後字，如云橋庇子庸、馯臂子弓是也；或先字後名，如云弗父何、孔父嘉是也。善夫克，正先字後名之例。輒以私意斷之，此克爲邾子克，卽隱元年《春秋》所書邾儀父也。邾儀父亦作邾儀甫，見《釋文》。古『儀』字止作『義』，義與善通，《禮記·緇衣》篇『章善癉惡』，《釋文》作『章義』，云『《尚書》作善』，皇云『義，善也』。是義、善通也。甫與夫通，《士冠禮》注曰：『甫是丈夫之美稱。』《詩·甫田》箋云：『甫之言丈夫也。』是甫、夫通也。以是言之，善夫卽義甫，卽《春秋》所書之邾儀甫，《左傳》所載之邾子克矣。邾儀甫以託王之始，首先朝魯，見美《春秋》。今歲爲天子親裁大政之年，公以朝廷重臣而得此鼎，殆非偶然，其爲瑞大矣，是亦金石家美談乎？率書所見，聊效一得，未知然否？

與嚴芝僧庶常

承示大著《桐鄉縣志》，體大而義精，辭達而事覈，洵志乘中必傳之書也。近來各郡縣志皆設局纂修，麕集多人，獺祭成事，遂同官書，竟尠佳搆。此志由一人閉户仰屋而成，宜其與他志不同矣。世之言志者，輒推重康氏《武功》、韓氏《朝邑》。鄙意不然，此二志乃子桑伯子，惟一簡字耳。古『志』字與『識』通，志卽識也。孔子曰：『多見而識之。』此志之所以名也。然則志豈以少爲貴者乎？先生積十數年之力，聚百數十種之書，旁徵博引，去非求是，於同時人中求之，惟汪謝城《南潯志》差可伯仲，然彼止一鎮之書，有此精詳，無此博大也。古書從無兩序，近今各志皆屬官修，故開卷必有各官之序，累牘連篇，一望而知非名筆。此志爲一人獨修，則有先生前後兩序足矣，乃欲鄙人再製弁言，大可不必。而尊意殷殷，更欲僕於序中指摘其疵，以示後世，雖見大雅虚懷，無此序文格式也。然既承不棄芻蕘，輒欲少盡愚瞽。竊見《職官表》中，張如戴一人兩列，前明、國朝，此卽詳之得者也，苟求其簡，則轉失之矣。惟弘光元年，實本朝順治元年，存『弘光』偏安之號而失載順治開國之元，於義未安。《欽定通鑑輯覽》亦止附注弘光，未嘗竟以是年爲弘光元年也。愚謂此處更不厭其詳，宜於甲申年大書『國朝順治元年』，而以小字附注『明弘光元年』，從《輯覽》之例，張如戴下則書『明授』二字，至乙酉年爲順治二年，則又出張如戴之名，而於小字注其下，曰『明亡，入國朝』，仍舊如此，庶不授後人於口實矣。至入主出奴，講學家積習，秉《春秋》之筆，不必更徇門户之私。先生意在獨尊張楊園，故施約庵不爲立傳。然此人實亦大儒，當日能使夏峯先生千里貽書叩問，其人可知也，乃止於《藝文志》中《姚江淵源錄》中一見姓名，粗敘崖略，則談道講學之施博，竟與督學受贜之朱荃一律待之矣。後人讀之，或有未饜乎？鄙意宜於邱雲之下補入施博，但加按語云：『施約庵學主姚江，所學未純，然亦楊園之友也，故附列之。』如此，則於尊意不背，而後人亦帖然矣。首卷恭錄詔諭，鄙意亦私有所疑。開國典謨，豈專一邑，此何異志書之首載分野乎？且國朝二百年來，列聖詔諭通行天下者何止此數？有載有不載，則似乎以如綍如綸之天語，視爲可筆可削之藝文矣。同治年間有收復桐鄉上諭一道，此正是專屬桐鄉者，何以又不載入首卷乎？可見此例之未可通也。因承下問，率爾布陳，勿罪勿罪。

與吴廣安觀察

頃承談及合婚之術，因檢查拙著《游藝錄·相宅篇》所載『人與居宅相宜相忌』，亦卽此術也。今姑依上元男命戊辰六，女命己巳一推之，則六一與一六並爲游魂，尚屬中婚，未知與尊説合否？惟坊間所刻小本《萬年書》則多錯誤，誤天醫爲福德，誤絶體爲五鬼，吉凶尚不甚懸殊；誤福德爲絶體，誤五鬼爲天醫，則大謬不然矣。未知尊處所有《萬年書》誤否。如其亦誤，則宜留意。總之，坎一、坤二、震三、巽四、坤艮五、乾六、兑七、艮八、離九,凡數皆出於八卦九宫,而八卦以坎、離、震、巽爲東四宫,乾、坎、艮、兑爲西四宫,凡兩數同宫者吉,生氣、福德大吉,天醫、歸魂次吉;兩數異宫者凶,絶命、五鬼大凶,絶體、游魂次凶。以此校正《萬年書》,其誤否自見矣。

與李憲之方伯

去夏小孫南回,知在都下曾謁清塵,北闕覲光,東山養望,蒼生霖雨,企仰何窮! 祇以衰病疏慵,未克裁牋布達,乃承不棄,遠道書來,大集一函,與書並至,發械盥誦,則從前未刻之三卷補刻完全,得窺全璧,勝拜百朋。尊意謀再刻分體一集,與此編年者並行,甚善。但以詩多不欲盡刻,而命鄙人爲之斟酌去留。此非特力有不能,抑且理有不可。何者? 『文章千古事,得失寸心知。』凡文類然,而詩尤甚,他文章如傳、記、辨、論之類,事之異同,人得而考正之也,理之是非,人得而駁正之也,此他人所能爲謀者也。至於詩,則其吟弄風月也,固人人同領之風月,而其抒寫性情也,實一人獨具之性情。吾輩之詩,抒寫性情者多,而吟弄風月者少,則非他人所能代謀矣。往往有寂寥短章,他人讀之,嚼蠟無味,而作者於存亡今昔之間,有往復流連之意,則一唱三歎,有不能割愛者矣,此非局中人深知甘苦不能爲是言也。使弟一日偶發高興,取年來友朋所贈之詩,以意去取,選爲一集,則大集必亦在所選之中,應選者選,應删者删,妄以筆削之權自任,此亦所謂當仁不讓者。然其成也,止自成爲曲園之一家言,而非復仿潛齋之本來面目矣。鄙見如此,故敢有方尊命,尚乞亮之。

與鄭小坡孝廉

承示大著三種，其以從某省之字爲卽六書之轉注，殊爲有見，突過前人。《説廿》一篇，貫通字義，非深於小學者不能道。《訓纂篇故》亦體大思精，惟弟竊有所疑，不能不爲足下言之。楊子雲所作《訓纂篇》與所作《蒼頡訓纂》自是兩書，《漢藝文志》曰：『《蒼頡》一篇，《凡將》一篇，《急就》一篇，《元尚》一篇，《訓纂》一篇』；而《訓纂》下注『楊雄作』。然則楊雄所作《訓纂篇》自與《蒼頡》、《凡將》、《急就》、《元尚》一例，是羅列字體之書，非解説字義之書。本傳云：『經莫大於《易》，故作《太玄》；傳莫大於《論語》，作《法言》；史篇莫善於《蒼頡》，作《訓纂》。』觀《太玄》之擬《易》，《法言》之擬《論語》，則知《訓纂》必擬《蒼頡》。《蒼頡》四言，如《爾雅注》所引『考妣延年』是也；《凡將》七言，如《文選注》所引『黃潤纖美宜製褌』是也；《急就》至今猶存，前多三言，後多七言，皆取便於學童之諷誦，如今兒童讀《千字文》者。然《史記正義》引《訓纂》，有『户』、『扈』、『鄠』三字，疑其體例亦與《急就》同，有三言，有七言也。《隋藝文志》云：『《三蒼》三卷』，注云：『秦相李斯作《蒼頡篇》，漢楊雄作《訓纂篇》，後漢郎中賈魴作《滂喜篇》，故曰《三蒼》。』可知楊雄《訓纂》上法《蒼頡》，下開《滂喜》，故後世并之爲《三蒼》，此皆羅列字體之書也。《漢藝文志》又云：『《蒼頡傳》一篇，楊雄《蒼頡訓纂》一篇，杜林《蒼頡訓纂》一篇，杜林《蒼頡故》一篇。』此別是一書，乃解説字義之書，謂之《蒼頡訓纂》者，蓋取《蒼頡篇》中之字而訓釋之，如顏師古、王伯厚之注《急就篇》耳。故介乎《蒼頡傳》、《蒼頡故》之間，其體例可知矣。《説文》所引『楊雄説』乃取之《蒼頡訓纂》，而非取之《訓纂篇》，《訓纂篇》有字而無説。《漢志》云：『元始中，徵天下通小學者以百數，各令記字於庭中，楊雄取其有用者以作《訓纂篇》』是也。許書九千三百五十三字，自《蒼頡篇》以下之字必已盡取，不別其爲某字出某篇，故凡所引『楊雄説』，非《訓纂篇》也。尊説以《説文》所引『楊雄説』十二事即爲《訓纂篇》，恐承學之士必有議其誤者，不如輯《説文》所引二十七人之説，一一爲之訓詁，『楊雄説』亦在其中，庶可以明許學之淵源，而不致貽後人之口實矣。

其二

承示大著序文一篇，已受而讀之矣。惟鄙意仍有未瞭者。班《志》既分《訓纂》與《蒼頡訓纂》爲二書，一列《蒼頡》、《凡將》、《急就》、《元尚》之後，一介《蒼頡傳》、《蒼頡故》之間，顯有經、傳之別。《志》云：『楊雄作《訓纂篇》，順續《蒼頡》，又易《蒼頡》中重複之字，凡八十九章，臣復續楊雄作十三章，凡一百二章，無復字。』是知楊雄《訓纂》無重復之字，正與今所傳周興嗣《千字文》相似，而非許書援引諸條所能混也。許君《序》云：『楊雄作《訓纂篇》，凡《蒼頡》以下十四篇，凡五千三百四十字。』桂未谷云：『十四篇，八十九章，每章六十字，正合五千三百四十之數。』愚按：《蒼頡》以下十四篇，不知何指，兩句用兩凡字，文義亦複，恐有衍奪。而八十九章爲楊雄《訓纂》章數，則班《志》甚明。每章六十字，爲五千三百四十字，其數密合。然則楊雄《訓纂》亦法《蒼頡》、《爰歷》、《博學》，斷六十字爲一章，其非許書所引諸條明甚。而愚又疑班《志》所云『順續《蒼頡》』者，『順續』即訓纂也，『順』與『訓』古字通，『續』與『纂』義相近，楊雄以史書莫善於《蒼頡》而作《訓纂》，卽順續《蒼頡》之謂。楊雄續《蒼頡》，班固又續楊雄，故曰『臣復續楊雄作十三章』也，班固明以『順續』二字解『訓纂』二字，此必相承之師説，其書非解説字義可知矣。所不可解者，楊雄又有《蒼頡訓纂》之作，體例不同而名則相混。乃愚又思之，楊子雲作《太玄》擬《易》，未嘗作《易》傳；作《法言》擬《論語》，未嘗作《論語》注。蓋子雲著述之心甚盛，自我作古，予聖自居，不屑爲傳注之學，其作《訓纂》以擬《蒼頡》，何獨爲《蒼頡訓纂》乎？竊疑《蒼頡訓纂》非楊雄所自作也，乃後人因有杜林《訓纂》之後，嫌其未備，又採取楊雄所説以成此書，曰『訓纂』者，因杜林之書而名之也，與楊雄《訓纂篇》名同而義異也，曰『《楊雄蒼頡訓纂》』者，因楊、杜兩《訓纂》並行，各題名以別之也。尊説謂著書者無自加姓名之理，是矣。然謂是班史所加，則上文《訓纂》一篇之上何不加楊雄二字而必注其下曰『楊雄作』乎？班氏總記其後云：『凡小學十家四十五篇。』注曰：『入楊雄、杜林二家二篇。』可知此楊、杜兩《訓纂》，《七略》所無，而班固增入之。劉氏《七略》有楊雄《訓纂》，無《楊雄蒼頡訓纂》也。以此證之，知其非出雄手，而《訓纂》之名同而異矣。此鄙人臆見，自謂甚塙，敢以質之高明。

與王遜之親家

一江睽隔，廿載馳思。大令姪廉泉來，奉到手書，知小恙已瘳，大年未艾，甚慰甚慰。二令姪康侯挈眷來吳，相依十稔，雖久抱沈痾，而去秋之變，實出意外，老懷爲之畫然。承命廉泉遠來，撫慰其孤，且謀挈之歸里，推猶子之愛，垂注拳拳，小女與外孫輩同爲感泣。惟小女云：『依理自以北歸爲是，而逝者遺言，不願北歸，言猶在耳，何忍負之？』一時未能定見，只好待兒曹成立，聽彼主張，想長者當亦鑒此苦情也。至來書又有承繼一議，足見曠懷遠識，思慮周詳，弟即向小女言及。據小女云，先姑曾有遺命，以五叔承繼二房，叔舅、叔姑皆與聞之。此説弟未知其審，但閣下立嗣，本應屬康侯，康侯未嗣而没，則應屬五令侄薇閣矣。康侯生前既未正名定分，忽於身後強爲之名，非所以安逝者於九原。閣下無子立嗣，乃不立見在之子，而立一已逝之子，又何以承歡膝下乎？偏考史傳，無身後出繼爲人後者。《晉書・荀顗傳》，顗無子，以從孫徽嗣，不追立徽之父爲子也；《魏書・王睿傳》，睿次子椿無子，以兄孫叔明爲後，不追立叔明之父爲子也；《宋史・禮志》，國子博士孟開請以姪孫宗顔爲孫，不追立宗顔之父爲子也；《元史・魏初傳》，初從祖璠無子，以初爲後，不追立初之父爲子也。蓋逝者已無可繼，故寧虛一代而不敢空立此名。今康侯已逝，芸閣年力富強，學問深邃，將來宦學兩途，未可限量，亢宗禦侮，有此佳兒，深爲閣下賀也。此事本非弟所敢僭言，叨在至戚，又承雅意咨詢，故輒貢其一得之愚，幸恕狂瞽。

再讀來書，有族眾覬覦之説。貴本家素不相安，弟所深悉。如果覬覦者眾，則宜豫立本根，以杜窺伺，不特閣下宜急以薇閣爲嗣，即廉泉，年近五旬，石麟未降，亦宜早爲之計矣。謹按，《儀禮・喪服》傳曰：『何如而可以爲人後？支子可也。』又曰：『適子不得後大宗。』國朝秦氏蕙田著《五禮通考》發明此義，引《晉書・安平王孚傳》、《魏書・于忠傳》、《唐書・崔祐甫傳》、《舊唐書・王正雅傳》、《宋史·宗室傳》，皆以支子後大宗爲得禮之正，而申論其後曰：『古人立後之法，專爲大宗。而後之人必以支子，乃習俗成謁。動謂「長房無子，當以次房長子爲嗣」。此無稽之説。夫大宗，百世不遷，猶不敢奪人嫡子爲後，況區區繼祖繼禰者乎？知禮之士，慎無奪人之嫡，亦不可爲人奪嫡也。』以上並秦氏之説。又考，嫡子不爲後，在貴族自有故事，《白田先生集》有《立後辨》一篇，云：『同寰公生四子：重甫、純甫、和甫、玉甫。純甫無子，以和甫之次子宗武爲嗣，不以和甫之長子祖武爲嗣。』此一證也。『重甫生繩武，繩武生二子，長子天擎，次子楚材。天擎無子，而楚材止一子，於是天擎臨没遺言，且不立嗣，以待楚材次子之生，及楚材生次子，立爲天擎嗣。』此又一證也。以此論之，則廉泉立嗣，自應屬康侯之子，而康侯長子念曾，在『嫡子不爲後』之例，不獨禮法難違，抑且家規當守。則廉泉立嗣，宜在康侯次子念植矣。弟不揣冒昧，因承垂詢，敢陳所見，願閣下即立薇閣爲嗣，而廉泉亦立念植爲嗣，早日定見，則本支百世，固於金湯，又何族衆覬覦之足患乎？非分妄言，惶悚惶悚。

焚寄彭雪琴親家

二月間，承口授侍者，寄我一函，裁覆猶稽，訃音遽至。回思客秋，鴛湖一别，遂成永訣，痛何可言！以吴楚迢遙，未克白馬素車，敬赴靈前，凭棺一慟，負疚多矣。山中以歌代哭，成一百六十韻，命令孫女焚寄泉臺，又有《西湖襍詩》八首，一并焚寄。湖山不異，風景頓殊，公追念前游，當亦憮然乎？西湖退省庵之右，貴同鄉諸君子已爲搆建崇祠，落成在卽矣。弟言於崧鎮青中丞，并邀集敝同鄉諸人，稟請爲公建祠，將來卽以貴同鄉所私建者作爲浙省專祠。湖山俎豆，從此千秋，想良辰美景，明月清風，笙鶴來游，仍與生平不異也。小孫又薦而不售，有負期望。在小孫甫逾弱冠，何貴速成。但弟老矣，不久將從公游，恐不能待耳。每念古人交誼，不以生死而殊，敢援庾元規追報孔坦、劉孝標重答劉沼之例，敬書一紙，遠寄九京，靈而有知，尚其淩雲一笑。

與孫婦彭書

接廿八日手書，知出痧已愈，近日精神何如？阿膠及坤順丸仍喫否？令祖謚法，前所傳皆誤。浙江潘學臺書來，言得京信，知確是『剛直』二字，湖南已聞知否？昨得令弟佩芝書，託作墓銘，閱所寄《行狀》，王壬秋先生所作，自是名筆，但其中事實有可商者。如所載少年受知高螺舟先生入學一節，與令祖所自言者迥異，其事吾載入《春在堂隨筆》第六卷，倘令弟處有其書，可檢出觀之，便知與《行狀》所載大相反矣。此事雖細，而一生名節有關，今《行狀》中有此一節，吾意萬不可刻，刻之則冥漠中必有餘恫也。此外，所敘戰功，如沙口、沌口一事，與令祖所述亦有不同，至晚年赴粵東防俄，其心血所注，全在大角礮臺。大角在虎門外，同事諸君皆以爲散漫無可守，令祖親履其地，始知海水有清黃之別。黃水浩渺無極，而清水則止一線，曲折而來，無論帆船、輪船，必由此路，從大角山下經過，於此開礮，擊之必中，故力主扼守大角，劈石爲臺，藏礮其中。至甲申之冬，警報日至，言明年正月必犯廣東。令祖於除夕親駐大角，因疑似之間，開放一礮，誤傷鹽務巡船，方悔鹵莽，而乙酉正月寂無警信。後閱外國新聞紙，有一條言，大角礮臺，深得形勢，不可輕犯。乃知此一擊之誤不爲無功，亦令祖與吾言之。此等事，宜細詢當日隨征將佐，務得其詳，傳示後世，勿使人言粵東之役但以虛聲脅人，僥倖無事也。又令祖在粵有一摺，極詆和議，有『五不可和』、『五可戰』之説。當時朝議不甚許可，然實令祖一生大見識、大議論，安可不傳示千載乎？吾因此數端，未能動筆，亦未便函復令弟。而手書與汝，可與令弟及親黨曉事者同看也。吾衰且病，此等大題目，恐不勝任。竊意王益吾祭酒，本令祖舊友，又是同鄉，何不託渠作之？如必欲吾作，當更博考參稽，非可率爾操觚也。

與李少荃爵相

頃在西湖寓樓，由蘇寓寄到惠書，并李黼堂同年《耆獻類徵》全帙。此書卷帙之繁富，已足壯我書城。而我公議論之崇閎，尤足破人疑蔀。往年黼堂初創是書時，鄙人亦竊有所疑在。黼堂之意，以爲書名『類徵』，舍此更無可分之類。今讀公鈔示寄黼堂書，知於此事討論極精，非鄙見所能及也。因公高論，發我狂言。即以槭論，昔時曾忝玉堂，實則陸天隨之散人，元次山之聱叟耳。使黼堂異日更緝《續編》，必將我列入『詞臣類』矣。江湖而冒禁近之名，後世觀之，得無笑彼其之子之不稱乎？率筆及之，聊發軒渠。

與許星叔尚書

頃由令弟子原寄到楹帖一聯，猥以鄙人七十生辰，遠頒吉語，光耀軒楹。在遠不遺，固爲可感，而江湖衰朽，得蒙華衮褒揚，亦未始不足爲榮。然犬馬之齒，何足言壽，今歲誓於先人影堂，壽言、壽禮，概不敢受，雖承公賜，未敢渝之。仍寄由子原令弟璧還，伏求俯鑒硜硜，勿以爲罪。他日鄙人死後，如蒙賜以輓聯，則九原銘感也。

與徐花農太史

辱手書，并以鄙人七十生辰，賜以壽禮、屏幅、楹聯，並皆佳妙。甚矣，老弟之愛我也，甚矣，老弟之不知我也。以老弟而猶有此賜，何責夫悠悠者乎？仍由信局寄璧。明知此件璧還尊處竟無所用，鄙意請老弟代爲收存，俟兄死後滿二十七箇月再請寄至我家，俾我家子子孫孫世世懸挂，以見我兩人當日交誼如此其厚也，豈不美哉？

與汪柳門待郎

久疏音問，忽奉手書，開緘三復，真老杜所謂『來書語絶妙，遠客驚深眷』者也。乃以去歲鄙人七十生日，賜以壽聯，則思之至再，不敢拜受，受之，無以對許星叔矣。謹由信局奉璧。此聯留存尊處，一無所用，未免可惜，然弟早見及此，有以處之，請問花農，自得其法也。右台山館舊懸大筆所書一聯，其句云：『曾聞古有歸真室，已視身如不繫船。』卽鄙人舊句也。歲月既久，館人又不善收藏，竟至爛脱。如有暇，能爲補書之乎？

與潘譜琴庶常

承示蘇慈碑，名慈，字孝慈，而《北史》、《隋書》均止稱蘇孝慈，竟以其字爲名，是碑詳而史略也。據《隋書》，從武帝伐齊，賜爵文安縣公，尋改封臨水縣公，而碑止稱文安縣公，不言改封臨水，是史詳而碑略也。碑稱『天和七年』，而後周高祖武帝天和止六年，無七年。考是年三月改元建德，當以事在三月以前，故仍稱『天和七年』耳。碑與史似異而不足爲異也。至其葬同州蓮芍縣，尊意頗以爲疑，謂蓮芍自漢以來均屬馮翊，唐武德元年始改馮翊爲同州，碑文不曰馮翊而曰同州，或武德以後補撰。則鄙意以爲不然。同州之設舊矣，《隋書·地理志》馮翊郡注云：『後魏置華州，西魏改曰同州。』則自西魏至隋開皇時其地正名同州也。所屬有下邽縣，注云：『大業初并蓮芍縣入焉。』則大業未并之先，同州所屬者有蓮芍縣可知矣。碑文所書，正得其實，尊跋謂武德元年始改馮翊爲同州，此考之未審。《唐書·地理志》大書『同州馮翊郡』，注云：『武德元年更諸郡爲州，天寶三載以州爲郡，乾元元年復以郡爲州。』然則武德元年盡改天下之郡爲州，故馮翊郡改爲同州，天寶三載又改同州爲馮翊郡，乾元元年又改馮翊郡爲同州。同州也，馮翊郡也，皆承其舊名。但州郡改易，以從一時之制而已，非武德元年始有同州之名也。史與碑皆無誤。謹述所見，以質高明。

與徐花農學使

新正三日，由電局交來賀歲電音。數千里外，不啻遣一介持柬到門，真奇情勝事也。年前錢君自粵還，得嘉平十八書，知履新以來，百凡皆吉。初擬縮刻拙著《茶香室經説》分貽士子，今則改縮刻爲翻刻，此意良是。袖珍之本，非使者所宜持贈也。惟兄則又有一説：學使者當堂給發，必須官樣文章，近時有奉發之世祖御製《勸善要言》。若以此等書給發多士，庶幾正大得體，人無異言；若私家著述，大非所宜。拙著《茶香室經説》成書較後，王逸吾學使纂《皇清經解續編》不及著錄，得老弟爲我張之，大妙。然不過攜數十部於行篋中，考試經古，遇有佳士，以此贈之，或可示以塗畛，濬其心源，此則於理可行，於事亦或有益。若人人給以一函，則徒費紙札之資，而適以啓揣摩迎合之私，且或以成口舌異同之辨，萬萬不可也。兄意如此，幸老弟從之。近來時局多艱，人心不古，蹈常習故，可以無咎無譽，稍涉新奇，議論滋多，高明定以爲然耳。

春在堂尺牘卷七

與李少荃伯相〔一〕

伏讀來書，承索觀《九九銷夏録》，此書至年底始剞劂告成，謹以一部呈覽。憶昔年侍曾文正公坐，公謂樾曰：『今日江湖好漢畢集於此，君其宋江乎？』樾應曰：『不然，時遷也。』公問故，樾曰：『無他，剽竊之學耳。』今《銷夏録》一書，無一非剽竊而來，真時遷手段矣。閣下覽之，定一笑也。外附《瓊英小録》一卷，雖創論，而自謂確論，未識然否，并求論定。

【校記】

〔一〕此札在稿本中被删去。

與聶仲方觀察

日前承惠顧暢談，爲幸。比計已吉旋滬上矣。滬上新出一平話曰《萬年清》，演説高宗純皇帝私下江南之事，覽之不勝駭異。伏思小説傳奇，無非假設姓名，駕稱唐宋，未有於本朝祖宗肆詆諆視同兒戲者，小人無忌憚，一至於此。且聞其尚欲續成後部，不知其更將如何誣罔。俗語不實，流爲丹青，愚夫愚婦，信以爲真，互相傳述，不但上爲盛德之累，抑且下貽風俗之憂，此誠地方大吏所宜嚴禁者也。用敢陳之左右，乞飭該書坊以後不準照印，其照印已成之本，責令繳出，當堂焚燬，以嚴上下之分，而杜後世之疑，幸甚幸甚。

與李少筌伯相

拙著《銷夏錄》一書，不過逭暑杜門，藉以遣日，豪無足采。乃承不鄙，俯賜覽觀，兼且廣爲蒐羅，彌其罅漏，不特見茹古涵今之夙學，星宿羅胷，抑足徵旋乾轉坤之餘功，指揮如意。此則悦服之餘，尤深贊歎者也。樾所著書，幾及四百卷，流布海内，計左右亦必有之。然章句陋儒，訓詁末學，何足當公一覽。惟有《茶香室叢鈔》、《續鈔》、《三鈔》，此三種書連目錄共八十卷，亦《銷夏錄》之類，而隨見隨鈔，疏漏更甚。如鈞軸餘閑，偶然流覽，有所抨正，尤鄙人所幸也。本朝文治昌明，超踰前代，聞上海見在照印《古今圖書集成》，不日可蕆，洵足嘉惠無窮。惟念前明《永樂大典》一書，雖體例未爲盡善，而古籍實賴以倖存，如能照印流傳，亦藝林一盛事。明知此舉良難，然公以閣臣而總商務，故敢爲公言之，當勿笑其狂瞽耳。

與李古漁明府

手示讀悉，如樾之檮昧，何足議《禮》，乃承不棄，詢及芻蕘，慙媿慙媿。此事《禮》無明文，惟讀《穀梁傳》云：『作主、壞廟有時日，於練焉壞廟。』范寧解曰：『禮，親過高祖則毁其廟，以次而遷，將納新神，故示有所加。』但釋壞廟之義，不言壞廟之時。然《傳》曰『於練焉壞廟』，則是作主、壞廟同時矣。乃楊士勳疏則云：『作主在十三月，壞廟在三年喪終。而《傳》連言之者，此主終入廟，入廟卽易檐，以事相繼，故連言之，非謂作主、壞廟同時也。』夫如或說，豈不順於《傳》文，而先儒皆不之從，存爲異說，可知自漢至唐，然，故不從之，直記異聞耳。或以爲練而作主之時，則易檐改塗，於《傳》文雖順，舊說不其奉練主入廟，皆在三年喪畢之後，三年内既未入廟，自然仍奉之於寢，於事爲便，於情爲安。輒貢所見，質之達者。

與金友筠 卽第六卷之林陰仰雪翁

承示論題一紙，涵詠白文，上章重『有』字，下章重『爲』字，自是不刊之論，斲輪老手，良所深佩。惟以『不與』作『無爲』解，則舜、禹無爲，而堯轉有爲矣，似分量小有未合，不如竟云舜、禹有而不有，堯爲而無爲，較渾淪無弊，高明以爲何如？鄙意，此兩章是一部《金剛經》。上章明言有天下，然『不與』

二字則已將『有』字掃去。以《金剛經》文法論之，當云所謂有天下者，卽非有天下，是名有天下也。下章特題一句，云『大哉，堯之爲君』，人人洗耳而聽，不知將説出陶唐氏如何掀天蓋地一番大事業來。乃『惟天爲大，惟堯則之』，止是比况之詞，『民無能名』，亦止形容之語，究竟堯之爲君如何，毫無實在。下節言成功、言文章，似乎有所指實矣。然此節文勢大有蹊蹺，吾人從小讀熟，不覺得耳。上句有『也』字，下句何以無『也』字？聖經必無此參差文法，此中大有妙理。夫子當日蓋仰而望之，曰：『巍巍乎，其有成功也。』然究竟所成何功，其功安在，亦竟説不出來。略一停頓，乃曰『煥乎，其有文章』，成功不可見，見之於文章。文章有何實際，仍歸之於空而已。蓋上句有『也』字，一宕成功，亦化爲烟雲也。《金剛經》云：『所謂一切法，卽非一切法，是名一切法。』道理實是如此，非曲園叟之援儒入墨也。因尊論，走筆及之，聊發一噱。

與沈鳳士廣文

尊論申生事，謂六日之胙雖旨甘，亦必色變臭變，此不待言而可釋然者。乃倉皇一奔，予父以可疑之迹，冒昧一縊，堅父以可信之心，晉國之亂，申生爲之，因誅其心爲忍人，斥其行爲孝之賊，此自是獨得之見。然鄙意不敢以爲然也。夫胙至六日色臭必變，固事理之常。然其事在冬日，非盛夏鬱蒸之候，其地在晉國，非吴越炎燠之鄉，則至六日而不變，容或有之。且予犬，犬斃，予小臣，小臣斃，則非特魚餒肉敗已也。《國語》云：『置酖於酒，置堇於肉。』《左傳》不備載耳。胙之必有毒，雖申生亦不能辨其無。而毒之由申生歟？由驪姬歟？申生辨，驪姬亦必辨，徒費口舌，誰與證明？晉獻昏憒，未必信申生而不信驪姬也。則辨亦徒辨而已。不得已而出奔，不得已而自縊，大是可憐。尊論或尚宜斟酌乎？

與章一山

讀來書〔一〕，承以《述學》一卷見示，元元本本，殫見洽聞，而筆意古雅，則《文心雕龍》之流亞也。元時以程敬叔《讀書工程》頒示郡縣，空談而已，何足望此書乎？老病廢學，無所獻替，聊黏數籤，以答下問。尊意又欲議定許、鄭兩先生從祀之人，大哉斯舉乎！雖然，未易言也。詁經精舍一席，鄙人尸素其間，二十七年矣，精力衰頽，學問荒落，不久當辭退。近來當事諸公皆無意於此，故官課每有以一文一詩了事者，然則鄙人去後，精舍之廢興亦可知矣，尚能議及許、鄭兩君之從事乎？即以兩君從事而論，鄭多許少，誠如尊言，鄭君弟子有《鄭志》可稽，近時遵義鄭氏輯《鄭學錄》，蒐羅其弟子至三十一人，可謂多矣。然郗慮一人持節廢后，此亦高密門牆之玷也，可以從祀乎？許君有子，鄭君有孫，此適相稱。然許君弟子多不可考矣，後世傳述許學者亦復寥寥。尊著謂呂忱《字林》、野王《玉篇》不得爲許學，此卓見也。《北史》黎景熙，字季明，從祖廣，善古學，頗與許氏異同。《周書·趙文深傳》太祖命與黎季明等依《説文》、《字林》刊定六體，成一萬餘言，則許書行世未久而卽爲黎學所亂矣。《北史》李鉉，字寶鼎，以文字多乖謬，遂覽《説文》、《倉》、《雅》，删正謬字，名曰《字辨》。此人在徐鉉之前，而與徐鉉同名同字，同有功於許學，亦奇，則宜與二徐同祀者也。又，北宋之初有吳淑譔《説文五義》三十卷，此與大小徐同時者。其書三十卷，則每篇分爲二，已用徐本矣，此亦宜與二徐同祀者也。自是以後，言字學者日出不窮，而治許書者實不多見，明代竟成絶學。及國初，以亭林先生之博洽，而始一終亥之《説文》未一寓目，櫟下老人周亮工并誤以爲始子終亥，可發大噱。直至乾嘉以來，乃始家有其書，人習其學，今則三尺童子皆談《説文》，收之門牆，又慮人滿。因尊議，率筆及之，足下果能論定其人，亦大妙也。

【校記】

〔一〕『書』下，稿本原有『知已至金陵，端居多暇，文字自娱』十三字。

與金湝生

頃奉手書，并賜《粟香室叢書》及《粟香隨筆》全帙，誦清詠駿，見家學之淵源；考獻徵文，示詞林之根柢。馬氏《瑣記》一卷，有裨經義；《江上孤忠》諸録，足補史闕。末附《江陰藝文》、《赤溪褉志》，皆自著書也。《楚辭章句》終《九思》之篇，《玉臺新詠》存孝穆之作，古人固有此例矣。案頭得此，亦一偉觀，百朋之賜，殆未足喻。惟來書於鄙人推許過深，則非所望也。僕於經學全無師法，於詩文亦未克成家，徒以不知妄作，歲久益多，流播人間，旁及海外，遂致盜竊虚名，爲鬼神所禍。老運屯邅，家門凋落，亟思謝去虚名，稍自懺悔。東坡所謂『過實之名，畏之如虎』，而足下又過爲揄揚，殊非鄙意。近作

《亡孫婦傳》一篇，附詩四首，徧贈知交，謹以寄呈左右，覽之可知近懷矣。

與張式卿孝廉

承示大著《通史人表》，定爲二十四等，分作十六格，前日坐間曾承口講手畫，已知其大略。僕無違言，茲亦無所獻替矣。惟每格所附見者，自左而右逆書之，謂取法於史表之有倒寫。竊謂倒寫最醒人目，而逆書則轉迷人目。如呂后下附其外戚，自左而右逆書，以人目順視之，則先見呂澤，後見呂公，而呂澤下已注云『公子』，幾不知爲何公之子矣。愚謂，仍宜順書，每格雖極小，總須能容三箇字，其附見者低一字書之，則正與附自了然矣。然此乃其小者，僕有一説，頗與全書體例大有出入，言之未必有當尊意，不言則又不盡鄙懷，請試言之。夫《人表》之作，始於班史。尊著雖不依其九等之品第，而要本於班氏也。孟堅此表，是其創立，與他表沿襲遷史者不同，故他表有紀年者，而《人表》則不紀年。尊著乃以《人表》而兼年表，體例紛淆，卷帙繁重，成書不易，職此之由。鄙意，《人表》不必紀年，第一格宜書漢太祖高皇帝，詳注其姓氏、名諱、享國年歲以及行事大略，一帝畢，接書一帝，西漢諸帝俱畢，乃書曰右前漢，以後儘留空格，直至下面十五格。前漢諸人俱畢，然後再於第一格書漢世祖光武皇帝，一帝畢，接書一帝，如前漢例，直至下面十五格。後漢諸人皆畢，然後接書三國魏。如此則大臣封拜年月有參差難考者，不妨詳載異同，而不必以意斷定，致有武斷之嫌。其襍人襍流等無年可係者，亦聽其以類相從，而不費安排之力，事半而功倍矣。尊意以爲何如？又人數既多，非依韻編目，無從檢尋，而凡例乃有依方音編目之説。愚不知方音何音，足下蜀人，其蜀音乎？足下此書非專示蜀人者，何必以蜀音爲主，自宜遵用《佩文韻府》爲是。倘足下以今韻分部不合於古，欲別成一韻書，此則又是一家學問，又是一種著述，不必入之此書也。

與顧詠植明經

承示《周禮醫官詳説》，以岐黄家言比附經義，亦前人未有之作也。但解疕瘍爲化瘍，謂是内症化外症，此恐不然。疕從『𠤎』不從『匕』，二字迥別，隸體亂之耳，萬不能以從『𠤎』者爲從『匕』而以變化釋之也。讀又案云云，似已悟及，但合同之義，則仍護前説耳。竊謂，疾病者，疕瘍者，明分二義。唐石經兩句均有『有』字，此古本然也。若必合而一之，謂内症化外症，則當其未化之時，病者但覺爲内症，及其既化之後，病者但見爲外症，且症雖見於外，病必由於内，此亦不待言者。古人設官治疾，外症内症一概造於醫師，由醫師別其爲内爲外而分屬於疾醫、瘍醫，如此而已，何必論其化不化乎？使内症不化爲外症，醫師將不受之乎？此説之不可通者。因承下問，故敢及之，將來刻版，刪去此條爲是。惟鄭解『疕』字未安，尊説糾之，是也。案《靈樞·癰疽》篇云：『發於陽者百日死，發於陰者三十日死。』是癰疽有陰陽之分，所謂瘍者，當是發於陽，故其字從『昜』；所謂疕者，當是發於陰，故其字從『匕』，與『妣』字、『牝』字從『匕』得聲者同意，高明以爲然否？

與壽梅契

壽氏，以春秋時考之，固吴人也。《襄五年》有壽越，《哀十三年》有壽於姚，並吴大夫，則其爲吴人無疑。惟以爲吴子壽夢之後，則吴子壽夢於襄十二年始卒，而襄五年已有壽越見於《傳》，其非壽夢之後明矣。尊譜謂帝堯之後，封於祝，據鄭注『祝或爲鑄』，壽氏即出於鑄，省去金旁耳。然《廣韻》十遇『鑄』字下云：『又姓，堯後，以國爲氏。』則堯後自有鑄氏。至四十四有『壽』字下但云：『又姓，王莽兗州牧壽良。』似不得謂壽即鑄省，并作一姓也。古事難明，聊書所見以質。

與翁叔平尚書〔一〕

夏間曾以拙著《賓萌集》第六卷屬貴同宗少畦大令轉呈左右，未知已鑒入否。閣下以傅説啓沃之臣，居皋陶贊襄之任，輔成主德，匡濟時艱，身繫安危，望隆中外。方今海内，人人言自強，人人思變法。竊謂自強貴有強其強也，孟子『反本』一言，乃自強之上策，壽陵學步，施家效顰，徒以見笑，未足爲強。至變法，尤未易言。中國自有制度，但能持以實心，則亦足以爲國。即如以時文取士，明季已極言其弊，亭林先生至比之探籌，然本朝循用之二百餘年，文治武功，儒林詞苑，超踰唐宋，可知人材盛衰，初不由此，亭林探籌之喻，殊未允協。若果行探籌之法，則市井、屠酤、輿臺、隸卒皆將攘臂而一探矣，時文取士，何至於此？詩賦止尚浮華，策論徒資剿襲，實未見有勝於時文者。議者或謂宜改用西法，竊恐數十年後〔二〕本圖變法，實非容易。每念傾側擾攘之時，世必有惇庬純固之大臣，當今之世，舍公而誰？雖繁言朋興，而秉國之鈞者必有一定之權衡，不奪之赤石也。拙著《迂議》一篇，附呈尊覽，公得無笑其一肚皮不合時宜乎？

【校記】

〔一〕此札在稿本中被删去。

〔二〕此處語意不連貫，疑有缺文。

與楊石泉制軍

去歲得復書，不遺在遠，慰問拳拳，甚可感也。伏念樾自乙丑冬與公相見於武林，至今三十一年矣。丁丑別後，不奉光儀，亦已一十九年。星移物换，今昔有殊，鳳舉龍驤，勳名日盛，白香山已開第八秩，而裴晉公風采仍如初破蔡州時。往者海氛不靖，軍事方殷，天子聽鼓聲而思將帥，湘中宿將，落落晨星，惟公屹然，雄鎮邊陲，朝廷恃以無西顧之憂，海内亦莫不倚之如長城，望之如山斗。蓋龍馬之精神，卽鳳麟之符瑞。天祐聖清，而公之福壽亦與俱長矣。樾蒲柳衰姿，不足仰攀松柏，犬馬之齒，又長於公者五歲，神明衰耗，意興頹唐。回憶西湖烟水，屢從公游，明月三潭，清波一棹，追惟昔款，恍隔前生，瞻望龍門，如在天上。貴同鄉屬爲壽言，輒貢一篇，附呈楹帖，聊展微忱，伏希鑒察。

與陳子宣

三伏炎炎，未識清簟疏簾作何消遣？前言擬以刻羽引商度此長夏，然苦無題目。頃偶從太倉王氏覓得弇州山人所爲《曇陽子傳》，洋洋萬餘言，事頗奇詭，與傳奇體例相宜，寄奉清覽，未識有意爲之否？曇陽子事，疑信參半，然本朝嘉慶間尚爲移建曇陽觀，而劉文正公至爲題榜，則其人亦必有不可泯者。嘗謂明代之有曇陽子，猶唐時之有謝自然。在吾儒視之，固屬異端，然天地間自有此一種人，則亦自有此一種理。昌黎作《謝自然詩》，頗極排斥，然至今謝自然仙蹟未嘗不與昌黎公之道德文章並壽於千古也。弇州此傳，太涉冗長，讀之者少，能得妙筆闡發之，亦一奇作。如尊意不屑爲之，則此傳仍望寄還，以付其家也。

與錢子密侍郎

接手書，承不遺在遠，慰問拳拳，而詞意超然，尤令人想見天懷清曠。然以閣下之才，輔政樞廷，海内方爲聖朝得人賀。今雖衆正盈廷，而於外面情形或未盡深悉，公則閲歷深矣。江海形勢、地方利弊、將佐賢愚、兵力厚薄，無不了然於胷中，以之贊襄皇極、匡濟時艱，真輕車熟路也。若林下優游之樂，恐不能不讓尊先文端之專美於前矣。兄行年七十五，夕陽光景，不久人間，且素守『隱居放言』包注『放置不言世事』之戒，故於時事，從未僾言，卽有所言，亦從不示人。乃今則爲時勢所迫，竊有不能自已者，因將舊作數篇刻成一卷，名曰《賓萌集補篇》，又作《迂議》一篇，三千餘言。嗟乎，九河横溢，而欲以一凷之土塞之，多見其不知量耳。以承知愛，不敢自祕，未識覽之以爲何如？〔一〕

【校記】

〔一〕『如』下，稿本原有『《補篇》中有《補宴鹿鳴》一議，此則兄之妄想，能爲玉成之否？如晤翁大農，不妨一談，亦嘗以此示之也』一句，後圈去。

與趙展如中丞

前日趨賀，次日卽承臨況，而皆未得見，迄今又閲兩旬。溯自西湖一别，則已在十旬之外。此三月中，金殿對揚，玉音問答，敷宣德意，宏濟時艱，想視在浙時又自有一番舉措也。惟聞新抱西河之痛，此則不必介懷。以公之地位，但能造福蒼生，則商瞿五十歲後有五丈夫子，可爲公操券耳。弟近狀如恆，惟爲時事所迫，輒有不能已於言者，偶成《迂議》一篇，敢以陳之左右，公覽之，得無笑其滿肚皮不合時宜乎！

與劉景韓中丞

去年得復書，具見觀時之深識，經世之遠謨，誦之感歎不已。入新歲來，伏惟動定多福。弟年七十有六，衰齡冉冉，後路茫茫，撫茲時局之新，守我儒氈之舊。溯自道光丙申，初入縣學，至今光緒丙申，六十年矣。俗有重游泮水之説，功令無之，不敢以瑣事煩瀆官師，但取當年院試文詩題重作之，刻《重游泮水試草》，附以七言古詩一章，徧贈知交。今以十册，寄奉左右，流覽之餘，分貽賓從可也。鐵路之議已定否？將來經由汴中，又費幕府一番經畫矣。愚意則謂，鐵路不足興中國之利，而適足以攘外國之利也。他如紡紗、繅絲諸局，不足分外國之利，而適足以奪小民之利。所見如此，真腐儒哉！

與德清縣張漢章明府

頃接來書，備承老公祖盛情與邑中諸君子厚愛，可勝銘感！惟重游泮水之説，功令所無，所謂『彙案咨部』，從無其事。向來每由本籍地方官，或徑由學官詳請學臺給予四字匾額，此亦俗例相沿，非令甲也。弟殘年待盡，一事無成，孤負科名，玷辱學校，何敢以衰朽之年、瑣屑之事煩瀆官師？且卽蒙學臺給匾，而吾邑尚無明倫堂，匾於何懸？鄙人於故里無一椽之庇，匾又於何懸？用敢奉書陳謝，如未舉行，請作罷論。

與孫仲容孝廉

久不通問，想讀禮之餘著述益富矣。時勢至此，幾有斯文將喪之虞，而實不然。愚意，百年後必當復見唐虞，或且復古封建，一洗秦以來郡縣上下相蒙之積習，亦未可知。使孟子生於今日，亦無他說，惟曰『守先王之道，以待後之學者』，如是而已。老夫耄矣，無能爲也，吾子勉之！

與于香草

得手書，知前函已達，鄙意拘拘，甚違諸君子之意。然孟子云：『窮則獨善其身，達則兼善天下。』我輩窮居，只能爲獨善之計，若窮而欲兼善天下，雖孟子不能。漢季黨人，明季社友，皆是見義未精，自任太猛，聖賢恐不如是。即使孟子生於今日，亦惟『守先王之道，以待後之學者』而已。孟子『待』之一字，直待至漢時，而後先王之道又昌明於世，然《孟子》一書，猶襍在諸子中，未重也；又待至唐宋，而後孟子之學大重於世。吾人但計有可待與否，遠近固不計也。僕去年《除夕》詩云：『行當再見唐虞盛，屈指天元九十年。』姑留此言，以爲後驗。僕學術粗疏，年齡衰暮，浪竊虚名，深爲愧恧。日前與浙撫廖中丞言，老夫主講詁經已二十九年，若再忝一年，則三十年老山長，海内所無。將來必有兩種議論：一謂曲園在詁經造就不少，一謂兩浙人材皆敗壞於曲園一人之手。此兩説，恐究以後説爲然。蓋方今之世，乃窮則變、變則通之世，而鄙人不知變通，猶執守先待後之説，兩浙人士不我鄙棄者，亦講求古音古義，沾沾於許、鄭之書，而人材之爲我敗壞者不少矣！尊見以爲然否？外附去《襍文五編》八卷，此皆應酬之作，然近來名公鉅卿，頗多見於鄙文者，則固不得因其文辭之陋而棄之也。

又與于香草

得手書，并示三説云云，前一説不敢當，後二説不足辨。夫謂《茶香室經説》是小説家言，其人不但不曾讀《茶香經説》，并不曾見過小説來。試問，唐宋以來小説多矣，何種小説與《茶香經説》相似乎？悠謬之談，不足一笑。若謂『不知變通』『沾沾許、鄭』，實亦未有人言及，乃鄙人自存此見，以爲將來必有此説耳。又有一種，講理學者，深不以我所著書爲然，因鄙人未嘗掊擊程、朱，故亦尚未受人掊擊也。嗟乎！時事日非，斯文將喪，此又何足深論？惟足下來書頗以乾嘉以來崇尚聲音訓詁之學爲當時提唱諸公咎。竊謂不然，不通聲音訓詁，不能讀古書；不能讀古書，不能讀聖經賢傳；不能讀聖經賢傳，又安能通聖人之道乎？然則諸老輩教人講求聲音訓詁，亦是下學而上達之法，蓋門徑固如是也。學者但致力於聲音訓詁，自以爲絶學，而不知更有其他，此則學者之蔽，而在乾嘉諸鉅公，固不任其咎也。嘗謂《論語》『下學而上達』，妙在一『而』字。朱注云：『但知下學，自然上達。』深得此句語妙。吾儒與釋氏，同此一理。一部《論語》，止言下學工夫而不及上達，以上達只在下學中也。一部《金剛經》，止言上達而不及下學工夫，然云『修一切善法』，此卽下學也。佛云『修一切善法』，孔云『多學而識之』，同一下學工夫。佛云『一切善法，皆非善法』，故孔子亦自以爲非也。然孔云『予一以貫之』，而佛則云『實無有法，得阿耨多羅三藐三菩提』，此則稍有分別。蓋在吾儒，則千百萬億皆貫之以一，而在佛家，則千百萬億皆歸之以無。貫之以一，猶有迹象可尋，歸之以無，則無可捉摸矣。此釋家所以高於吾儒，而吾儒所以切於釋家也。僕生平沾沾於聲音訓詁，此外未嘗致力，然近來於天下事理亦頗覺頭頭是道，雖不敢言上達，似亦上達之梯梲也。孔子一生，辛辛苦苦，至七十歲從心所欲不踰矩〔一〕，始稍稍享聖人之福，然越三年即夢奠矣。況我輩齷齪小人乎？恐亦不久人世矣。率爾布陳，聊發大噱。

【校記】

〔一〕矩，原作『距』，據文義改。

與廖穀士中丞書〔二〕

昨得浙友來書，知以變通書院章程飭各監院會議，所議云何，吳中未有聞也。方今之世，士子不可不知西學，晉撫變通書院一疏，誠爲當務之急。然驟議變通，頗非容易，竊恐虛被變法之名，而不能實收變法之效。以吾浙論，詁經精舍本不課時文，專課經義，而經義之中，天算等學無所不包，西人新法亦未始不出於此。似乎詁經精舍不必變易舊章，但請官師兩課於照常出題外兼出演算法一二題，是亦通經致用之義。此外書院，專課時文，於西法頗難兼習，不知宜如何變通。愚謂欲士子通曉西學，則江蘇見行之中西學堂，其法甚善。挑選年輕聰敏子弟粗通中國文法者取入學堂，使之先學西人語言文字，然後次第授以西學，數年之後，可望有成。若夫書院肄業者，則皆已成之士也，年歲已長，心力難專，就使勉強爲之，亦不過襲其皮毛以爲欺人之具，斷不能入其奧窔而成自得之奇。即詁經諸人，亦必不免此病。方今之世，欲習西法，宜如晉撫所言：裁減書院經費。杭城中敷文、崇文、紫陽、詁經、學海暨東城講舍，書院凡六，自山長束脩至監院薪水、考生膏火，酌減一二成或二三成，即以節省之費設立中西學堂。少成若性，習慣爲常，久之而中國自多精通西學之士矣。如此則既不失中國舊有之規模，而可以收西學將來之效驗，未識公意以爲然否。然此非鄙人之自爲謀也。弟自承乏詁經，二十九年矣，私心初願，以爲若再忝一年滿三十年，便宜辭退。今變通之際，苟自揣力不能勝，即當引避賢路。所以陳此區區者，乃敬獻芻蕘，以助集思之益，非貪戀棧豆而爲自便之謀，想公亦必鑒之而諒之也。

【校記】

〔一〕此札在稿本中被删去。

與劉景韓中丞

讀來書，敬悉近狀。弟年力衰頹，學問荒落，無可爲左右告，惟有一小事可以奉聞。今年，弟於西湖石屋嶺下覓得一小洞，曰『乾坤洞』，《西湖志》所不載。距洞數武，又有一洞，狹僅容人，深可三丈，不知何名。旁有明人霍韜題名，因爲賦一詩，偶以示丁松生。松生使人入山摹搨，則又得查應兆、李元陽二人題名，皆明人也，其名位雖不及霍之顯，然其人品純正，或有過之，弟因爲各賦一詩。松生欣然入山相度，擬就其地築屋三間。鄙意中間供佛，右間住僧，左間設一小龕，奉此三人之位，署曰『明三游客』，未知能成否。李元陽乃公鄉人也，故輒爲公述之。

與宋燕生

頻年占望文星，不知照臨何處？今奉手書，乃知翩然南飛，戢影滬上。懷抱利器，鬱不得試，意緒可知矣。承見和拙作《重游泮水詩》，上下五千年，奇詭至此，惜題目小，不足副之耳。方今天下，乃大戰國也，每讀《孟子》書，無一語不如意中所欲出。其曰『平治天下，舍我其誰』，似乎言大而夸，實則確有此理。如云『以齊王，猶反手也』，又云『舉此心加諸彼而已矣』。當日如此，今日何嘗不如此？然孟子在當日已不能行，況我輩在今日乎？爲我輩計，惟有仍守孟子兩言，曰『守先王之道，以待後之學者』。但不知待至何年。兄去年除夕有詩云『行當再見唐虞盛，屈指天元九十年』，未識讕言有驗否。

與馮夢香

兄年力既衰，而外間所見所聞，無非敗人意者，因之興緒益復頹唐，殆不久人世矣。春間在杭開課，有詩一首，覽之可知鄙懷。乃近來又有大拂意之事，子戴溫州書來，言小孫女死矣。小孫女積病多年，固無活理，而今茲之死，卻不以病，思之痛心。得信之下，悲不自勝，口占一律，今亦寄覽。伏念此親事由老弟説起，宗湘文固吾浙能員，子戴亦人家佳子弟，在吾弟初不失人，即兄以孫女許之，初意亦頗以爲得所，而不知其家固非士族也。既定親後，彭剛直在金陵聞之，啃曰：『錯矣！錯矣！』因問其巡捕章炳文，曰：『汝知宗家底藴乎？』曰：『知之。』嚴戒之曰：『到蘇州，慎勿言。』後章巡捕私爲敝寓家人輩言之，兄固不知也。及小孫女死，於是言者藉藉矣。兄以爲無據之言，不足憑信，然其家非搢紳舊族，則人所共知也。此等人家，有能涵泳於詩書，持循於禮法者乎？子戴謂小孫女與其家氣味不投，誠哉不投矣！初到時，相待尚好，相處既久，愈待愈薄，浸至苛刻不堪，凌虐萬狀。湘文憒憒，婦言是聽，小姑二人又從而搆之，無日不在荆棘之中，鞭箠幸而獲免，呵駡無日不施。小孫女逆來順受，惟立而敬聽之，即回家，亦從不爲我等述及。表姊妹等偶一問之，則曰：『爲人婦，不能得尊章之歡，忝吾祖矣，尚可説乎？』是以兄等竟不得而知。其死後，婢媪輩言之，乃始悔不早爲之計也。聞子戴前妻秦氏，亦不得其死者。小孫女三年前已作絶命詞，隨時更改，又私謂其適王氏之表妹曰：『輕生非禮也，吾儻得免乎？』然則今之死也，必有大不得已者矣。子戴書言疑其服鴉片烟，呼治服鴉片烟之醫，如法灌救，似有轉機，而爲時已久，受毒已深，不可爲矣。然是否吞烟，亦無確證。惟前二日曾與子戴言：『某事某事未了，須爲我了之。』然則死志决矣。小孫女雖久病，然是癆病，無驟絶之理，故知其死非病也。嗚呼，命而已矣！兄與老弟，義同骨肉，故不避煩瀆，略抒憤懣。想吾弟聞之，必爲長太息也。

與瞿子玖學使

金風應候，玉節渡江，想必首指緑楊城郭矣。功令一新，風氣大變，冰壺玉尺，又當別費清裁，未知果能得一二閎通之士否？近來新政如麻〔一〕，數千年典籍，皆將别裁於梁氏一人之手，彼所詆爲新學者，今則又將爲康學，未知誰得誰失也。本朝經學，超越元明，蓋有三派：毘陵一派，主微言大義，流弊最多，康氏之學亦出於此；新安一派，主名物制度，其用力最勤，而實無益於當世，卽如戴東原考定車制，果能製一車以行陸乎？高郵一派，主聲音訓詁，其事纖悉，然正句讀、辨文字，於經籍不爲無功。阮文達序《經傳釋詞》曰：『使古人復生，當喜曰：吾言本如是。』此雖戲言，實確評也。鄙人生平致力於此，雖無能爲役，亦有數十條愜心貴當者，使古人見之，或當把臂一笑。乃亦時時旁溢於彼二派。然如詳考玉佩之制，新安派也，未知與古玉佩果有合否？卽使果合，亦何用於今之世乎？又如以《王制》一篇爲孔子將作《春秋》自定素王之制，門弟子掇拾爲此篇，毘陵派也。蜀士廖季平見而喜之，采入其書，遂爲康學之權輿。雖康學未必淵源於此，然東坡云『高談異學，有以激之』，至今恆自悔失言也。此事從未與人言及，偶因知愛，聊一傾吐，幸勿示人〔二〕。外小孫女詩詞一册，附呈青覽，其才不足言，其遇可悲。尊夫人能賜一詩乎？

【校記】

〔一〕『麻』下，稿中原有『鄙意惟香帥并武試於武營，最爲有益無弊。尊見以爲何如？至』，後删。

〔二〕『人』下，稿中原有『特科理宜鄭重。承示章、董二生，均從割愛。章生所持，時有非常異義，董生則本非上駟也。夾袋人才，究儲幾許？弟所知者，又有章孝廉鈺，學問淹博，見識閎通，如欲知其詳，問趙君宏自得之也』，後删。

與廖穀士中丞

久疏箋候，馳想爲勞。見聞假期將滿，計已拜疏銷假，潞國精神與富韓勳業俱高矣。弟今年氣血驟衰，春夏間閃腰挫氣者三次，是以竟未一至杭州。伏念弟主講詁精精舍三十一年矣，精力衰頹，學業荒落，久思辭退，所以遲遲未決者，實欲爲精舍支撑門面耳。方今大勢所趨，似不必再費螳螂之力，伏望別訂高賢，主持斯席。弟愚不識時，老而求息，想必蒙見憐。秋間腰腳稍健，尚當重來湖上，謁清塵，兼收殘局也。

又

接展惠書，詁經一席，承雅意縶維。弟本寒儒，筆耕爲活，何敢固辭？惟念方今宏規大啓，功令一新，卽治經亦宜別有門徑，斷非章句陋儒、訓詁末學所宜竊據皋比。仍望別訂高賢，主持斯席。從此抱遺經而究始終，鄙人仍守生平之舊；借經術以談世事，諸生別開風氣之新。浙士幸甚，弟亦幸甚！

與李古漁别駕

承詢《昏禮》醮子。鄙意『醮子於寢』，鄭注《昏義》有明文。《儀禮》賈疏又極明白，但必以不言神位爲證，轉涉於泥耳。其上數言，塙不可易。《昏義》篇云：『納采、問名、納吉、納徵、請期，皆主人筵几於廟。』至父親醮子，不言於廟，則在寢可知。孔、賈皆無異説，近儒胡、黄，輒違鄭義。尊説正之，是也。惟據《荀子》正定醮位，竊有所疑。愚舊説《士昏禮》『夫婦對席』，引《唐禮樂志》爲證。今説『醮子』，請亦證之《唐志》。據《志》言皇太子納妃之儀云：『臨軒醮戒，有司設御座於太極殿阼階上，西向，尚舍設皇太子席位於户牖間，南向。』夫言『臨軒醮戒』，又言『於太極殿』，則不於太廟可知，唐以前固無在廟之説也。惟御座西向，皇太子位南向，則與《荀子》不同。下文言諸臣之子昏禮，亦云：『父公服坐於東序，西向。子升自西階，進，立於席西，南向。贊者酌酒，北面，授子。』竊以此言之，醮子之位仍與冠禮同。《士冠禮》冠者南面，賓北面，而冠者之父則在阼階下，直東序西面，如故也。然則昏禮親醮，但無賓耳。子南面，父在阼階，西面，使贊者酌酒，北面，授子，此贊者卽當冠禮之賓。冠禮有賓，故使賓北面授酒，昏禮無賓，故使贊者北面授酒耳。父子之位，自當不易。若《荀子》所云『南面而立，北面而跪』，與《孟子》所云『南面而立，北面而朝』相似，乃朝廷之位，非行禮之位也。古制必不如此，希更酌之。

復劉景韓中丞

曹孝廉來，得手書及關書、聘幣，公之拳拳於弟，可謂深矣。人非草木，豈不知感？自宜承命而來，然弟之下情，實有不能再就者。弟去歲辭館，以衰老也，今隔一年，豈老者轉少、衰者轉壯乎？不但今歲就之爲無名，轉覺去歲辭之爲別有他故矣。書院去就，誠不足言出處，然亦出處之一端，不可不一揆度也。且年來精力實亦頽唐，繙一葉書，不能終讀，寫數行字，必有誤筆，豈可再尸詁經之席？又，弟性卞急，計詁經每課一百餘卷，明知徐徐爲之，分數日閲看，萬無不給之理，而弟必以兩日了之。此兩日中，終朝伏案，手不停披，費心費目費手，三者皆疲。嘗戲語人曰：昔人言，人之元氣重十六兩，我此兩日中必耗去兩許矣。此雖戲言，實亦確論。公見愛有素，鑒此情形，亦必不欲弟再主斯席矣。至湖上山水之勝，又得公爲管領湖山之主，每一念及，逸興遄飛。秋間如腰腳稍健，必當買棹而來，以舊部民，觀新德政，必不因不就詁經而自外於公也。

與王子莊山長

承示《祖制不可變論》，至哉言乎！《詩序》云：『《車攻》，宣王復古也。』夫以復古而中興，則知變古之必至於中衰矣。竊謂當今之世，必復三代之古而後可以言治，何也？郡縣之天下，不能制四夷，封建之天下，乃可以制四夷。封建不可以驟復，則宜稍復唐藩鎮之制，以馴至乎復古封建之制。嘗論三代下有二大變：秦始皇罷侯置守，一變也；宋太祖杯酒釋兵權，二變也。自宋而明，以至本朝，皆受制於敵國，宋太祖一杯酒之爲禍烈矣！四夷之横，至今日而極，物極必反，將來必有復封建之一日，但吾儕不及見耳。中國必不至於亡，黄農之遺種，必不至於滅，無庸爲之惴惴也。

與李傅相

時局艱危，朝廷又倚重長城，郭令公真身繫安危者也。竊惟今日事勢不早轉圜，中外將皆受其禍，何也？此時津沽一帶洋人與拳匪相持不下，然海外各國，全力注此一隅，拳匪雖衆，終有潰散之一日。洋人長驅直入，進逼京師，宗社震驚，乘輿播越，其事尚忍言乎？此中國之禍也，然在外國亦未必是福。拳匪雖敗，直隸、山東兩省拳匪可盡乎？非獨此兩省也，各省伏莽之徒所在皆是，不必拳匪，亦何莫非拳匪乎？中國果有此大禍，分崩離析，潰敗決裂，朝命不行，亂民四起，豪傑之士，奮臂一呼，聞者響應。遇教堂毁教堂，遇教士殺教士，甚而凡通商之地，無不焚燒劫掠，蕩爲白地。洋人雖船堅礮利，不與戰於水而與戰於陸，待其離船稍遠，民團大起，如蜂湧，如蟻附，愍不畏死之徒，冒死而進，死者自死，進者自進，滚舞而入，肉薄而攻，短刀在手，逢人斫人，逢馬斫馬。洋人鎗礮利於遠而不利於近，至此有束手而已。其船雖布滿海口，譬猶鮫鱷之類，興風播浪，聽其自來自去，而洋人之技窮矣。非但瓜分癡願至此冰銷，即欲長如往日之通商沾其利益亦不可得，故曰外國亦將受其禍也。上天以好生爲德，吾儒以博愛爲仁，亦何樂乎中外之皆受其禍乎？爲今日計，惟有和解而已。然外國既萬不甘心，拳匪亦勢難歇手，和解之説，竟不可行。竊謂欲和洋人，須先散拳匪，而欲散拳匪，既不可以兵力制，又不可以空言解，將如此拳匪何哉？曰拳匪之起，非以通商而起，乃以傳教而起也。外國之傳教於中國有年矣，在朝廷詔旨曰是勸人爲善也，官府告示亦曰是勸人爲善也，然而民間固不信也。其入外國之教者，又藉其勢力把持官府，魚肉閭閻，小民懷疑既深，積憾更甚，遂羣起而與教爲讎，致成今日之變。然則欲散拳匪，在不傳教而已。夫外國亦何爲必傳教哉？其意固勸人爲善也，勸之而不從，則亦可廢然而返矣。想彼國之教王，亦必將胥中國之人而屏之不屑教誨之列矣。方今海外各國所信服者，莫如我公，宜剴切詳明，與各國熟商。自今以往，只通商，不傳教，所有教士，一概撤〔一〕還，所有教堂，悉聽毁去。愚民之憤既平，則拳匪不解而自散。從此和輯邦交，振興商務，中國之財可流通於外國，外國之財亦可流通於中國，既庶且富，娛樂無疆。除通商口岸外，蚩蚩之民皆不與洋人相接，自不與洋人爲難。寰海鏡清，中外禔福，豈不美哉！樾老矣，恃其夙愛，進此瞽言，願明公實圖利之。

【校記】

〔一〕撤，原作『撒』，據文意改。

與于香草書

捧手書，知杜門讀禮，仍事著述。風雨如晦，雞鳴不已，空谷之中，跫然足音，可喜，亦可敬也！承詢羣經次第，鄙人從前作《平議》，止仍高郵王氏《經義述聞》編次。此本之《漢志》，而陸氏《經典釋文》首卷發明其義，尤爲明白，是先儒既有定論，於經義亦無大出入，似亦不必再事更張。至先秦古書所言羣經次第，誠不如是，然以《詩》爲首，頗有未安。鄙意以爲，《史記・滑稽傳》所引孔子説最爲得之。孔子曰：『六藝於治一也。《禮》以節人，《樂》以發和，《書》以道事，《詩》以達志，《易》以神化，《春秋》以道義。』如此，則以《禮》、《樂》建首，《書》、《詩》次之，《易》、《春秋》又次之，條理秩然，疑孔門原本固然也，今《樂經》亡而《禮》孤懸矣。然足下以讀禮之餘編定所著，或竟以《禮》爲首，次《書》，次《詩》，次《易》，次《春秋》，比附《滑稽傳》孔子之言，而自成一家體例，亦未始不可。輒貢所見，高明裁之。

與徐花農

承示續纂《誦芬詠烈編》，而以宋時命婦封典爲問。檢《宋史・職官志》『敘封』一條，略及命婦封典，止有國夫人、郡夫人、郡君、縣君四等。而注則云：『觀文殿學士、資政、保和殿大學士，並淑人。』然正文已云『觀文殿學士、資政、保和殿大學士母、妻，郡夫人』，不知何以又有『淑人』之封也。《志》又云：『文臣通直郎以上，武臣修武郎以上，母、妻孺人。』是宋命婦有六等：國夫人、郡夫人、郡君、縣君、淑人、孺人也。惟宋無名氏《楓窗小牘》言：『宋婦人封號，侍郎以上封碩人，大中大夫以上封令人，通直郎以上封孺人。』是又有此碩人、令人名號，《宋史》不載也。今依此説之，尊錄中志行公贈通奉大夫，按《宋志》紹興以後階官，通奉大夫、通議大夫皆在大中大夫之上，是其妻宜封令人也。茗繩祖公官止江陵府司户參軍，按《宋志》合班之制，諸府、諸曹參軍事，皆宣教、宣義郎，其階在通直郎之下，未知得封孺人否？事遠無稽，史文又缺略不備，竊謂此等處不能質言，不如渾之爲妥也。

與朱振聲

讀手書，知尊公六歲而孤，竟不知令祖是何名諱，惟據尊慈之言，知有曉閣之號。愚檢《甲辰同年錄》，浙江是榜有朱錞、朱泰修，均非杭人。惟副榜第一名朱炳文，字彪如，號寅谷，亦號瀛閣，又號葵生。嘉慶丁卯正月二十八日生，杭州府廩生，是爲令祖無疑，敬以奉告。然號瀛閣，不號曉閣，鄙人竊有疑者。疑曉閣是少閣之訛，少閣乃瀛閣之子，尊公爲少閣之子，則瀛閣之孫也。且以名而論，瀛閣君名炳文，炳從火旁，尊公名鋆，鋆字從金，以五行相生言之，中間宜有一代從土者。瀛閣君生嘉慶丁卯，至今已九十五年，則以尊公爲其孫，年齒亦復相當，而足下乃瀛閣君曾孫也。以意妄揣，未必有合，請博諮故老而考定之。

與浙撫聶仲芳中丞

昨得杭友書，言敷文、詁經兩院生徒風聞有裁撤之説，籲懇暫留，稟由監院代達臺端，未知果有此事否？伏思功令，雖停止科舉，未始不體卹寒微，是以展行優拔之説。如蒙推廣朝廷德意，略留寒士生涯，未始非杜廈白裘之雅意也。敷文弟未深悉，詁經每歲支領不過二千餘金，即使撥入學堂，亦屬鉤金杯水。聞江蘇、安徽、湖南、湖北各留片席，安頓老生，未知吾浙亦可倣行否。弟三十一年詁經老山長，不能忘情，冒昧瀆陳，伏求裁定。

楹聯錄存

楹聯録存卷一

新安孫蓮叔觀旭樓聯

蓮叔有小樓，可觀日出，署曰『觀旭』。余甲辰歲曾宿其中，適大風竟夕，遂題此聯。故人馬譓香孝廉極賞之，故至今猶未忘也。

高吸紅霞，最好五更看日出；
薄游黄海，曾來一夕聽風聲。

孫蓮叔紅葉讀書樓聯

此蓮叔讀書處也。樓凡三折，故其家人呼之曰『曲尺樓』。客至輒留宿其上。

仙到應迷，有簾幙幾重、闌干幾曲；
客來不速，看落葉滿屋、奇書滿牀。

新安汪村關廟聯

廟在汪村水口，并祀張睢陽，上有文昌閣。

威名滿華夏，真義士，真忠臣，若論千載神交，合與睢陽同俎豆；
戎服讀春秋，亦英雄，亦儒雅，試認九霄正氣，常隨奎壁〔一〕煥光芒。

【校記】

〔一〕壁，原作「璧」，據文義改。

河南汝州關廟聯

吾鄉人之商於汝者，以此廟爲公所。丙辰年，余行部至此，鄉人乞題。

廟貌徧塵寰，此間地接許昌，請看魏國山河，徒留荒草；
軺車遵汝水，使者家居苕霅，願與故鄉父老，同拜靈旗。

蘇州積功堂聯

乃掩骼埋胔之公所也。司事者乞題。

積累譬爲山，得寸則寸，得尺則尺；
功修無倖獲，種豆是豆，種瓜是瓜。

舅氏平泉姚公輓聯

公於諸甥中極賞余，有天才之歎，以第四女女焉。又嘗著《疇經》，衍九疇爲八十一疇，命余成其書，至今不果，無以見公地下矣。

宅相託空談，想盛德如公，後起自應能繼美；
館甥承謬愛，媿疇經付我，至今猶未有成書。

蘇州潄碧山莊聯

潘玉泉觀察索題。不知其爲誰氏之莊也。

邱壑在胸中，看疊石疏泉，有天然畫意；
園林甲吴下，願攜琴載酒，作人外清游。

潘玉泉觀察五十壽聯

觀察乃相國文恭公之第四子。此聯丁禹生中丞極賞之，然觀察謙不敢當，懸未久即撤去。

以名父子，生宰相家，有德業事功，文章氣節；
當中興年，祝無量壽，是英雄儒雅，富貴神仙。

許信臣撫部七十壽聯

撫部善談名理，能以《周易》及《大學》、《中庸》説釋典。余戊辰年主其家旬日，撫部每夕出談，娓娓可聽也。

前詞苑，後封疆，頻年養望湖山，綠野優游，共推老福；
内儒書，外釋典，每夕縱談名理，青燈滋味，還似兒時。

吳母朱太夫人七十壽聯

太夫人乃平齋觀察之繼母，其孫廣庵刺史亦成進士，宦吳中矣。夫人以五月八日生。余與平齋交，因進此聯爲壽。

有子宦三吳，喜從前治譜流傳，已見桐孫能濟美；
後佛生一月，願自此慈容矍鑠，長將蒲酒祝延齡。

馮室徐恭人輓聯

恭人乃馮少渠明府之室，有賢德，且善詞章，工書法。其子聽濤茂才曾從余游，頗有聲，乃母教也。

爲名門大婦，爲劇縣小君，而疏食，而布衣，盡洗庸庸脂粉氣；
以官箴勗夫，以家學課子，是令妻，是賢母，長留落落孝慈聲。

李太夫人七十壽聯

太夫人生六子。長君筱泉中丞方撫吾浙，次公少荃相國以大學士、肅毅伯督兩湖，家門之盛甲海内。己巳二月三日，爲太夫人七十生日。余與相國爲甲辰鄉榜同年，而又承中丞知愛，延主講席，故爲二聯，一致中丞，一致相國也。

起居八坐，亦多壽，亦多男，先百花生日，祝慈蔭長春，鳳舞鸞歌，遍浙水東西，洞庭南北；
文昌六星，有上相，有上將，以萬石家風，佐熙朝景運，玉昆金友，比荀龍減二，賈虎增三。

花下版輿來，自皖而兩浙，而三吴，而瀟湘洞庭，數千里瞻拜慈雲，鳳鳥舞，鸞鳥歌，頌無量壽佛；
牀頭朝笏滿，有子爲宰相，爲節度，爲觀察轉運，五百年特鍾間氣，玉策賢，金策聖，作中興名臣。

又

代許信臣前輩作

入鼎鼐，出封疆，看膝前將相成行，武達文通，佐一代中興大業；
月初三，春未半，祝堂上佛仙齊壽，玉牙金齒，開八旬曼衍遐齡。

張仲甫先生八十壽聯

先生爲前庚午孝廉，至己巳歲，行年八十，明年重賦鹿鳴矣。精神淵著，且通内典，所著書甚多，而《春秋屬詞辨例》六十卷尤爲鉅製，亂後燬其版，擬重刻之，然非容易也。

萬卷擁書城，精神滿腹，著作等身，積卅年雪案螢窗，尤於麟經有得；

兩回游泮水，淨土潛修，名場倦踏，看明載蒼顔鶴髮，重歌鹿鳴而來。

吴母朱太夫人輓聯

太夫人爲平齋觀察之母，廣庵刺史之祖母。生於五月八日，卒於六月九日。

有造福三吴之子，又有造福三吴之孫，先後謳歌盈茂苑；

遲浴佛一月而生，再遲浴佛一月而卒，去來蹤迹在靈山。

李薇生太守六十壽聯

太守於九月四日生，其先德曾任安徽廉訪，有陰德也。

借黄花九秋，祝黄堂千秋，菊部好翻新樂府；
承高門駟馬，居高官五馬，柏臺行紹舊家聲。

江蘇臬署聯

同年應敏齋任江蘇廉訪，以署中楹聯無佳者，屬爲更易。輒擬數聯詒之，亦未知其果用否也，聊識於此。

聽訟吾猶人，縱到此平反，已苦下情遲上達；
舉頭天不遠，願大家猛省，莫將私意入公門。

右大門聯。上聯乃舊句，對聯余所易也。

讀律卽讀書，願凡事從天理講求，勿以聰明矜獨見；
在官如在客，念平日所私心嚮往，肯將溫飽負初衷。

右大堂聯

且住爲佳，何必園林窮勝事；
集思廣益，豈惟風月助清談。
小坐集衣冠，花徑常迎三益友；
清言見滋味，芸窗勝讀十年書。

右使坐聯

許仁山閣學輓聯

閣學爲余甲辰同年，在翰林則爲前輩矣。嗣子奉其喪自京師歸，余以此聯輓之。

傷心丁卯橋邊，蔞翣歸來從此過；
屈指甲辰榜上，文章遭際似君稀。

朱績臣處士五十壽聯

處士乃采孫孝廉之父，有五子，正月十一日其生日也。

有丹桂五株，共大椿不老；
先元宵四日，祝明月長圓。

張太夫人八十壽聯

太夫人乃友山方伯之母。方伯官刑曹二十年，出守秦中，遷四川廉訪使，由廣東、安徽方伯移姑蘇，而太夫人行年八十矣。方伯與家兄同年，因獻此聯爲壽。

京國奉慈輿，而秦而蜀，而皖粵諸邦，又向三吳開壽寓；

元宵張夜宴，有子有孫，有曾玄繼起，行看五代共華堂。

又

慈雲從京國而來，爲秦蜀皖粵諸大邦，萬家生佛；

愛日至蘇臺更永，與中丞廉訪兩賢母，三壽作朋。時丁雨生中丞、應敏齋廉訪均有壽母。

韓母王太夫人五十壽聯

夫人爲韓君耀輝之繼室。韓君以部司殉難，有五子：長殿甲，記名提督；次殿爵，記名總兵；次晉昌，候補副將；次殿榮，縣令；次慶雲，直隸州牧。同治九年，夫人年五十，二月二日其生日也。杜小舫觀察與其長君善，屬撰此聯爲壽。

膝前種五樹桂，天上拜五花封，正仲春鳦降鶊鳴，共祝五旬壽母；

報國提一旅師，傳家羅一牀笏，看諸子文通武達，同披一品仙衣。

曾滌生侯相六十壽聯

大勇在安民，運際中興出名世；
小春欣遇閏，天教兩度祝延齡。

丁母黄太夫人輓聯

太夫人爲丁雨生中丞之母。同治九年七月，中丞奉命赴天津，時太夫人已卧病，中丞欲少留一二日，不許；已而病甚，中丞猶在津，秘不使知。烏乎！可謂賢矣。

讀《晉史》，慨溫嶠之絶裾，若膝下牽衣，堂前勸駕，旦夕間促辦行裝，此事須知足千古；
在聖門，有曾母之齧指，乃身膺疢疾，書報平安，巾幗中深明大義，至今傳誦滿三吴。

又

代友人作。

多壽復多男，有令子，有賢孫，有文孫之孫，五代一堂同蹣跚；

教忠即教孝，是嚴師，是慈母，是衆母之母，三吳百粵共謳思。

應室淩夫人輓聯

夫人爲應敏齋同年繼室，殁於江蘇臬使署。

夜月冷皋橋，尚有餘芬留德耀；
秋風鼓莊缶，不堪清淚灑安仁。

張友山漕帥五十壽聯

時友山新從蘇藩遷漕督，十二月十日其生日也。太夫人在堂，年八十矣。潘季玉觀察屬余撰此聯。

籌添大衍，臘遇嘉平，奉八秩慈親，鶴髮堂前同笑語；
任重漕艫，恩承使節，合三吳父老，驪歌聲裏頌臺萊。

史忠正公祠聯

其裔孫花樓大令屬題。

明月梅花，拜祁連高塚；
疾風勁草，識版蕩忠臣。

王蔭齋觀察輓聯

觀察名曾檝，故字蔭齋，與余名字皆相合。前年在滬瀆，曾與同坐威林密輪船至金陵。觀察之殁也，擬書此聯輓之。數字推敲未定，竟不果書，補録於此。

舊夢怕重提，海上同舟，兩夜聯牀還似昨；
微名慙偶合，吳中懷刺，一時驚坐更無人。

張母孟太夫人八十有四壽聯

太夫人爲子青中丞之母，同治十年年八十四，正月十八日其生日也。中丞以丁未第一人歷任封圻，時新從漕督調蘇撫，太夫人猶在淮上也。余與中丞同年，因獻此聯。

溯八鬴來四番春信，青衣鼓瑟，祝高堂百年，看膝前虎武龍文，從狀頭至宰相；

算元宵後三夜月明，金錢買鐙，慶中興十載，聽竟内鸞歌鳳舞，自淮北到江南。

應母朱太夫人七十有八壽聯

太夫人爲敏齋廉訪同年之母，二月十七其生日也。敏齋尚未得子，時有抱子之望，太夫人望之綦切矣。

距花朝五日，開萱壽八旬，吳下剛翻新菊部；

酌春酒三杯，披仙衣一品，懷中行抱小蘭孫。

唐母沈太淑人輓聯

太淑人乃鷦安明府之繼母，卒年五十八。

有令子宦三吳，官舍清閑，正向北堂樹萱草；

距周甲尚兩載，仙山歸去，遽從西母看桃花。

沈菁士太守輓聯

癸丑夏，余在京師，乞假南旋，眷屬先發，余寄居君廡數日。及君罷官歸，主講詁經精舍，未久辭去，余遂承其乏，於今三年矣。聞君歸道山，感念今昔，寄此聯輓之。

京國整歸裝，幾日從君商出處；
湖樓開講席，三年讓我養疏頑。

王子勤觀察七十壽聯

觀察以五月十日生，有子十一人。許信臣前輩，其門下士也，屬撰此聯。

舞綵滿華堂，看膝前簪笏成行，以八龍兼三鳳；
稱觴進蒲酒，願林下康強逢吉，從夏五祝秋千。

湯敏齋太常輓聯

太常爲協揆文端公次子。咸豐庚申歲疏陳時事，與當軸者不合，遂引退。今年卒於吴中寓廬。其長子名紀尚，聞頗能繼其家學也。

頓失老成人，憶咸豐季年，闕下封章持正論；
重披世系表，溯文端遺澤，牀頭祖笏付佳兒。

恩竹樵方伯五十有四壽聯

方伯喜吟詩，與余唱和無虚日，六月十一日其生日，書此爲壽。

白香山五十四官蘇州，早見詩篇滿吳郡；
范純仁六月中賜生日，行看制草出坡公。

楊母丁淑人輓聯

淑人能詩，工書，曾封臂肉和藥，療君姑之病。所適楊君秉，字子宣，宦游浙江，辛酉之春死寇難。夫忠婦孝，是可傳矣。

有令德，有清才，不媿聲稱是賢母；
一忠臣，一孝婦，最難伉儷並傳人。

管洵美明經輓聯

明經乃陳碩甫先生之高足弟子，其没之夕，有星隕之異。碩甫先生名奂，精《毛詩》學，居吴下之南園，學者稱『南園陳先生』也。

東壁賣文光，一星炯然，果應此老；
南園訪喬木，三吴學者，又失斯人。

周母沈太夫人輓聯

太夫人爲縵雲侍御前輩之母，年八十六而終。

躋八秩更六齡，富貴貧賤患難，處之夷然，屢承芝誥褒揚，有是兒，有是母；
以一身兼五福，康寧令德考終，數者備矣，請看麻衣羅拜，又多子，又多孫。

惲次山撫部輓聯

撫部以庶常改吏部，官至湖南巡撫，罷歸。乃家兄壬甫太守癸卯同年也。年來同寓吴下，時相過從。所居有櫟樹，余去年爲書『櫟存草堂』額，不意其遽作古人也。

大雅宏達，是名翰林，清通簡要，是真吏部，嚴明仁恕，是封疆重臣，遺愛長留荆楚地；

論芸香俸，爲前後輩，編花萼集，爲同年生，訂縞紵交，爲吳中老友，傷心怕過櫟存堂。

沈仲復觀察五十壽聯

觀察生於九月四日，時方從常鎮道調蘇松太道，尚未逮新任也。

爲第一泉小駐行旌，英蕩將臨黄歇浦；

先重九日特開公宴，茱萸預佐紫霞觴。

又

觀察實生於九月十日，前聯小誤，復譔是聯。

以玉堂客作金山主人，旌節將移，且爲第一泉小住；

歌鶴南飛和大江東去，茱萸未老，好補重九日清游。

潘少梅明經輓聯

少梅乃余兄子黼堂之婦翁也。工舉子業，屢困場屋，晚年筦宗文義塾事。余在西湖講舍，頻與往返。今年四月六日，余將還吴下，尚話别於塾中，不意别未數月，遂作古人也。少梅有子曰鴻，字儀父，乃詁經精舍之高才生，去歲已舉於鄉矣。

論年齒宜兄事，論昏媾是親家，憶浴佛前兩日，話别依依，何意重來失良友；
以道義式鄉閭，以舉業訓後進，與及門二三子，談文娓娓，所欣繼起有佳兒。

財神廟聯

潘玉泉觀察屬撰，久無以報命，偶於舟中集《四書》語作二聯與之，亦不知其果用否也。

無以爲寶，惟善以爲寶，則財恆足矣；
義然後取，人不厭其取，又從而招之。

生財有大道，則拳拳服膺，仁是也，義是也，富哉言乎至足矣；
君子無所爭，故源源而來，孰與之，天與之，神之格思如此夫。

又

西湖孤山有財神廟，廟中聯語無一佳者，余擬書此聯懸之，未果也。

梅鶴洗酸寒，且教逋老揚眉，葛仙生色；
鶯花添富麗，恰稱金牛湖上，寶石山邊。

李少荃爵相五十壽聯

余與相公爲甲辰同年，聞其於同治十一年正月五日慶五十壽，寄此聯祝之。公時爲直隸總督。

以歲之正，以月之令，春酒一尊，爲相公壽；
治内用文，治外用武，長城萬里，殿天子邦。

汪蓮府駕部六十壽聯

駕部乃先君門下士，余三十六年來老友也。以孝廉官郎署，未久卽移疾歸新安故里，以齒德爲一鄉望，今歲行年六十矣，十一月二十日其生日也。余方在西湖詁經精舍，寄此壽之。

北闕賦歸田，巋然作東魯靈光，際一陽始生，逢六旬初度；

西湖勞望遠，安得跨南飛瑞鶴，來桃花潭上，拜柏葉仙人。

柳母俞孺人輓聯

孺人乃柳質卿孝廉之母。議者以孝廉有前母，宜稱繼母。孝廉以書問余，余按《儀禮·喪服》篇『繼母如母』，《疏》曰：『繼母本非骨肉，故次親母後。』然則以親母而謂之繼母，義不可通矣。孝廉從余言，遂稱先妣。余因書此聯輓之。

生稱母，死稱妣，必也正名，一字記曾參末議；

鍾氏禮，郝氏法，幸哉有子，九泉會見賁恩綸。

羅壯節王貞介兩公祠聯

壯節名遵殿，乙未進士，浙江巡撫；貞介名友端，丁未進士，署浙江布政使。同死庚申之難者也。浙江省城新建兩公祠，高滋園都轉屬題此聯。

由名進士起家，爲名臣，一開府，一開藩，浙東西崇德報功，人與白蘇共千古；

是大丈夫出身，臨大節，以死戰，以死守，城内外矢窮援絶，天教巡遠作雙忠。

曾文正公輓聯

余受知文正最深。庚戌進士覆試，公充閲卷官，以余詩有『花落春仍在』句，期許甚大。余以『春在』名堂，識感亦識愧也。山積木壞，吾將安仰？於輓聯仍及此意，追惟昔款，曷勝泫然。

是名宰相，是真將軍，當代郭汾陽，到此頓驚梁木壞；
爲天下悲，爲後學惜，傷心宋公序，從今誰誦落花詩。

吴仲雲制府輓聯

制府爲嘉慶甲戌翰林，至余庚戌入詞林，爲一十九科前輩矣，官至雲貴總督，引疾歸。門户蕭然，與寒士不異。晚年主講敷文書院，與余所主詁經精舍，止隔一西湖也。

樹滇黔數萬里外威名，歸臥林泉，一品門庭若寒素；
溯翰苑十九科前老輩，叨陪杖履，半年壇坫共湖山。

吴曉帆方伯輓聯

曉帆曾攝蘇藩，有宦蹟；歸里後，於里中善舉皆力爲之。余今春至福寧省親，曉帆使人至江干爲余問船價，甚拳拳，不意自閩中還，遽哭其死也。

送我八閩游，何意歸來失良友；
惟公一鄉望，深爲吾黨惜斯人。

吴母徐太夫人七十壽聯

太夫人爲吴子儁庶常之母，布衣疏食，貴而能貧。庶常先以軍功積官至觀察，辛未會試入詞林，鄉人榮之。時余與同寓吴中，以此聯爲壽。

芝誥日邊來，積半生克儉克勤，天以佳兒報賢母；
版輿吴下駐，願此後多福多壽，人從盛夏祝長春。

恩竹樵中丞五十有五壽聯

竹樵吾詩友也，六月十一日爲其生日。余去年曾壽以一聯，今又贈此，時奉命攝蘇撫矣。

歌詠滿三吴，喜玉節金符，新自屏藩晉開府；
唱酬同一集，願冰桃雪藕，長從六月祝千秋。

翁母許太夫人輓聯

太夫人爲常熟翁文端相國原配，藥房中丞同書，玉甫中丞同爵，叔平閣學同龢，皆其子也。夫爲宰相，子孫皆狀元，極弁珈之至榮。其殁也，詔書褒美，賜祭一壇，蓋曠典也。文端爲先朝議君同年，樾以年家子敬獻此聯，固未足揄揚萬一耳。

夫爲宰相，狀元子，狀元孫，看門庭武達文通，世代勳賢，會見韋平承舊業；
帝褒賢母，御賜祭，御賜葬，極恩禮隆天重地，年家子姓，敬從鍾郝緬遺徽。

高辛才觀察八十壽聯

觀察名應元，乃嘉慶癸酉拔貢，仕至四川永寧道，引疾歸。因故里富陽無家，寓居杭州。時又自杭移蘇，將至揚州。因其孫從長蘆改官兩淮，入京師引見，將歸也。八月下旬遇其生日，以此聯爲壽。

泛宅到三吳，喜捧檄而歸，日下蘭孫新得意；
縣壺逢八月，想稱觴一笑，月中桂子共長生。

又

代許信臣前輩。

吳下故人來，是六十年前總角舊交，皓首龐眉登八十；
弧南壽星見，正中秋節後緱亭高會，瓊樓玉宇慶千秋。

許母姚太夫人七十有八壽聯

太夫人爲許小舫太守之母，九月二日其生日也。

躋七十又八齡，萱壽行看登百歲；
先重九只六日，菊花剛好祝千秋。

汪瘦梅水部輓聯

余未通籍前，館新安汪氏最久，水部卽彼時從學者也。舉孝廉，官水部，未成進士，鬱鬱成疾，卒於京師。其弟芙青鹺尹入都，奉其靈輀〔一〕，挈其妻女以歸，途中又亡其長女，今僅存一女，是亦可哀也已。余去新安二十二載，然故交零落殆盡，今又哭君，不自知其言之悲也。

置身郎署十六年，名心未死，病骨遽銷，孀妻弱弟，扶旅櫬而歸，到此膝前止存孤女；
回首新安廿二載，館舍荒涼，知交零落，感舊傷今，向秋風一慟，痛吾門下又失斯人。

【校記】

〔一〕輀，原作『輭』，據《校勘記》改。

劉聽襄庶常輓聯

庶常乃丁未前輩也，余主講詁，經常相見。今年四月間，猶來湖上，長談半日，及九月中再至西湖，則已作古人矣。

溯廿年前，詞館清聲，林下相逢尊前輩；
憶四月中，湖樓閑話，秋來重到失良朋。

蒔紅小築聯

蘇州山塘斟酌橋新修東陽張忠敏公祠旁屋數楹，應敏齋廉訪署曰『蒔紅小築』，頗有泉石、竹籬、荷沼，楚楚可觀。癸酉秋，余將有武林之行，倚裝題此。

小築三楹，看淺碧垣牆，淡紅池沼；
相逢一笑，有袖中詩本，襟上酒痕。

陳母湯太淑人輓聯

淑人爲陳仲泉觀察之母，嘗偕贈公南至廣西，西至甘肅，備嘗辛苦。贈公卒，哭之，失明，今年冬歿於直隸。仲泉觀察需次吴中，聞信奔赴。余與觀察同年，故輓以此聯。

淚眼十年枯，憶從前辛苦隨夫，紙閣蘆簾，遠歷關山到秦隴；
悲風千里動，憐吾友倉皇聞訃，麻衣桐杖，獨衝風雪到幽燕。

倪母張太夫人輓聯

太夫人爲載軒觀察之母，其卒也，有姑在堂。

封膺一品，壽屆七旬，戚黨流傳，共羨膝前有賢子；
黍谷陽回，萱闈春去，歲除將近，最難堂上慰慈姑。

吴室孫夫人輓聯

夫人爲吴彤雲觀察之配，幼失怙恃，育於兄嫂。既歸吴，撫八歲小姑以迄於嫁，亦如其兄嫂。

中年挈子女避兵，辛苦備嘗，遂得拘攣之疾，困頓牀席者幾十年。將卒，猶命其子善事庶母，亦云賢矣。

噩耗到江南，溯自早歲零丁，中年離亂，暮齒又疾疢纏緜，何怪神傷荀奉倩；

褒揚來日下，想其勤儉相夫，孝友勗子，恩義逮偏〔一〕妻女妹，允推閨範宋宣文。

【校記】

〔一〕偏，原作『徧』，據《校勘記》改。

汪觀瀾封翁與劉夫人輓聯

封翁與夫人結褵六十載，於壬申年重行合巹之禮，至是年十二月，夫人卒，明年元旦，封翁卒，相距九日，亦人瑞也。

倡隨到六十年，白髮蒼顏，已届耄期重合巹；

考終完九五福，年頭臘尾，未踰旬日兩游仙。

沈韻初中翰輓聯

中翰嗜書畫，癖金石，問字於余十餘年矣，頻以金石疑義相質，洵門下一佳士也。臥疴一載，竟以不起。其母夫人猶在堂，是可傷已。

一載臥沈疴，李賀牀頭呼阿嬭；

十年問奇字，楊雲門下失侯芭。

賈耘樵觀察輓聯

觀察以縣令起家，曾攝蘇臬。

陳臬蘇臺，長使吳兒歌賈父；

題詩水閣，更無耘老和坡翁。

丁濂甫學使同年輓聯

學使視學吾浙，今春招同杜蓮衢侍郎小飲於其署齋，皆庚戌同年也。出所著《蜀游草》一卷，屬余商定，又畫横幅及團扇見贈。乃未數月而遽歸道山矣，可傷也。

小集三同年，杯酒清談，猶憶同商蜀游草；

傷心一分手，畫圖留贈，不能再寫浙中山。

潘母汪太宜人輓聯

宜人爲潘蘭儀司馬之母，卒于同治十二年閏六月之朔，年七十四。生七子，今存其二，有孫八人，守節四十餘年。其長女守貞不字，先母卒。同治八年，母女同請旌。倪載軒觀察厲蘇，爲其西鄰，屬代撰斯聯。

青燈四十載，獨抱冰心，歎膝下佳兒，止存雙鳳，閨中貞女，先跨孤鸞，老景逼桑榆，半死枯楊遭閏厄；

丹詔九重天，特褒苦節，算萱花慈壽，已過七旬，桐樹孫枝，剛符八士，高風留綽楔，平分清籟到鄰春。

魁時若將軍七十壽聯

將軍生於閏六月，至癸酉歲，行年七十，又逢閏六月，時官成都將軍。許信臣前輩屬撰斯聯寄之。

周亞夫，真將軍，溯從前崧生嶽降，正碧梧益葉之年，而今八秩初開，清簟疏簾，又駐羲鞭逢閏六；

郭汾陽，大富貴，看諸子武達文通，如琪樹淩霄而起，從此一門鼎盛，木公金母，好書蜀錦祝千秋。

朱久香前輩輓聯

先生安徽學政，報滿卽謝病歸餘姚故里。曾以《花陰補讀圖》屬題，今年又屬書『四明樓』額，未及書而先生歸道山矣。公子鎮甫孝廉，當先生七十生日乞言爲壽，曾以《三老碑》爲贈，乃餘姚客星山中新出之碑也。

謝蕩節而歸田，故山泉石，前輩風流，没世無慙三老碣；
坐花陰以補讀，碩德雖亡，遺書猶在，拈毫敢署四明樓。

何子貞前輩輓聯

先生在史館，曾建議修三品以下列傳，卒不果行。晚年居吳中，於維揚書局刊大字本《十三經注疏》，手自讎校，甫畢《毛詩》，從事《三禮》，未卒業而歸道山。先生書名滿天下，爲當代魯靈光。余辱先生知愛，書此聯輓之，舉其大者，餘瑣瑣可無述也。

史館建嘉謨，惜創議未行，三品下庶僚至今無列傳；
講堂刊定本，奈校讎方半，九經中大義從此付何人。

金小韻太守六十有九壽聯

太守由鹺尹累擢至知府，歷佐戎幕，有聲。三子五孫，濟濟稱盛。其曾祖母在時，曾有五代一堂之慶，庶幾其再見乎。

六秩又九齡，溯起家禺筴，歷佐戎旃，此後勳名殊未艾；
一堂曾五代，看伉儷齊眉，兒孫繞膝，從前佳話定重來。

徐誠庵大令輓聯

誠庵爲余三十八年前同補博士弟子員老友，宦游吴下，不得志而没。然所撰《詞律拾遺》，實足爲萬紅友功臣，余嘗爲序而行之。半世苦心，庶其不負乎？

補四百餘闋新聲，傳世應偕萬紅友；
溯三十八年舊夢，與君同是一青衿。

德清烏山土地廟聯

余舊居德清烏山之陽，距所居里許有土穀祠，父老相傳曰『堯皇土地』，不知何義。然長興有堯市山，《一統志》云『堯時洪水，民避難於此成市』，則吾邑有堯時迹亦無怪也。歲在癸酉，廟重修落成，爲題此聯。

耕而食，鑿而飲，相傳中古遺風，尚留邨社；
春有祈，秋有報，願與故鄉父老，同拜神旗。

台州東湖湖心亭聯

台州之有東湖，猶杭州之有西湖也。出東郭門不過半里，湖光山色，與西湖無異。隔以長隄，分裏外湖。其外湖有湖心亭，傑閣三層，登臨最勝，爲題此聯。

好水好山，出東郭不半里而至；
宜晴宜雨，比西湖第一樓何如。

江蘇藩署聯

同年應敏齋廉訪攝蘇藩，屬擬署中楹聯，未知果用否。

燕息敢忘天下事；
和平先養一家春。
右内室

小集賓僚同骨肉；
縱談政事即文章。
右客坐

趙母蔣太恭人八十壽聯

恭人爲趙雨田大令之母，生三子，皆成立。其前室所生子已有曾孫在，恭人爲五世同堂矣。四月二十七日其生日也。

萱花不老，芝草有根，已見一堂羅五代；
八秩初開，百齡將届，好從首夏祝長春。

杜筱舫觀察六十壽聯

觀察初學申韓家言，從鹽官起家，歷署藩臬。著有《古謡諺》及《平定粤寇紀略》、《江南北大營紀事本末》及《萬紅友詞律校勘記》。始生時，其大父夢一老僧擔簦入室，蓋有夙根云。

從名法入手，由鹽官起家，而陳臬，而開藩，意思蕭閑，共識東坡是五戒轉世；

紀近代戰功，輯古來謡諺，又工詞，又能書，精神淵著，請歌南山之六章壽公。

海寧觀音殿聯

同治二年，海寧猶陷賊中，於北門内後街民間屋壁得八面觀音銅像一尊，不知何年所鑄也。因供奉天后行宫，而是年官軍卽收復海寧，浙西以次肅清，蓋慈容見而劫運消，非偶然也。寺僧仁壽屬題，爲書此聯。

八面現金容，看一出人間便消劫運；

十方瞻寶相，願大家心上各發慈悲。

理安寺靜室聯

理安寺燬於賊，新築靜室三楹。余每游九溪十八澗必至此小坐，因書一聯。

竹筧潛通十八澗；
蒲團小坐兩三時。

峨眉山館聯

吾浙布政司署前有山，俗呼管米山，以宋糧料院得名，實則爲峨眉山。同治甲子歲，諸同人於其地建崇義祠，祀庚辛死難諸公。祠之右積石嵯峨，乃山之峯也。面峯築屋三間，顏曰『峨眉山館』，並移大洞經閣宋思陵御書《道德經》石幢於其前。丁君松生屬題楹帖，率書十四字。至山名『峨眉』，不知何取；或如《太平寰宇記》所載南浦縣蛾眉磧，以形得名乎？

古壘尚存宋時石；
遙青如對蜀中山。

湖心亭聯

聖因寺僧永清屬題。

四面軒窗宜小坐；
一湖風月此平分。

徐莊愍公祠聯

公名有壬，歸安人，官江蘇巡撫。庚申城陷，死之，其妾施氏，子震翼及一女皆死，幕友僕妾從死者五人。同治十三年，建祠蘇州，同鄉諸君屬題此聯。按謚法：『履正志和曰莊，使民悲傷曰愍』，聯語用之，附記以告觀者。

仗節鎮危疆，當軍事土崩瓦解、不可收拾之時，視城中無固志，視城外無援兵，糜頂踵以報君恩，婦豎輿臺同授命；
結纓完大義，與謚法履正志和、使民悲傷有合，在吳會爲名臣，在吳興爲先達，節春秋而修祀典，日星河嶽共昭垂。

莫愁湖勝棋樓聯

樓有徐中山王像。相傳王與明太祖奕棋而勝，卽以此湖賜之。湖中荷花，彌望無際。

占全湖綠水芙渠，勝國君臣棋一局；
看終古雕梁玳瑁，盧家庭院燕雙棲。

馮景庭宮允輓聯

宮允以庚子第二人及第，遷中允後卽乞歸，優游林下，潛心著述，物望甚隆，又善治生。今年夏以老病終。時方修《蘇州志》未竟，深爲三吳文獻惜之。

富貴壽考，重以科名，算海内知交，都無此福；
儒林文苑，兼之經濟，歎吳中耆舊，頓失斯人。

贈張任庵同年聯

任庵同年名保衡，道光己酉舉於鄉，庚戌成進士。其嗣君瀚堂中翰名德霈，以同治癸酉舉於鄉，甲戌成進士。父子並以酉戌聯捷，亦科名佳話也。

北山梓，南山橋，聯步到桂宮杏苑；

酉年科，戌年第，成名占後甲先庚。

贈潘築巖茂才聯

茂才爲相國潘文恭公之孫，娶道光壬辰狀元吴崧甫侍郎之女，於十月初旬親迎成禮，書此賀之。

門第舊金張，喜宰相文孫，剛配狀元嬌女；

倡隨小梁孟，締百年嘉耦，恰當十月陽春。

潘季玉觀察六十壽聯

觀察爲文恭相國之子，以刑部起家。庚申之亂，克復蘇州，與有力焉。有子四人，孫十餘人，夫人同享眉壽，於今年十一月初旬稱六十之觴，書此壽之。

相門碩望，郎署清才，功德在珂鄉，驥子龍孫能濟美；

一陽將生，六旬初度，笙歌圍綺席，木公金母共長春。

張太夫人輓聯

太夫人爲振軒中丞之繼母，今年九月卒於江蘇節署。

玉帳動金風，吹散慈雲剛九月；

北堂拜西母，留將福蔭在三吴。

鄒蓉閣縣尉輓聯

蓉閣能詩，錢塘人，官長洲典史，蓋賢而隱於下位者也。今歲，杭州老輩高辛才觀察、張仲甫中翰先後下世，蓉閣繼之，不勝耆舊凋零之感。

耆舊歎凋零，杭郡連傷三老輩；

閑官擅風雅，吴中頓失一詩人。

楊石泉中丞四十有九壽聯

中丞生於九月九日，時適請覲，朝廷以海疆有事未允也。

仗節久西湖，纔見仙籌添大衍；攜香遲北闕，好憑春酒醉重陽。

高辛才觀察輓聯

觀察名應元，富陽人。登嘉慶癸酉拔萃科，以縣令起家，仕直隸、河南最久，後遷四川永寧道，引疾未赴。余昔年奉使中州，以歲科兩試至懷慶，君適爲太守，甚相得。庚辛之亂，余避地天津，君亦寓此，過從益密。及余南還寓吳中，而君亦歸，訪我春在草堂。嗣是無歲不於蘇杭相見。今年夏間，君移家自揚州歸杭，道出吳中，向余借西湖詁經精舍暫住，不意其竟卒於是也。聞君易簀時，其家人焚寓車寓馬，皆騰空而起，高出樓屋，不知所之，意其必生天矣。

浙水舊文雄，明經釋褐，縣令起家，雖錦江玉壘，未莅雙旌，至今治譜流傳，三輔兩河猶歎美；覃懷賢地主，同客津門，重逢茂苑，看皓首龐眉，將登九秩，何意湖樓暫借，雲車風馬遽來迎。

張仲甫先生輓聯

先生登嘉慶庚午賢書，其先德適官閩撫，謝恩疏入，仁廟御批『欣慰』二字。同治庚午重賦鹿鳴，所著《春秋屬辭辨例》一書曾呈乙覽，亦儒者之至榮也。

耆年碩德，兩賦鹿鳴篇，憶從前初奏笙簧，喜動天顔曾一笑；
辨例屬辭，獨得麟經意，想此後不祧俎豆，長傳絶業到千秋。

高滋園都轉六十壽聯

都轉官浙最久，歷官至鹽運使，署按察使，加二品銜，引疾歸，仍居杭州。今歲行年六十，九月二十四日其生日也。

官兩浙近卅年，以二品歸田，仍在白蘇舊治；
過重陽剛半月，爲六旬介壽，恰當黄菊新花。

江室仇夫人輓聯

夫人爲江小雲觀察之配，通文墨而不爲詩詞。喜觀史，每以史中可法可戒事爲子若婦言之。尤好施與，能急人之急。庚申、辛酉之亂，戚黨中往依之者，人人佽助之，罄所有不惜。臨終自爲輓聯曰：『平生儘爲誰忙，代夫子辛勞，敢分人己；　家法原非我設，受祖宗懿訓，敬告兒孫。』烏呼，是亦女有士行者矣。

以巾幗中人，常落落然，有儒生氣象，有豪傑襟懷，日對青史一編，迥異尋常脂粉輩；

當緜惙之際，所拳拳者，在祖宗懿訓，在兒孫家法，手題繐帷數語，豈惟明白去來間。

無錫惠山五中丞祠聯

五中丞者，海忠介瑞、周文襄忱，周懷魯孔教、湯文正斌、李文恭星沅也。祠成後，應敏齋同年屬題。

自勝國至熙朝，歌詠不忘，四百年來五開府；
以事功兼學術，馨香無愧，九龍山下一祟祠。

吴山倉頡祠聯

吴山新建倉頡祠，前臨浙江，後枕西湖，形勢殊勝，吴康甫大令之所定也。康甫屬題此聯。

上溯羲皇畫八卦時，文字權輿，秦而篆，漢而隸，任後來縑素流傳，不外六書體例；
高踞吴山第一峯頂，川原環抱，江爲襟，湖爲帶，看從此菁華大啓，振興兩浙人材。

倪載軒觀察輓聯

觀察由縣令起家，以道員候闕，未補官也。數年前曾買蘇州大儒巷屋居之，余爲題其舫齋曰『小搖碧』。今年就余商量，擬疊石穿池，略仿余曲園規制，未果而卒。

卜宅闔閭城，園林花木，猶待評量，遽歸海上仙龕，冷落空齋小搖碧；

歷官觀察使，霖雨經綸，未遑展布，徒令吳中父老，欷歔遺愛古龔黃。

吳中二程子祠

爲恩竹樵方伯作。

後尼山千五百年，篤生兩先生，闢邪説，辨異端，道統天開，正所以下啓紫陽，上承鄒嶧；

環蘇臺數十萬户，過此一瞻拜，黜浮華，崇實學，士風日起，庶不愧言游故里，泰伯遺封。

楊石泉中丞五十壽聯

中丞生於九月九日，去年四十有九，曾贈一聯，今年正五十矣，因又贈此。是歲爲光緒元年恩科鄉試，中丞充監臨官，又爲武闈主考也。

鍾三湘秀氣，爲兩浙福星，奮武揆文，恰值賓興大典；
借九日秋光，獻五旬春酒，翔機集蝦，恭逢御極初元。

石門高氏祠堂聯

高氏出齊公族，由觳熟遷姑蘇。晉元興時，又由蘇遷池州。其地在九華山西南，曰魁峯、曰石門、曰桃塢，皆其地也。高滋園都轉屬撰祠堂楹聯，因據其家譜所云，爲題長句。

卜宅晉元興，石門秋色，桃塢春風，聚九華秀氣，緜延累代簪纓，後裔至今懷祖澤；
溯源齊公族，觳熟分支，姑蘇別派，守百禩清芬，崇奉不祧俎豆，先祠終古傍魁峯。

許母盧太夫人輓聯

太夫人乃余次女之姑也。余親家翁季傳孝廉爲山東掖縣令，卒於官，身後無餘貲。夫人拮据支持，歷十餘年，心力交瘁。所生二子，長曰觀身，字子賓，由拔貢生舉孝廉，以病廢；次曰祐身，字子原，則余女壻也，亦已捷於京兆矣；　餘三子皆庶出。

有弱女，感姑恩，爲言辛苦持家，十載傷心搔白髮；

勖諸孤，成父志，會見聯翩兢爽，一門接踵到青雲。

蒯士香同年廉訪七十壽聯

廉訪由知縣起家，官河南光州牧，時戰功甚著。張朗齋軍門以姻家子爲帳下健兒，今官至提督，立功塞外，爲當代班定遠矣。余與廉訪甲辰同年也，故以此聯壽之。

溯轉戰申息間，軍前部曲，萬里封侯，白髮坡仙，猶坐冷泉判公牘；

憶同登甲辰榜，都下讌游，卅年成世，黃花魏國，長從老圃看秋容。

此聯曾面爲廉訪誦之，本擬還蘇寓後買長箋寫寄，乃未及寫而廉訪逝矣。因易其語曰：『溯轉戰申息間，軍前部曲，萬里封侯，至今鬢雪飄蕭，尚有雄心談往事；憶同登甲辰榜，都下讌游，卅年成世，可歎晨星零落，又將清淚哭明公。』不勝故舊凋零之感矣。

金眉生廉訪六十壽聯

眉生喜談經濟，意氣浩然，亦當代振奇人也。值其六十生日，以此壽之。上聯用陳同甫語，非此老不能當；下聯則用香山太傅《耳順吟》中語。

推倒一世豪傑，拓開萬古心胷，陳同甫一流人物，如是如是；

醉吟舊詩幾篇，閑嘗新酒數盞，白香山六十歲時，仙乎仙乎。

沈蘭舫廣文五十壽聯

余曩居臨平時，蘭舫曾受業焉。其地有臨平湖，所謂東湖者也。比年來，余主講西湖詁經精舍，蘭舫又充監院官。光緒元年，值其五十初度，蓋小於余者五歲，而其生日爲嘉平朔，則又先我一日。因自吳下寄此聯壽之。

共學東湖，同客西湖，坐對臘燈懷舊雨；
五年遲我，一日先我，互斟春酒祝長生。

張母彭太宜人輓聯

太宜人生三子。長曰紹渠，以進士作令吳中；次曰紹軒，余視學中州時所取士也；三曰紹潛，亦諸生。紹渠子德迪，已入詞館矣。太宜人年八十而卒，寄此聯輓之。

問俗到中州，記壼史流傳，於孝友門風，見宣文母範；
享年登大耋，況家聲鼎盛，有琴堂令子，與芸館賢孫。

吴母朱太宜人七十壽聯

太宜人爲時山大令之母，光緒二年正月八日，其七十生日也，已有曾孫矣。

羅四世於一堂，有子有孫曾，再茁蘭芽，便成五代；
由七旬而百歲，曰耄曰期頤，每逢穀日，敬祝千春。

許雪門太守六十壽聯

雪門工詩，自編其詩，自道光庚子至咸豐壬子爲《悠游集》；自癸丑至同治癸亥爲《蒿目集》；甲子以後則爲《上元初集》。時之治亂，具見其詩。光緒二年正月七日爲六十生辰，以此聯壽之。是歲正月初十日立春。

先立春三日作生辰，千萬户柏酒桃湯，敬爲使君壽；
合大集一編即年譜，六十歲前憂後樂，又到上元初。

王補帆中丞輓聯

中丞爲余庚戌同年，同官翰林，在京師時，晨夕往還，無間也，遂以余長女妻君仲子。年來，君歷官至閩撫，所至有聲。今年駐節臺灣，辦理招墾之事。甫還省垣，遽捐館舍。雖恩禮優渥，亦可哀矣。去年在吴中，與余倡酬，和『人』字韻各十餘疊，詎可再耶？

乘桴過斗六門邊，瘴雨蠻烟，不辭辛苦，立功在絶徼，蓋視傅鄭尤難，偉矣，半載經營，盡闢天南生熟地；

回頭思廿七年事，敝車羸馬，時相過從，同譜若弟兄，遂訂朱陳之好，傷哉，一朝訣别，未完吴下倡酬篇。

瓜爾佳李夫人輓聯

夫人爲恩竹樵方伯之配。方伯之攝漕督也，夫人與偕。及回蘇藩任，方伯南來，夫人北去，遂别矣。方伯爲余詩友，槐雲館，其所居齋名也。

使節記南來，漂母祠邊遂成長别地；

吟懷勞北望，槐雲館内添得悼亡詞。

朱母趙太淑人六十壽聯

淑人爲朱竹石司馬生母，有子三人。其生辰爲正月二十四日，前期三日，爲其幼子梅石娶婦。

三珠樹環侍一金萱，添箇比肩人，來助綵衣舞；
周甲年剛逢建寅月，留將婪尾酒，敬祝錦堂春。

葛母李太夫人輓聯

太夫人爲吳縣葛瑞卿明府之母，河南許州人也。行年八十，卒於吳縣署。

二品紫泥封，潁上版輿，花縣迎來衆母母；
八旬黄髮壽，吳中丹旐，鼙歌送到大家家。

張少渠別駕五十壽聯

少渠性好善，遇善舉必勇爲之。去年四十有九，奉檄預江蘇海運之役，將附福星輪船以行，忽捨之而就他船，福星船竟沈於海，君幸而免。僉曰是好善之報也。今年五十矣，因書此聯爲壽。

不福星，真福星，卽此一言，可爲君壽；
已五十，又五十，請至百歲，再徵余文。

佛殿聯

三藐三菩提，與大衆同游淨土；
一花一世界，看我佛卽在靈臺。

費室張夫人輓聯

夫人爲費幼亭觀察繼室。幼亭寓吳下，方議遷寓，夫人日間猶爲相度新居，其夕遽卒。

吳下議移家，停車半日，相度新居，何期驟中膏肓，仙夢三更俄跨鶴；
天邊榮錫誥，隨宦廿年，勤勞内治，忍使未衰夫壻，傷心一曲賦離鸞。

顧室葉淑人輓聯

淑人爲顧竹城明府之配，年五十九，四月三日卒。

鶴壽未六旬，仙去後一年，再向仙山獻壽；
鶯花過三月，佛生前五日，遽歸佛地拈花。

趙忠節公祠聯

公諱景賢，字竹生，余甲辰同年也。粤賊之亂，起義兵衛鄉里，守湖州城三年，城破後陷於賊，罵賊死。

在朝忠臣，在鄉義士，百戰艱難，至死不二；
有唐睢陽，有宋信國，千秋俎豆，得公而三。

自題春在堂聯

先祖南莊府君嘗舉韓昌黎詩『此日足可惜』一語以勉人，曰：『此語極有味。試思明日亦日也，然非此日矣，明年亦有此日也，然非今年此日矣。然則古人惜分陰豈爲過乎？』蓋府君篤志於學，故其訓人若此。又先舅氏姚平泉先生，嘗自言『以出世之心，行入世之事』，斯言亦極有味。樾因竊取此二意爲一聯，異日當書而懸之春在堂焉。

日有明年之日，年非今日之年，吾祖南莊府君是以垂惜日之訓，後人宜敬體此意；
事或入世之事，心仍出世之心，先舅平泉老人用此爲處事之方，小子竊有味其言。

楹聯錄存卷二

徐雲階部郎輓聯

雲階爲震澤縣之震澤鎮人，曾舉義兵衛鄉里，亂後又勷辦善後之事。其没也，余銘其墓。

負幹濟長才，小試於鄉，已爲遺黎復元氣；
綜生平義舉，大書其事，愧無巨筆誌幽宫。

陳子舫太守輓聯

子舫爲先兄癸卯同年，以太守候補江蘇，卒於江寧。

二千石太守清貧，雖負長才，未施利器；
三十載同年寥落，既傷老友，更念先兄。

陳母繆淑人輓聯

淑人爲同年陳訏堂司馬之母，其家始極貧，淑人具饘粥食舅姑，而自掘野菜作羹以充饑，訏堂官吾浙，就養浙中者數年，然勤儉如故也，卒年七十七。

多福多壽，過七秩又七齡，芝誥榮封，大好桑榆新景色；
克勤克儉，歷一生如一日，版輿就養，未忘藜莧舊家風。

濮少霞觀察七十壽聯

少霞舊宦蜀，光緒三年正月其生日也。

陸放翁於老學庵中話成都舊游，燈市笙歌正月節；
白樂天從大曆年間到會昌初載，香山詩酒七旬人。

鄭畬香孝廉輓聯

孝廉太湖東山人，曾官户部，光緒丙子十二月自湖北歸，卒於滬瀆。時其父年六十餘矣。

臘鼓動悲音，千里征帆，軿軸迎歸黃歇浦；
春明樹文望，一官農部，科名盼斷白頭親。

張母孟太夫人輓聯

太夫人爲同年子青制府之母，年九十矣，正月十八日其生日也，於正月三日卒。

一品紫泥封，看膝前令子賢孫，更有曾孫同蹓踊；
九旬黃髮壽，正歲首良辰吉月，再遲半月卽稱觴。

先是，余曾爲壽聯，將書而未果，不意遽易壽爲輓也，因亦附錄於此云：『養志在東山，看膝前有令子，有賢孫，有婚冠之曾孫，會見一堂成五代；　騰歡遍南服，自日下而梁園，而吳會，而閩浙諸都會，齊從正月祝千春。』制府曾官豫撫，由河督、漕督移撫三吳，遷閩浙總督，陳情乞養，故聯語云然也。

錢太淑人輓聯

太淑人爲子密樞部之母，女而有士行者。錢故禾中望族，太淑人嘗舉其先世故事訓其子孫云。

九五福令德考終，向來尹吉遺型，彤史允堪輝柱下。
六十年清門舊事，此後孫曾環立，白頭無復話鐙前。

吴勤惠公輓聯

公名棠，以縣令起家，官至四川總督，以病乞歸，到家九日而卒，亦咸同間名臣也。余曾承其延主受經書院，以遠不赴。今聞其卒，擬一聯輓之，因循未果。萬小庭大令，其門下士，又有葭莩戚，屬余代撰此聯，因錄而存之。

由牧令起家不十載，簡在帝心，而監司，而開府，卅年來勤政惠民，允推柱石勛名，豈僅偏隅資保障；
從成都返旆只九日，身騎箕尾，若閩浙，若江淮，千里外報功崇德，何況葭莩戚誼，曾陪下坐在門牆。

沈母張太恭人輓聯

太恭人爲翠嶺沈君之配，樂善好施。道光二十九年大水，沈君借庖村報恩寺設局養饑民，太恭人手製綿衣數十褶以賜。又嘗乘舟之平望，過楊家蕩，遇風，乃命其孫中堅召水工，於下流最深處築隄三十丈有奇，至今賴之。

嘉言懿行，落落數大端，至今客路經過，楊蕩隄邊，定有叢生慈竹；
仁粟義漿，孳孳八十載，長使災黎感泣，庵村寺内，領來手製寒衣。

浙紹會館聯

在蘇州盤門新橋巷，余爲題二聯，一懸客坐，一縣〔一〕戲臺。

游宦到金閶，把越酒，話鄉關，如讀會稽三賦；
清時調玉燭，借蘇臺，成雅集，勝在永和九年。

高會卽蘭亭，敘觴詠幽情，更饒絲竹興；
新聲徵菊部，對蘇臺風月，應憶鏡湖游。

【校記】

〔一〕縣，原作『聯』，據《校勘記》改。

周琳粟觀察輓聯

觀察以孝廉官天津府知府，遷天津河間兵備道。四十外卽謝病歸，卜居於杭州橫河橋，有園林之勝。光緒二年卒，齒未五十。余在天津與君相識，君時猶中書舍人也。

剛七載卧林泉，最憐甲第經營，便有青山終老意；

由一麾遷觀察，回憶丁沽款洽，及君紅藥賦詩時。

鍾子勤孝廉輓聯

子勤精《穀梁》之學，著《穀梁補注》二十四卷，主講上海敬業書院者十餘年。余每至滬，必與討論經義，今不可得矣。其殁也，年六十。

廿四卷補注，爲穀梁子功臣，頻年手校青編，鏤版告成猶及見；

六十歲耆儒，是乾嘉間宗派，此後我來黄浦，談經同調更無人。

沈母李氏蔣氏兩太夫人壽聯

李爲沈蓮溪觀察之配，蔣爲沈雪門廣文之配，娣姒也。觀察公爲嘉慶丙子優貢，廣文則是科領鄉薦，皆先大夫同年也。光緒三年，李年七十，蔣年八十。書森太守乃廣文公子而嗣觀察公者也，奉兩太夫人於八月十三日合而稱觴云。

鍾夫人禮，郝夫人法，登八詠樓，互相輝映；

七十曰耋，八十曰耄，唱百年曲，同到期頤。

朱母趙太淑人七十壽聯

太淑人爲朱少虞農部之母，其君舅曾爲某縣校官，太淑人從之黌舍，奉侍甚謹。光緒三年，年七十矣。少虞迎養於京寓。九月中，其生日也，寄此聯壽之。

佳節過重陽，借九月鞠華，祝七旬萱壽；
慈顏生一笑，對綺筵甘脃，憶泠署虀湯。

杭州安徽會館聯

爲徽人之宦浙者作。不知其書何人之名，亦不知其果用否也。

游宦到錢唐，飲水思源，喜兩浙東西，與歙浦江流相接；
鍾靈自灊嶽，登高望遠，問雙峯南北，比皖公山色何如。

八旗奉直會館聯

在吳中郎以拙政園爲之，固三吳勝地也。

勝蹟冠吳中，有梅村詩句，衡山畫圖，坐對茶花思往事；
名流來日下，是豐沛故家，金張貴姓，好憑酒盞話昇平。

吳桐雲觀察輓聯

觀察爲湖南沅陵人。曾從戎幕，有戰功，後爲曾文正公奏調江蘇，統帶輪船，遂歿於滬。其生卒皆十二月初八日，亦可異也。

仕宦本勞人，況當陽九年，戎馬軍中，飆輪海上；
去來皆佛地，兩逢臘八日，酉山毓秀，申浦歸真。

許季蓉明府輓聯

季蓉於兄弟行居第五，乃信臣撫部之子，官江蘇嘉定縣，卒於光緒三年十二月二十七日，其明年二月乃信臣撫部八十生日也。

何準第五，許慎無雙，祝堂上八旬，正擬椿庭同舞綵；

病共秋深，算隨臘盡，膹年前三日，不能花縣再頒春。

濮少霞觀察輓聯

少霞宦蜀中二十七年，曾管前後藏及拉里軍糧府，攝夷情章京，督辦乍了夷務。班禪喇嘛録爲弟子，贈名羅桑策忍，譯言『心好長壽』也。光緒四年二月卒於家，年七十有一。

歷萬里以歸來，巴蜀舊使君，班禪大弟子；

踰七旬而化去，神仙蘇玉局，兜率白香山。

馮竹儒觀察輓聯

竹儒觀察乞假出關，奉其父尹平刺史遺骨以歸，適有朝命引見，乃疾行而返。甫至滬瀆，遽捐館舍。其人有肝膽，喜談經濟，有用才也。其祖子皋先生實與先君子同舉於鄉，故有通家之誼。在滬上時，與余交甚深。今聞其逝，不禁泫然，寄此聯輓之。

負父骨而返，聞君命而趨，是真忠臣，是真孝子；

論人才可惜，念交誼可感，一則公義，一則私情。

邵荻洲觀察七十壽聯

觀察以水部郎起家，年至古稀，精神强固，其幼子卽今歲所生也，矍鑠可想矣。

矍鑠古稀翁，添箇嬌兒作生日；
清閑觀察使，本來水部是詩人。

應敏齋同年適園聯

敏齋築適園於杭之忠清里，泉石之勝，與真山水無異。有三層樓，登其上層，則襟江帶湖，空曠可喜。因集唐人張蠙、王之涣句爲楹帖贈之，語頗切合。惟張句上下易置，則以楹聯體裁須諧平仄耳。

似入萬重山，不離三畝地；
欲窮千里目，更上一層樓。

潘星齋侍郎暨陸夫人輓聯

侍郎乃吴縣相國文恭公仲子，由翰林起家，歷官卿貳。於光緒四年三月三日，與夫人陸氏同日而卒，夫人卒於丑時，侍郎卒於巳時，可謂偕老矣。

清望歷四朝，承黄閣門風，重登八座；

仙游同一日，攜白頭嘉耦，俱返三山。

金眉生廉訪使輓聯

眉生負經世才，喜談天下事，亦古之振奇人也。今春招余游其偶園，頗擅泉石亭臺之勝。乃園中一别，竟爾千古，亦可慨也。

春初招作偶園游，泉石幽深，亭臺曲折，花木扶疏；忍拋三徑烟霞，海上仙龕遽歸去；

酒後聽談天下事，世運升降，學術盛衰，政治得失；空賸千秋著述，山中經濟更誰論。

王母勞太恭人七十壽聯

太恭人爲王君夢薇之母，嘉平八日其生日也。

願歲歲今朝，以臘八良辰，陳秋千雅戲；
祝婆婆老福，從古稀七十，到上壽百年。

童際庭觀察輓聯

觀察行年六十而卒，距生辰止三日耳。生平頗豪侈自喜，身後門庭蕭索，孤子纔五歲，亦可哀也。

懸弧穀旦，便是蓋棺期，只爭三日光陰，未滿六旬眉壽；
綺席清歌，變成蒿里曲，堪歎一門細弱，僅存五歲孤兒。

江硯雲封翁輓聯

封翁乃小雲觀察之父，年至八十，尚思游京師，小雲諫阻，乃率全家卜居於留下山中。小築甫成，遽捐館舍，因以此聯輓之。時余正丁太夫人之憂也。

不輦轂即林泉，率全家入山必深，知暮年尚抱權奇氣；

以考終完老福，與令子論交最久，痛去歲同銜風木悲。

岳廟聯

杭城衆安橋畔爲岳忠武王初瘞處。同治甲子，吴康甫大令刱議於其地建忠顯廟，植柏於庭。至丁丑大雪，枝榦分披，遂至中裂，異而諦視之，則其樹柏葉松身，固檜樹也。西湖岳廟舊有分屍檜，前明同知馬偉所植。顧彼則人力爲之，此則天意而非人力矣，敬題此聯，以誌靈異。

老奸終古分屍，鬼斧神斤，劈開檜樹；

快事一時撫掌，風欺雪虐，壓倒秦頭。

安徽會館戲臺聯

館中奉包孝肅、朱文公栗主，潘玉泉方伯屬題此聯。

菊部小排當，聽他絳樹新歌，好博河清同一笑；

梓鄉衆耆舊，來自紫陽故里，試將風景認三吴。

衡峯和尚輓聯

和尚住蘇州寶積寺，寺圮，新之；亂後又圮，又新之。余有《重建寶積寺記》，存《襍文》中。和尚工丹青，凡相地相人及星命家言，無不通曉。余孫陛雲，自幼多病，曾託其取一僧名，曰『蓮生』云。

積半生苦行，經營碧殿赬廊，從前寶地落成，曾許簡栖來作記；
攜總角雛孫，瞻仰紺眉藕髮，此後香山老去，更無如滿共論交。

高滋園都轉輓聯

都轉官吾浙最久，曾權臬使，及引疾後，仍寓杭州。余與交最深，今年春至杭州，則已病矣，猶延入內室，茶話中庭，良久而别。别未匝月，遽聞其訃，悲夫！

宦游兩浙，幾及卅年，從前憲府兼權，棠蔭尚留遺愛在；
話别中庭，未逾一月，此後湖樓重到，柳陰少箇故人來。

應敏齋方伯六十壽聯

敏齋與余同歲，生道光甲辰年，同舉於鄉，今年皆六十歲矣，十月二十二日其生日也。其太夫人在堂，年八十有七。余寄此聯贈之，並爲其太夫人壽也。

長於我一月有餘，憶卅六年前，同列賢書榜上，並題年廿四；

親在堂九旬將届，合百五十歲，三周大衍筵前，兼祝母千秋。

又爲杜筱舫觀察作

敏齋少年時無子，五十歲後有丈夫子五。自蘇藩乞養歸，卜居杭州，買忠清里沈氏宅，極園林之勝，有三層樓，登之則聖湖、錢江皆了了在望，亦壯觀也。

母九旬，兒六旬，更欣繞膝人多，商瞿五十歲後，蘭玉叢生，得崢嶸五男子；

官二品，階一品，尤喜乞身歸早，靈隱三天竺外，園林勝地，有突兀三層樓。

潘母胡淑人輓聯

淑人爲太傅潘文恭公孫婦，東園君之德配也。東園君年五十一而終，其卒也以二月十九日；淑人亦年五十一而終，其卒也以六月十九日。二月十九，世傳觀音菩薩生日；六月十九，則言是成佛之日。此兩人者，殆亦必有宿根者矣。

佛誕誌觀音，最難伉儷歸真，季夏仲春，同逢十九日；

仙籌添大衍，卻好期頤分享，錦琴瑤瑟，合成百二年。

吳平齋觀察七十壽聯

平齋好金石，所著有《兩罍軒彝器圖識》，余曾爲序之。今年爲其七十生日，而余亦六十矣。其所居曰金太師場，與余所居馬醫科巷前後相望，蘇人所謂隔一條巷者也。

合千古之壽壽公，永保用，永保享，左鼎右彝，坐兩罍軒，居然三代上；

以十年之長長我，六十耆，七十老，望衡對宇，隔一條巷，有此二閑人。

楊振甫同年輓聯

振甫爲余庚戌同年，同入翰林者也，仕至廣東布政使，光緒五年正月三日卒於官。其母沈太夫人殁於四年十二月十八日，相距止半月也。振甫之官時召見，問行期，有『母老，途次不必急促』之命，亦榮遇矣。

從慈母以西歸，雖隔歲未越兩旬，回思宣室垂詢，親老途長，曾荷殷殷天上語；
哭故人於南海，歎同年又弱一个，屈指玉堂舊友，風流雲散，空餘落落曉來星。

許星臺廉訪六十壽聯

廉訪與夫人同庚，其膝前子女及孫男女、曾孫男女及外孫男女、外曾孫男女，共得七十人，亦盛事也。

聚兒孫内外得七十人，登堂同拜生辰，從古汾陽無此盛；
合夫婦倡隨成百廿歲，轉瞬再周花甲，如今吳會是初筵。

又

廉訪自言其夫人於十七歲舉長男，後連舉二女；又得一男，又連舉二女。自此一男二女相間而生，得男六人，女十二人。有如夫人者二人，得男女各四人。共得男十人，女十六人，因又譔此聯壽之。

奇偶合陰陽，算一男二女，相間而生，得十有八人，每歲必添丁，其餘蘭夢分占，又弄四回璋瓦；
富貴亦壽考，從六旬初度，遞推而上，到百又廿載，大年再周甲，長此華堂聚順，坐看七代雲仍。

任竹賢刺史輓聯

刺史曾官江西樂平縣，權景德鎮同知。當粤賊之亂，設立飛字營，頗著戰功。及從樂平移德化，以其地多水患，築長隄護之，名曰『永安隄』，并建石閘焉，居民卽爲立生祠於隄上。後遷雲南鄧川州牧，以病不赴，歸里，數年而卒。

以書生殺賊，立功飛字營前，父老至今談戰績；
爲閭閻築隄，捍水永安閘上，使君未死有崇祠。

周霞城廣文輓聯

霞城名茂榕，鎮海人。余曾預修《鎮海縣志》，君亦在志局中，故時通音問。雖未謀面，其意拳拳，願在私淑之列。庚辰冬日，猶寄余洋錢四十，助刻《右台仙館筆記》。至辛巳元旦而卒，亦可悲也。

汝川舊族，望海名家，惜此時邑乘已成，未及爲君作佳傳；

雞日占凶，蛇年應讖，憶去歲郵筒遠寄，尚煩助我刻新書。

繆仲英觀察七十壽聯

觀察以道光丁酉舉人官黔中，至光緒辛巳，年七十矣。其子小珊太史迎養入都，因余與觀察有同歲之誼，乞此聯爲壽。

開八斛至期頤，溯西科名列賢書，四十年前，同詠霓裳天上句；

由一麾遷觀察，喜子舍官居翰苑，三千里外，笑扶鳩杖日邊來。

譚文卿中丞六十壽聯

中丞始官日下，屢上封事，皆持大體。及撫三秦，活饑民無算。光緒五年，移節浙中，適有海外之警，不動聲色而備禦有法。又修建文瀾閣，購書庋其中，以嘉惠學者。余有壽序文，言之甚詳。中丞生日，余適在湖樓，復獻此聯。

内而調和宫府，外而存活閭閻，妙在聲色不動中，便有如是經濟；
武則海上旌旗，文則閣中緗素，欲驗期頤無量壽，請看何等精神。

譚麗生編修輓聯

麗生名鑫振，湖南衡山人。光緒庚辰以第三人及第，至辛巳春來浙，適余從湖上俞樓還吴下春在堂，已登舟矣，麗生知之，卽乘肩輿出武林門，至余舟中，以後進禮見余，未及往答，期再見於吴中。乃甫踰一月而麗生遽以咯血而死，聞其臨終神識不亂，以其九齡幼子所臨《元秘塔碑》交付其同年徐花農庶常，默寓託孤之意，亦深可悲矣。

如何探花使，竟作報羅人，最憐客死浙西，難攜九歲孤兒，託付同年良友；
回憶小舟中，曾修同館禮，猶冀重逢吴下，誰料武林一面，句銷文字因緣。

吳母張太夫人輓聯

太夫人爲子健中丞之生母，年八十有二，於辛巳歲五月五日卒於江蘇撫署。時慈安端裕康慶昭和莊敬皇太后遺誥頒行天下，江蘇甫奉到也。

憶往歲鸞歌鳳舞，獻壽寢門，踰八秩甫二齡，曾元五代，同祝期頤，何今年佳節端陽，頓撤蒲觴陳素俎；

看令子武達文通，起家翰苑，由屏藩到開府，節鉞三吳，親承色笑，痛此日普天縞素，又扶桐杖哭慈闈。

又爲潘季玉觀察作

中丞河南固始人，曾爲湘藩、鄂撫及撫蘇，又再攝兩江總督，所至輒奉太夫人版輿以行。故上聯云然。

鍾毓自兩河，兩湖兩江，同依福蔭；

曾元羅五代，五月五日，頓失慈雲。

密通和尚輓聯

和尚揚州人，卓錫姑蘇有年矣。城外虎邱寺，城中永定寺，皆其所重建也。於光緒辛巳歲示寂，年六十有一，蓋與余同歲者。

看君亦手興兩處三門，此事由心精力果；
愧我白頭亦六旬一歲，至今猶帶水拖泥。

杭州金華將軍廟聯

金華將軍，曹氏名杲，仕後唐，爲金華令。吳越時守婺州。錢氏入朝，委以國事，杲卽城隅浚三池，曰湧金。既殁，民爲立祠池上，其神每化爲蛙，游戲人間。光緒辛巳歲三月見於俞樓，因題是聯。

踵鄴侯六井，鑿金牛湖畔三池，利澤緜延百世祀；
傍坡老古庵，築碧霞亭前新舍，神靈飄忽一來游。

黄觐臣太守輓聯

太守爲恕偕前輩之子，需次江蘇，與海運之役，卒於通州。

潞水轉雲帆，未及生還黄歇浦；

長沙歸旅櫬，不堪腸斷白頭親。

俞友聲大令輓聯

友聲名麟振，紹興人。以諸生從戎，積功得知縣。同治丁卯歲舉於鄉，光緒丁丑歲成進士，仍以知縣原班分發江蘇，未幾，以疾乞歸，卒於杭州，年五十三。余在吴下及湖上，皆來相見，執族子禮，然服屬固不可考矣。

戎幕久參北府，文闈仍捷南宫，在吾宗不愧後來秀；

吏才未試東吴，噩耗俄傳西浙，於古人甫及服官年。

應母朱太夫人輓聯

朱太夫人爲應敏齋同年之母。光緒辛巳，年八十有八，春間卽臥病，至六月十三日，自言欲去，已屬纊矣。乃歷三刻許復蘇，至十五日呼敏齋至牀前，傳以遺命，又言欲去，言已溘然，舉家號呼，則又言曰：『人生有何樂處？汝曹喚我轉來，甚無謂也。』自是又閲數日，至二十二日而逝。來去之際，若可自主，必是有夙根者。敏齋妾張氏同日化去，亦可異也。

勉爲兒曹作十日留，來去從容，攜膝前小婦同行，定有三生緣分在；
并算閏餘過九旬外，富貴壽考，想天上羣仙高會，依然八坐起居榮。

德清烏山社廟戲臺聯

烏山卽德清山。余故居南埭在山之陽，余卽社中人也。社廟戲臺成，父老屬題此聯。

借絲竹傳山水清音，里社歌謠新樂府；
與父老譜昇平盛事，歲時伏臘古臨溪。

杜筱舫方伯輓聯

筱舫六十歲時，余曾以聯爲壽，載在上卷，已略述其生平矣。辛巳之秋，筱舫卒於嘉禾里第，因復以此聯輓之。余爲内子姚夫人之姪穀孫娶筱舫從兄女，故有昏姻之語。

入仕途到開藩陳臬，游刃恢恢，更觀采香小集，平寇巨編，歎公戎幕起家，又向詞壇高樹幟；

論交誼兼朋友昏姻，前塵歷歷，回憶傾蓋秣陵，望衡吳市，此後武林歸棹，爲誰秀水再停橈。

嚴緇生庶常六十壽聯

緇生自入詞曹，至今十有一科矣。改官比部，因太夫人年高不赴。今太夫人年逾八旬，而緇生亦六十矣。八月三十日其生日也，以一聯壽之。

六旬人詞館逾十科，長依堂上慈親，學老萊子白髮綵衣而舞；

一樽酒清秋交九月，好作山中宰相，領韓魏公黄花晚節之香。

李少荃相國六十壽聯

相國於光緒壬午歲行年六十，正月五日其生日也。

嶽降崧生，溯道光三年，到光緒八載；
鸞歌鳳舞，先上元十日，祝元老千秋。

勒少仲河帥輓聯

少仲於道光丁酉歲充拔貢生，甲辰舉於鄉，皆與余爲同年。而又副癸卯賢書，先兄福寧君亦於是歲捷鄉闈，則又所稱『兄弟同年』者也。數十年來以文字論交，最爲莫逆。君由刑曹起家，歷官至江蘇布政使，遷福建巡撫，調貴州巡撫，未之任，道拜河東河道總督，卽引疾歸。閲數月，遂不起。憶去歲君自閩赴黔，道出蘇州，寓居吴退樓聽楓山館，時相過從，不意一别遂成千古！因寄此聯輓之，不禁長淚之横集也。

屈指數名場，於丁酉，於癸卯，於甲辰，居然三度，叨分起桂天香，積四十餘載文字交情，如此同年能幾箇；
起家由比部，而蘇藩，而福撫，而河督，歸自八閩，小住聽楓山館，與六七故人從容談笑，誰知一别竟千秋。

李伯太夫人輓聯

太夫人乃小荃制府、少荃相國之母也，光緒八年二月卒於兩湖節署，特降詔書，有賢母之褒，海内榮之。時海外又小有齟齬，朝廷方倚相國爲重，優詔奪情，而相國固辭，未知能如所請否也。

賢母之名，定自朝廷，降明詔褒揚，榮在重重芝誥外；
諸侯之孝，異乎士庶，贊廟謨撻伐，謀成五五堊廬中。

吕仙祠聯

蘇州閶門外有一公所，衆商人醵資爲善舉者，於此會集焉，中奉吕仙。盛旭人觀察屬題此聯。

小築仙居，是當年寶劍藏精故地；
廣爲善舉，體先生金丹濟世婆心。

樊讓村太守輓聯

讓村爲余親家翁玉農太守之長子，余大兒婦之兄也。雖以知府候補，而實未一日居官，優游家食，年五十六歲而卒。其長子年二十矣，未娶也。

五十年知命又過六齡，看弱冠佳兒將納婦；
二千石好官未曾一赴，享半生清福竟成仙。

張通甫大令輓聯

通甫以縣令官吳中，今年與於海運之役，四月既望卒於津門，年六十矣。其子振棨正攝天津縣事。

矍鑠六旬翁，尚堪奉檄丁沽，海舶千帆催轉粟；
清和四月節，正聽鳴琴子舍，津門一夕罷栽花。

邵步梅刺史七十壽聯

壬午九月爲步梅七十生辰，余爲文壽之，已詳載其行事矣。是月其家適有事，改於十月稱觴，又贈此聯。

在家爲善士，在官爲循吏，到七秩古稀年，繼起有賢子，子又生孫生曾孫，行看五代同堂，作熙朝人瑞；

故鄉諸戚友，故交諸弟兄，借十月小春日，合詞而祝公，公與夫人如夫人，俱享百齡上壽，成平地神仙。

顧晉叔待詔輓聯

晉叔爲子山觀察子，喜翰墨，澹榮利，亦一佳子弟也。去年曾繪《自訟圖》，圖中三人，一官一吏一訟者，實即一人，皆自貌其容也。余爲載入《春在堂隨筆》。今年秋以微疾卒，年五十矣。

借自訟意以成圖，化一我幻影成三，知達者久存南郭忘形見；

到知命年而出世，歎老父衰齡望八，與走也同作西河抱痛人。

陸星農觀察輓聯

星農以第一人及第，余庚戌同年也。自湖南謝病歸，所藏古磚甚富，今年在西湖俞樓猶與相見，不謂越兩月遽聞其訃也。

四五月間訪我樓頭，茗椀清談到金石；
三十年前附君榜尾，蓬山舊夢落江湖。

王母俞太恭人輓聯

太恭人爲王孝子繼穀之母，孝子因母病爲疏禱於神，請以身代，遂自投月湖以死，死後相傳爲月湖之神。太恭人病愈，又數年而卒，卒之日八月廿四也。

爲孝子一疏，塵世小留，此事不由南斗注；
後中秋九日，月河就養，至今仍是北堂身。

嚴母王太夫人輓聯

太夫人曾從夫宦游滇中，著有《寫韻樓詩》一卷，晚年捐貲助賑，賜建樂善好施坊，卒年八十四。

行萬里路，傳一卷詩，寫韻樓小集編排，共羨清才兼碩德；

膺二品封，開九秩壽，樂善坊大書綽楔，長教薄俗式高風。

又

太夫人之父竹嶼先生，仕浙江，有惠政，歿祀嘉興名宦祠；夫比玉先生，祀鄉賢祠；其少子某，官貴州石阡府知府，死寇難，賜卹如例；其幼女，封臂肉療太夫人疾，太夫人愈而女竟卒，以孝女旌。亦可謂極人倫之盛矣。張少渠屬代撰輓聯，因又作此。

父在名宦祠，夫在鄉賢祠，子在昭忠祠，女在節孝祠，相見黄泉，死猶生也；

德可先賢傳，行可逸民傳，才可文苑傳，年可耆舊傳，有光青史，女而士乎！

錢敏肅公專祠聯

公諱鼎銘。當江蘇淪陷時，公間關赴皖，謁曾文正公，慷慨乞師，遂以楚師。至江南底定，公之力也。後官河南巡撫，有善政，卒於官，敕於原籍太倉州建專祠。祠成，其嗣君溯耆、溯時乞撰此聯。

溯當年千里乞師，一舟摩寇壘而過，抵掌高談，論列山川形勢，與夫賊情變幻，及東南進取之方，聲共淚俱，此事中興關大局；

迨後來兩河開府，四載在夷門坐鎮，悉心綜理，講求治術源流，旁及邊境安危，并水旱偏災之備，人亡政在，於今故里有崇祠。

錢湘吟侍郎輓聯

侍郎乃庚戌同年也，嘉善人。

數杭嘉湖同鄉同館同年，白首江湖惟我在；

歷咸同光三朝三十三載，黃粱光景不多時。

邵汴生侍郎輓聯

湘吟卒之明年，汴生又卒，余與汴生甲辰、庚戌兩次同年，卽用輓湘吟聯，增益其詞，蓋情事卽同，詞亦不嫌複也。

算鄉會試兩榜兩度作同年，並列賢書，俱成進士，偕入翰林，白首江湖惟我在；

溯咸豐來三朝三十有四載，起家詞館，歷任封疆，洊登卿貳，黃粱光景不多時。

陶大母淩太淑人輓聯

太淑人爲柳門刺史之祖母，年十六歸於陶，未逾年而寡，其卒也，年八十九矣。是年四月間已病，柳門自吳下歸省之，笑曰：『吾猶未也，當在端午前三日耳。』後竟於五月三日卒，亦可異也。

黃鵠壽偏高，回頭七十二年，苦節終身如旦暮；

青鸞來有信，屈指五月三日，歸期一笑語孫曾。

惲小山太守輓聯

太守爲惲次山中丞之子，曾與大兒紹萊同官。

舊澤在甘棠，喜君紹南服官聲，冀他時閲歷老成，三楚建旄仍虎節；
重泉埋玉樹，令我觸西河餘痛，憶曩日聯翩年少，一官聽鼓共豚兒。

許壽民太守輓聯

太守爲許星臺廉訪之子，南海世家也。其生也，高祖母黄太夫人猶在，五世同堂；而黄太夫人及事祖舅姑，親見七代，蒙恩賜『七葉衍祥』額。太守應京兆試，舉孝廉，官郎署。今以知府需次江西，故廉訪宦游舊地也。乃未及補官而卒，年甫四十八，惜哉！

甲第重羊城，在襁褓名達九重天，記生初七葉衍祥，曾荷恩榮來北闕；
丁年捷燕市，歷兵農出爲二千石，惜中壽五旬未滿，不能宦蹟繼西江。

王曉蓮方伯輓聯

方伯爲先兄癸卯同年，官至湖北布政使，以理學自命者也。

溯咸同間投筆而興，人謂名臣，自云儒者；
問癸卯科同年有幾，既傷老友，更念先兄。

姚室張夫人輓聯

夫人爲訪梅方伯之配，生平樂善好施，其靈輀自天津返，有瞽者數十人泣送，蓋皆受其惠者也。余爲作家傳，存《襍文》中。

好施從天性而生，積數十年陰德耳鳴，記曾丙舍勒銘，雖拙筆不工言是實；
遺澤在人心未死，合千百家窮檐頂禮，看取丁沽歸旐，縱盲兒無目淚難乾。

孟河蔣氏支祠聯

常州孟河馬培之文植以醫名，光緒六年，慈禧皇太后有疾，詔徵天下精醫術者，馬君亦與焉。

比歸，命南書房翰林書『務存精要』四字賜之，遇亦榮矣。然君實姓蔣氏，在漢世有封亭侯者，其始祖也。明季有自鳳陽遷金陵者，婚於馬氏。馬，故世醫也，至是無後，以蔣氏承其業，遂襲其姓。然醫則馬氏，婚宦則皆蔣氏也。支祠落成，求余爲記，又乞是聯。

淵源溯漢代侯封，縱盛名馬服交推，蔣徑清風傳自遠；
祠宇法文公家禮，況宸翰龍章寵錫，孟河喬木仰彌高。

鍾桂溪廣文七十壽聯

桂溪與余皆於道光丙申年入德清縣學，至今五十年矣。

溯五十年泮水同游，爲問幾人今健在；
祝八百歲大椿不老，休言七秩古來稀。

賀許星臺方伯之孫新婚聯

時方伯方由蘇臬遷浙藩，期於明春赴浙。

嘉耦百年成，試新畫眉，剛好梅開東閣；
阿翁一笑起，攜小比肩，去看花放西湖。

徐室楊夫人輓聯

夫人爲同年徐蔭軒尚書元配，有子五人，孫四人，曾孫一人，且曾四次拜緞匹之賜，歲六十五而卒，亦福壽兼備者矣。

壽近七旬，封膺一品，試檢取笥中文綺，從九重幾度頒來，豈止崇班冠輿慶；
子榮五桂，孫倍雙珠，更攜將膝下錦綳，合四代同堂聚處，差堪哀思慰安仁。

戴保卿通守輓聯

保卿爲醇士侍郎之子，官松江府通判，其子青來太史，余門下士也。

以名父子，見宰官身，佐郡在雲間，白首浮沈今老矣；
有繼起英，繩乃祖武，奔喪從日下，素車風雪太淒其。

胡樗園明經輓聯

樗園乃余從前館新安汪氏時曾受業門下者也。

往日列門牆，最憐年少美才，常指青雲期遠到；
朔風吹噩秏，頓觸老夫舊感，重回白首憶前游。

王母李太夫人輓聯

太夫人爲王竹侯方伯繼母。

膺一品封，届九旬壽，羅四代兒孫，瑶島應推衆仙長；
生嘉慶初，終光緒間，受道咸誥命，華堂坐閲五朝春。

靈瀾精舍聯

蘇州横山智顗禪院有酩酩和尚，以錫杖叩石得泉，見《吴郡圖經續記》。虎邱山下有泉，曰『憨憨』，或曰亦酩酩和尚遺跡。横山與虎邱相近，『憨』與『酩』音又相同，疑或然也。甲申歲，洪文卿閣學、朱修庭觀察訪得是泉，築精舍於其上，鄭小坡孝廉命曰『靈瀾』，余爲題榜，并題是聯。其地卽在真娘墓畔，故下聯及之。

一勺試清泉，此邦故老流傳，都道是酩師卓錫峯頭遺跡；
數椽營勝地，我輩閑人游覽，勿徒向真娘埋香冢畔題詩。

周叔雲都轉輓聯

都轉爲余鄉、會兩榜同年，罷官後來居吴下，未半載而卒。

甲歲發科，庚年登第，兩番倖附驥旄，閲歷名場皆白首；
都門判袂，吴市班荆，幾日同麈塵尾，重提舊夢竟黄粱。

樊稺農比部輓聯

稺農以孝廉官比部，頗有才榦，因奉母，不之官。年未五十而卒，其上有四兄一姊，不數年，相繼逝世，亦可悲也。

興廉舉孝，有幹濟之才，郎署方期儲大用；
兄亡姊逝，又慘遭此變，親庭何以慰慈懷。

薛慰農觀察輓聯

慰農曾以杭州太守權糧儲道，解組後主崇文書院講席，與余所主詁經精舍遥相望也，旋移席金陵尊經書院以去。其在金陵，日以詩酒自娛，頗極林下之樂云。

泖西泠講席相聯，十里湖山兩壇坫；

看南國甘棠猶在，千秋循吏一詩人。

東洲船山書院聯

東洲在衡州府東，書院乃彭雪琴尚書所創建，曰船山者，以王船山先生名也。

讀船山先生所著全編，得三百餘卷之多，經史子集，蔚一代巨觀，承其後者，勿徒爭門户異同，漢詳名物，宋主義理，各有師傳，總不外古大儒根柢實學；

卜衡嶽勝地而開講舍，看七十二峯在望，春夏秋冬，備四時佳景，登斯堂也，尚共矢晨昏黽勉，出建功勳，處修節操，交相砥礪，以毋負老尚書創建初心。

宗懋亭封翁輓聯

封翁爲湘文太守之父。湘文仕吾浙，守衢，守湖，守嚴，守嘉興、寧波，所至有聲。翁嘗訓之曰：『汝曹居官，能去民疾苦，是卽所以養志也。』今歲，翁年八十有三矣。一日晨興，誦《金剛經》畢，忽感微疾，越六日，命家人易衣，云將有遠行，俄而遽逝。

有令子仕二千石，勤恤民隱，振起人文，先生顧而樂之，笑曰汝能養志；
享大年逾八十歲，服習儒書，精通梵典，一旦飄然逝矣，自云吾有遠行。

日本銈吉君六十壽聯

日本東京人井上陳子德來游中土，受業吾門。今年，其父銈吉君行年六十，母下山氏五十有五，寄此聯壽之。

有令子萬里來游，言家庭期望深心，外則賢父，内則賢母；
祝而翁百年偕老，看郎君講求實學，處爲名士，出爲名臣。

吴叔和郎中輓聯

叔和爲曉帆觀察之孫，嘗隸余門下。今年春余在俞樓，叔和猶載酒過我，作竟日談，然其時已病矣。既而來蘇就醫，病重而歸，以解維稍晚，雖以小輪船曳之行，然至杭州已次日亥時矣，不及入城，至子時卒於舟中，惟其妻在側，一子甫二歲，一庶子七歲，均不在舟，亦可慘矣。

滯吴中半日歸程，歎到家尚隔重城，黄口孤兒，未及提攜拜牀下；
憶湖上早春雅集，痛及門又弱一个，白頭老友，空餘涕淚灑風前。

任秋亭大令輓聯

秋亭精於醫筮，仕江蘇，曾攝金山令。余從前建春在堂，營曲園，所用匠石即其所薦也。

良吏即良醫，看君花縣撫循，仍爲閭閻蘇疾苦；

實心行實事，記我草堂卜築，曾煩土木助經營。

李眉生廉訪輓聯

廉訪官蘇臬使，未任而以病免，即卜居吴下，買輞師園居之，其地在滄浪亭東，故自稱蘇東鄰。余寓吴下，頻與往來。廉訪之封翁，乃先大夫丙子同年也。其卒於光緒十一年八月之望。

蘇公千載後，十萬買鄰，以舊使君吴下句留，定有前生緣分在；

桂子一輪秋，三五而闕，歎先大夫年家昆弟，不知當代幾人存。

薛心農鹺尹輓聯

心農以鹺尹需次浙江，精於醫。往歲慈安皇太后不豫，徵天下名醫，浙撫以心農應詔，亦奇遇也。其子受采，官知縣。

西湖宦蹟，與蘇白俱留，繼起清芬欣有子；

北闕徵車，以岐黄應詔，他年方技定傳君。

姚少讀太守壽聯

少讀行年七十，權守松江，十月初旬其生日也，而官牒則云年六十五，適與余同歲矣。

二千石坐領古三江，問生辰在十月之初，嶺上春爲公獨占；

七十翁行開第八秩，稽仕版則六旬有五，壺中日與我同庚。

吳仲英司馬六十壽聯

仲英以杭人官吳下，吏治之外，兼擅風雅，非俗吏也，行年六十，書此壽之。

王摩詰宿世詞客，前生畫師，儒雅風流，又官二千石；

白香山杭州酒痕，吳郡詩本，往來游戲，已及六十年。

彭雪琴尚書七十壽聯

尚書督師廣東者三年，今始罷兵而歸，行年七十矣。十二月中旬其生日也。先一月，爲其長孫娶婦，因憶余六十歲時爲孫兒陛雲娶婦，卽君之長孫女也，君以一聯見贈，上聯祝詞，下聯賀詞也。今援其例，亦贈一聯。

桂海正銷兵，七袠開筵，會有恩綸來錫壽；
蘭孫新授室，一堂舞綵，好攜嘉耦共承歡。

朱母趙太夫人七十壽聯

卽上卷所載六十壽聯之朱母趙太淑人也，今行年七十，正月二十四日爲其生日。其子竹石司馬已遷觀察使，且權蘇臬矣。

以歲之正，以月之令，鞠曆一尊，爲阿母奉觴而上壽；
八十曰耋，九十曰耄，期頤百歲，看佳兒陳臬又開藩。

潘玉泉觀察輓聯

觀察乃文恭公季子。同治之初，收復江蘇，與有力焉，詳見余所撰壽序，已刻入《襍文續編》第五卷矣。光緒十一年十二月二十八日病卒，越三日，於除夕大殮，卽其生日也。

溯中興初，功在三吳，皖江乞援，滬瀆聯防，最難口舌折衝，坐看反側異謀，潛消談笑際；

享古稀壽，榮封一品，夫婦齊眉，兒孫繞膝，方謂期頤操券，何意懸弧縠旦，卽是蓋棺辰。

沈蓉閣方伯輓聯

蓉閣乃響泉同年之子，由進士起家，官至廣東布政使，中壽而卒，未竟其用，可惜也。

以名進士振起家聲，堂構相承，深喜故人能有子；

由賢令尹荐登方岳，節旄未逮，竊爲聖代惜斯才。

樊母余太夫人輓聯

太夫人爲樊玉農親家之配，生六子，皆前卒；有孫八人，曾孫三人，於光緒十一年八月十七日卒，年七十有七。至十二月，吴中始得赴告，其次女爲余大兒婦，方有疾，故未使聞知也。

榮封二品，上壽七旬，繼起喜有諸孫，玉樹依然滿階下；

噩耗三冬，仙逝八月，遠嫁最憐弱女，麻衣未得拜牀前。

惲母戴夫人六十壽聯

夫人爲次山中丞之配，俠骨清才，非尋常羅綺中人也，五月十三日爲其生日。

歷道咸來四朝，重重芝誥，疊膺一品花封，其人擅淵雲詞藻，具湖海襟懷，信有須眉在巾幗；

過端陽後八日，灩灩蒲觴，留祝六旬萱壽，從此羅五代曾元，躋百齡耄耋，豈非富貴又神仙。

吴引之觀察輓聯

觀察於咸豐間兩守衢州，力保危城，浙東西十一郡，惟衢獨完，君之功也。其先德爲先大夫丙子同年。

兩代訂弦韋，問先君丙子世交，喬木故家能有幾；

三衢資保障，歎吾浙庚辛浩劫，疾風勁草孰如公。

梁敬叔觀察輓聯

觀察爲莒林中丞之子。中丞乃先祖甲寅同年也，而觀察又與余爲丁酉同年。官浙江數十年，始爲溫州太守，後官寧紹台道，又歷署金衢嚴道、溫處道、杭嘉湖道，浙東西宦跡遍矣。

以名父子薦歷二品階，官太守循聲卓卓，官觀察政聲尤卓卓；

歎老成人又看一个弱，論丁酉年誼寥寥，論甲寅世誼更寥寥。

吳子健中丞輓聯

中丞爲諸生時即從事軍旅，後以翰林院侍讀學士出藩三楚，旋授節鉞。光緒十二年五月十三日，歿於皖江節署，年六十四。

以書生歷戎馬，由詞苑陟封疆，闕下嚴徐，軍中韓范；

周花甲甫四齡，過端午剛八日，民懷遺愛，帝念前勞。

鈕竹君大令輓聯

竹君爲先兄癸卯同年，官甘肅知縣。

歎先兄鄉薦同年，攀桂故人，又一个弱矣；
問使君甘涼出宰，栽花何處，有三徑資無？

畢孫帆内翰七十壽聯

内翰以八月十六日生，其内子馮氏同歲。

七十古人稀，況偕老百年，有嘉耦共扶鳩杖坐；
三五明月滿，加良宵一夕，爲先生添取鶴籌來。

劉母曹太夫人八十壽聯

太夫人爲劉作仙大令之母，守節五十二年，有三子、四孫、兩曾孫，十月二十七日其生日也。

合一堂三子四孫，又有兩曾孫，綵服斕斑，同祝百齡上壽；

守大節五十二年，今届八旬年，慈容矍鑠，欣逢十月陽春。

彭南屏太守輓聯

南屏曾官廣東知府，家居數載，沈仲復閣學疏言『其才可用』，有旨引見，入京，三日而卒。其父訥生太守，猶在堂也。

五羊城内，五馬官高，治蹟久登黄霸傳；

雙鳳闕前，雙魚信斷，傷心莫慰白頭親。

王小鐵同年輓聯

小鐵爲余甲辰同年，年七十有二，老而矍鑠，一病遽卒。余往吊之，見其一子一女，子年十五，女僅數齡也。

追溯四十三年前，共詠霓裳，歎故交又少一人，同榜同年竟無幾；

正羡七秩二齡翁，健扶鳩杖，詎小病不消半月，幼兒幼女劇堪憐。

索爾和碧漢母那拉夫人七十壽聯

夫人爲文農太守魁元之母。太守曾守鎮江，欲爲夫人壽，而夫人因適有水災，輟稱觴之費爲續命之資，是邦之民，至今感之。今歲年七十矣，十二月十日其生日也。太守方守蘇州，於十月十日預祝，是日乃慈禧皇太后聖壽節也。余在右台仙館，率書一聯爲夫人壽。

借小春預祝千春，恭遇普天開壽宇；
在京口歡騰萬口，又聞頌德滿蘇臺。

季君梅太史輓聯

太史爲仙九先生子，庚戌翰林，甫留館，即乞養歸，遂不復出，主講江陰書院。有三子，其長公官兩浙鹽運分司，其次公官長蘆鹽運使。

尚書門第，翰苑聲華，羨青山綠水，偃仰半生，幾年朝服，頻年野服；
馬帳風淒，鯉庭霜冷，歎苴杖麻鞋，倉黃兩地，之字江邊，丁字沽邊。

葉春伯觀察輓聯

觀察以進士作令廣西，官至候補道，引疾歸，寓紹興，年七十有一而卒，距王小鐵觀察之卒不及半年，皆余甲辰同年也。

桂林遺愛，蕺山寓賢，看齒杖優游，七秩已開第八秩；
輞水秋寒，石林冬隕，歎牙琴零落，半年頓失兩同年。

李肅毅伯夫人趙夫人五十壽聯

夫人於二月十九日生，是年爲光緒十三年，恭逢皇上於正月十五日親理萬機，肅毅伯以首輔督直隸，駐天津，敬以此聯壽之。

新政出九重，黄閣餘閑，喜逢家慶日；
春光纔一半，綺筵介壽，巧值佛生辰。

周母姚表姊恭人八十壽聯

恭人爲平泉舅氏長女，於余爲外姊，於亡婦則兄弟也，今年八十矣，於五月一日生，而於四月九日豫行稱觴之禮。余往祝之，白髮青裙，縱談往事，因憶余兒時，太夫人每邀姊來度歲，所居史家埭，有樓臨街，元夜張鐙，與姊登樓觀之，情景猶如昨日，而余與姊皆老矣。

借清和四月，祝曼衍千齡，喜看令子賢孫，奉阿母豫慶華堂午節；
越荏苒十年，便期頤百歲，猶憶垂髫總角，與吾姊同看史埭春鐙。

吴牧騶觀察輓聯

觀察與余並以道光丙申年科試入學，庚子舉於鄉，壬子成進士，由庶常改官雲南，所著有《小匏庵詩集》、《詩話》。

憶柔兆涒灘歲，泮水同游，先我一科舉孝廉，遲我一科成進士；
出承明著作庭，滇池遠宦，讓君千古在政事，附君千古或文章。

朱鏡香明府輓聯

鏡香官寶應縣令，罷歸後屢主書院講席，道光丁酉科拔貢生也，余於是科亦厠名副榜，後又於甲辰科同舉於鄉。

明經科，孝廉科，兩度作同年，共踏名場如昨日；
循吏傳，文苑傳，千秋無異議，長教里社祀先生。

吴焕卿大令輓聯

焕卿與余同歲，而焕卿以正月生，余以十二月生，蓋長於余也。余館休寧汪氏時，來受業於門下，後成進士，官浙江蘭溪知縣，未滿兩考，改教授而去，有王晉平恐富求歸之意。余嘗語浙撫李小荃制府曰：『此君作令必佳。余見其文筆甚清，卜其作令亦了了也。』後果如余言。

是吾所兄，辱稱大弟子，桃花潭畔，以都講相推，迄今舊夢重提，泡影電光卌年事；
由名進士，出見宰官身，蘭茝溪邊，有神君之譽，記我片言論定，文章吏治一般清。

浙江會館聯

館在天津府城中，因舊時浙紹鄉祠舊地爲之。

從之字江邊，到丁字沽邊，三千里遠來，同歸安宅；
拓越中舊館，爲浙中新館，十一郡咸集，各諳鄉山。

任母王太夫人輓聯

太夫人爲筱沅中丞之母。中丞父諱烜，爲先祖南莊府君同年。太夫人年八十九而終，有元孫矣。

從令子，到元孫，五代同堂，堂上尊榮，古賢母中，罕見此母；
溯吾祖，副鄉榜，九十四年，年家故舊，太夫人外，更有何人。

金苕人觀察六十壽聯

觀察以江蘇縣令起家，當克復蘇州時，設法遣散降賊甚衆。後山東、直隸水災，集巨貲振之。

今以按察使銜直隸候補道，辦理河工。

耆壽六十齡，起家花縣，晉秩柏臺，玉節行除觀察使；
存活億萬衆，解散黄巾，安全赤子，金隄更築便民渠。

翁仲淵修撰輓聯

修撰乃文端公孫，文勤公子，恩賜舉人、進士，應殿試，魁天下，然以疾早歸，官止修撰。

三秋桂，三春杏，皆從天上頒來，只獨占金鼇頂上；
文端孫，文勤子，何意山中歸臥，竟長辭綠野堂前。

姚母□〔二〕太夫人輓聯

太夫人以夫笛秋比部、子訪梅觀察、孫伯庸觀察加級請封，皆封一品，年八十七而終，生平食無兼味，衣必手浣，可謂難矣。

以勤論過人百倍，以儉論過人百倍，以福論亦過人百倍，八十七齡真壽母；
因夫貴受封一品，因子貴受封一品，因孫貴又受封一品，九重三錫太夫人。

【校記】

〔一〕『母』下，原本有一墨釘。

莫意樓觀察輓聯

意樓以九月十日生，九月四日卒，曾宰嘉定，其子璵香明府，亦以知縣官江蘇。

治譜在三吳，父爲循吏，子爲循吏；
清風宜九月，生近重陽，殁近重陽。

朱孝子祠聯

孝子名高，字兆光，香山人。母病瘻，與妻陳以竹倚舁之，周行家衖。又因母嗜飴，逢市集每躬往市之，市者曰：『吾鬻此三十年，但見人市以啖兒女，未聞以奉母也。』一市嗟歎。

有愛子市飴，無愛親市飴，小節尋常，萬口咨嗟稱大孝；
兒爲母舁輿，婦爲姑舁輿，年高安樂，八騶傳唱總浮榮。

廖仲山少司馬五十壽聯

仲山以兵部侍郎充總理各國大臣，六月中生日。

盛夏祝長春，半百剛符大衍數；
本兵兼典屬，九重深倚老成人。

何青士都轉八十壽聯

都轉舊官浙江杭嘉湖道，晚年仍寓杭州，何文□公之子也。

舊日賢使君，今日寓公，六橋三竺，大有緣在；
早年名父子，晚年耆宿，蒼顔白髮，不亦仙乎。

【校記】

〔一〕『文』下，原本有一墨釘。

張屺堂廉訪輓聯

廉訪曾官十府糧道，遷蘇臬。今年大府奏請，赴江北開濬河道。甫回任，值亢旱，偕同官求雨，感暴疾，不一日卒。

轉漕輸於江北，陳臬事於吳中，簡在帝心期建節；
憂洪水而治河，憫亢陽而求雨，勤勞民事竟捐軀。

陳母徐太淑人輓聯

太淑人爲杭州太守陳仲英之母。在室事繼母，出嫁事繼姑，所處皆甚難，而能曲盡女婦之職。夫亡，撫子女成立。今歲甫得曾孫，乃感微疾，於九月十三日卒。

事繼母繼姑，曲得歡心，自從夫子云亡，辛苦支持，歷三十三年，五夜青鐙常飲泣；
教孤子孤女，蔚成鼎族，甫幸曾孫在抱，團欒歡宴，過九月九日，七旬黄髮遽歸真。

陳仲泉觀察輓聯

觀察爲余甲辰同年，以病乞歸久矣。今年重來吳下，主於其女壻家。八月十六日，余往視之，已偏廢不能行動，然其神明不衰，論各省秋闈題，良久乃别。未及十日竟卒。其自營生壙，卽在右台山，與余墓門相望也。

憶中秋後一日，白首重逢，相與揮麈論文，片刻清談猶娓娓；
溯卌載前同年，黄粱大夢，尚幸眠牛接壤，異時宰樹共蕭蕭。

蔡室朱夫人輓聯

夫人乃老友朱璞山司馬之女公子，余爲平章，歸蔡仲然司馬爲繼室，今秋以微疾卒。

小疾竟難瘳，夫壻重占炊臼夢；
老懷殊有感，蹇修曾作執柯人。

暴梅村大令輓聯

梅村爲余甲辰、庚戌鄉、會榜同年，以知縣仕江西，老而告歸，主書院講席者十許年，年八十一而終。其子舉孝廉、登拔萃科者數人。孫式昭，以江蘇平望司巡檢，爲譚序初中丞所深賞，列之薦剡，有旨交軍機處存記，亦異數也。

居官在循吏傳中，居鄉在耆英會上，壽逾八十考終，溯嘉道咸同，遠歷五朝，齒德達尊從古重；
有子則天府聯登，有孫則御屏特記，坐看一門鼎盛，數甲辰庚戌，同年兩榜，身名俱泰似君稀。

曾劼剛侍郎五十壽聯

劼剛爲曾文正師長子，襲一等毅勇侯，歷使外國，今以侍郎充幫辦海軍大臣。

漢班超以通侯立功萬里外；
晉郤縠爲元帥行年五十時。

惲叔來廣文輓聯

叔來爲惲次山同年之子。其兩兄皆前卒。叔來內行甚篤，兼有榦才，其繼母戴夫人自幼撫之，哭甚慟。叔來之未卒也，有爲之召仙者，箕筆判曰：『己己己。』今年歲在己丑，其卒於四月十四日，月建己巳，日亦己丑，是可異矣。

伯氏云亡，仲氏云亡，歎堂前衰淚未乾，那堪第三度，更傷愛子；
年干在己，月干在己，想天上除書早定，巧逢十四日，又屆先庚。

楊濱石太常輓聯

濱石以壬子一甲第二人入詞館，直南齋，屢拜御書、御製之賜，歷充湖南、福建、山東考官，亦極儒臣之榮遇矣。以太常寺少卿乞病南旋，主書院講席者垂二十年，年六十七歲而卒。

擢上第以登朝，十八學士，供奉禁廷，六一先生，主持文柄；
捧賜書而旋里，謝傅東山，尚存遠志，鄭公北海，頓失經師。

葉槐生貢士輓聯

槐生以庚辰年會試中式貢士，遽以奉諱歸，未及殿試，至今十年矣。今年庚辰一科得試差者七人，而槐生猶未登甲第也。主講滬上敬業書院，亦游余門下，曾爲余注《賓萌外集》，未成。

看幾人旌節輶軒，憐君黄榜虚登，博十年進士空名，未與編排金殿試；了一生皋比講席，勞我白頭遠望，撫四卷賓萌外集，更誰箋注玉溪文。

長女壻王康侯輓聯

康侯爲余同年文勤公之子。文勤以福建巡撫薨於位，朝廷賞延後嗣，長子賜舉人，三子賜主事，而康侯以次子拜員外郎之賜。自幼能文，飆於庠，鄉試屢薦不售，庚午科已擬中矣，以文逾八百見擯，鬱鬱遂成心疾，今年九月以他疾卒。有子二人，長子念曾已兩應鄉試矣，頗望其能成父志也。溯自丙寅春入贅於寒門，至今二十四年耳，余衰年又慘遇斯事，老淚不勝揮矣。

甥館記相依，廿四年遽斷塵緣，最憐虚被天恩，了此生白蠟明經，空有頭銜挂郎署；名場嗟久困，八百字誤逾功令，自此遂成心疾，問何日青雲得路，好將科第付兒曹。

孫省齋方伯輓聯

方伯爲道光丁酉拔貢生，甲辰舉人，余皆與爲同年生。由翰林御史出任監司，官至直隸布政使，引疾歸，寓居揚州十餘年而卒。

由東觀西臺，出膺方面，翱翔皇路，馴至陳臬開藩，又林泉十載閑居，大好綠楊城郭裏；
憶丁酉甲辰，共踏名場，寥落晨星，存此同年前輩，歎雲水一江遠隔，從今白髮故人稀。

鍾桂溪廣文輓聯

桂溪爲余同縣人，與余同入縣學者也，年七十四而卒，時爲其孫娶婦甫逾月也。

備九五福考終，膝下嬌孫，剛好迎將新婦至；
話六十年舊夢，邑中老輩，更誰共作泮宮游。

潘伯寅尚書六十壽聯

伯寅時官大司空。

東坡行年六十作小乘定；
西漢置公一人曰大司空。

附錄跋語：東坡有《與程正甫書》云：『曉夕默作小乘定，雖非至道，亦且休息。』國朝王文誥作《蘇集總案》，定是年爲紹聖二年，東坡年六十。『大司空公一人』見《後漢書》『續志』。然大司空之設，實始西京，其時固以大司徒、大司馬、大司空爲三公也，尋繹班《志》自見。

馮吉雲觀察輓聯

吉雲生於九月，殁亦於九月，其父尹平刺史以事戍伊犁而卒，其兄卽竹儒觀察也。

孝友備一生，遺恨長留榆塞外；
去來皆九月，清風剛稱菊花天。

錢鳴伯駕部續娶聯

鳴伯兩娶皆徐氏女，姊妹也。

誦南國風詩，君子得淑女爲配；

仿東坡故事，同安繼崇德來歸。

顧子山觀察輓聯

觀察以進士起家，官至寧紹台道，年七十九而卒。卒之明年，重游泮水，又明年，重宴鹿鳴，均不及待也。生平長於填詞，分爲八集，第一集曰『靈巖樵唱』，第八集曰『跨鶴吹笙譜』。所謂跨鶴吹笙譜者，止《望江南》一調，首句皆以『怡園好』發端，怡園乃君園名也。

待明年泮水重游，及後年鹿鳴再賦，吳中耆宿，已成魯國靈光，何期耄耋將交，遽報仙龕成海外；

讀初集靈巖樵唱，到八集鶴背吹笙，老去襟懷，都付蘇家鐵板，大息園林正好，空留絶調望江南。